산매리 저수지

아무도 몰라야 했던
16년 전의 암수살인

산매리 저수지

김주앙 소설

경계를 넘어
b+b 비티비북스

등장인물

김영주 (30세)

민한당 사무총장의 여비서.
이동준의 관심을 받고부터
헛된 꿈을 꾸게 된다.

최지민 (30세)

서울대 법대 출신으로
다섯 번 탈락한 고시생.
이동준 지역구에서 자원봉사하며
그의 주위를 맴돈다.

송영기 (60세)

정치학 교수 출신의 국가정보원장.
권력의 맛을 본 후 대통령의 신임을
잃게 되자 동준과 타협해
정치가의 길을 모색한다.

권판식 (60대)

이동준이 국회의원으로 당선된
중랑구 방천시장에 사는 독거노인.
동준이 어려울 때마다 도움의 손길을 준다.

이재식 (44세)

이동준의 사촌동생이면서
지역구의 조직부장. 우직하고 성실하지만,
정치인이 되기 위한 야망을 갖고 있다.

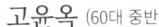

박귀주 (55세)

베트남전쟁에서 한 팔을 잃은 상이군인 출신.
전우들을 위한 후원사업에 매진하다
사건에 얽힌다.

고윤옥 (60대 중반)

이동준의 사촌누나. 5·18 광주의 실상을
목격해 평생 트라우마에 시달린다.
선량한 그녀는 이동준의 야망에 이용된다.

등장인물

이동준 (54세)

은행원 출신의
민한당 4선 국회의원.
대통령의 킹메이커로서
여당 사무총장이 된다.
미국 케네디 대통령을
연상시키는 인물로
유력 정치인으로 떠오른다.
탄탄대로를 걸을 것만 같았던
그의 앞에 과거를 소환시키는
한 통의 괴메시지.
그는 괴메시지를
보낸 자를 찾기 위해
자신의 모든 역량을
쏟아 붓는다.

차례

프롤로그 ⋯ 8

1장 ⋯ 13
2장 ⋯ 69
3장 ⋯ 169
4장 ⋯ 283

에필로그 ⋯ 363
작가의 말 ⋯ 364

프롤로그

　풀벌레 우는 소리로 가득 찬 캄캄한 시골 들판. 남자는 어둠에 잠긴 저수지를 내려다본다. 여름밤, 풀벌레 소리는 좀처럼 잦아들지 않는다. 후드 티에 달린 모자가 남자의 얼굴에 검은 그림자를 드리운다. 윗옷을 벗어내는 몸의 움직임에 따라 군번줄이 달빛을 받아 반짝거린다.

남자는 저수지 속으로 잠수했다. 물속을 돌아다니며 방수 플래시를 비췄다. 저수지 바닥을 훑어가던 남자는 막대 봉으로 진흙 펄을 쑤셨다. 움푹 파인 저수지 밑바닥 한 곳에 자루 하나가 박혀 있었다. 사람 눈에 쉽게 띄지 않을 정도로 진흙더미에 뒤덮인 채였다. 제방 위로 자루를 건져 올렸다. 플래시 불빛을 자루에 비추며 남자는 심호흡을 했다. 비닐봉지의 매듭을 풀어헤쳤다. 그 안에는 단체 급식으로 남은 쓰레기가 가득 들어 있었다.

남자는 다시 잠수했다. 한참을 수색해나가던 그는 마대 하나를 발견했다. 마대라는 흔치 않은 재질의 자루를 인지한 순간 잠수경 속에서 두 눈을 부릅떴다. 마대가 머금고 올라온 저수지 물로 자루에 짓눌린 풀잎은 축축이 젖어 들었다. 남자는 가늘게 떨리는 손으로 마대의 매듭을 풀었다. 두 눈이 동굴처럼 검게 파인 두개골과 유골이 세월의 힘에 해체되어 퍼즐 조각처럼 자루 안에 봉해져 있었다.

남자는 마대를 담은 배낭을 메고 마을 길로 접어들었다. 마을 회관 간판에 해묵은 때가 끼어 '산매리'라는 글자가 희미하게 드러났다. 어두컴컴한 야산에 오른 남자는 상수리나무 밑을 삽으로 팠다. 야산 숲이 시작되는 입구에서 유골을 암매장한 나무까지 발걸음 수로 표식을 해두었다. 저 아래 어둠 속에 잠긴 마을의 끝자락에 있는 검은 저수지가 빈 관처럼 내려다보였다. 남자는 드디어 해야 할 일을 마친 듯 한숨을 길게 내쉬었다. 이제 곧 장마가 시작될 것이다.

내리퍼붓는 장대비에 산매리의 논과 밭고랑이 거지반 잠겨 들었다. 세찬 비바람에 과수원의 유실수는 가지가 부러지고 농작물은 사방으로 어지럽게 휩쓸렸다. 돌풍에 농가의 축사 지붕이 날아가 버리자 오리 떼가 질펀한 마당으로 몰려나와 길길이 날뛰었다. 마침내 저수지의 제방 둑이 무너져 내려 고여 있던 물은 급류로 변해 거침없이 흘러나갔다.

1장

1

 스물한 발의 예포가 울렸다. 때에 맞춰 비둘기 떼가 국회의사당의 녹색 돔 위로 일제히 날아올랐다. 대통령 취임식장을 가득 메운 하객들은 탄성을 질렀다. 동준은 축하 외교 사절단 가까이에 앉아 있었다. 식전 행사로 천상의 목소리를 타고났다는 찬사를 받는 여자 성악가가 축가를 불렀다. 여자의 열창은 이동준 의원의 영혼을 활짝 열어젖혀 가슴 저 밑바닥까지 휘저어놓았다.
 박상헌 대통령은 취임선서를 시작했다. 대선에서 그는 대한민국 정부 수립 이래로 전직 대통령들과 권력자들이 숨겨 놓은 검은돈을 찾아내 국고에 환수하겠다는 '코리아 테라피(Korea Therapy)' 공약으로 유권자들의 지지를 받았다.
 "제주 4·3항쟁, 6·25전쟁, 4·19혁명과 5·18광주민주화운동의 피해자 가족들은 정치적인 한을 품고 살아왔습니다. 소중한 재산을 빼앗긴 우리 역시 한을 풀어야 합니다. 검은돈은 살인이나 강도 사건처럼 직접 피를 흘리는 피해자는 없지만 만연되고 나면 국가 자체가 병이 듭니다."
 대선 공신인 동준의 뇌리에는 취임식을 맞기까지 박상헌 후보와 함께했던 극적인 승리의 순간들이 펼쳐졌다. 그때 외투 주머니에 넣어둔 휴대폰에 문자 메시지가 왔다. 전자파 방해로 인한 통신장애를 우려해서 하객들은 행사가 끝날 때까지 휴대폰을 꺼놓으라는 안내를 받았었다. 그러나 동준은 비밀리에 사용하는 휴대폰인 3883폰을 미처 꺼 두지 못했다. 동준이 슬며시 확인키를 눌렀다.

'당신은 지금 대통령 취임식장에 앉아 있군.
죽은 자의 영혼은 당신을 내려다보고 있어.'

메시지를 보는 순간 더이상 대통령이 하는 연설은 들리지 않았다. 핏기가 사라진 얼굴로 휴대폰을 노려보던 동준이 메시지 종료 버튼을 눌렀다. 파르르 떨리는 손을 외투 주머니 속으로 집어넣으며 시선을 무대로 돌렸다. 대통령의 취임사가 계속해서 이어지고 있었다.

불안한 마음으로 십여 분이 흘렀다. 수면 아래 잠겨 있던 16년이었다. 정신을 가다듬으려 애쓰며 동준은 그날 어떤 실수를 저질렀는지, 무언가를 흘리지는 않았는지 기억을 더듬어보았다. 아무리 생각해봐도 완벽했다. '목격자는 분명히 없었어. 어떤 증거도 남기지 않았어! 정신차려, 이동준.' 그는 마음을 다잡았다.

취임식이 끝나고 박상헌 대통령과 영부인은 나란히 손을 흔들며 단상에서 내려왔다. 축하객들의 갈채와 환호 속에 수행단과 함께 리무진을 향해 걸었다. 활짝 열어젖힌 선루프로 상체를 드러낸 대통령 내외는 환한 햇살 속에 카퍼레이드를 벌이며 경호 차량의 엄중한 호위 속에서 청와대로 출발했다. 눈앞에서 벌어지는 영예로운 광경에 동준마저 빠져들었다. 불과 몇 분 전까지 동준을 사로잡았던 공포가 오히려 이상했다. 대통령의 리무진이 의사당 정문을 빠져나가자마자 동준의 주변으로 의원들이 우르르 몰려들었다. 그들은 대통령을 만든 실세 의원 동준에게 악수를 청하느라 서로 앞을 다투었다. 자신에게 아첨하기 위해 몰려든 사람들에게 둘러싸인 동준은 서서히 두려움에서 벗어났다.

취임식장 여기저기에서 휴대폰을 꺼내 들고 통화하는 하객들이 눈에 띄었다. 동준을 둘러싼 의원들 중에도 휴대폰으로 통화하는 사람들이 있었다. 동준 또한 공식적으로 쓰고 있는 7776 휴대폰을 켰다. 의원들과 인사를 나누는 사이에 또다시 휴대폰이 진동했다. 7776폰이었지만 당황해서 자칫 떨어뜨릴 뻔했다.

그는 축하객들이 물결처럼 움직이는 취임식장을 서둘러 빠져나왔다. 의원회관을 향해 걸어가는 길에서도 면식조차 없는 사람들이 머리를 숙이며 인사했지만 괴메시지에 정신이 빼앗긴 동준은 건성으로 받았다. 그러다 우뚝 걸음을 멈춰 섰다. 귀빈용 주차장에서 전직 J대통령 내외가 측근들에게 둘러싸여 악수를 하고 있었다. J대통령은 검정색 울 외투를 입고 허한 머리숱을 가리려는 듯 러시아풍 털모자인 샤프카를 쓰고 있었다.

지방에서 취임식에 올라온 듯한 두 남자가 동준의 옆을 지나치며 나누는 이야기가 들렸다. 정장 외투를 입은 사내가 말했다.

"쓰으벌! 저 잡것이 전통(J대통령)이단께로."

그러자 허벅지까지 내려오는 회색 패딩점퍼를 입은 남자가 받아쳤다.

"아따, 맞아부러! 시방, 기자들이 지한티 카메라를 들이댄다는 걸 으(의)식해서 정치적인 미소를 짓고 있구마이. 거시기, 수천억을 숨겨놓고 시방까지도 들키지 않고 있당께로. 긍께 인자는 박상헌 대통령한티 죽으슨께."

"당연한 것이제. 시방 오래전에 체육관에서 혔던 지 취임식 생각이 나긋지."

외투를 입은 사내가 던진 말에 점퍼 차림의 남자가 발칵 화를 냈다.

"뭣이여? 고것이 뭔 취임식이다여! 그게 무슨 선거냐고? 국민들이 표를 찍어준 것도 아니고, 총 들고 강제로 몇 사람만 찍게 한 거시."

J대통령 내외는 이제 방탄유리로 개조한 링컨 콘티넨털 리무진을 향해 걸어가고 있었다. 경호원들은 보이지 않는 끈으로 이어져 있는 듯 그들이 내딛는 발걸음을 따라 함께 움직였다.

전직 대통령을 경호하는 비용은 퇴임 후 5년까지만 국가가 부담해준다. 한 개인이 저토록 많은 수의 경호원을 부리며 살아가기란 현실적으로 어렵다는 걸 동준은 잘 알고 있었다. 방금 지방 사람들이 던진 말마따나 전직 대통령들 중에서도 J대통령은 예사롭지 않은 인물이었다. 퇴임 후 이십 년 가까이 흐른 2007년 현재까지도 수천억을 숨겨놓고 자금추적을 따돌리고 있었다.

동준은 715호 의원실로 들어섰다. 임시 휴일이어서 비서진은 출근하지 않았다. 괴메시지가 들어온 3883폰은 비서진도 모르는 번호였다. 다른 사람의 명의를 빌린 것으로 통화내용이 정보망에 걸려들어 좋을 게 없겠다 싶을 때 이용하는 비밀폰이었다. 그걸 아는 사람은 아들 정현과 지역구의 조직부장이자 사촌동생인 재식, 일본 종합상사의 히노하라 서울지사장뿐이었다.

7776폰으로 오 보좌관에게 발신자 추적을 지시했다. 동준은 비서진을 선발할 때 날카로운 두뇌를 가진 사람보다 됨됨이와 무던한 충성심을 보고 뽑았다. 오 보좌관 역시 그랬다. 그는 의원님이 지시한 3883폰이 누구의 것인지 말해주지 않는 한 알려고도 하지 않았다.

대선을 치르는 동안 핵심참모였던 동준 측과 통신사 간에는 이미 보고 망이 확보되어 있었다. 정치인에게 협박전화나 괴메시지는 종종 있는 일이기 때문이다. 외투를 벗어 옷걸이에 걸며 동준은 우연히 들어온 장난 메시지이기를 바랐다. 동준은 끊이지 않는 축하전화를 받으며 국회 정문 쪽으로 하객들이 썰물처럼 빠져나가는 광경을 창으로 내려다보고 있었다.

그때였다. 의원회관 건너편 의사당 뜰에서 누군가 정오의 햇살을 받으며 의원회관 7층 창가에 서 있는 동준을 올려다보고 있었다. 놀란 동준은 두 눈을 부릅떴다. 그러나 남자는 곧 그에게로 다가선 일행들과 함께 발걸음을 옮겼다. 의사당 경내에는 아직도 무리를 지어 가슴에 단 비표를 뽐내며 기념사진을 찍고 있는 초청객들이 많았다.

동준은 심란했지만 정신을 가다듬고 '오늘의 일정'에 따라 움직여야 했다. 63빌딩 연회장에서 민한당 의원 157명과 대통령 취임 축하 파티가 열릴 예정이고 그 전에는 검사 친구 용호와 점심 약속이 잡혀 있었다.

동준은 순복음교회 맞은편에 있는 렉싱턴호텔로 들어섰다. 중식당 룸으로 들어서자 용호가 번쩍 팔을 쳐들었다. 동준을 테이블까지 정중하게 안내하는 여종업원은 허벅지의 옆선이 트인 현란한 무늬의 치파오를 입어 걸을 때마다 다리가 훤히 드러났다.

코스에 따라 등장한 중국 요리들이 앞접시에 놓였다. 검사장인 용호는 동준에게 한 달 전부터 대통령 취임식 날 자신과의 오찬 약속을 확인시키곤 했다. 동준으로선 서울대 동문들의 우정 어린 선거자금을 거둬준 용호에게 답례를 해야 했다.

"동준아, 애썼다. 많이 먹어. 그동안 박상헌 의원을 대통령으로 만드느라 밥이나 제대로 챙겨 먹었겠냐?"

친구가 해주는 축하와 격려는 의사당의 취임식장에 앉아 있던 사람들에게서 받는 축하와는 감회가 달랐다.

동준과 함께 서울대 법대를 졸업하고 고시공부를 했던 용호는 사법고시에 합격한 후 미모의 아내를 만났고 백화점 사장의 사위가 되었다. 하지만 그즈음의 동준은 중랑구 면목동의 17평짜리 주공아파트에 전세 들어 사는 은행원이었다. 연탄을 때서 난방을 하는 오래된 아파트였다.

밤늦게 퇴근해서 집에 돌아오면 셋째를 가진 아내 미숙이 애 둘 사이에 끼어 부른 배를 드러내고 자고 있었다. 만년대리였던 동준은 식탁에 앉아 안주도 없이 소주를 들이켜고 나서야 잠이 들곤 했다. 동료 은행원들의 아내와는 달리 미숙은 맞벌이할 재주가 없어서 살림에 기십만 원도 보태지 못했다. 오로지 동준이 벌어다 주는 한도 내에서 아껴 쓸 줄만 알았다.

나이는 먹어가는데 형편은 도무지 나아지지 않았다. 동준은 중산층 생활에서 낙오될까 봐 겁이 났고 종일 직장에만 틀어박혀 사는 짓눌린 삶 또한 두려웠다. 오천 원에 세 장을 묶어 파는 넥타이를 매고 동준이 은행에서 하는 업무는 자기앞 수표에 도장을 찍는 일이었고 일거리는 늘 책상 위에 얼굴 높이만큼 쌓여 있었다. 게다가 지점장은 수시로 동준을 불러댔다. 전문지식과 종합적인 판단력이 요구되는 공공정책이 아닌, 단순한 은행 잡무를 일이랍시고 늘 야근을 했다.

한번은 동준이 근무했던 방천지점이 한 중소기업체 고객과 소송에 휘말린 적이 있었다. 그때 지점장은 동준에게 검사 친구, 용호를 찾아가서 부탁해보라는 은밀한 지시를 내렸다. 용호를 만나려고 검찰청사 안내데스크에서 신원확인 절차를 밟는 동안 자신이 검사로 활보하고 싶었던 청사에서 진입에 실패한 동준이 느낀 초라함은 컸다. 한 해를 마감하는 종무식 때마다 새해에는 열심히 살아보자는 각오를 다져보았다. 그러나 대단한 깨우침이나 극적인 계기도 없이 어떻게 살아야 열심히 사는 건지 알 수가 없었다. 최선을 다해보자는 말처럼 모호하고 무기력한 말이 또 있을까 싶었다.

그저 하루하루 그렇게 살아갈 뿐. 그럼에도 때때로 친구 용호처럼 성공하고 싶다는 욕망이, 소시민의 구차한 삶을 뛰어넘고 싶다는 욕망이 강렬하게 일어나곤 했다. 그러나 그런 기회가 쉽사리 찾아올 턱이 없었다. 성공으로 이르는 길은 저마다 스스로 찾아내야 했다.

그런데 마침내 동준에게 그 길이 열렸다. 그 자신도 두렵고 당황스럽게 갑작스러운 성공으로 이제 그는 신임 대통령의 측근이 되어 검사장인 용호를 가뿐히 뛰어넘었다. 10시 7분에 괴메시지만 수신되지 않았더라면!

산매리 저수지에 수장된 시신은 지금쯤 해골만 남았을 것이다. 뼈로만 신원을 확인하는 건 쉬운 일이 아니다. 누군가 저수지 밑바닥에서 자루를 건져 올린다 해도 그것이 16년 전에 이동준이 살해해서 수장한 시신이라고 주장할 수는 없었다.

법은 피의자의 인권을 먼저 존중해준다. 법정에 불려간다 해도 신원불명의 시신은 이동준 대리가 아닌 다른 누군가가 살해해서 저수지에 유기했다는 변론으로 공방이 시작될 것이다. 법정에 서면 무조건 동준이 승소할 것이다. 그러나 도덕성이 생명인 정치인이 살인범으로 법정 싸움에 휘말리면 그것만으로 모든 걸 잃게 된다.

순간 동준의 젓가락에 들려 있던 청경채 한 가닥이 앞접시 바닥으로 뚝 떨어졌다.

　용호는 고검장에 오르고 싶다는 야심을 솔직하게 털어놓았다. 용호가 서두르는 이유는 실세가 되면 아무리 친구라도 만나거나 부탁하기가 쉽지 않을 것이기 때문이다. 그럼에도 용호는 지금 동준의 손이 떨리고 있다는 건 알아채지 못했다.

2

　동준은 세 시가 넘어서야 대통령 취임식 날의 공식 일정을 모두 마쳤다. 체어맨의 뒷자리 귀빈석에 등을 깊숙이 파묻었지만 휴대폰 액정화면에 자꾸 시선이 갔다. 오 보좌관에게선 아직껏 아무런 보고가 없었다.

　체어맨이 청담동의 한적한 고급주택가로 접어들며 서서히 속도를 줄였다. 저만치에 있는 경비초소가 차창으로 내다보였다. 한밤중에도 현금이나 값비싼 선물을 들고 대통령의 실세를 만나려는 사람들의 발걸음이 끊이지 않는 저택이었다.

　앞자리에 앉아 있던 수행비서가 동준 쪽으로 살짝 등을 돌리며 말을 꺼냈다.

　"요즘 경비가 힘들어 죽겠다고 하네요. 의원님을 만나려는 사람들이 자꾸 찾아와서요."

　그러자 운전기사가 씩 웃으며 말을 이었다.

"힘들어하긴요. 그분들이 보통 사람도 아니고 대한민국에서 내로라하는 분들인데. 그분들 앞에서 대통령 실세 집의 경비라는 걸 은근히 즐기던데요. 하하."

동준도 피식 웃었다.

하얗게 칠한 아라베스크 문양의 철제 울타리 사이로 정원이 들여다보였다. 은행원이었던 동준이 의원이 된 뒤에 구매한 이 집은 건평만 백 평에 가까운 호화주택이었다. 어느 사업가가 살던 집이었다고 한다.

여느 때처럼 테라스에서 물청소를 하고 있는 아내 미숙을 보자 동준의 마음이 누그러졌다. 초라한 은행원의 아내였던 미숙에게는 어느덧 정치 실세의 부인으로서의 중후함이 배어 있었다. 현관 계단을 밟고 올라서던 동준이 갑자기 현기증을 느꼈다.

'당신은 지금 대통령 취임식장에 앉아 있군.
죽은 자의 영혼은 당신을 내려다보고 있어.'

평화로운 가정 안으로 불쑥 던져진 괴메시지가 다시 동준을 불안하게 했다. 침실로 들어가자마자 문을 닫고 커튼을 내렸다. 햇볕이 차단되었다. 동준은 열병을 앓는 사람처럼 침대에 드러눕고 말았다.

오래 잤다고 생각했지만 겨우 한 시간이 지나 있었다. 포근한 침대에서 자고 나니 마음도 한결 진정되었다. 7776폰의 버튼을 눌렀다. 액정화면에 정현과 딸 수현, 그리고 막내딸 서현이 환하게 웃고 있는 가족사진이 떴다. 청와대로 들어간 박상헌 대통령의 음성이 휴대폰 음성사서함에 저장되어 있었다. 수고가 많았다는 인사였다.

서재로 들어가 59인치 벽걸이 텔레비전을 켰다. 대통령 취임식과 이제 막 청와대 생활을 시작한 박상헌 대통령에 관한 뉴스가 반복적으로 흘러나왔다. 화면에 얼핏 비서동(棟) 건물이 비쳤다. 그 건물에 있는 국정상황실에서 아들 정현이 일하고 있다. 그리고 수현과 서현은 뉴욕과 스위스의 취리히에서 학교에 다니고 있다. 세상 모든 것이 동준의 발아래 놓여 있고 세상은 밝게 빛나고 있었다. 괴메시지 하나 때문에 열병을 앓았던 자신이 우스웠다. 지나치게 과민했던 것이다.

동준은 차츰 괴메시지의 압박과 두려움에서 벗어나 기운을 차렸다. 그때 집 전화벨이 울렸다. 봄을 예고하며 해가 길어져 바깥뜰은 아직 훤했다. 동준이 수화기를 집어 들었다.

"여보세……."

뚝 끊어졌다. 들자마자 끊어져 버린 전화는 당연히 잘못 걸려 온 전화일 것이다. 갑자기 허기를 느꼈다. 동준이 주방으로 가는데 또다시 전화가 울렸다. 수화기 저편에서는 침묵만이 흘렀다. 동준이 먼저 입을 뗐다.

"여보세요."

상대는 여전히 말이 없었다. 잠시 후 상대는 다시 전화를 끊었다. 그러고는 다시 한번 전화가 울렸다. 수화기를 든 동준은 이번에는 아무 말도 하지 않고 상대가 먼저 말할 때까지 기다렸다. 그때 흐느껴 우는 남자의 울음소리가 들렸다.

"으, 으흐흐흐흑, 으어!"

섬뜩해진 동준은 그대로 수화기를 내려놓았다. 비탄에 잠긴 노인의 울음소리였다. 여운이 한참 동안 사라지지 않았다.

7776폰으로 오 보좌관의 번호가 떴다. 그는 3883폰으로 온 괴 메시지의 발신자를 추적한 결과를 보고했다.

"의원님, 말씀하신 휴대폰 주인은 마트에서 계산원으로 일하는 삼십 대 후반의 여자였습니다. 그런데 그 여자는 전철역 매표구에 휴대폰을 놓고 왔다가 십 분쯤 후에 놀라서 다시 찾으러 갔다는데, 다행히 그대로 그 자리에 놓여 있었다는군요."

"위치는?"

"그게 참……. 저희 지역구인 중랑구에 속해 있는 7호선 중화역이었습니다."

"그래?"

중랑갑(甲)구에는 동준의 지역구 사무실이 있다. 불현듯 조직부장 재식이 떠올랐다. 언젠가 수행비서가 귀띔해줬던 말도 기억이 났다. 재식은 자신이 문제가 있다고 보고했던 사람을 동준이 선출직 시의원으로 공천한 것에 노골적으로 불만을 터뜨렸다고 한다.

재식은 동준의 사촌동생이었다. 재식이 지난 15년 동안 동준과 공유한 비밀은 무수히 많았다. 적은 항상 내부에 있는 법, 3883폰으로 협박을 해온 점만으로도 재식이 용의자일 확률이 높았다.

오후 5시밖에 안 되었는데도 어느새 날이 저물어 주위가 어두워졌다. 5층짜리 건물의 옥외주차장으로 진회색 코란도 한 대가 들어섰다. 운전석에서 내린 이는 동준이었다. 그의 모습은 체형을 가려주는 풍성한 베이지색 점퍼 차림이었다. 검은 뿔테 안경과 갈색 장발을 하고 있어서 예술가처럼 보였다. 동준은 변장한 자신의 모습이 여전히 거북했다. 그가 처음 변장을 한 건 진성기업에서 현금 지폐를 상자에 실어 올 때였다.

일층의 GS25 편의점과 붉은색과 검은색의 대비를 강조한 까페 파스쿠찌 그리고 이층의 해물탕집 간판이 건물에 걸려 있었다. 동준은 고개를 들고 맨 위층인 오층에 입주한 당 사무실을 올려다보았다. '민한당 중랑갑(甲) 이동준 의원 지역사무소'라는 간판에 불이 켜져 있었다. 동준은 오른쪽 다리를 살짝 절며 건물 입구 쪽으로 걸어갔다.

엘리베이터를 타고 오층에 내렸다. 복도 한 칸에 마련되어 있는 간이 쉼터에는 긴 소파가 있었다. 동준은 쉼터에 비치된 음료수 자판기 앞에서 걸음을 멈췄다. 당 사무실에서는 당원들이 선거기간에 겪은 고생과 보람과 에피소드를 들춰내며 웃고 떠드는 소리가 왁자하니 흘러나왔다. 집권당 사무총장에 내정된 동준을 축하하는 말도 들려왔다. 누군가가 외쳤다.

"만세!"

술잔이 부딪치는 소리가 이어졌다.

"이동준 사무총장님을 위하여!"

그때 사무실 문이 열리고 재식이 휴대폰을 들고 허둥대며 복도로 나와 옥상 쪽으로 향했다. 동준은 재식을 따라가 보려고 소파에서 일어났다. 그런데 노신사다운 분위기를 풍기는 한주엽이 슬그머니 복도로 나와 재식의 뒤를 따라갔다. 동준은 소리 내지 않고 다리를 절룩거리는 시늉을 하며 두 사람의 뒤를 밟았다. 옥상 출입문 뒤에 숨은 동준은 긴장했다. 당원들에게서 뚝 떨어진 으슥한 옥상에서 재식이 누군가와 은밀히 통화를 했다. 그리고 한주엽은 옥상에 널브러져 있는 상자 더미 뒤에서 그런 재식을 엿보고 있었다.

이제 일흔 중반을 넘긴 한주엽. 그는 91년 봄에 방천시장 상인들의 밑천을 끌어모아 남미의 아르헨티나로 도주했었다. 주로 여자들의 돈이 많았다. 정육점을 운영했던 동준의 어머니가 입은 피해도 컸다. 그런 그가 귀국해서 제일 먼저 국회의원 이동준의 지역구 사무실에 나타났다. 대선 열기가 한창이던 지난 겨울 불쑥 중랑갑 지역당사에 들어선 한주엽은 그날부터 당사로 출근을 하며 자리 하나를 차지하고 앉았다. 여직원에게 일층 파스쿠찌에서 커피 테이크아웃을 시키거나 자원봉사하는 대학생들한테 구두를 닦아오라며 벗어주기까지 했다. 마치 자기 사무실인 양 당원들 앞에서 온갖 거드름을 피웠다.

 복도로 몰려나온 당원들이 옥상에서 내려오는 재식에게 인사를 하고 엘리베이터를 타고 내려갔다. 재식은 텅 빈 복도에 잠깐 혼자 서 있다가 다시 사무실 안으로 들어갔다. 잠시 후에 다시 복도로 나온 재식은 당 사무실 문을 잠그고 엘리베이터를 기다렸다. 재식은 쉼터 소파에 앉아 있는 낯선 남자의 등판 따위에는 시선을 주지 않았다.

 동준이 사무실 안으로 성큼 들어섰다. 4선 의원으로 이루어낸 자신의 지역구 사무실이 낯설게 느껴졌다. 적의 공간에 정탐꾼으로 들어선 기분이 들어 긴장되었다. 텅 빈 사무실에는 동준의 취임 축하잔치의 잔해가 그대로 남아 있었다. 열성 당원들과 건물주 최 여사가 맞춰온 시루떡이나 돼지고기 보쌈, 홍어회와 술로 벌인 잔치의 흔적이었다.

 옷걸이에는 양복 윗도리와 당 로고가 새겨진 점퍼가 겹겹이 걸려 있고 지역구 민생에 관련된 커다란 도표와 중랑갑구의 지도가 벽 한 면을 차지하고 있었다. 여느 사무실치럼 복사기외 팩스, 컴퓨터가 공간을 가득 채웠고 중앙당에서 내려온 홍보물과 책자와 당보 뭉치가 자투리 공간마다 무더기로 쌓여 있었다.

 동준은 사무실 안쪽 위원장실로 들어갔다. 벽면 거울 앞에서 그는 다시 이동준 의원 원래의 모습으로 돌아왔다. 가발 밑에 짓눌린 머리카락을 양손가락으로 휘저어 다시 일으켜 세우며 창가로 가서 건물 아래쪽을 내려다보았다. 재식의 흰색 구형 아반테가 편의점 바로 앞에 주차되어 있었다. 재식이 편의점 물품창고에서 상자를 들고나와 트렁크에 싣는 모습이 내려다보였다. 재식에 이어 지민과 재식의 아내 지영도 물건 상자를 하나씩 안고 날랐다.

　손을 흔드는 지영을 뒤로 하고 재식과 지민은 서둘러 아반테를 몰고 주차장을 빠져나갔다. 대로에서는 정지신호에 멈춰 있던 차량들이 신호가 바뀌자마자 다시 달리기 시작했다. 재식의 차는 차량들 속으로 사라졌다. 거리는 온통 대통령 취임 축하 현수막으로 가득했다.

　의심의 대상이 되는 순간, 15년 동안 동준의 지역구 조직부장으로 일해 온 재식의 존재가 크게 느껴졌다. 조직부장 명패가 놓여 있는 재식의 자리로 가서 그의 서랍을 뒤졌다. 컴퓨터를 켜고 문서 파일을 일일이 열어보며 수상한 단서를 찾아보았다. 재식의 서랍 안에는 '독일의 정당'이란 책 한 권이 있었다. 유럽의 정당들은 지구당에서 당원들이 내는 순수한 당비로 운영된다는 단락에 밑줄이 쳐져 있었다. 중랑갑구의 당원들이 자발적으로 당비를 내도록 하는 몇 가지 방안을 적어놓기도 했다. 교회에서처럼 십일조를, 절에서처럼 시주를 낼 수 있게 당원들에게 정신적으로 채워줄 수 있는 것이 무얼까 하는 고심의 말도 적어놓았다. 바자회나 카페, 식당 운영, 등산대회와 노래대회 같은 행사들도 빼곡히 정리되어 있었다.

그런 구상들이 적힌 재식의 노트를 보고 동준은 어이가 없어서 피식 웃음을 흘렸다. 재식의 존재가 다시 만만해지긴 했지만 그렇다고 의심이 완전히 풀린 것은 아니었다. 동준은 사무실 바닥에 있는 쓰레기통까지 뒤져서 구겨진 휴지까지도 펼쳐서 읽었다. 자원봉사자로 일하고 있는 지민의 서랍도 수색했다. 지민은 재식의 막내처남으로 동준의 법대 후배이기도 했다. 동준의 지역구 활동을 홍보할 팸플릿의 카피와 이런저런 글귀를 써놓은 자료들이 들어 있었다.

그런데 지민의 물건 중에 매형인 재식의 자서전 초고가 나왔다. 재식이 서울시의원 후보가 되면 출간하려고 미리 준비하고 있는 것 같았다. 서울대 법대 출신의 처남 지민에게 대필을 맡긴 것에서 재식의 야심이 엿보였다.

소파로 돌아와 앉은 동준은 머릿속으로 재식에 대해 파고들었다. 밖이 어둑해졌지만 불은 켜지 않았다. 그 순간 또 한 건의 괴메시지가 액정화면에 떴다. 어둠 속에서 빛을 내는 액정은 그 자체로 기괴스러웠다.

'당신이 저택에서 누리는 풍요는 무엇으로 시작되었는가?'

지금 재식은 동준이 청담동 집의 침대에 누워 있는 줄 알고 있을 것이다. 그때 사무실 문이 열리며 불이 켜졌다. 다시 돌아온 재식이 지민과 함께 잔치의 흔적을 치우고 정리하느라 분주했다. 그는 동준이 위원장실에 있는 것을 전혀 모른 채 중랑갑구에서 조직부장으로 살아오며 겪었던 번잡한 일화를 지민에게 들려주었다. 어디선가 괴메시지를 보내고 다시 돌아와서는 천연덕스럽게 구는 재식에게 동준은 화가 치밀었다. 재식이 들려주는 정치판의 뒷얘기에 두 사람이 함께 터뜨린 웃음소리가 위원장실 안까지 울려왔다.

한순간 사무실이 다시 조용해졌다. 두 사람이 밖으로 나간 건지 안에 그대로 있는 건지 분간이 되지 않았다.

또다시 3883폰이 진동했다. 동준은 액정화면을 노려보았다. 통화버튼을 누르자 상대의 숨소리가 들렸다. 절간처럼 고요한 곳에 혼자 있는 것 같았다. 동준은 화가 폭발했다.

"니가 누군 줄 알아!"

동준이 위원장실 문을 박차고 사무실로 뛰쳐나갔다. 자기 자리에 앉아 있던 재식이 화들짝 놀라 튕기듯이 일어났다. 그의 두 눈이 휘둥그레졌다.

재식은 혼자였다. 그리고 빈손이었다. 그의 손에는 휴대폰이든 수화기든 아무것도 들려 있지 않았다. 의원님이 이런 시간에 예고도 없이, 수행비서도 달지 않고 베이지색 점퍼 차림으로 위원장실에서 나오자 재식은 당황했다. 그러나 동준은 그 순간에도 휴대폰을 귀에 대고 있었다. 상대는 침묵을 지키고 있었다.

그자의 숨결이 고스란히 휴대폰을 타고 전해졌다. 거친 호흡과 신음이 새어 나왔다. 발걸음을 옮기고 있는지 차들이 달리는 소리와 행인들의 말소리도 섞여들었다.

흥분한 동준이 다시 소리를 질렀다.

"당신, 누구야?"

"아— 아, 으흑!"

남자의 울음소리였다. 그러나 청담동 집에서 들었던 노인의 울음소리는 아니었다. 그러고는 뚝 끊어졌다.

재식은 나름대로 상황을 파악했다. 정치판에서 일해오는 동안 여러 번 겪은 일이었다. 그가 무덤덤하게 말했다.

"제가 한번 알아볼까요?"

"아, 아니, 됐어. 별일도 아닌데 몸이 안 좋으니 짜증이 나서 말이야."

"네. 취임식 파티 음식이 많이 남아서 좀 전에 독거노인 가구와 소년소녀가장들 집에 나눠주고 왔어요. 이참에 저희 편의점에서 라면하고 인스턴트 죽, 3분 카레, 햇반까지 보태서 지역구를 한 바퀴 돌고 왔어요. 의원님이 집권당의 사무총장에 취임하셨다고 다들 얼마나 좋아하는지 몰라요."

"그래. 이 부장이 매번 수고가 많아."

"평당원들은 순수한 마음으로 축하를 해주는데 높은 자리에 있는 분들은 되레 바라는 게 있더라구요. 아까도 당원들하고 파티를 하고 있는데 이원재 이사님과 정성운 변호사님이 노골적인 부탁을 하는 바람에 통화하기가 곤란해서 옥상에 올라가서 말씀을 나눴다니까요. 어떤 분은 야간에 저희 편의점에 와서 물건 사는 척하면서 접촉해 오기도 하구요."

법대 동창인 원재는 정부기관의 기관장 자리를 노리고 있었고, 성운은 국회의원 공천을 바라고 있었다.

누군가 전철역에서 마트 계산원의 휴대폰으로 3883폰에 처음으로 괴메시지를 보냈을 때 재식은 당사에서 당원들과 함께 취임식을 보고 있었다. 알리바이가 입증된 것이다. 텔레비전으로 취임식을 보는 동안 당원들은 의사당의 식장에 초청된 하객들 못지않게 엄숙하게 박수를 보냈다고 한다.

동준은 목소리를 낮춰 재식에게 물었다.

"이 부장, 혹시 3883폰을 다른 사람한테 말한 적 있나?"

"무슨 말씀을요. 절대 그런 적 없어요."

"혹시 술자리에서 실수로라도 흘린 적 없어?"

"절대 없습니다."

그 순간 지민이 들어서는 바람에 두 사람의 대화는 끊어졌다. 동준은 은밀한 얘기가 아닌 척하느라 처음으로 지민에게 관심을 드러냈다.

"일을 열심히 해준다는 말은 진작부터 들었지."

지민의 얼굴에선 젊은이들에게서 느낄 수 있는 맑고 순수한 빛이 흘렀다.

"아, 아닙니다……."

또다시 점퍼 주머니에 든 휴대폰에서 미세한 진동이 느껴지자 동준의 얼굴이 굳었다. 그러나 7776폰이었다. 동준은 속으로 안도의 한숨을 내쉬었다.

전화기 너머 들려오는 오 보좌관의 목소리는 다급했다.

"의원님! 방금 장도언이 중앙당 총장실에다 상자를 갖다 놓았다면서 잘 부탁한다는 말을 전해왔어요!"

"나참. 알겠어. 내가 조치할게."

전화를 끊은 동준이 말했다.

"중앙당 사무총장실에 그런 걸 갖다 놓다니 대담하다고 봐야 하나 순진하다고 봐야 하나? 이 부장, 지금 나하고 같이 여의도로 들어가야겠어."

"예, 알겠습니다."

동준과 재식 두 사람은 서둘러 당 사무실을 나섰다.

3

민한당사 빌딩 외벽은 정면 전체가 아이맥스 영화관의 스크린처럼 한 장의 대형 브로마이드로 도배되어 있었다. 당 로고와 박상헌 대통령의 취임을 축하한다는 이미지 사진이었다. 재식을 데리고 빠른 걸음으로 현관으로 들어가는 동준은 이집트에서 거대한 피라미드와 스핑크스를 관광하고 있는 여행객처럼 자그마해 보였다.

중앙당사 전체가 텅 비어 있었다. 취임식 전만 해도 대한민국의 모든 관심이 이 빌딩에 쏠려 있었지만 취임식과 동시에 박상헌을 따라 청와대로 옮겨갔다. 두 사람은 일층 로비에서 엘리베이터를 탔다. 8층에 내려선 동준의 표정이 일순 움찔했다. 동준의 눈길이 마주한 벽 앞에 세워 놓은 대형 전신거울에 닿았다. 민한당이 야당, 또 야당, 타당과의 통합, 결별, 재통합, 또 분당, 마침내 여당, 또 여당으로 역사를 기록하는 동안 다른 집기들은 거의 분실되거나 폐기 처분되었는데 이 거울만은 끝까지 살아남아 당의 유물이 되었다. 마치 카멜레온처럼 변신해온 당인들의 모습을 비추는 것 같았다.

그러나 동준의 얼굴이 굳어진 건 그런 정치적인 이유 때문이 아니었다. 거울 아래쪽에 궁서체로 씌어 있는 글씨 때문이었다.

'월남전 참전 전우회 기증'

거울 속에서 누군가 동준을 보고 있는 듯했다. 등골이 서늘했다.

8층 전체를 쓰고 있는 사무총장실의 인테리어는 고급스러웠다. 동준과 재식은 부속실을 지나 널찍한 총장 집무실로 들어갔다. 비서진들이 미리 날라다 놓은 새 사무총장의 짐들 틈에 장도언이 놓고 간 상자 하나가 끼어 있었다.

대선 자금책이었던 동준은 만 원권 지폐의 부피를 가늠하는 일에 익숙했다. 재식이 지폐 상자를 번쩍 들어 올리자 동준이 세어본 듯 말했다.

"2억쯤 되겠군. 정보원장 자리를 넘보면서 이런 짓을 해?"

"의원님을 만나게 해달라고 안달하더니 뜻대로 안 되니까 이런 짓까지!……"

재식 편에 상자를 돌려보내고 혼자 남은 동준은 집무실의 서랍도 열어보고 실내를 돌아다니며 부속실과 소회의실 그리고 접견실의 문까지 일일이 열어보았다.

사무총장 접견실에서 나온 동준은 그제야 부속실 직원이 출근한 흔적을 발견했다. 책상 위에는 카드사와 은행, 백화점 카드의 청구서와 연체 고지서가 펼쳐져 있었다. 컴퓨터 모니터에는 '직장인 대출' 페이지가 열려 있었다. 지갑 밖으로 신용카드 네 장이 빠져나와 있었다. 다른 사람이 훔쳐 가도 개의치 않을 만치 깡통카드라는 의미였다. 한 직원의 사생활의 속내가 훤히 들여다보였다. 취임식장에서 J대통령 일행을 지켜보며 잠시 발길을 멈춰 섰던 동준은 한 직원의 돈 문제 앞에 또다시 발걸음을 멈춰 섰다.

복도에서 총장실로 들어오는 하이힐의 굽 소리가 들렸다. 여직원임을 짐작할 수 있었다. 당황한 동준은 어쩔 수 없이 다시 집무실 안으로 들어가 그 여직원의 동태를 살폈다. 여직원은 영수증을 붙이는 일에 골몰해서 고개도 들지 않았다. 방금 사 온

참치 샌드위치와 테이크아웃 커피가 책상 위에 놓여 있었다.

동준이 책상 앞으로 다가가자 한참 만에 고개를 든 여직원이 깜짝 놀라 비명을 지르며 발딱 일어났다.

"어머, 의원님, 안녕하세요? 저는 총장실 비서 김영주입니다."

신임 총장의 짐은 이미 보름 전에 와 있었다. 영주가 퇴근할 즈음이면 의원회관에서 비서진들이 실어오곤 했다. 영주는 굳이 어느 의원이시냐, 물어보지 않았다. 어차피 누가 오든 올 것이었다. A의원이든, B의원이든, Z의원이든. 누가 오든 영주의 형편이 크게 달라질 리 없었다.

영주는 한때 하루 수십 명씩 총장실을 드나드는 정치인과 유명 인사들 중 누군가의 눈에 띄어 혼담이라도 들어올까 하는 기대를 했다. 그러나 여러 명의 총장님을 모셔왔지만 영주는 여전히 불광동 다가구주택 일층에 세 들어 살고 있고, 기능직인 비서에게는 승진이 원천적으로 막혀 있었다. 이동준 의원이 사무총장으로 부임할 거라는 소식도 사흘 전에야 인터넷을 보고 알았다.

동준이 입가에 옅은 미소를 띠며 말했다.

"아, 그래요? 공휴일에도 혼자 나와 일을 하다니 수고가 많군요. 늦은 시간까지."

여전히 꼿꼿한 자세였지만 영주의 손은 슬그머니 운영비 장부를 덮고 있었다.

문 쪽으로 갔다가 다시 발길을 돌린 동준이 영주에게 다가와 점퍼 안주머니에서 봉투 하나를 꺼내며 말했다.

"여기, 이거 써요."

본의 아니게 엿보게 된 그녀의 속내에 촌지로 답해 준 것이다.

동준이 엘리베이터에서 내려 현관으로 걸어가는데 7776폰의 화면에 박상헌 대통령의 번호가 떴다.

"대통령님, 전화 주서서 감사합니다."

"이 의원이 몸져누웠다는 말을 듣고 얼마나 미안해지던지요. KBI(국가정보기관, Korean Bureau of Intelligence) 원장 자리에 최종 후보로 장도언과 송영기 씨가 물망에 올랐어요. 그런데 장도언은 2억이 든 돈 박스를 여기저기 보냈다가 정보망에 잡혔어요."

대학교수 송영기가 신임 정보원장으로 결정되는 순간이었다. 정보원장 자리에 어떤 인물이 오는지가 동준에게는 매우 중요했다. 자신이 상대하기에는 청렴결백한 학자 출신보다는 장도언 같은 정치적인 사람이 더 수월했다. 그런 부류의 정치인과는 언제든 타협할 여지가 있기 때문이다.

동준은 한밤중에 울려대는 휴대폰 소리에 잠을 깼다. 아내 미숙은 이층에서 지내는 편이어서 옆자리에 없었다. 동준은 사이드 테이블에 올려놓은 휴대폰에 팔을 뻗쳤다. 7776폰이었다.

"내 아들을 찾고 싶구먼."

울음 섞인 목소리로 탄식하는 사람은 노신사 한주엽이었다.

동준은 신경질적으로 소리를 버럭 질렀다.

"이게 지금 뭐 하는 짓입니까!"

그러나 한주엽은 착 가라앉은 목소리로 대답했다.

"놀랐나 보군. 미안하네. 이 의원 목소리가 듣고 싶어져서 말이야. 한번 만나주게. 여의도 의원실로 찾아갔으면 싶어. 조용히 해야 할 말이 있네."

순간, 동준은 퍼뜩 깨우쳤다. 재식을 의심해서 저녁 무렵 지역당사를 암행했을 때 한주엽이 옥상으로 재식을 미행하던 장면이 떠올랐다.

'그래, 무언가 있어!'

괴메시지를 발신한 주범이 제 발로 찾아오는 것일지도 모른다. 동준은 정중하게 대답했다.

"그러세요. 715호실입니다. 비서진들이 모두 퇴근한 뒤 조용한 시간이 좋겠지요."

"고맙네, 이 의원."

한 씨가 동준에게서 돈을 뜯어내려고 비슷한 연배의 노인과 짜고 수작을 부렸을 가능성도 있었다. 더구나 오후에 처음으로 걸려온 괴전화는 분명 노인의 목소리였다.

열세 살짜리 동준은 집안에 아버지가 없다는 사실이 부끄러웠다. 아버지 없는 가정에 침입한 남자 한주엽은 어머니를 조종하며 경제적인 피해를 입혔고, 동준의 순수했던 심성과 도덕성에

상처를 남겼다. 동준은 방천시장 사람들이 정육점을 두고 수군대지는 않는지, 한 씨와 어머니의 관계에 대해 얼마만큼 알고 있을지가 늘 두려웠다.

금배지가 달린 동준의 양복 재킷이 의원실 옷걸이에 걸려 있었다. 비서진은 퇴근을 하고 동준이 혼자 남아 있었다. 벽면 책꽂이에는 색인과 함께 50권짜리 법령집이 꽂혀 있었다. 한 씨를 기다리는 동안 그는 소속 상임위인 정무위원회에 관련된 법률안을 꺼내 읽었다.

의원실 문 앞에서 인기척이 느껴졌다. 노크 소리가 들렸다. 부속 사무실을 지나 문가로 가서 문을 열자 말쑥하게 차려입은 한주엽이 서 있었다. 그는 국회의사당에 가서 국회의원을 만난다고 그에 걸맞은 새 양복을 빼입었다.

한주엽이 동준의 안내를 받으며 의원실 안으로 들어섰다. 그의 얼굴엔 국회의원 사무실에 난생처음 들어와 본 호기심과 부자연스러움이 깃들어 있었다. 동준은 어색한 분위기를 바꾸느라 자연스럽게 말을 꺼냈다.

"국회의원 사무실이 동네 편의점보다 좁아요. 이 인에서 비서진 6명이 근무해요. 작은 출판사 사무실 같지요. 하는 일도 의외로 인쇄물 작업이 많아요."

동준은 응접 소파에 앉기를 권하고 한주엽과 마주 앉았다. 한주엽이 괴메시지를 보낸 주범인지 아닌지를 따져보며 그가 먼저 용건을 꺼낼 때까지 잠자코 기다렸다.

한주엽이 주위를 두리번거리며 혼잣말을 했다.

"목이 마른데 물이 어디 있나?"

한 씨는 엉거주춤한 자세로 소파에서 일어섰다. 그보다 먼저 일어난 동준이 여비서가 퇴근하고 없는 의원실을 방문한 손님을 손수 접대했다. 탕비실 입구는 평소보다 비좁았다. 사무총장에 내정된 이후 중앙당 총장실로 짐을 꽤 많이 실어 보냈지만 옮겨 갈 짐들이 아직도 남아 있었다. 동준은 상자 위에 놓여 있는 청테이프와 빨간 노끈 꾸러미를 보는 순간 하얗게 질린 얼굴로 그것들을 싱크대 아래 수납장에 처넣어 버렸다.

국회의원이 손수 타내온 녹차에 황송해하면서도 한주엽은 할 말을 했다.

"난 차를 싫어해. 커피도 에스프레소만 마시지. 주스나 한 잔……."

동준은 오렌지주스를 가지러 다시 탕비실로 가서 냉장고에서 주스가 담긴 페트병을 꺼냈다. 의원이 된 뒤로는 자기 손으로 냉장고 문을 열 일이 거의 없었다. 냉장고의 냉기가 피부에 와 닿자 초등학교 6학년 때 겪었던 악몽이 떠올라 몸서리를 쳤다.

그날은 단축 수업을 해서 평소보다 일찍 하교했다. 방천시장 끝자락에 자리 잡은 정육점 라디오에선 5분극 「김삿갓 북한 방랑기」가 흐르고 있었다. '두만강 푸른 물에 노 젓는 뱃사공'이란 노래가 가사는 없이 곡조만 배경음악으로 깔리며 김삿갓 역의 성우 목소리의 내레이션이 이어졌다. 그와 함께 방안에서 이상한 신음이 흘러나왔다. 한 뼘쯤 벌어진 문틈으로 보이는 장면은 6학년짜리 남학생에겐 성인영화의 한 장면처럼 충격적이었다. 한주엽의 등판에 가려진 탓에 어머니 얼굴과 마주치지 않은 게 다행이었다. 이불깃이 반쯤 걸쳐진 한 씨의 엉덩이 근육이 얼굴 없는 연체동물처럼 탐욕스럽게 움직거렸다.

동준은 오로지 숨을 데만 찾았다. 그때 영업용 냉동고가 눈에 들어왔다. 그 안으로 들어간 동준은 얼어 죽을지 모른다는 공포보다 차라리 죽어서 어머니에게 복수하고 싶었다. 냉동고 문은 밖에서 열어야만 열리게 되어 있었다. 동준과 함께 차갑게 얼어가는 송아지 반 마리가 절반으로 잘린 내장을 드러낸 채 쇠갈고리에 걸려 있었다. 다행히도 어머니가 밖에서 냉동고 문을 열었다.

오십을 넘긴 나이에도 그때의 기억에 구역질 나는 분노를 애써 누르며 동준은 페트병과 유리잔을 한 씨 앞에 내려놓았다. 주스를 따르며 한주엽이 말했다.

"백 프로 원액이구만. 동준이 자네가 출세해서 내가 얼마나 기뻤는지 자넨 모를 거야. 92년도에 자네가 처음 국회의원으로 출마했을 때 아르헨티나에서 교민신문을 보고 깜짝 놀랐지!"

깜짝 놀랐다는 감정을 강조하느라 한 씨의 목소리가 커졌다.

그 때문에 불쾌한 입 냄새가 동준의 얼굴로 확 끼쳤다. 한 씨는 묵묵히 양복 안주머니에서 사진 한 장을 꺼내놓았다. 방천시장 입구에서 찍은 흑백사진이었다. 한 씨와 어린 동준, 권판식, 셋이서 함께 찍은 사진이었다. 권판식 아저씨 또한 교활한 한주엽에게 여러 차례 돈을 떼인 피해자였다. 순간 동준을 바라보는 한주엽의 눈빛이 끈적끈적하게 변했다. 동준은 움찔했다. 한 씨는 의원실 안에 두 사람만 있다는 걸 재확인이라도 하듯이 주위를 휘둘러본 다음에 나직한 음성으로 말했다.

"아들아."

냉혈 뱀 한 마리가 미끈거리며 동준의 맨살에 달라붙는 느낌이었다.

"내 아들. 지금이라도 내 아들로 입적시켜주지! 자넨 원래 이동준이 아니라 한동준이야. 틀림없어. 내 죽기 전에 진실을 밝혀야지."

비웃음을 억누르며 동준은 한주엽의 까만 머리카락을 쳐다보았다. 염색은 했겠지만, 그 나이에도 머리숱은 잘 관리되어 풍성했다. 한 씨는 제 머리카락 한 올은 잃지 않으려고 애를 쓰면서도 마누라와 제 자식들은 일찌감치 내팽개친 못된 가장으로 평판이 나 있었다. 동준이 그의 친자인지 아닌지가 한주엽에게 중요할 리 없었다. 단지 말년에 팔자 한번 고쳐보려는 야비한 속셈이었다.

소파에서 일어난 동준이 마주 앉은 한주엽에게 다가가서 재빠른 동작으로 머리카락 한 올을 뽑아냈다. 동준의 기이한 행동에 한 씨는 어리둥절했다. 동준이 말했다.

"유전자 검사해서 대조해보면 금방 알 수 있지요. 비닐 팩에 담아둘까요?"

주눅이 든 한주엽은 가슴을 웅크렸다.

"왜 자신 없어요?"

젊은 시절의 어머니는 기질이 독한 부류의 여인이었지만 한 씨에게는 정신이 홀리곤 했다. 시장 사람들은 한 씨를 두고 여자에게서 얻어내려는 걸 죄다 갖다 바치게 하는 사이비 교주 같은 끼가 넘친다고 했다. 그러나 동준은 알았다. 어머니가 한 씨에게 홀렸던 이유는 사상적인 부분 때문이었다. 우익성향의 한 씨는 빨갱이를 저주하는 어머니의 깊은 상처를 긁어줄 줄 아는 사람이었다.

동준이 다시 말했다.

"얼마가 필요하세요?"

"하, 한 장이지. 지금 사는 오피스텔은 너무 비좁아. 이래 봬도 아르헨티나의 수도 부에노스아이레스에 있는 교외 주택가에서 백 평짜리 정원을 가진 집에서 살았네."

동준의 입가에 냉소가 삐져나왔다.

"이봐! 한 씨!"

한주엽이 두 눈을 휘둥그레 떴다. 전혀 예상치 못한 동준의 태도에 당황한 표정이었다. 동준이 말했다.

"다 늙어빠진 작자가! 저승 가서 들어갈 집이나 마련해둘 일이지!"

침착한 말투였다.

한주엽이 주춤거리며 말을 더듬었다.

"아, 아니! 나, 나이든 어른한테 이 무슨 무례를! 대통령 측근이나 되는 국회의원이 마, 말이야. 꼬레아 국회가 이따위라는 건 들어 알고 있었지만. 그렇다면 조오치! 내가 불어보지. 니 에미가 어떤 기집인지, 인터넷 효과가 아주 크더만, 응! 다음(daum)으로 할까? 조중동, 야후, 구글, 어디다 올리면 세상 사람들이 재밋거리에 빠질까? 그저께 청와대로 들어간 박상헌은 어떤 태도로 나오려나!"

한주엽의 목소리는 폭발할 듯 톤이 높았다. 동준은 침묵을 지키고 앉아 있었다. 한 씨 앞의 동준은 어딘가로 가버린 듯했다. 잠시 후 동준은 두 손으로 얼굴을 비비며 마른세수를 했다. 그때 머릿속으로 어떤 생각이 빠르게 스쳤다. 괴메시지의 범인을 추적하고 교란시키는 데 유익한 일이었다. 공인인 동준이 직접 나서기엔 제약이 따르기 때문이었다.

동준은 백만 원짜리 수표 세 장을 꺼내 한주엽에게로 밀어주며 말했다.

"어르신, 용서하십시오. 어떤 아들이든 제 어머니를 욕되게 하면 참지 못하겠지요. 대신 권 씨 아저씨를 한번 찾아봐 주셨으면 합니다. 91년 봄에 어르신께서 아르헨티나로 출국하신 후에 여름 즈음부터 아저씨 건강이 나빠져서 제 형님이 계신 요양원에 보내드렸어요. 그 후 의정활동으로 바쁘다 보니 아저씨가 행방불명되었다는 사실을 뒤늦게야 알게 되었습니다. 아저씨께 진 빚이 있어요. 이제라도 갚아드리고 싶은 심정이죠. 저를 대신해서 아저씨를 찾아 주시면 그땐 일억을 드리겠습니다."

한주엽은 동준에게서 기꺼이 그렇게 하리라는 눈빛을 읽어냈다. 무모한 협박으로 국회를 오염시키려던 한 씨가 의원실을 나갔다. 동준의 귀에 노인의 울음소리가 여운으로 남아 있긴 하지만 한주엽에 대한 의심은 묻어두기로 했다. 16년 전 그 일은 한 씨가 아르헨티나로 도주한 지 몇 달 후에 일어났고 그가 동준의 비밀폰인 3883폰을 알 리 없었다.

동준이 여비서 자리로 가서 서랍에서 가위를 꺼냈다. 사진에서 한 씨 부분을 도려내고 권판식과 어린 시절의 동준 자신만 남겨두었다. 한주엽이 무슨 의도로 지금껏 이 사진을 간직하고 있었는지는 종잡을 수 없었다. 동준은 온화한 미소를 짓고 있는 권판식의 사진을 오랫동안 바라보다가 지갑 속에 소중히 간직했다.

중랑구 면목동의 재래시장인 방천시장 통에서 아버지 없이 살아온 동준은 어려서부터 낭패한 일을 당하거나 기쁜 일이 생기면 권판식을 찾아갔다. 아저씨를 생각하면 왠지 고향집처럼 아늑하고 편안했다. 나지막하고 온화한 아저씨의 음성이 들려왔다.

'동준아, 네가 대통령 측근이 되다니 기쁘구나.'

선거 당일 자정을 지나고 개표가 끝나가던 새벽 무렵에 박상헌 후보는 대통령 당선이 확실해졌다. 당직자들과 함께 양팔을 높이 쳐들며 환호하던 그 순간 환한 웃음으로 기뻐하는 권판식 아저씨의 얼굴이 떠올랐다.

어느 소도시 항구에 있는 국밥집에서 식사 중인 손님들은 텔레비전 뉴스에 간간이 눈길을 주었다. 유리창에 눌어붙은 먼지 더께는 흐르는 빗줄기에 얼룩이 져 있었다. 김이 술술 올라오는 뚝배기에 고개를 처박고 수저질을 해대는 박귀주는 며칠 전에도 같은 자리에 앉아 무념한 표정으로 대통령 취임식을 보았다. 육십 대 중반의 박 씨는 한쪽 팔이 없었다.

그의 등 뒤에서 반가운 목소리가 들려왔다.

"내, 여 계실 줄 알았심더!"

고개를 돌려 올려다보는 박 씨가 반색을 했다. 성호였다.

"언제 출소했어?"

"이번에는 자수한 기 참작이 된 모양이라예. 폭행죄라도."

성호의 왼쪽 뺨엔 버짐투성이 같은 기이한 좀비세포가 퍼져 있었다. 다부진 체격에다 팔뚝에 새긴 문신 때문에 성호는 박귀주보다 한층 젊어 보였다. 성호의 목소리 톤이 점점 높아졌다. 울분을 삭여내는 듯 말투에는 독기가 있었다.

"내가 을마나 괴롭겠어요! 박 중사님예. 걸마가 내보고!……"

박 씨는 인상을 찌푸리며 성호의 말을 잘라버렸다.

"중사라고 부르지 말라니깐."

성호는 귀주의 말을 무시해버리고 자기 말을 계속해댔다.

"박 중사님, 걸마가 뭐라칸 줄 아십니꺼? 사람 쥑일 때 기분이 어떻터냐꼬!"

박귀주는 조용히 타이르듯이 말했다.

"언제까지 70년대 월남 파병 군인으로 살 건가?"

목이 타는 성호는 고개를 두리번거리며 식당 주인을 찾았다.

"아지매! 여, 소주, 참이슬 한 빙!"

성호는 투덜거리며 박귀주 앞자리에 앉았다.

"마, 나도 인자 더 말 안 할랍니더."

두 남자가 소주 세 병을 비울 때쯤에는 스산하게 퍼부어대던 저녁 비가 많이 누그리졌다. 성호는 창밖을 한빈 쳐다보고는 박 씨의 술잔에다 반만 따라주며 말했다.

"그래도 우리는 양반이지예. 한 방, 같이 쓴 죄수들이 알코올 중독 아닌 새끼가 없고. 젤 대빵이 제주도 사람인데 폐인이 돼 뿌릿지민. 그 사람이 4·3 얘기하면서 참 특별한 말을 합디더. 바람, 돌, 여자가 많아서 삼다도라 카는 제주도에 와 여자가 많은지 아냐꼬. 그때 제주도민 3만 명이 학살됐는데 죽은 사람이 거의 남자라서 그렇다 카네요."

박 씨의 표정이 숙연해졌다. 지금은 신혼여행지와 감귤농장,

리조트의 골프장, 현무암의 검은 돌담과 청정수로 그려지는 제주도에 그처럼 끔찍한 살인의 역사가 담겨 있었다. 박 씨가 말을 이었다.

"그렇지. 한 사람이 살해되는 범죄사건이 3만 건 일어났다는 말이지. 다수의 절대적인 암수범죄."

"그기 무슨 말인교?"

"살인이 일어난 건 맞는데 수사기관에는 잡히지 않는 사건들. 죽은 자와 죽인 자만 아는."

성호는 반쯤 남아 있던 자신의 술잔을 마저 채워 입술로 가져갔다. '크윽' 트림을 하고는 마음속에 품고 있던 의문을 털어냈다.

"참, 이상하지예. 그 어르신이 어디로 갔는지. 아직 살아계시마 나이가 팔순이 훨씬 넘었겠네예."

'그 어르신'이 누구를 말하는지 잘 알고 있는 귀주의 눈빛이 흔들렸다. 그는 점퍼 안주머니에서 빛바랜 흑백사진 한 장을 꺼냈다. 열대 야자수 밑에서 월남 아가씨와 함께 찍은 앳된 병사의 사진이었다. 고개를 들이밀고 사진을 쳐다보는 성호가 놀라면서도 반가워하며 말했다.

"영섭이 아인교! 권영섭이. 백마부대."

귀주는 그렇다며 대답 대신 고개를 끄덕거렸다.

잠시 혼자만의 생각에 잠겨 있던 성호가 다시 말했다.

"박 중사님. 우리한테 뭐 숨기는 거 있지예. 혼자만 알고 기신 거."

"없어. 그런 거."

박 씨가 말하지 않을 거란 걸 이미 알고 있는 성호는 더이상 추궁하지 않았다. 그 대신 박귀주의 빈 팔 자락을 응시하며 말을 덧붙였다.

"이번에 일 나가마 그 팔부터 해 넣읍시더."

성호의 눈길이 꽂힌 자신의 빈 팔을 박 씨는 남의 팔처럼 무심하게 내려다보았다.

4

민한당사 현관 앞으로 차량번호 서울 가-1123번의 검정 체어맨이 달려와 섰다. 절도 있는 동작으로 앞좌석에서 내린 수행비서가 귀빈석의 차문을 열어주었다. 내린 이는 새로 부임하는 사무총장 이동준 의원이었다. 동준은 신임 사무총장으로서 수행원을 달고 기자들의 플래시 세례를 받으며 총장실로 들어섰다. 양각으로 장엄한 문양이 새겨진 투 도어(two door)로 된 집무실 문 앞에서 잠시 발걸음을 멈추었다. 이 공간에 첫발을 들여놓은 듯이 총장실 전체를 휘둘러보았다.

종일토록 부임 축하 예방을 받은 동준은 퇴근시간이 다 되어서야 집무실 책상에 앉을 수 있었다. 그의 얼굴에 피곤한 기색이 스쳤다. 중앙당 사무처 부서의 조직도가 컴퓨터 옆에 걸려 있었다. 컴퓨터 전원을 켜고 민한당 인트라넷에 접속해서 인사팀 사이트를 클릭했다. 중앙당의 사무처 요원은 2백 명이 넘었다. 그들을 지나친 동준의 마우스가 기능직 폴더를 열어 비서 김영주의 인적 사항을 펼쳐놓았다.

'1978년생, 30세, 미혼'이며 주소는 불광동 다가구주택의 일층, 가족사항은 어머니만 있는 가정의 장녀로 결혼한 여동생이 한 명 있다.

이번에는 사무처 전자메일에 접속해서 김영주의 이메일을 열어보기로 했다. 암호와 비번의 입력 칸에서 막혔지만, 동준은 이내 기억해냈다.

'참! 사무총장은 열람할 수 있다고 했지.'

자신의 암호와 비번으로 로그인하고 다시 시도하자 '접근이 허용되었습니다'라는 메시지가 떴다. 영주의 이메일로는 애인이나 흔한 남자친구조차 없다는 걸 알 수 있었다. 점심시간이나 근무시간 중에 틈틈이 대표실 비서인 박정아와 주고받은 메일뿐이었다. 동준은 인터폰을 눌렀다.

"네, 총장님."

영주의 음성이 흘러나왔다.

"오 보좌관 좀 들여보내요."

"네, 알겠습니다. 총장님."

스피커폰 버튼을 눌러 끄는 동준의 손결은 여자의 그것처럼 곱고 섬세했다.

오 보좌관이 조회해 온 주민등록번호 780520-2****15 김영주의 신용상태는 8등급이었다. 동준이 짐작했던 그대로였다. 노크 소리가 들리고 찻잔을 올린 쟁반을 들고 영주가 들어섰다. 책상 앞으로 걸어와 공손하게 찻잔을 내려놓았다.

동준이 봉투를 건네며 말했다.

"이거, 받아둬요."

이번이 두 번째였다.

"감사합니다. 지난번에 주신 것도 인사를 못 드렸어요."

"인사는 무슨, 정치판에선 주는 사람도, 받는 사람도 말을 않는 거야."

동준은 농담까지 건네며 자연스럽게 내밀었다. 영주는 공손히 받아들고 집무실을 걸어 나왔다.

자기 자리에 돌아와 앉은 영주는 감격도 감격이지만 얼마가 들었을지가 궁금해서 조바심이 났다. 주방으로 들어가 부속실 쪽을 힐끗거리며 스커트 주머니에 든 봉투를 꺼내려는데, 신임총장을 모시게 되어 잔뜩 긴장해 있던 최 팀장이 생수 한 잔을 부탁했다. 화장실 변기에 걸터앉아서 다시 봉투 속을 확인해보니 이번에는 청소 아줌마가 깜빡하고 선반 위에 휴대폰을 올려놓았다며 마구잡이로 문을 두드려댔다.

부임 첫날이어서 또 한 차례 내방객을 맞느라 사무총장 부속실은 모두가 바삐 움직였다.

재식은 지민을 데리고 당사 건물 이층에서 당원이 운영하는 해물탕집으로 들어갔다. 앉은뱅이 테이블마다 손님들이 가득해 홀 안이 떠들썩했다. 그는 저녁 식사를 겸해 처남인 지민에게 낙방 위로주를 사주고 싶었다.

지민은 올해로 다섯 번째 떨어진 사법 고시생이었다. 그는 시험에 떨어졌다는 좌절감보다 더이상 뒷바라지를 해줄 수 없는 아버지의 경제력 때문에 더 막막했다. 속이 타들어 가는 지민과는 달리 정치판에서 먹고사는 재식은 낙방생인 처남을 데리고 하는 이야기도 온통 정치 얘기뿐이었다. 하지만 재식이 민한당 사무총장실에 모 인사가 던져놓은 현금 상자를 자택까지 찾아가서 되돌려주고 왔다는 대목에서는 지민도 귀가 솔깃해졌다.

'그 돈에서 천만 원만 쓸 수 있다면 국가가 인재 하나를 얻게 될 텐데……. 일 년만 더 기회가 있다면!'

그런 지민 앞에서 재식은 그의 사촌형이기도 한 이동준 의원에 대해 자랑스레 말했다.

"우리 의원님은 어떤 유혹에도 끄떡 안 해. 되레 후배 의원들을 챙겨주려고 하시지. 왜 그, 능력도 있고 인물은 괜찮은데 돈이 없는 의원들도 있잖아."

지민은 마치 자기를 두고 하는 말 같았다. 재식이 말을 이었다.

"존경스럽지? 처남은 이제 시작이잖아. 의원님도 고시에 실패했지만, 지금은 더 성공하셨어! 고시가 전부는 아니야. 중랑갑 지역구에 사무실을 낸 변호사들도 알고 보면 임대료조차 제대로 못 뽑고 있어."

결국 포기하라는 매형의 말을 지민은 흘려버렸다. 매형이야 어차피 자기 주제에 맞게 사는 사람이었고 지금의 삶을 받아들일 수밖에 없는 소시민이었다. 지민은 스스로 매형 부류의 사람들과는 다르다고 생각해 왔다. 불판 위에 얹힌 해물탕 냄비가 끓다가 졸아들어 자작자작 소리를 냈다. 재식이 지민과 이야기를 나누는 동안 손님들은 거의 빠져나가고 둘만 남았다. 늦도록 자리를 차지하고 있어도 식당 주인은 개의치 않았다. 당원인 데다 선거 때마다 많이 팔아준 덕분이었다.

두 사람은 후식으로 자판기 커피를 마셨다. 지민은 앞으로 어떻게 할지 결정할 때까지는 편의점 일이든 당 사무실 일이든 계속해서 매형을 도와주겠다고 했다. 모시던 의원이 사무총장이 되었으니 더 바빠지고 많아질 조직부장의 업무를 감당하려면 지민의 자원봉사가 큰 도움이 될 것이다.

이때 누군가에게 걸려온 전화를 받던 재식의 두 눈이 휘둥그레졌다. 통화를 짧게 자르고는 자리를 박차고 일어났다. 지민은 혼자서 일층 편의점으로 내려갔다.

동준이 그랜드호텔 스카이라운지로 들어섰다. 연희동 일대의 야경이 훤히 내려다보였다. 창가 자리에 앉아 있던 일본인 히노하라가 일어나 정중히 동준을 맞이했다. 두 남자는 악수를 나누고 마주 앉았다.

히노하라를 알게 된 건 지난 대선 때였다. 서울에서 입지를 굳힌 일본 종합상사 '와다'의 서울지사장인 그는 정치적인 식견과 처세술이 뛰어났다. 박상헌의 당선을 미리 점친 히노하라는 동준을 통해 대선자금에 거액을 보탰다. 그 공로로 그는 박상헌이 돌봐주라고 당부한 대상에 들어 있었다.

70년대, 박정희 대통령의 중앙정보부는 공정한 가격을 제시한 프랑스회사를 제치고 공사 성격과는 딴판인 일본의 식품회사(와다종합상사의 전신)에 지하철 1호선 공사가 낙찰되도록 정치력을 짜냈다. 그 대가로 받아낸 정치헌금을 대통령에게 갖다 바쳤고, 그 일부는 권력층 요인들의 비밀자금으로 흘러 들어갔다. 한국 정부와의 검은 거래에서 엄청난 이득을 챙긴 일본 측 식품회사는 그 후 일본과 아시아, 중남미까지 사업을 확장해 다국적기업으로 성장했다.

대선자금책이었던 동준은 당시의 비리를 파헤쳐 보았다. 그러나 조직적이며 치밀하게 벌인 그 사업에 가담된 핵심인물들이 관련 문서를 철저히 파기해 증거라곤 남아 있지 않았다. 동준의 노력은 실패에 그치고 말았다. 그러나 동준은 히노하라 서울지사장에게 기밀문서와 증거자료가 수십 년 동안 KBI(중앙정보부의 후신)의 캐비닛에 보관되어 있다고 거짓말을 했다. 검은돈을 찾아내 국고에 환수하겠다는 대선공약을 내건 박상헌 후보가 집권하면 1972년부터 1974년 8월 15일 지하철 1호선 개통까지의 숨은 비리가 세상에 폭로될 수 있다는 정보도 흘렸다. 위기의식을 심어준 것이다.

 그렇게 되면 일본의 국내법상 와다종합상사는 50억 엔(500억 원 가량)의 탈세액을 추징당하게 되고 무엇보다 와다의 신뢰도가 추락해 소비자들에게 철저히 외면당하게 될 것이었다. 히노하라 서울지사장의 정보에 설득당한 와다 본사 대표는 결국 동준 측과 무언의 거래로 8억 엔의 대통령 선거자금을 후원했다.

 지난 대선 당시 동준과 상헌 측이 선거자금을 관리했던 비밀 캠프 중 하나가 바로 이 그랜드호텔에 있었다. 그랜드호텔 레지던스 건물인 아파트 맨 위층인 1601호는 작년 한 해 동안 상헌 측이 장기 임대를 했었다. 이 호텔로 정한 이유는 호텔건물과 별도로 주거용 아파트 동이 있고 시내 중심가에 들면서도 한적한 연희동이었기 때문이다.

 히노하라의 서울 거주지는 1101호였다. 비밀 아지트인 1601호와 히노하라의 1101호 아파트는 딱 5층 거리였다. 히노하라의 한국어 실력은 유창한 편이었다.

 "잘 지내십니까? 대통령님께서는 건강하십니까?"

 "물론이죠. 대통령께서 청와대로 들어가시면서 지난번에 도와주신 일로 히노하라 씨의 안부를 물어보셨어요."

 "영광입니다."

 한국의 집권당 사무총장에게서 만나자는 연락을 받은 히노하라는 다른 일정을 모두 미뤄 놓고 동준을 만나러 왔다.

히노하라는 와다 본사의 정치헌금 10억 엔 중에서 2억 엔을 개인적으로 취했다. 동준과 히노하라, 두 사람만이 아는 비밀이었다. 8억 엔을 건네받은 동준은 히노하라가 원하는 대로 버젓이 10억 엔을 전달받았다는 친필사인을 해주는 국제적인 배포를 보여주었다. 정치헌금은 관례상 영수증을 주고받지 않는다. 그러나 외국이라는 특수한 입장과 문화를 따라 주느라 물품 대금으로 받았다는 식으로 서명해 주었다. 당시 히노하라는 1101호 거실에서 동준 앞에 꿇어앉아 머리를 조아리며 말했다.

"반드시 은혜를 갚겠습니다!"

그러기 위해서는 비밀폰이 있다면 알려달라는 그의 단호한 태도에 3883폰을 일러주었다. 국내정치의 암투에서 사각지대에 놓여 있는 외국인이어서 경계를 푼 이유도 있었지만, 그의 눈빛에서 할복을 해서라도 은혜에 보답하겠다는 결의가 뿜어져 나왔기 때문이다.

동준과 히노하라는 함께 차를 마시며 신임 대통령의 국정운영에 대한 일반적인 얘기를 나누었다. 이런 만남의 이면에는 서로 국제적인 신의를 지킨다는 의미가 있었다. 그러나 얘기를 나누는 동안에도 동준은 히노하라가 3883폰으로 괴메시지를 발신한 장본인이 아닌지 의심의 끈을 놓지 않았다. 순간, 문자 메시지의 수신음이 감지되었다. 다시 3883폰이었다. 동준은 흠칫했다.

'지금쯤 그는 차가운 저수지 아래 잠들어 있겠지.'

동준은 온몸에서 피가 빠져나가는 듯한 현기증을 느꼈다. '저수지'라는 말은 흔히 쓸 수 있는 말이 아니었다. 뭔가의 손아귀에 꼼짝없이 움켜잡힌 기분이었다. 휴대폰의 종료 버튼을 누르는 동준의 낯빛이 파리했다. 비틀거리며 소파 등받이로 무너졌다. 이마에 식은땀이 배어났다. 놀란 히노하라가 동준의 자리로 건너왔다. 동준은 변명을 둘러댔다.

"괜찮아요. 대통령 선거를 치르다 보니 한동안 몸을 돌볼 새가 없었어요."

동준이 작년 한 해 동안 대통령 선거를 치르고 자금을 끌어들이느라 에너지를 모두 쏟아부은 것은 사실이었다. 히노하라가 진심 어린 얼굴로 걱정해 주었다.

"휴식을 취하십시오. 무리하셨습니다."

그와 함께 있는 히노하라가 괴메시지를 보낸 게 아니라는 사실만은 현장에서 확인된 것이다. 다음번 메시지를 기다려야 할지, 곧바로 답신을 보내야 할지 동준은 주저했다. 함부로 반응을 보였다가는 오히려 휘말려들 수 있다. 아직은 때가 일렀다. 지금으로선 상대에게 괴메시지를 단순한 장난으로 받아들이는 태도를 보여주어야 했다.

어둡고 차가운 저수지 밑바닥으로 동준의 몸이 빨려들어 갔다. 물속에서 부르튼 시신 한 구가 동준의 주위를 떠다녔다. 수면 위 제방에선 군인과 경찰들이 양수기로 저수지 물을 퍼 올리고 있었다. 드러난 저수지 바닥에서 건져 올린 한 구의 익사체와 벌거벗은 동준의 나체가 나란히 뙤약볕 아래 놓였다. 수많은 얼굴들이 하늘에서 쏟아지는 별똥처럼 동준의 얼굴에 내리박혔다. 박상헌 대통령의 얼굴과 취임식장에서 동준에게로 몰려들던 의원들의 얼굴이 보였다. 검사장 친구 용호도 있었다.

동준이 침대에서 벌떡 일어나 비명을 질렀다. 악몽이었다. 지갑에 꽂아둔 권판식 아저씨와 어린 동준의 흑백사진이 사이드 테이블에 놓인 물컵에 빠져 있었다. 황급히 인터폰을 누르자 미숙이 들어왔다.

"이, 이 사진이 어떻게 여기 빠져 있어?"

"글쎄요. 당신이 침대 가에 앉아서 그 사진 보고 있었잖아요. 내가 아까 들여다봤을 때."

"내가 그랬어? ……자다가 무슨 헛소리는 하지 않았고?"

"당신은 아무리 아파도 헛소리라곤 하지 않는 사람이잖아요."

동준의 온몸이 땀으로 흥건했다. 화장지로 흑백사진의 물기를 조심스레 닦아냈다. 동준은 다시 잠들지 못했다.

오후부터 비가 내렸다. 동준은 집무실 책상에 앉아 팔걸이 가죽의자를 돌려 창밖을 내다보았다. 윤중로의 벚꽃길이 차가운 봄비에 젖어 들며 의사당을 휘감고 있었다.

재식에게서 전화가 왔다. 괴메시지에 대한 보고였다.

"의원님, 휴대폰 주인은 사십 대 남자로 구두닦이입니다. 발신 장소는 고속버스터미널 근처였습니다. 손님들이 구두를 닦는 동안 가끔 자기 휴대폰을 빌려 쓰기도 한답니다."

괴메시지를 보내는 자라면 남의 휴대폰을 사용하거나 대포폰을 이용했을 테지. 동준은 다시 긴장했다.

'도대체 누가, 어떻게 내 3883폰을 알고 문자를 보내지?'

이동준 의원의 비밀폰인 3883폰의 존재를 알고 있는 재식과 히노하라, 두 사람 중에 누군가가 범인이라면 오히려 다행스러운 일이었다. 그들은 결국 '동준의 사람'이니까. 하지만 범인은 그 두 사람이 아닌 미확인 불특정 다수 중에 있다는 현실이 동준을 짓눌렀다. 동준은 이제 재식과 히노하라를 제외한 나머지 사람들에게로 시선을 돌려야 했다. 중랑갑구에서만 내리 4선인 동준의 주위엔 너무나 많은 사람이 있었다. 대통령의 측근 자리까지 오르는 동안 중앙에도 인맥이 거미줄처럼 뻗어 있었다. 동준은 막막했다.

동준이 총장 집무실을 나서자 컴퓨터 한 대씩을 마주하고 앉은 부속실 요원들이 우르르 일어나 인사를 했다. 비서 영주는 총장님의 호의에 감사하는 눈빛이었다. 국회 문장(紋章)이 황금색으로 그려진 검정 우산을 받쳐주는 수행비서의 구두가 동준을 섬뜩하게 했다. 비 오는 날 깨끗이 닦여 광채가 나는 구두는 몹시 어색했다. 동준의 몸을 가린 의원용 우산은 그대로 당사 현관에 대기해 있는 체어맨으로 향했다.

체어맨이 경복궁 담을 지나 청와대로 들어섰다. 차창 밖으로 긴 우의를 덧입은 정문 경비가 거수경례를 붙였다. 본관 현관 앞에 정차한 체어맨에서 내린 동준이 비서동(棟) 건물을 바라보았다. 불을 환히 밝힌 국정상황실 안에서는 아들 정현이 일하고 있다.

청와대 국정상황실은 나라 전체가 돌아가는 모양새를 죄다 들여다볼 수 있는 위치로 신문사로 치면 데스크 역할을 하는 곳이다. 정현이 정치인으로 커나가는 데 상당한 경력을 쌓을 기회였다. 그런 경력이 앞으로 정현이 한 단계 더 높은 단계에 도달하는 데 기반이 되어줄 것이다. 동준은 가슴이 뭉클했다. 장래 큰 정치가가 되겠다는 뜻을 품은 아들이었다. 어려서부터 정현은 주변 사람들로부터 항상 지도자감이라는 인정을 받으며 자랐다. 학교 선생님과 학부형, 그리고 전교생은 정현의 타고난 지성과 열정, 카리스마에 이끌렸다.

본관 백악실에 마련된 비공식 만찬에 초대된 대상은 전직 대통령들이었다. 대통령이 아닌 사람은 동준과 몇몇 상헌맨들과 송영기 신임 KBI원장이었다. 송영기는 '코리아 테라피'의 검은 돈 찾기 공약사업을 떠맡았다. 환갑이 넘은 정치학자 송영기 교수가 당신들 가계부에 현미경을 들이댈 터이니 서로 인사나 나누라는 자리였다.

 대통령의 주빈석만 전담하는 웨이터와 웨이트리스가 접시에 음식을 내려놓았다. 대통령이 먹을 음식은 경호 대상이어서 그들은 경호실 소속 직원들이었다. 검식을 통과한 음식들만이 테이블 위에 오를 수 있었다.

 전직 대통령들은 송로버섯 요리를 들며 현직 대통령이 협조를 구하는 말을 흘러듣거나 내심으로 켕겨 하기도 했다. 대통령직에 앉아 있는 동안 수천억을 끌어다가 여기저기 숨기고 빼돌려놓고 임기 내에 아들, 딸을 재벌과 결혼시켜 사돈 맺던 시절의 대통령들이었다. 이미 누구는 검찰에 불려가 11층 특별조사실에서 새파랗게 젊은 검사한테 훈계를 들었고, 누구는 감옥까지 갔다 온 전력이 있었다. 누구는 토할 거 다 토했다고 했으며, 누구는 그 아들까지 전과자가 되어 있었다.

 취임식 날 국회의사당 주차장에서 실물을 본 이후로 동준은 J대통령을 다시 보게 되었다. 무뚝뚝하게 생긴 이미지와는 달리 만찬 내내 말이 많았다. 송영기 정보원장은 그의 주 감시대상인 J대통령을 예사롭지 않은 눈빛으로 겨누어보았다.

 전직 대통령을 태운 승용차들이 전조등을 켜고 밤비 속에 줄줄이 청와대 본관 현관을 출발해 다들 자택으로 돌아갔다. 상헌은 여전히 남아 있는 측근들과 따로 차를 마시는 시간을 가졌다. 상헌이 말했다.

"청원이 들어왔어요. 반 협박조야. 같은 대통령끼리 너무 감시하고 들쑤시는 것 아니냐는 말이지. 그 사람 아들이 그러더구만. 당신도 5년 후면 퇴임 대통령이 될 텐데 연세도 많은 분을 귀찮게 하는 건 동방예의지국에서 할 일이 아니라고. 누구라곤 말 않겠어요. 전직 대통령 중에 아들 없는 분은 없으니."

대통령의 말에 이미 정보를 공유하고 있는 송영기 정보원장이 고개를 끄덕이며 동조하는 빛을 나타냈다. 그에게 상헌이 물었다.

"원장님, 여태껏 풀리지 않은 율곡비리와 스위스은행 계좌 재조사 결과는 어떻게 나왔습니까?"

"스위스 정부에 공식 협조를 구했습니다만. 우리나라처럼 실명제가 아니어서 이름으로는 도저히 찾을 수가 없었습니다. 625, 965, 60D라는 번호를 가진 구좌가 의심스럽다며 그쪽 정부에서 애써 추적해 보니 남미 어느 독재자의 2세 것으로 나왔답니다. 코드만이 풀 수 있는 열쇠라고 해서 여러 차례 시도를 해봤어요. 심지어 1212, 518, 629(12·12, 5·18, 6·29)도 대보았지만 없다고 했습니다."

상헌은 다시 한번 단호하게 결의를 품으며 말했다.

"내 임기 중에 반드시 그들이 숨겨둔 검은돈을 찾아 국고로 환수하겠어요. 이 일은 우리가 이루어야 할 역사적인 사명입니다!"

"그렇습니다. 저수지를 찾아내야지요."

정보원장이 던진 '저수지'라는 말에 동준은 머리카락이 쭈뼛서는 것 같았다. 송영기 원장이 계속해서 말했다.

"저수지는 정치인들이 검은돈을 숨겨두는 장소를 상징하죠."

동준은 속으로 안도의 한숨을 내쉬면서 천천히 커피를 마셨다. 잔을 내려놓던 그의 눈에 얼핏 국방색 비옷을 입은 남자가 보였다. 그는 정원의 보안등 밑에서 동준을 응시하고 있었다. 가슴이 철렁 내려앉으며 동준은 그 남자에게서 눈을 떼지 못했다. 그러나 이내 지나가는 경비대원을 잘못 보았다는 걸 알아차렸다.

청와대를 빠져나온 체어맨은 다시 여의도로 들어가야 했다. 임시국회가 소집되었기 때문이다. 차가 마포대교로 진입했다. 다리 아래로는 비안개로 시야가 희뿌옇게 가려진 검은 한강 물이 흘러가고 있었다. 그때 3883폰으로 문자 메시지가 들어왔다.

'AD30년 4월 13일, AD1960년 4월 11일,
그들은 살해되었지.'

동준과는 아무런 관련이 없는 내용이었다. 1960년 방천시장의 정육점 집 둘째아들 동준의 나이는 겨우 7살이었다.

AD라는 용어와 관련된 이는 인류의 역사를 통틀어 단 한 사람뿐이었다. 예수! 비기독교인이라도 그걸 모르지는 않을 것이다. 동준은 인문학에 해박한 지식이 있는 수행비서에게 넌지시 물었다.

"부활절이 4월 중에 있지? 그러면 예수는 정확히 언제 돌아가셨나?"

"예, 의원님. 4월 13일, 금요일입니다."

비서의 답변에 고개를 끄덕이며 동준의 시선이 차창 밖을 향했다.

'AD1960년 4월 11일도 다른 어느 순교자의 사망일이겠지?'

잇달아 메시지가 들어왔다.

'루시퍼는 천사일까, 악마일까? 그렇다면 당신은?……'

사이비 종교단체의 광기 어린 색채가 더해졌다. 그는 집권 여당 사무총장의 비밀폰 번호까지 알아낼 만한 기이한 능력이 있는 걸까.

'괜한 기우였어. 장난 메시지가 확실해.'

동준은 종료 버튼을 눌렀다. 앞자리에 있는 수행비서가 오디오에 시디를 끼워 넣었다. 평화로운 음악이 체어맨 안을 가득 채웠다. 덕분에 동준의 긴장도 조금씩 풀렸다. 비서는 이제 텔레비전 채널을 이리저리 돌리고 있었다. 계속해서 억양과 음색이 변해가다가 한곳에 고정되었다. 뉴스 프로였다. 사회부 기자가 소외계층의 어려운 형편에 대해 보도하고 있었다.

우리 사회에는 아무 상관 없는 사람에게 공연히 울화를 터뜨리는 누군가가 있다. 부도가 나서 당장 내일 아침이면 길거리로 나앉게 될 사업가나, 평생 월세방을 전전하는 세대주나, 도박에서 잃기만 하는 도박꾼이나, 세금폭탄을 맞아 수백만 원을 토해내야 하는 자영업자나, 백수로 지내는 대학원생이나, 애인에게 차인 누군가가……. 빈총도 맞으면 기분이 나쁘다. 동준은 빈총이기를 바랐다.

의원실 문을 조용히 닫고 잠갔다. 본회가 열리기까지는 시간이 조금 남아 있었다. 동준은 책상에 앉아 손가락으로 액정화면의 자판을 눌렀다. 체어맨 안에서 메시지를 받은 지 이십 분쯤 지난 시간에 동준은 처음으로 상대의 휴대폰으로 답장을 보냈다.
'장난 메시지 보내지 마세요. 예의를 지키세요.'
익명의 사람으로부터 장난 메시지를 받았을 때 보이는 일반적인 반응이었다. 상대는 묵묵부답이었다. 동준은 의원실 안에 딸린 세면실을 두고 바람도 쐴 겸 복도 끝에 있는 공용 화장실로 들어갔다. 상대의 휴대폰으로 세 차례 통화버튼을 눌렀다. 그러나 상대는 받지 않았다. 한 차례 더 통화버튼을 눌렀을 때 과천의 정부청사에서 국회를 방문한 공무원들이 대봉투를 하나씩 들고 화장실로 들어섰다. 동준을 알아본 그들은 하던 말을 뚝 그치고 고개를 숙이며 목례를 했다.

1

 사무총장인 이동준 의원의 하루는 유명 인사들의 내방과 단체들과의 면담이 줄줄이 이어져 있었다. 때때로 당 출입 정치부 기자들에게 겹겹이 둘러싸였으며, 책상 위에는 늘 결재판들이 사무총장의 결재를 기다리고 있었다. 하얀 와이셔츠에 은갈치 색 넥타이를 맨 동준은 의문이 가는 사항을 일일이 담당 팀에 전화해서 담당자 확인을 거친 뒤 '사무총장' 칸에 서명했다.

 은행원 시절 동준은 결재 서류의 '담당' 칸에, 승진한 뒤로는 '대리' 칸에다 서명했다. 그때는 과장 자리를 두고 라이벌 관계였던 대리 한 명의 존재감이 세상의 전부로 여겨졌다. 중앙당 사무처의 요원들 또한 내로라하는 명문대를 졸업하고 극소수의 채용인원 안에 들어서 공채에 합격했지만, 예전의 동준과 다르지 않은 삶을 살 것이다.

 서울대 법대 출신이라는 것 외에는 달리 내세울 게 없었던 동준이 지금은 국회의원으로 살고 있다는 것이 스스로도 믿기지 않았다. 은행원과 국회의원은 급여 월 400여만 원과 월 1,050만 원이라는 차이가 있었다. 2백 평 서택의 서실에서 120인치 스크린의 홈시어터로 영상을 즐기며 운전기사가 딸린 체어맨을 타는 동준은 14인치 텔레비전과 중고 엘란트라를 직접 몰아야 했던 과거의 서민 생활을 떠올리고 싶지 않았다. 그러나 가끔 꿈속에서는 생활고에 시달리던 소시민 은행원으로 되돌아가곤 했다.

4선 의원으로 15년째 의사당 한쪽을 차지하고 있지만, 가끔은 그때처럼 삶에 대한 두려움이 불쑥불쑥 일 때가 있었다. 하지만 취임식장에서 괴메시지를 받은 뒤로는 삶에 대한 막연한 두려움이 아니라 구체적인 공포로 바뀌었다. 그럼에도 동준에게는 여전히 하늘이 그의 편이라는 믿음이 있었다. 그런 믿음을 갖게 된 것은 16년 전 그날, 폭우에 잠겨 들던 방천시장통의 노상에서 구체적으로 구원을 받았던 그 순간부터였다. '누미노제(Numinose)'의 순간이었다. 누미노제는 신이 실재한다는 사실을 직관하게 되는 거룩한 체험. 독일의 신학자 루돌프 오토가 처음으로 사용한 말이다. 기적 같은 일이 일어났던 그 순간을 떠올리게 된 동준은 다시 전율했다.

 동준은 문득 청와대의 '오늘의 일정'을 되새겨보았다. 오늘 저녁 청와대에서는 비공식 만찬이 열린다. 대통령 당선 직후 호텔에서 가졌던 승리 축하 디너쇼에 이어 두 번째 만찬으로, 대선자금 후원자들을 청와대로 초청해서 인사를 하는 자리였다. 좌석은 기부 액수에 따라 대통령 자리에 가깝게 배정하는 것이 관례였다.

 지난 대선에서 100억 원 이상을 기부한 기업의 회장들이 초대되었다. 전경련회장이라거나 이런저런 경제단체의 장이란 직함이 없는 그들은 국회의사당에서 가진 대통령 취임식에는 초대받지 못했다. 한 남자가 숨겨놓은 여자와의 관계를 대놓고 밝힐 수 없듯이 대통령과 정치자금을 대준 후원자의 관계도 그랬다.

동준과 상헌맨들은 전직 대통령과 함께한 만찬에는 함께 참석했지만 기업의 자금 담당자들과 상대했던 전력 때문에 이 자리만큼은 피해 주어야 했다. 악역을 맡은 그들은 어디까지나 배후에 물러나 있어야 했다. 그들이 표면으로 나오면 깨끗한 정치자금을 주도하는 대통령이 비굴해지기 때문이었다. 한 시간가량 소요될 만찬에서는 특식을 즐기며 안부와 덕담과 정치와 경제에 대한 장밋빛 전망을 나누게 될 것이다.

 동준은 자리에서 일어나 집무실 한가운데로 걸어 나갔다. 목덜미와 어깻죽지의 뭉친 근육을 풀어주면서 십 분간 가벼운 스트레칭을 계속했다. 수족을 최대한으로 뻗치고 양손으로 목 언저리를 문지르다가 문득 끔찍한 장면을 연상했다. 동준의 손가락 끝에 들러붙은 피살자의 목살 촉감과 사선을 넘어가는 순간에 무섭게 일그러지던 얼굴이었다.

 퇴근길의 영주는 다가구주택이 즐비한 불광동 골목길로 들어섰다. 건물의 담벼락마다 종량제 쓰레기봉투와 음식물 쓰레기통이 놓여 있고 중소형 승용차들이 열차의 차량처럼 꼬리에 꼬리를 물고 늘어서 있었다. 잡다한 음식배달 스티커와 광고물이 덕지덕지 나붙은 길을 걸어가면서 영주의 시선은 온전히 제거되지 않은 대통령 선거 벽보에 꽂혔다. 1번 박상헌 후보 외에는 눈에 들어올 리 없건만.

 '이상하지. 여의도나 부자동네에 붙어 있는 대통령 벽보를 보

면 대단해 보이는데 구질구질한 골목길에 붙어 있는 대통령 사진은 왜 동네 통장처럼 시시해 보이지?'

그런 의문을 품고 울퉁불퉁한 길바닥에 행인들이 씹다가 뱉은 껌 자국을 피하며 걷던 영주의 하이힐 굽이 삐끗했다. 발목 부위에 통증이 느껴졌다.

'아, 아파! 아이 씨! 언제쯤 이 바닥을 벗어나 보나?'

영주는 대문가에 싸구려 화분 두 개가 놓여 있는, 마당이 시멘트로 된 집 앞에 도착했다. 보안 창살을 덧대놓은 일층 세대의 집안에서 세탁기 돌아가는 소리가 부산스럽게 흘러나왔다.

영주가 방에서 옷을 갈아입고 마루로 나오는 동안 여동생 희주는 입덧을 참으며 소쿠리에 수북이 담은 상추와 막 구운 삼겹살로 저녁을 차려냈다. 식탁의자를 당겨 앉으며 영주가 불평했다.

"가뜩이나 비좁은 집안에 삼겹살 냄새랑 기름기가 옷장 안까지 배어든다 야. 넌 임신까지 한 애가 비위도 좋다. 삼겹살, 마늘, 이딴 냄새 나는 것들, 말만 들어도 난 골치가 띵해. 이 집이 '주방 따로, 거실 따로'라도 되면 또 몰라."

언니의 핀잔 따위는 예사로이 웃어넘기며 희주가 맞받았다.

"정 서방이 하도 기운 없다고 고기, 고기 그러잖아."

그러고는 욕실 문을 향해 큰 소리로 말했다.

"자기야, 빨랑 씻고 나와!"

영주는 자리에서 발딱 일어나 창문을 획 열어젖혔다.

욕실에서 나온 제부는 수건으로 머리칼을 털어 말리며 마룻바닥에다 물을 뚝뚝 흘리고 다녔다. 그는 열려 있는 창문을 쳐다보며 대꾸했다.

"엇, 추워. 처형은 입덧하는 사람보다 더 심하네요. 워낙 높은 사람들만 모시다 보니 입맛이 너무 고급스러워진 거 아니에요?"

영주는 비아냥거리며 말끝을 흐렸다.

"아일 가진 산모한테 쇠고기도 못 사다주면서……."

영주가 하는 말을 흘려들으며 제부는 희주가 구워 주는 노릇노릇한 삼겹살에 입을 쩍 벌렸다. 희주는 뿌듯해하며 말했다.

"자기야. 묵은김치도 구워 올까?"

"어, 조옿지."

냉큼 젓가락을 챙겨 들고 밥상으로 달려든 제부는 영주더러 들으라는 듯 혼잣말을 했다.

"대통령 취임식도 했는데 당에서 축하금 같은 거 안 나오나?"

영주는 못 들은 척하며 밥알을 세듯이 깨지락거리며 저녁을 먹었다.

알루미늄 새시로 된 유리문으로 들이비친 희붐한 새벽빛이 여덟 자짜리 장롱과 침대에서 곯아떨어진 영주의 형체를 드러냈다. 방바닥에서 자던 영주엄마가 먼저 깨어나 깔고 자던 이부자리를 개고 서둘러 일어서다가 전신거울에 머리통을 부딪쳤다.

"아야! 아이 참 이게 대체 몇 번째야? 이 좁은 방구석에 전신거울씩이나. 연예인 되겠다고 설치다 포기한 게 언젠데."

그 소리에 영주도 반쯤 잠이 깼다. 귓전에 출근 준비를 하는 엄마의 움직임이 계속해서 흘러들었다. 엄마는 장롱에 이불을 집어넣고 전신거울 앞에 쭈그려 앉아 립스틱을 찍어 바르며 주절주절 잔소리를 늘어놓았다.

"색깔이 쪼끔 안 맞는다고 응, 이 아까운 루즈를 그냥 버려요. 참내, 놔두면 누구라도 쓰지."

일곱 시 전에 식당으로 출근해야 하는 영주엄마는 가방을 뒤져 교통카드와 휴대폰을 확인하고는 마루로 나갔다. 이어 희주와 주고받는 말소리가 들려왔다.

"엄마, 수고해."

"식당에서 바빠 죽겠는데 집주인이 전세금 올려 달라고 자꾸 전화를 해서 사장 눈치 보여 미치겠다."

"5백은 내가 준비해뒀는데 나머지 5백이 문제네. 아기 낳을 때까진 매달 병원비가 나가서 비상금 준비해놔야 하거든. 이러니 웬만큼 사는 사람들도 함부로 애 못 낳겠다잖아. 그래 놓고 출산율이 떨어져 큰일이라는 둥, 정부가 그렇게 만들어놓고선."

"그러게. 갔다 올게. 니가 언니 좀 깨워라."

다시 스르륵 잠에 빠져들며 영주는 속으로 생각했다.

'드라마에 나오는, 커리어 우먼이 사는 그런 오피스텔에서 혼자 살면 얼마나 좋을까. 에이, 꿀꿀한 건 싫어. 희망을 갖자. 참, 신촌 역술인이 올해부터 내 운이 풀린다고 했지. 점심시간에 로또 사는 거 잊지 말아야지.'

동준은 인사동에 있는 조용한 한정식집의 한 방에서 송영기 정보원장과 마주 앉았다. 정보원장이 이동준 사무총장에게 조용히 만나 뵐 일이 있다며 약속시간과 장소를 일방적으로 통보해 왔다. 방이 서너 개나 되지만 손님은 한 사람도 보이지 않는, 정보원 안가였다. 그런데 그 자리에 의외의 인물이 나와 있었다. 동준은 의아했다.

정보원장이 먼저 젊은 남자를 소개했다.

"이쪽은 대정건설 기획실장입니다. 총장님과는 구면일 줄 압니다."

"그래요?"

대정건설이라는 말에 가슴이 철렁했지만 그와 직접 대면한 적이 없었으니 꿀릴 게 없다고 생각한 동준이 반문했다.

송영기 정보원장이 말을 덧붙였다.

"지난 대선 때 시내 모처에서 총장님 쪽 사람한테 선거자금을 직접 전달한 사람입니다."

동준은 내내 굳어 있는 기획실장을 빤히 쳐다보며 응답했다.

"그랬어요? 그때는 워낙 많은 사람을 만나서, 기억이 잘 안 나는군요. 한 번 얼굴을 대하고 나면 다시 볼 일이 없는 분들이다 보니 업무 외에 개인적인 관심을 둘 여유가 없었어요. 이해해 주시기 바랍니다."

정보원장은 본론에 들어가야겠다는 의도를 비치며 말했다.

"제가 이 친구의 논문 지도교수였어요. 한국정치를 전공한 몇 안 되는 제자 중의 한 명입니다."

정보원장의 표정엔 이쯤 되면 왜 만나자고 했는지, 노회한 대선 실세라면 알 만하지 않느냐는 무언의 뜻이 담겨 있었다. 방 바깥쪽에서 미닫이문이 열리더니 한식이 가득 차려진 교자상이 들어왔다. 한복을 곱게 입은 여종업원들이 숙달된 걸음으로 조용히 움직였다. 그들이 나가고 방안에 다시 세 사람만 남게 되자 정보원장이 말을 이었다.

"대정 회장님은 기획실장을 시켜서 봉고차에 100억을 실어 창동에 있는 새벽시장으로 보냈습니다. 실장은 총장님 사람한테 봉고차 키를 건네줬고요!"

"이제 보니 이 자리가 이 사람과 나를 무릎맞춤하는 자리로군요. 그렇지만 저는 모르는 일입니다. 회장한테서 사람을 보내겠다는 연락을 받긴 했지만, 그 후론 구체적인 얘기가 없어서 다른 일에 묻혀 버렸지요."

묘한 입장에 처한 동준이 충격을 애써 누르는 듯 천천히 말했다. 집권당 사무총장이 던진 말에 기획실장의 얼굴이 새파랗게 질렸다. 정보원장이 상기된 얼굴로 다시 말했다.

"간밤에 대통령께서는 관저에서 잠을 설쳤습니다. 총장님께서 절대 선거자금을 빼돌릴 사람이 아니라며 신뢰를 다지다가도 배신 쪽으로 마음이 기울면 화를 억누르지 못하시고 밤새 핫라인으로 제 관사에다 대고 심정을 토로하셨어요. 그러고는 새벽에 청와대 집무실로 등청하셨어요. 관1호 리무진을 타고 관저에서 2킬로미터나 떨어진 청와대로 달리는 동안에도 핫라인으로 서너 차례 저한테 말씀하셨습니다. 개인적인 축재와 정치자금은 엄연히 성격이 다르다! 이건 범죄행위이며 부정축재예요! 내 사람이 이런 짓을 하다니 송 원장 보기가 부끄럽습니다. 나를 속이다니 끝까지 캐내시오, 라고 말이죠. 조용히 국고에 넣어주신다면 없던 일로 하시겠다는 말씀도 있었습니다."

말을 마친 정보원장은 어색한 분위기를 참지 못해 홍어회를 씹었다. 제대로 삭지 않아 입안에서 비린내가 났다.

동준은 차츰 충격에서 벗어나 정신을 가다듬고 다시 한번 자신은 자금을 건네받은 적이 없고, 새벽에 창동시장으로 사람을 보내지도 않았다고 차분히 말했다. 정보원장은 순간 어디서 본 듯한 기시감을 느꼈다. 청와대 만찬에서 송로버섯을 집어먹던 J대통령이 떠올랐다. 그러나 심증은 가지만 물증이 없었다. 후보 측과 기업 간의 정치자금 수수는 서면상의 영수증을 요구하지 않는 게 관례였다.

동준은 젓가락으로 파전을 떼먹으며 정치학자 출신의 KBI원장에게 차분한 말투로 전했다.

"정치인들이 순진하고 의기 넘치고 야심 찬 초선이라면, 기업하는 자들은 몇 개의 공화국을 거치면서도 살아남은 능구렁이들이에요. 국제그룹 엄 회장이 어떤 식으로 처세하며 구십이 넘도록 장수했는가 생각해 보세요. 제 말은 18년 동안 장기집권한 대통령과 내각제 합의로 영구집권까지 기도했던 대통령들을 상대해 온 재벌들은 그까짓 5년이면 끝날 단임 대통령쯤은 우습게 본다는 말입니다. 그런 자들은 주고도 주지 않았다고 하고, 주지 않고도 줬다고 해요. 200억을 100억이라고 속이고 100억을 200억이라고 들이밀기도 합니다. 나는 결백합니다."

동준은 이제 불쾌한 감정을 그대로 드러내며 역사적인 근거를 들어 부연설명까지 했다. 기업은 창업자인 조부 때부터 권력자와 어울려 살아가는 묘책을 2세인 아들에게 전수했고 아들은 3세인 손자에게 전했다.

이권을 청탁하고 부조리를 무마시키며 세금탈루와 상속세를 면하기 위해서도 기업은 정치헌금과 리베이트를 건넨다. 대통령이 다스리는 한 국가 안에서 기업을 일으켜 돈을 벌기 위해서는 정권의 왕좌에 앉은 대통령의 비위를 거스르거나 손을 뿌리치지 못하고 어쩔 수 없이 돈을 쥐여주었다.

기업과 정치자금 간의 관계는 바닷물과 거기에 녹아 있는 소금과도 같다. 약삭빠른 기업인들은 정당별로, 정당 내부에서도 대선 출마자들의 파벌마다 문어발을 걸치고 대세가 어느 쪽으로 기울어지나 눈치를 보는 얌체 짓도 했다. 헌금과 리베이트를 건네는 대신 기업들은 그들이 내다 파는 상품값에 그만큼을 얹어서 팔았다. 결국은 소비자가 거액의 정치자금을 대신 지불하는 셈이다.

말을 마친 동준이 곁눈질로 기획실장을 힐끗 쳐다보았다. 두 사람의 시선이 허공에서 부딪쳤다. 기획실장은 움찔하며 눈길을 떨어뜨렸다. 동준은 정보원장에게 일정이 바빠서 먼저 일어난다며 양해해 달라고 했다. 그는 미닫이문을 열고 툇마루로 나왔다.

청담동으로 귀가하는 길에 용산에 있는 한 일식당에서 KBI의 국내정치담당 이 차장이 동준을 기다리고 있었다. 그는 집권당 사무총장에게 정보원 내부에서 일어나고 있는 일을 전했다.

"청와대에서 급작스럽게 실종된 대선자금 100억을 밝혀낼 이동준 전담반을 만들라는 지시가 내려왔습니다. 오늘 아침부터 팀원들이 비밀리에 움직이고 있어요. 문제가 된 대정건설 건 외에도 다른 자금이 감춰져 있을지도 모르니 철저히 캐내라는 지시였습니다."

도청을 맡은 팀원 앞에는 통신사와 연결된 최신 추적 장치가 설치된다. 동준이 전화나 휴대폰을 걸든지 받든지 간에 자동으로 도청팀원과 연결된다. 컴퓨터에 한 번 입력된 동준의 목소리는 언제든 목소리만 나면 팀원 앞에 놓인 기계로 신호가 떨어지게 되어 있다.

이 차장이 넛붙였다.

"그래서 오 보좌관님께도 제가 여기서 총장님을 기다리고 있다는 말을 반드시, 직접 뵙고 전해 달라고 한 거예요."

전담반은 동준과 주변 인물들의 계좌추적에 들어갔다. 뉴욕과 취리히에서 유학하고 있는 이동준 총장 두 딸의 계좌도 추적했다. 뉴욕 체이스 맨허튼은행과 취리히의 스위스 유니온은행의 계좌였다. 오 보좌관과 의원실 비서진, 조직부장 재식네와 동준의 뼛속까지 들여다보는 작업이었다. 처가인 미숙 쪽과 요양병동에 들어가 있는 동준의 형까지도 샅샅이 벗겨보고, 병원장의 개인계좌와 재단 장부까지 뒤져보게 된다. 중랑갑구의 열성당원들의 계좌 역시 추적에 들어갔으며 당사가 입주해 있는 건물의 주인인 최 여사도 그 대상에 들었다. 검사장 용호와 원재, 성운이를 포함해서 경기고와 서울대 동창들 또한 추적 대상이었다. 이 시간에도 팀원들은 24시간 교대체제로 움직이고 있을 것이다.

동준은 이 차장의 충직한 첩보에 담담하게 말했다.

"이 차장의 성의가 고맙긴 하지만, 나는 그런 일이 없어요. 그만 집에 가서 쉬어야겠어요. 무척 피곤합니다. 오늘 일에 대해서는 내, 잊지 않을 겁니다. 후일에도."

그렇게 말하며 동준은 양복 안주머니에서 봉투 하나를 꺼내 그에게 답례의 표시로 쥐어주었다. 이미 체어맨을 청담동으로 들여보낸 뒤여서 동준은 모범택시를 타고 들어가야 했다. 택시가 한남대교를 달리는 동안 동준은 세 사람에 대해 생각했다.

'괴메시지를 발신한 자, KBI원장, 그리고 김영주.'

동준은 3883폰을 꺼내 그자의 번호로 통화버튼을 눌렀다.

"지금 이 번호는 고객님의 사정으로……."

정지된 번호라는 멘트만 흘러나왔다. 눈에 보이는 위험에 대해서는 이를 악물고 맞서겠지만 보이지 않는 존재에게는 대항할 방법이 없었다.

　비서는 불리는 그 순간부터 일이다. 전임 총장 시절에는 집무실로 호출당하는 스트레스가 은근했던 영주였다. 그러나 지금은 온 신경이 집무실 안에 계신 이동준 총장님을 향해 있었다. 내내 기다리던 총장님에게서 차 한 잔을 들여오라는 지시가 떨어졌다.
　집무실은 직책 그 자체로 그 안에 앉아 있는 남자에게 후광을 실어주었다. 자단 재질의 책상에 앉은 총장님은 문서를 숙독하느라 시선을 아래로 떨구고 있었다. 지적이며 근엄한 분위기의 총장님 앞에서 숙연해진 영주는 숨쉬기조차 조심스러웠다. 여러 명의 총장이 책상에서 저런 자세로 앉아 있었지만 이런 느낌은 처음이었다. 나이 많은 남자는 무조건 싫어했고 남자로 보지도 않았던 영주였다.
　당무에 몰입된 총장 앞에 소리 나지 않게 커피잔을 내려놓자 동준은 잠시 고개를 들었다. 그를 위해 봉사해주는 여자에게 예의를 차리는 것이었다.
　"김영주 씨, 고마워요."
　전임 총장들은 여비서를 한 명의 직원으로, 한 명의 사람으로 보지 않았고, 이름 한 번 불러주지 않았다. 그저 공적인 하녀나 마찬가지였다. 중앙당의 영주는 동네 헤어숍의 박 선생이나 사우나탕 때밀이 아줌마, 요구르트 배달 아줌마처럼 선거 때라도 한 표의 가치 덕분에 존중돼 유권자로 대접받는 그런 순간조차 없었다.

총장이 여비서에게 던지는 인사에 답하는 것조차 무례가 될 거 같아 영주는 아무런 말도 못 하고 어설프게 미소만 지어 보였다.

"힘들지요? 내가 도와줄 일이 있으면 힘이 되고 싶은데 말해 봐요."

처음 느껴 보는 호의에 영주는 뭐라 대답해야 할지 마땅한 말이 떠오르지 않았다. 동준은 조용히 서랍을 열어 봉투를 꺼내서는 영주에게 내밀었다. 총장님에게 벌써 네 차례나 촌지를 받은 영주는 권력과 재력을 가진 남자에게서 돈을 받아 쓰는 즐거움 이상의 어떤 감정을 느꼈다. 사무총장이 건네주는 촌지는 한 남자가 한 여자에게 보내는 구애라고 확신했다.

중랑구 사무실 빌딩 옥외주차장으로 체어맨이 들어섰다. '민한당 중랑갑(甲) 이동준 의원 지역사무소' 간판 밑에 '축 이동준 의원 민한당 사무총장 취임'이라는 현수막이 봄바람에 나부끼고 있었다. 수행비서가 귀빈석 뒷좌석의 차 문을 열어주었다. 동준이 차에서 내렸다. 비서는 커다란 몸집에 어울리지 않게 잰걸음으로 앞서 걸어 나가 엘리베이터 버튼을 눌렀다.

동준이 지역구 사무실로 들어섰다. 겉보기에는 어느 때와 다름없는 사무실이었다. 옷걸이에는 방문객들의 옷까지 걸려 있어서 쓰러지기 직전이었다. 간밤에 침입한 정보원이 금고와 서랍을 뒤지고 경리 장부를 들추고 나간 일은 그대로 파묻히고 말았다. 국내정치 담당 이 차장이 그날 밤 알려준 정보였다.

사무실은 당원들로 활기가 넘쳤다. 오랜만에 지역구에 들른 이동준 의원은 당원들의 시선을 한몸에 받았다. 그들의 눈빛에는 재식 편에 전해 받은 대통령 취임 축하금을 감사히 잘 받아썼다는 마음이 담겨 있었다. 입구에서 위원장실로 걸어가며 동준은 당원 한 사람 한 사람과 악수를 나누었다. 그들은 동준이 연루된 100억 때문에 본인도 모르는 사이 정보원들에게 계좌추적을 당하게 될 사람들이었다.

동준은 위원장실로 들어갔다. 잇달아 여직원이 의원 전용 머그컵에 커피를 타 가지고 왔다. 여직원은 의원님이 사무총장에 오른 기념으로 이번에 새 컵 한 세트를 장만했다고 했다. 하얀 백자에 노란 장미 한 송이가 그려진 컵이었다.

위원장실은 사무실과 차단되어 있지만, 방음처리가 허술한 편이어서 말소리가 드문드문 새어들었다. 노년층 당원들이 정치에 대해 격론을 벌이다 한주엽이란 이름이 튀어 나왔다. 동준이 조직부장 재식을 호출했다. 문이 열리고 들어오는 재식과 함께 소란스러운 사무실의 소음도 딸려 들어왔다.

"이 부장, 무슨 일 있어?"

"아닙니다. 한주엽 어르신이 요즘 당사에 나오지 않아서 저러시는 거예요."

사무실에서는 여전히 한 씨 얘기가 오르내렸다. 선거가 끝났으니 당사에는 발길을 끊고 어디론가 새로운 먹잇감을 찾아 나섰을 거라는 말을 했다. 누군가는 한 씨가 집적거린 여성당원을 들먹였다. 서로 좋아하는 사이라며 둘이 몰래 여행이라도 떠난 게 아니냐며 시시덕거렸다. 재식은 중간에서 민망했다. 보통 남자들과는 달리 의원님의 여성관은 청교도적이라 할 만큼 깨끗했다. 아니나 다를까 의원님은 인상을 찌푸렸다. 재식은 조직부장으로서 당 사무실의 물을 흐려 놓은 것 같아 자책했다.

위원장실에서 아파트 담당 여성 동책을 만나는 일정이 잡혀 있었다. 중랑구에는 면목1동, 면목2동… 동을 대표하는 동회장과 동부녀회장이 있고 아파트마다 동을 담당하는 동책이 따로 있다. 열두 명의 여성 중에 열 명은 빠글빠글 짧게 볶은 파마머리를 하고 있었다. 봄꽃놀이를 다녀오기로 했다는 보고에 동준은 백만 원이 든 찬조금 봉투를 대표에게 전달했었다. 소파에 엉덩이를 뭉개고 앉은 동책들이 슬슬 정치 얘기를 꺼내기 시작했다. 부동산 대책은 제대로 알고 하라거나 정치를 잘해서 물가가 올라가지 않도록 해 달라는 아파트 주민들의 여론을 전했다. 그러고는 대입정책으로 넘어가서 사교육비 문제를 물고 들어왔다. 전체 학부형들의 문제는 차츰 위원장실에 앉아 있는 여성 동책 자녀들의 교육비 문제로 축소되었다. 드디어 본론이구나 하며, 동준은 돈 얘기란 걸 직감했다. ……그러니 결국 활동비를 더 올려달라고 면담을 요청했던 것이다.

대통령 선거로 들떠 있던 지난겨울까지만 해도 중랑갑구 역시 돈줄이 흘렀다. 당원들의 얼굴에선 빛이 났고 발걸음엔 기운이 넘쳤다. 기업에서 흘러나온 대선자금은 비밀 아지트인 그랜드호텔 1601호에서 상헌맨들의 손을 거쳐 국회의원들, 지역구 선거운동원들, 일반 당원들, 그리고 유권자들에게로 흘러나갔다. 한동안 그들의 호주머니와 지갑은 두툼했고 신명 나게 일했다. 그러나 대공연이 끝난 지금은 허탈감에 빠졌고 사는 게 시들했다.

대선 약발이 떨어져 가는 지금쯤에는 대책이 필요하다는 걸 동준도 잘 알고 있었다. 어차피 내주어야 할 거, 동준은 흔쾌히 그러마고 승낙해 주었다. '우리 의원님, 우리 의원님' 하며 여성 당원들을 따르게 하는 동준의 매력은 그런 면에도 있었다. 여성 동책들은 제각기 자기 몫의 커피잔을 들고 홀짝거리며 마셨다. 동준의 눈빛은 검사가 피의자를 대할 때처럼 강렬했다. 이들 중에 혹시 괴메시지를 발신한 주범이 있지 않을까 하는 의혹의 눈초리였다. 그러나 원하는 바를 거의 이루어낸 여성들은 여유롭게 커피 향에 취해 있었다.

재식은 자기 자리에서 경조사 봉투와 식대 등 당 사무실 운영비를 챙기고 있었다. 위원장실 안에서 드문드문 말소리가 새어 나오면 왠지 불안했다. 의원님이 곤란한 지경에 처해 있지 않나 싶으면 자신이 중간에서 조직관리를 제대로 못 해낸 것 같아 의기소침해졌다. 그로선 형수뻘인 드센 성정의 여성 동책들을 감당하기가 힘에 부쳤다.

지민이 편의점에서 아르바이트생과 교대를 하고 사무실에 들어섰다.

"사층에 독서실이 새로 생겼어요. 그 덕에 편의점 학생 손님이 많이 늘었어요. 밤 열두 시에도 야식으로 컵라면을 사 먹느라 소란스러울 정도예요."

그때 문가에 대기 중인 수행비서와 위원장실 문 너머 계실 의원님을 의식하곤 단번에 말문을 닫았다. 경비 정리를 하는 재식의 옆자리에서 지민은 파일함에서 꺼내온 의원님의 인터뷰가 실린 신문 스크랩을 펼쳐 읽었다. 수행비서는 배가 출출한지 냉장고 문을 열고 뒤적거렸다. 냉장고 문에 부착된 고무 패킹이 연거푸 부드럽게 뽁 소리를 냈다.

"지난번 청와대 만찬 때 봤더니 청와대에 근무하는 신세대 직원들이 피자를 배달시켜 먹던데요. 여직원이 면회실 검색대를 통과한 피자 판을 들고 비서동으로 막 뛰어가더라고요."

그 말에 재식은 자기가 알고 있는 일화 하나를 꺼내 놓았다.

"이희호 여사가 영부인일 땐 말이야. 비서실 여직원한테 돈 만 원을 내주면서 청와대 밖에 나가서 강냉이 뻥튀기 좀 사오라고 심부름을 시키곤 하셨대."

때맞춰 반가운 얼굴이 간식거리를 들고 사무실 안으로 불쑥 들어섰다. 16년 전 동준의 은행 고객이었다가 열성당원으로 일해주고 있는 최 여사였다. 그녀는 재래시장인 방천시장에서 '자야상회'와 바로 옆인 '거제상회'까지 운영하다가 보상금 덕분에 형편이 활짝 폈다. 최 여사가 김밥과 만두, 순대 같은 군것질거리가 든 포장 비닐을 풀어헤치며 경남지역에 있는 바닷가 출신답게 억센 사투리로 말했다.

"지나가던 길에 우리 이 부장 생각이 나길래 사왔데이."

그때 위원장실 문이 열리고 의원님의 언질을 받아 화색이 도는 얼굴로 여성 동책들이 우르르 몰려나왔다.

상황을 알아챈 최 여사는 나이든 어른답게 대놓고 주의를 주었다.

"돈 바라고 당원 활동하마 안 되는 기데이!"

최 여사의 노골적인 언사에 동책들이 움찔하며 사무실을 나섰다. 재식이 그들을 배웅하느라 복도까지 따라 나갔다. 엘리베이터를 기다리는 동안 동책들이 숙덕거렸다.

"자기는 먹고살 만하니까 그러지. 나도 방천시장에서 장사하다가 보상받았으면 당에 나와서 돈 자랑, 보석자랑이나 하면서 열심히 자원봉사하고 살겠네! 당 행사마다 끼어들어 온갖 간섭은 다 하면서. 사모님도 영 부담스러워 하더만."

재식으로선 당의 일이라면 뭐든 척척 나서서 정열을 불살라 주는 최 여사가 고마울 따름이었다. 재식이 다시 사무실로 돌아왔을 때는 최 여사가 한창 방천시장 시절 얘기를 하는 중이었다.

"시장통 사람들하고 거래하던 은행원이 국회의원에 출마할끼네 모조리 내 일맨키로 발 벗고 나섰다 아이가. 피눈물 흘리미 벌은 돈을 끌어 모아 기부했데이. 한 개라도 더 팔아 물라꼬 설치던 장사꾼들이 당번까지 정해가 돌아다니미 현수막 달아주고 장보러 오는 알라엄마들한테 종이쪼가리도 돌렸다 아이가. 우리 의원님, 인물은 또 을매나 좋노. 참말로 순수한 마음 갖꼬 큰일에 참여해 봤제. 요새 당에 얼렁거리는 것들은 순 돈 보고 오는 것들 아이가. 그때 그 사람들은 아직까지 만나고 있다카이."

최 여사는 양복 재킷 단추를 채우며 사무실로 나오는 의원님에게 인사를 하느라 하던 말을 뚝 그쳤다. 동준은 최 여사에게 당사를 찾아와주어 감사하다는 인사를 올렸다. 짧은 순간 동준은 그에게 와 닿는 지민의 시선을 느꼈다. 신문이나 방송에서 보던 유명한 국회의원의 실물을 대하는 호기심이 묻어나는 눈빛이었다. 동준은 자신을 알아주고 자신이 속한 사회적 지위를 동경하는 젊은 세대의 시선에 활기를 느꼈다.

일정이 바쁜 동준이 입구 쪽으로 걸어 나갔다. 먹다 남긴 김밥에 미련을 남기며 수행비서도 허겁지겁 의원님을 따라나섰다. 동준의 발길을 걸어 매듯 재식이 빠르게 말했다.

"큰어머님께 안 들르실 겁니까?"

"응. 그냥 가지, 뭐."

"그저께 제가 들여다 뵙고 비타민 좀 챙겨드렸어요."

"그래. 나 대신 재식이, 네가 잘해 드리니 고맙지."

재식은 동준의 등을 바라보며 큰어머니 생각을 했다. 어느 집이나 모자간은 평소 무덤덤한 편이지만, 사촌형 동준과 백모 사이는 정치적인 이념이 달라 더 그러는 거라고 보았다. 큰어머니는 빨갱이라면 치를 떨었다.

오 보좌관은 의원님의 책상에 정무위원회 상임위 회의 자료를 올려놓았다. 동준은 늘 회의장에 들어가기 전에 미리 자료를 챙겨 공부하고 들어갔다. 사법 고시생으로 법전과 씨름했던 동준이어서 두툼한 자료가 첨부된 법안을 읽는 속도가 동료의원들보다 훨씬 빨랐다.

회의장 입구는 국회방송(NATV)의 로고가 새겨진 방송 장비를 둘러맨 스텝들과 정치부 기자, 보좌관, 상임위 조사관, 연락관으로 불리는 정부 부처의 공무원들과 국회 직원들로 붐비고 있었다. 그들은 이동준 의원이 나타나자 모세의 바닷길처럼 양쪽으로 갈라지며 길을 터 주었다. 기품 있는 동준의 걸음걸이는 의사당 본청에서 더욱 돋보였다. 회의장에 들어선 동준은 '李東俊 議員(이동준 의원)'이라는 원목명패가 놓여 있는 자기 자리로 걸어가 앉았다.

'채권추심의 공정화에 관한 법률안'은 여야 간에 큰 이견이 없는 사안이어서 동준은 다른 의원들의 발언을 듣고만 있었다. 가끔 의자를 뒤로 젖히고 다리를 바꾸어 꼬거나 책상에 비치된 노트북 모니터를 응시하기도 했다.

상임위 회의장에서 의원들이 한 발언은 그대로 의사록에 기록되어 영구히 보존된다. 만약 뇌물을 받아먹은 한 의원이 회의에서 유독 업계 쪽 편을 들며 그쪽에 치우친 발언을 한다면 야당이

든, 기자든, 정보계든 의혹을 품게 된다. 그래서 정권이 바뀐 뒤에 검찰이 전 정권의 실세를 표적 수사할 때 담당 검사는 국회 속기록에서 단서를 찾아내기도 한다.

동준은 국회 상임위 회의장에까지 닿아 있을 청와대와 KBI의 안테나를 의식해야 했다. 몇몇 의원들은 회의 중에도 분주하게 회의장 밖을 들락거렸다. 같은 여당의 김형진 의원도 지루해하는 표정을 감추려고 애를 쓰다가 몇 분 지나지 않아 졸기 시작했다. 평소 김 의원은 상임위 회의에서도 보좌관이 대신 써준 원고를 읽곤 했다. 조사 하나 바꿀 깜냥도 못 되는 그는 상대의원의 발언에 대응할 수 있는 지적 기반이 부족했다. 게다가 가끔 엉뚱한 질문을 해서 전체 회의의 맥을 끊어놓기도 했다. 의원이 되기 전에 작은 쇼핑몰 사업을 했던 김 의원으로선 판에 박힌 공문서가 눈에 익지 않아 이해하기도 어려울 것이다. 그는 초선 한 번으로 의원 생활을 끝냈어야 할 인물이었지만 시운이 따라서 재선까지 할 수 있었다.

위원장이 폐회를 선언하며 의사봉을 세 번 두드렸다. 의원들과 의원석 뒷자리에 옵서버로 앉아 있던 비서진, 기자들과 국회 직원들이 동시에 일어났다. 회의장이 통째로 술렁거렸다. 그들은 일제히 귀에다 휴대폰을 갖다 댔다. 그 광경에 동준은 순간 전율을 느꼈다.

'혹시! 괴메시지를 보낸 자가 이들 속에 끼어 있지 않을까.'

그들 모두가 동준에게 협박 메시지를 보낸 공범으로 보였다.

회의 중에 동준과 한두 번 눈이 마주쳤던 여기자는 커다란 취재 가방을 챙겨 들다가 실수로 떨어뜨린 휴대폰을 제 발로 밟아 버렸다. 여기자가 내지른 비명 소리가 동준의 신경을 더욱 자극했다.

  총장 집무실에서 걸어 나온 동준은 부속실 통로를 지나가다가 마비된 듯 걸음을 멈췄다. 서늘한 소름이 동준의 목덜미를 훑고 지나갔다. 그의 눈길이 바닥에 어질러진 노끈에 머물러 있었다. 동준은 무언가를 떨쳐내려고 애썼다. 신음이 배어나는 목소리로 동준이 소리쳤다.
"어어, 저거 빨리 치워! 사무실 바닥에 저런 게 굴러다니다니."
  인사이동으로 다른 부서로 발령이 난 윤 대리가 짐을 꾸리다가 생긴 일이었다. 평소 공인으로서 감정을 잘 드러내지 않는 총장님이 노끈 하나에 벌컥 화를 내자 부속실 요원들은 어리둥절했다. 동준은 노끈을 피하기라도 하듯 빠른 걸음으로 한 층 위에 있는 당무 회의장으로 향했다. 그 뒤를 오 보좌관이 따랐다. 수행비서가 어색한 분위기를 풀어주느라 요원들에게 설명했다.
  "총장님께서 어렸을 때 외가에 가셨다가 독사한테 물렸던 충격 때문에 지금도 밧줄이나 노끈을 보면 놀라세요. 언젠가 의원실을 옮긴 적이 있는데 짐을 묶었던 나일론 밧줄이 바닥에 널브러져 있었어요. 우린 한꺼번에 치우려고 그냥 내버려 뒀던 건데 그걸 본 총장님은 왜 당장 치우지 않느냐고 어찌나 화를 내시던지. 그 후론 각별하게 신경을 써요."

이참에 수행비서는 부속실 요원들에게 총장님의 식성과 취향에 대해서도 일러주었다. 어차피 사무총장이 주재하는 간담회나 이벤트성 행사는 총장 개인의 기호나 성향을 고려해서 준비하는 게 기본이었다. 이야기가 자연스레 그들이 모시게 된 사무총장 이동준에게로 옮겨갔다. 국회에서 의원님은 비서진에게서 인간적으로 대한다는 평을 들었다. 실제로 의원님은 자신이 자리를 비운 사이 누군가 의원실 응접 소파에 드러누워 자고 있으면 개의치 않고 일부러 다시 밖으로 나가주기도 하는 사람이었다. 물론 업무에서는 대충 넘어가지 않았고, 시키는 일은 무조건 해내야 했다.

영주는 총장님이 부임한 첫날 일어났던 일을 기억해냈다. 총장님의 지시라고 부속실 최 팀장이 총무팀에다 전신거울을 치우라고 했다. 엘리베이터에서 8층에 내리면 마주 보이는, '월남전 참전 전우회 기증'이라는 글자가 쓰여 있는 거울이었다. 전신거울이 사라지자 170센티미터의 영주는 한동안 허전했다. 그 앞을 지날 때마다 대형거울에 비친, 모델처럼 늘씬한 제 몸매에 취해 보는 즐거움이 사라졌기 때문이다. 빠듯한 월급으로 사는 직장인이 아니라 억대 연봉을 벌어들이는 슈퍼모델이 된 것 같아 기분이 좋았는데, 아쉬웠다.

영주는 나름대로 이동준 총장님의 일면에 대해 엿본 바가 있었다. 윤 대리의 연수원 발령 건에 관해서였다. 사람들은 평소 이지적이며 깔끔한 스타일의 총장님이 주절대길 잘하는 윤 대리를 좋아하지 않아서라고 짐작했다. 윤 대리는 근무시간에도 틈틈이 영어로 된 성경책을 읽었다. 그는 자신과 신앙이 같은 기독교인이 대통령으로 당선된 것이 감사해서 점심시간마다 소회의실에 들어가서 축복기도를 올리는 독실한 기독교 신자였다. 그런데 언젠가 그런 윤 대리의 책상 위에 펼쳐져 있던 성경책을 보고 총장님의 얼굴이 굳어진 적이 있었다. 요원들은 눈치를 채지 못했지만 연모하는 남자에게 온통 신경이 쏠려 있던 영주는 그것을 눈치챘다.

임시국회가 개회되면서 정치무대는 중앙당에서 국회로 옮겨갔다. 사무총장이 부재중인 부속실에서 요원들은 한가로웠다. 최 팀장은 자신도 언젠가는 출마를 하겠다는 생각으로 미리부터 자금을 마련하기 위해 컴퓨터로 주식 거래를 하며 오후 시간을 보냈다. 일이 없는 요원들에겐 헐렁했지만, 집권당 총장실의 전화기는 끊임없이 울려댔다. 동시에 두세 대씩 울리는 전화를 받느라 영주는 주방에서 부속실로 연신 달리기를 했다. 찻잔 씻는 물소리 때문에 벨소리를 못 들을 때에도 누구 한 사람, 전화 한 통을 받아주지 않았다. 다시 자기 자리로 돌아와 앉은 영주는 당대표실 비서 박정아에게 메일을 보냈다. 자기 혼자만 바쁘고 부속실에서 하루 밥값을 하는 사람은 자기뿐이라며 억울한 심정을 토로했다.

자동차 영업사원이 슬그머니 들어와서 새로 출시된 승용차의 팸플릿을 나눠주었다. 데이트레이더에서 다시 본분으로 돌아온 최 팀장은 새로 구매한 차 얘기와 처가에서 보태준 돈으로 장만한 아파트의 시세가 올랐다는 둥, 하면서 돈 얘기를 꺼냈다. 영주의 꿈은 당사에서 가까운 마포쯤에 월세 오피스텔을 얻어 불광동 다가구 주택에서 독립하는 것이었다. 그러나 월 급여보다 씀씀이가 헤퍼서 카드값과 마이너스 통장에 짓눌려 사는 영주였다.

퇴근한 영주는 싱글침대 머리에 기대앉아 심야토론을 시청했다. 오락프로와 미니시리즈 드라마가 아니면 채널을 돌려버렸던 영주였지만 이동준 총장이 부임한 이후로는 뉴스를 챙겨보고 국회에서 일어나는 일이 실시간으로 중계되는 국회방송까지 꼬박꼬박 시청했다. 방송에선 선거자금의 투명성이라는 딱딱한 주제를 놓고 패널리스트들이 조곤조곤 말솜씨를 겨루고 있었다. 영주의 시선은 화면에 가 있었지만, 머릿속에서는 한 편의 연애소설을 써 내려갔다.

권력과 돈을 가진 이동준 총장님도 생의 무상함에 빠져들고 외로움을 느낄 오십 대 중반에 접어들었다. 건초더미처럼 메마른 삶에 촉촉하고 애틋한 무언가가 필요할 것이다. 최상의 권력과 지위를 거머쥔 총장님은 어쩌면 그보다 더 고귀한 사랑을 갈망할지도 모른다. 실세 공인으로서 체면과 지성과 도덕심 때문에 겉으로 드러내지 못하고 있을 뿐.

그런 생각이 자신만의 착각은 아닐 거라고 확신했다. 모든 건 영주 자신에게 달려 있었다. 총장님보다 이십 년이나 젊은 영주였다. 젊음은 그 자체가 자산이다. 돈으로도 살 수 없는 자산에 영주는 자부심을 느꼈다. 총장님을 사랑하고 있다고 고백하기만 하면 되는 것이다. 생각이 거기에까지 미치자 용기가 났다. 영주는 총장님의 7776폰으로 문자 메시지를 입력했다. 그러다가 이내 지우고, 다시 썼다가 고치기를 반복했다.

2

 의원실 책상에 앉은 동준은 피감기관의 작년도 결산심사 결과를 들춰보았다. 국민이 낸 세금으로 공기관들이 한 해 동안 예산에 맞게 올바르게 썼는지를 감사하는 일이었다. 국회의 일 년 일정 중에 6월까지 해내야 하는 일이었다. 그때 컴퓨터 앞에 놓아둔 7776폰으로 메시지가 들어왔다.
 '총장님의 배려에 감사드리며 건강 유의하세요.^^'
 영주가 이모티콘을 담아 보내온 메시지였다. 손가락으로 종료 버튼을 누르며 동준은 자리에서 일어나 창가로 걸어갔다. 민한당 중앙당사는 의사당에서 한 구역 떨어진 곳에 있었다.
 시간이 얼마나 흘렀을까. 정적이 흐르는 의원실 안에 3883폰의 수신음이 낮게 깔렸다. 동준은 온몸의 힘이 빠져나가는 느낌이었다.

'1970년 11월 13일, 무슨 일이 일어났는지 알고 있는가?'

다행히 지난번 메시지처럼 동준과는 아무 관련이 없었다. 1970년은 동준이 17세가 되는 해였다. 지난번 메시지에 언급된 AD1960년 4월 11일처럼 종교적인 사건이 일어났을 것이다. 또 다른 한 생명이 피를 흘린 순교가 행해진 날이리라.

동준이 복도로 나섰다. 다른 의원실은 거의 문이 닫혀 있었다. 의원 시절 박상헌 대통령의 방이었던 714호 역시 다들 퇴근을 했는지 인기척이 없었다. 동준이 발걸음을 옮기는 순간 무언가 발길에 '툭' 하고 채였다. 납작하고 딱딱한 것이 들어 있는 봉투였다. 불길한 기운이 느껴졌다. 봉투를 주워들고 열어보니 안에는 시디 한 장이 들어 있었다. 왠지 동준을 지목해서 보내온 것처럼 그 시디를 봐야겠다는 생각이 들었다. 봉투에서 시디를 꺼내 이리저리 돌려보며 다시 의원실로 들어갔다. 컴퓨터에 시디를 밀어 넣자 화면에 나타난 영상은 평범한 시골의 정경이었다. 이렇다 할 지형적인 특징이 잡히지 않았다. 잠시 정지해 있던 동영상 카메라가 다시 조금씩 움직였다. 여전히 지루하고 흔한 시골길이 화면에 흘렀다. 그러다가 잿빛 하늘을 배경으로 상수리나무숲이 우거진 마을 야산과 송전탑이 비치더니 이어서 급작스럽게 카메라가 흔들리며 저수지가 드러났다. 동준은 얼른 화면

정지 버튼을 눌렀다. 산매리에 있는 저수지였다!

흥분한 동준이 의원실 문을 활짝 열어젖히며 복도 한가운데로 나가 섰다. 그는 어둠 속에 잠긴 회관 복도를 노려보았다. 상대는 동준이 봉투를 집어 들고 의원실로 들어갈 때까지 비상계단 쪽에서 엿보고 있었을지도 모른다. 동준은 비상계단과 흡연실, 휴게실과 화장실을 돌며 수색했다. 호흡 소리가 점점 거칠어졌다. 그 순간 양복 안주머니에 들어 있는 3883폰이 부르르 떨리는 느낌에 발걸음을 멈췄다. 액정화면에 낯선 번호가 떠올랐다. 동준은 반사적으로 통화버튼을 눌렀다.

"으으흐흑!"

이번에는 여자 울음소리였다. 하마터면 고함을 내지를 뻔했다. 동준은 가까스로 냉정을 되찾았다. 동준이 '누구야? 당신 누군데 이런 짓을 벌이는 거지!'라고 자신의 목소리를 드러냈다면 꼼짝없이 KBI의 이동준 전담팀에 걸려들 뻔했을, 위험한 순간이었다. 동준은 휴대폰을 귀에 댄 채 그대로 서 있었다. 기분 나쁜 여자의 탄식은 계속 이어졌다.

'누굴까? 이 자의 정체는 도대체 뭘까? 무엇 때문에 이런 짓을 벌이는 거지?'

그런데 울음소리는 매번 달랐지만 하나의 원칙이 있었다. 노인의 울음소리로 시작해서 젊은 남자의 목소리로 이어졌고 이제는 여자로 바뀌었다. 다시 715호 의원실로 들어간 동준은 창문을 활짝 열어젖혔다. 국회의사당 전체가 흐릿한 불빛 속에 내려다보였다. 저 멀리 뜰 건너편의 국회도서관 건물이 울창한 나무 숲에 잠겨 있었다. 밤은 의사당이라는 거대한 건축물에 음산한 분위기를 더했다.

의원회관을 나와 의사당으로 걸어가는 동안 비서관이 동준에게 보고했다.
"의원님, 중랑경찰서장한테 감식을 의뢰한 시디에서 별다른 지문이 나오지 않았다고 하는데요."
"그래? 하긴 자네 말대로 장난으로 보낸 모양이군. 동영상 콘텐츠도 별 게 아니었고. 수고했어."
동준은 벚꽃이 활짝 피어난 윤중로로 시선을 던졌다. 벚꽃 구경을 나온 행락객들이 한가로이 윤중로를 거닐고 있었다. 동준 옆으로 대형버스 세 대가 줄줄이 지나쳐 달려가더니 의사당 주차장에 정차했다. 어느 지역구에서 차를 대절해서 당원들을 국회로 올려보낸 모양이었다. 버스 세 대가 동시에 문이 열리고 당원들을 토해냈다. 중년여성들이 서로 이름을 부르며 찾는 소리에 인솔자의 목소리까지 섞여들었다.
'16년 전, 그날, 산매리 저수지에서 누군가 그 일을 보았을까?'
상대는 지금 동준을 보고 있지만 동준은 그를 볼 수 없었다. 공인이란 신분이 동준을 옭아매고 있어서 그자와의 접점을 찾아내기가 더욱 어려웠다. 자신의 정체를 드러내지 않는 상대로부터 그는 처음으로 유형물 하나를 건네받았다. 산매리 저수지가 촬영된 한 장의 시디는 불현듯 동준에게 두 남자를 떠올리게 했다.

'혹 그들이!……'

동준은 초조했다.

괴메시지는 동준을 경기도 양주시에 있는 산매리로 이끌었다. 영등포구의 대로를 통과한 코란도는 동작구로 들어섰다가 강남구를 지나 서초대로를 달려갔다. 도심권을 벗어난 코란도는 고속도로를 내달렸다. 도시의 풍경이 점점 뒤로 밀려나며 숲과 들판이 이어졌다. 고속도로는 한산했다. 운행 중인 차량은 거의 눈에 띄지 않았다. 어느 순간부터 경찰차가 경광등을 번쩍거리며 코란도 뒤를 바짝 따라붙었다. 동준은 긴장했다. 그러나 경찰차는 코란도를 추월해 어디론가 빠르게 사라져 갔다. 고속도로 어딘가에 교통사고가 난 모양이었다. 인터체인지를 빠져나온 코란도가 이윽고 383번 지방도로에 들어섰다. 수십 킬로미터를 달려오는 동안 운전대를 움켜잡은 동준은 자동차 엔진소리에만 갇혀 있었다. 길은 끝없이 차체 밑으로 빨려들어 왔다.

농순이 뒤늦게 오디오를 켰다. 전파에 실려 오는 사람의 목소리에 동준은 '그의 사람들'을 떠올려보았다. 지역구 사무실의 당원들과 의원실의 비서진, 사무총장인 동준의 공천 권한에 들어 있는 의원들, 중앙당의 사무처 요원들. 그렇지만 혼자 추적 길에 나선 지금, 동준은 고독했다.

동준이 산매리를 찾은 건 16년 만이었다. 지난겨울 대선 기간에 참모들과 함께 박상헌 후보를 수행하고 표밭을 다지느라 시내 쪽을 훑고 지나가기는 했었다. 구름으로 가려져 우중충한 하늘 때문인지 산매리 마을은 온통 황량하고 우울한 기운이 감돌았다. 외가 축사 앞 공터에 코란도를 세우고 캐주얼 점퍼 차림을 한 동준이 내렸다. 오리 소리가 들끓던 외가의 넓은 마당이 지금은 텅 비어 있었다. 조류독감 때문에 무수히 많은 오리 떼가 살처분된 마을이었다. 그 때문에 산매리는 한동안 뉴스에 오르내렸다. 조류독감 바이러스가 여전히 마을 공기에 실려 있는 듯했다.

그날, 동준은 저수지에서 돌아와 수돗가에서 손을 씻었다. 병든 오리를 골라내느라 바빴던 외사촌 누나는 늦은 저녁 밥상을 차려냈다. 동준은 낯선 이웃집 남자와 수의사와 함께 상 앞에 앉아 예의상 한두 번 수저질을 하는 둥 마는 둥 했었다.

동준은 날카로운 시선으로 마을을 훑어보며 자문해 보았다.

'이 마을 주민이 어떻게 내 비밀폰인 3883폰을 알 수 있지?'

순간 동준은 등 뒤에 와 닿는 어떤 시선을 느꼈다. 놀라서 뒤를 돌아봤을 때는 여전히 텅 빈 마당뿐이었다. 무언가 동준의 발목을 휘감았다. 바람에 날려 온 붉은색 나일론 노끈이었다. 노끈은 마치 교살(絞殺)자의 목을 감는 것처럼 동준의 발목에 휘감겨들었다. 동준의 얼굴은 산소결핍으로 질식하는 사람처럼 창백해졌다. 노끈에 목이 졸린 남자가 필사적으로 발버둥치는 장면이

동준을 괴롭혔다. 그 장면을 떨쳐내기라도 하듯 입술을 앙다물고 발목에서 노끈을 걷어냈다. 그러고는 멀리 야산으로 눈을 돌렸다. 야산 중턱의 상수리나무 숲은 초록으로 물들어 있었다.

그때 7776폰이 울렸다. 4선의 이동준 의원은 어디를 가든 비서진이나 '그의 사람들'과 휴대폰을 매개로 연결되어 있었다. 동준은 휴대폰의 잡음을 줄이느라 발걸음을 서성거리며 통화를 했다. 단화 바닥에 나무껍질이 밟히면서 바스락거리는 소리가 났다. 마치 그의 발밑에 오래된 유골이 매장되어 있다고 알려주는 불가사의한 신호음 같았다.

산매리에서 별다른 단서를 찾지 못하고 서울로 돌아온 동준은 함께 저녁상을 마주했던 두 남자의 뒷조사를 해보았다. 그러나 두 사람 모두 평범한 삶을 살아가고 있었다. 한 사람은 자연송이 통조림 공장의 경비로 일하며 여전히 산매리에 살고 있었고 다른 한 사람인 수의사는 양주 시내로 나가 지역 축산업협회 소속으로 근무하고 있었다. 동준은 외사촌 누나인 윤옥도 살펴보기로 했다. 윤옥은 몇 해 전 산매리에서 오리농사에 실패하고 대출을 갚지 못해 어렵게 살아가고 있었다. 그런 윤옥에게 동준은 도움의 손길을 건넸다. 덕분에 윤옥은 지금 산매리를 떠나 살고 있었다.

동준은 청담동 집 서재에서 CCTV 화면을 열었다.

어느 아파트의 거실이 화면에 나타났다. 사람의 모습은 잡히지 않았다. 거실 바닥엔 노점상처럼 살림살이들이 널려 있었다. 30평대의 넓은 아파트와는 어울리지 않게 씨앗봉지도 있었다. 문이란 문은 죄다 열려 있어 더욱 특이한 분위기였다. 현관문과 거실장, 욕실문, 심지어 주방 바닥의 냄비 뚜껑까지 열려 있었다. 움직임이라곤 없이 정지된 화면 속에서 현관문이 열리고 소박한 행색의 중년 여자가 들어섰다. 외사촌 누나, 윤옥이었다. 폐휴지를 들고 열려 있는 두툼한 거실문을 지나 발코니로 나가는 뒷모습이 보였다.

엄청난 폐지가 쌓여 있는 발코니로 나온 윤옥은 폐지를 가지런히 정리해놓고 다시 거실로 들어와 앉아 담배를 꺼내 물었다. 무언가 골똘히 생각하던 윤옥이 자리에서 일어났다. 아파트 안에서 유일하게 닫혀 있는 안방 문을 기웃거리던 윤옥은 문고리를 좌우로 돌려 보았다. 그러나 문은 굳게 잠겨 있었다. 다시 거실로 나온 윤옥은 발코니에서 안방 창문에 두 눈을 바짝 들이대고 안쪽을 살폈다. 커튼이 드리워져 있어 방안은 들여다보이지 않았다.

　동준은 화면에 집중했다. 안방 창틀을 움켜잡고 흔들어 대는 윤옥의 행동은 동준을 긴장하게 했다.

동준은 코란도를 몰고 여의도 거리를 달려갔다. 여의도역 사거리에서 좌회전 신호를 받은 코란도는 MBC방송 사옥과 이웃한 라이프아파트 정문으로 들어섰다. 열 개 동으로 된 넓은 아파트로 동 간의 간격이 넓고 분위기가 고풍스러웠다. 동과 동 사이에는 키 큰 수목이 빽빽이 들어찬 정원이 조성되어 있어 거주자의 사생활을 은근슬쩍 감춰주었다. 오래된 아파트였지만 그만큼 기득권층의 견고한 성 같은 기운이 흘렀다. 주차장엔 검은색의 대형 승용차와 외제차, 재벌 2세들이 즐길 만한 스포츠카와 컨버터블 카도 눈에 띄었다. 동 현관 앞에는 운전기사로 보이는 남자 셋이 담배를 피우며 차 주인을 기다리고 있었다. 국회의사당의 의원 전용 주차장만큼이나 화려하고 고급스러운 분위기였다.

이 아파트에서는 38평짜리 H동이 제일 작은 평수였다. 동준은 나무숲에 가려진 H동 주차장에 코란도를 정차하고 자동차 키를 뽑아 윗옷 주머니에 넣었다. '1502호'라고 찍힌 출입카드를 인식기에 갖다 댔다. 동 현관 유리문이 열렸다. 오토시스템이었다. 동준은 엘리베이터를 타고 15층 버튼을 눌렀다. 15층은 단 두 채가 마주 보고 있는 계단식 아파트의 맨 꼭대기 층이었다. 엘리베이터 문이 열리는 소리에 1502호 문 앞에 서 있던 남자 하나가 슬그머니 발걸음을 돌렸다. 남자의 손에는 전단지가 들려 있었다. 이웃한 1501호 현관문 바닥에도 한 장의 전단지가 놓여 있었다. 식당 개업 홍보물처럼 보였다.

동준을 스쳐 지나간 남자는 태연히 비상계단을 통해 한층 위로 올라갔다. 15층이 끝인 이 아파트에 16층이 있을 거라며 올라간 남자가 횅한 옥상을 맞닥뜨리고 황당해할 모습에 동준은 웃음이 나왔다. 그도 잠시, 동준은 소름이 확 끼쳤다.

이 아파트의 입주민들은 출입카드를 가지고 다닌다. 거주민을 찾은 방문객이 아니면 출입도 절대 허락되지 않는다. 하지만 KBI의 정보원에겐 민간이 운영하는 보안 시스템을 통과하는 기술 정도는 그리 어렵지 않을 것이다. 국내정치 담당 이 차장의 말대로 올 것이 온 것이었다. 그러나 1502호는 텅 빈 아파트일 뿐이다. 그전에 살던 사람들이 이사를 나간 그 상태로 가재도구 하나 들여놓지 않았다. 동준이 현관문을 열고 거실로 들어서자 7776폰으로 영주의 목소리가 들렸다. 그녀가 이 아파트에 살아야 했다.

이제까지 돈줄 찾기의 전례는 없었다. 정치인의 자금동원력은 자기들만의 비밀스럽고도 독창적인 사업 노하우 같은 것이다. '코리아 테라피'가 천명된 정권에서 동준의 계획은 이루기 힘들 것이다. 그럴 바엔 작은 결점을 노출시켜 큰 목적을 이루기로 했다. 은행원답게 그는 득과 실을 따져보았다. 수컷의 본성을 이용하는 수법으로, 여자를 숨겨두고 사는 것처럼 해야겠다는 아이디어를 생각해냈다. 그 여자는 누군가가 동준 가문의 2대에 걸친 사업에 촉수를 뻗쳐올 때 이를 교란시키고 걸러주는 망과 같은 존재가 될 것이다.

 총장님의 목소리가 듣고 싶어 휴대폰으로 몇 마디 인사를 나눈 영주는 부속실에 앉아 있었다. 퇴근 시간도 이미 한참 지났다. 마주 보이는 총장 집무실 문은 닫혀 있었다. 지금껏 한 남자를 향한 마음으로 퇴근조차 하지 않고 사무실에 남아 있기는 처음이었다. 샤넬이나 펜디, 구찌 같은 명품 물건이 아닌, 한 사람을 간절히 바란 적은 더더욱 없었다. 갖고 싶은 것들을 갖지 못해 느꼈던 좌절과는 또 달랐다. 그때였다. 이동준 총장님이 안으로 들어섰다. 웬일인지 수행비서도 없이 혼자였다.
 동준은 업무를 지시하듯이 사무적인 어조로 말했다.
 "불광동에서 여의도까지 출근하기 힘들지요?"
 "!……"
 이번에는 총장님이 좀 더 큰 액수의 촌지를 주려는 게 아닐까 넘겨짚어 보았다.
 "38평 정도면 되겠지? 가까운 여의도에다."
 동준은 새킷 안주머니에서 아파트 열쇠를 꺼내 영주에게 건넸다. 그러면서 당부했다.
 "대신 이 일은 다른 사람들이 모르도록 해야 해요."
 "!…… 네……."

영주는 라이프아파트 H동 앞에 섰다. 총장님이 일러준 것보다 찾기가 훨씬 쉬웠다. 창마다 환한 불빛이 내비치는 H동 아파트는 마치 영주를 환영하는 듯했다. 엘리베이터를 타고 15층에서 내렸다. 앞집인 1501호는 현관문이 한 뼘쯤 열려 있고 안쪽에는 걸쇠가 채워져 있었다. 영주는 1502호의 현관문에 열쇠를 끼웠다. 쏙 들어맞는 열쇠의 감촉이 손끝으로 전해졌다.

영주가 현관으로 첫발을 들여놓았다. 38평 아파트는 영주가 머릿속으로 그려본 것보다 훨씬 넓었다. 현관 입구의 작은방과 거실, 안방, 안방 앞에 건넌방, 그리고 주방과 다용도실, 욕실 두 개, 방마다 딸린 발코니까지 둘러본 영주는 난간에 기대서서 수목이 울창한 뜰을 내려다보며 총장님께 전화를 했다.

"총장님, 감사합니다! 총장님 은혜를 절대 잊지 않을 거예요."

"됐어요. 그냥 조용히 지내면 돼요."

대통령을 독대하려고 제1부속실에서 대기하고 있던 정보원장의 차례가 되었다. 대통령은 본관 집무실이 아닌 여민관(현 위민관)에서 집무를 보고 있었다. 이동준 사무총장에 대한 동향보고는 이번 주례 보고부터 새로운 정보가 덧붙여져 페이지가 늘어났다. KBI원장의 목소리는 조금 들떠 있었다.

"대통령님, 여의도 라이프아파트 H동 1502호에 여자를 두었습니다."

"이 총장이 여자를요?"

"예! 중앙당 사무총장실 여비서, 김영주입니다."

박상헌은 그가 당 대표였을 때 대표실 여비서 박정아와 가깝게 지낸 영주를 기억하고 있었다. 신혼여행을 떠난 정아를 대신해서 일주일간 파견된 영주에게 상품권을 준 기억도 났다. 체격이 다부지고 털털한 아가씨여서 대하기가 편했다.

대통령은 송영기 정보원장에게 중얼거리듯 말했다.

"이 총장은 절대 그럴 사람이 아닌데!…… 외로웠나? 사랑으로 볼 수 있어요? 내가 그 사람을 잘 아는데! 오십 년 넘게 배어 온 성품이 몇 달 만에 바뀔 리가 있습니까?"

그러다 어떤 생각이 번개처럼 대통령의 머리를 스쳐 갔다. 검은돈의 은닉처로 김영주의 조건이 들어맞을지 모른다는 추측이었다. 대통령의 짐작을 알아차린 정보원장이 말했다.

"김영주가 없는 낮시간에 저희 요원이 1502호로 들어가서 찾아보기는 했는데 돈이라곤 없었습니다. 김영주는 명품 옷과 구두, 백만 원대의 핸드백을 구입했지만 그걸 다 해봐야 천만 원 정도입니다. 이 총장에게 받은 돈일 테지요. 일단 실내에 도청장치를 해놓았습니다."

"김영주와 그 가족, 가까운 친인척들 계좌도 모조리 추적해봐야겠군요."

"예, 대통령님. 이미 확인했습니다. 김영주 본인 3백만 원, 그 전엔 신용이 형편없었습니다. 모, 박경자는 5백만 원, 여동생 김희주는 천5백만 원, 여동생 남편은 2천만 원입니다."

"다들 돈이 많지는 않군요."

"돈이 아니라 빚입니다, 대통령님. 여동생 김희주와 김영주만 적금입니다. 물론 김영주도 이 총장이 준 돈으로 그동안의 대출을 갚고 남은 돈으로 보이고요."

대통령은 무언가 종잡을 수 없다는 표정이었다. 다시 정보원장이 말을 덧붙였다.

"지방에 먼 친척이 있긴 하지만 부친 사망 이후로 왕래가 끊어졌고, 충북 청원에 있는 김희주의 시가 쪽도 파헤쳐 봤는데 별다른 점이 없었습니다."

대통령은 딜레마에 빠졌다. 김영주와의 관계를 폭로해서 이동준을 흔들어봐야 정권의 도덕성에만 흠집을 내서 말발 센 단체들만 떠들어댈 것이다. 동준이 숨겨놓은 여자관계가 드러날 경우, 질타의 대상은 동준이 아니라 오히려 대통령 자신이 될 게 뻔했다. 대통령의 최측근이 대선자금을 빼돌렸다며 검찰에 불려가 조사를 받게 할 수도 없었다. 그것은 대통령이 자살골을 넣는 꼴이었다. 내사를 하며 이동준 총장을 감시하더라도 언론과 야당 쪽으로는 새어나가지 않도록 극비리에 해야 했다. 자칫 잘못했다가는 전직 대통령들의 비자금을 추적해 국고로 환수하겠다는 '코리아 테라피'가 오명을 쓰게 된다. 예민한 정치부 기자들이 눈치채지 못하도록 대통령은 이동준과의 관계도 한결같이 이어가야 했다.

자정이 가까운 시각에 재식은 모처럼 그의 GS25 편의점에 들러 영업상황을 살펴보았다. 일일 매출액을 확인하느라 계산대에서 지폐들을 꺼내 세었다. 지민도 재식의 옆에 서서 연인으로 보이는 남녀 한 쌍이 골라온 물건의 바코드를 찍었다. 그들이 물러나자 계산대 앞으로 한 남자가 불쑥 다가섰다. 그에게선 범상치 않은 기운이 느껴졌다. 재식이 어리둥절해서 그를 쳐다보았다. 바로 송영기 KBI원장이었다. 대통령들이 가끔 암행 시찰을 다니느라 민가로 잠입할 때 한다던 변복 외출이었다.

재식이 동준을 모시며 일해 오는 동안 온갖 부류의 사람들과 유명 인사와 권력자들을 가까이에서 볼 기회를 가져 봤지만, 정보원장이 찾아온 적은 여태 한 번도 없었다. 매스컴에서 본 인상과는 달리 그의 실물은 입매가 무척 단아했다. 지민의 존재를 의식하는 정보원장의 기색에 재식이 먼저 밖으로 나갔다. 냉방이 잘된 편의점의 유리문을 미는 순간 후덥지근한 바깥 공기가 폭도처럼 덤벼들었다.

재식은 주차장과 보도 사이를 경계 짓는 은행나무 밑으로 걸어갔다. 남자들이 담배를 피우는 장소로 이용하는 곳이었다. 그나마 밤바람에 흔들리는 은행잎들이 부쩍 다가온 초여름 더위를 식혀주었다. 정보원장이 단도직입적으로 던진 말에 재식은 화들짝 놀라 반박했다.

"우리 의원님은 절대로 돈을 빼돌리는 그런 짓을 하실 분이 아닙니다!"

이어 정보원장은 여의도 아파트 1502호에 누가 살고 있는지도 밝혀주었다. 재식을 충격에 빠뜨린 송영기 원장이 다시 이동준 총장의 모친 얘기를 꺼냈다.

"일제시대, 개성에서 제일가는 부자였던 시댁이 해방 후엔 부르조아의 표적으로 공산당원에게 몰살을 당하자 임신 삼 개월의 총장 모친께서는 38선 철조망을 넘어 월남하셨다지요? 46년 가을에."

"네, 그런데요?"

"당시 어린아이였던 시동생을 데리고서요. 바로 이 부장의 부친이시죠? 배 속에 든 아이는 지금 요양병원에 있는 이 총장의 형님이시구요."

"그렇습니다."

"이 부장의 큰아버님이 되실, 이 총장의 부친께서는 왜 동행하시지 않았지요? 성함이 이현 씨이신."

"가족들이 함께 움직였다간 모두가 위험해지니까 큰아버지께선 따로 떨어져 있다가 다른 길로 돌아오셨다고 들었어요."

재식의 답변에 정보원장은 고개를 끄덕거렸다. 그의 눈빛엔 그만이 알고 있는 또 다른 정보가 담겨 있었다. 재식의 눈에 오층당 사무실이 올려다보였다. 불빛이 환한 일층 편의점으로는 늦은 시각에도 손님들이 띄엄띄엄 드나들었고 지민은 성실히 계산대에 박혀 있었다. 정보원장과 헤어지고 다시 편의점으로 들어선 재식은 아직 충격에서 헤어나지 못했다. 돈 문제와 여자 문제에 관해서라면 누구보다 의원님을 잘 알고 있었다. 검은돈 척결을 대선공약으로 내건 대통령에게 임명된 정보원장은 여당 사무총장이라도 예외가 아니어서 무작정 파헤쳐 볼 수도 있었다. 그게 아니라면 정보원장과 사무총장 간의 파워게임일 수도 있고.

그렇다 해도 의원님이 여자를 두고 산다는 이야기를 꾸며댈 수는 없었다. 가뜩이나 지역구 안에서 누구와 누구랑 사귄다는 둥, 모텔로 들어가는 걸 봤다는 둥 불미스러운 소문들이 터져 나와 골치가 아프던 참인데.

당원단합대회가 열리는 날이면 중년의 남녀 당원들은 곧장 집으로 들어가지 않고 당 평계를 둘러댔다. 새벽 두 시에 벨 소리에 깨서 수화기를 들면 도대체 당은 뭐 하느라 이 시간까지 내 마누라를 붙잡아두고 있느냐는 호통이 터져 나왔다. 시정잡배의 범부나 졸부들이 하는 그런 짓거리를 의원님이 했다는 게 믿기지 않았다. 재식은 정보원장의 흑색선전에 휘말리지 않도록 여의도에 가서 라이프아파트 H동 1502호를 확인해보고 싶었다. 하지만 자신이 직접 나서기가 마땅치 않으니 대신 지민을 보내보기로 했다.

중앙당에서 발간한 사무처 요원 수첩을 꺼내 사무총장실 페이지를 펼쳤다. 지민과 함께 기능직 파트 김영주 비서의 얼굴을 증명사진으로 익혀두었다. 키가 크다는 인상착의는 사진으로는 식별할 수 없었다.

지민은 이동준 의원이 신장이 170센티미터나 되는 늘씬한 여자를 몰래 살게 하고 있다는 H동 15층을 올려다보았다. 퇴근 시간이 훨씬 지났는데도 여자는 아직 귀가하지 않았다. 재식은 오늘 저녁에 부속실 회식이 잡혀 있었던 사실을 뒤늦게 문자로 알려주었다. 지민은 라이프아파트 단지 건너편에 있는 상가 일층 베이커리에 들어갔다. 마늘 바게트를 주문하고 우유를 마시며 시간을 보냈다. 지민은 유리벽으로 보도를 지나다니는 행인들을 보며 생각에 잠겼다.

'이십 대는 사랑이 전부일 수 있어. 그러나 엘리트는 이십 대가 아니라 십대에도 여자에게 연연하지 않아. 그들은 세상을 상대로 연애를 하지. 에베레스트의 높은 곳에 오른 자만이 깨달을 수 있는 참 가치에 몰입하는 거야. 그들은 가치를 둘 만큼 존귀하고 이상적인 여자는 이 세상에 존재하지 않는다는 사실을 선험적으로 알고 있어. 사랑은 유령을 보는 것과 같아서, 세상에 있지도 않은 사랑을 사람들은 있다고 믿고 살아가고 있어.'

매형의 입으로 전해 들은 그런 평판의 여자를 이동준 의원이 사랑할 리 없었다. 지민은 김영주가 어떤 여자일지 보지 않아도 알 수 있었다. 그것이 지성의 힘이었다.

'그렇다면 의원님은 왜, 무엇 때문에 여자를 두었을까?'

울창한 은행나무 그루터기 아래 서서 지민은 다시 한번 아파트의 맨 꼭대기 층을 올려다보았다.

간밤에 지민은 하이힐 굽 소리를 울리며 H동으로 귀가하는 화려한 차림의 영주를 확인한 뒤 중랑구로 돌아왔다. 지민의 보고에 재식은 충격이 컸다. 배신감마저 들었다. 15년 동안 친숙했던 당 사무실이 이질적이고 불미스러운 공간으로 느껴졌다.

지민은 프린터에서 중앙당 행사와 사무총장의 '오늘의 일정'이 인쇄된 A4용지 두 장을 꺼냈다. 게시판으로 가서 어제의 일정을 떼어 내고 '오늘의 일정'에 바늘침을 꽂았다. 의원님이 지역구 당사에 나오는 날이었다. 지민은 이동준 의원의 의정활동 사진이 부착된 게시판을 응시했다. 여러 장의 사진 중에서 탤런트처럼 세련된 외모의 의원님이 지금은 사라지고 없는 방천시장 상인들과 함께 어울려 찍은 사진에 시선을 고정했다. 젊은 시절의 최 여사도 있었다. 의원님이 정치무대에 신인으로 등장했을 당시에 찍은 사진이었다. 박상헌 대통령과 미국 부시 대통령, 일본 아베 총리와 함께 파티장에서 찍은 사진들은 이동준 의원의 후광을 한층 더 돋보이게 했다.

그러나 4선이라는 정치 관록에 비하면 게시되어 있는 사진의 수가 적은 편이었다. 지민의 옆으로 다가온 재식이 말했다.

"의원님은 사진 내거는 길 좋아하지 않아. 박상헌 대통령이야 촌티 나는 인상 때문에 사진 찍는 걸 기피한다지만 의원님은 사진이 잘 받는 얼굴인데도 그러시잖아. 인터뷰도 한 건이라도 더 실리려고 안달이 난 다른 국회의원들하곤 다르게 마지못해 응해 주시지."

의원님에 대한 자신의 실망은 대단했지만, 재식은 그를 모시는 부하로서 다른 사람들에게는 훌륭한 면을 강조했다. 주군에게 야속한 마음이 있어도 남들이 욕하는 꼴을 못 보는 가신들의 어쩔 수 없는 충성심이었다.

의원님의 일정을 어떻게 알았는지 냄새를 맡은 당원들이 우르르 사무실로 모여들었다. 당 사무실은 주일날의 예배당 같은 분위기를 자아냈다. 지민은 커피와 차를 타내느라 바쁜 여직원을 거들어주고 쉴 새 없이 울려대는 전화를 받아주기도 했다. 사무실에 있는 의자란 의자는 모조리 끌어다가 제각기 자리를 잡고 앉은 원로당원들은 정치와 뉴스와 의원님에 대해 웬만큼 떠들어대다가 이제는 한주엽에 대해 수군거렸다. 한 씨의 건강에 문제가 생긴 건 아닌지 걱정도 했다. 그러나 결국 비난 조로 마무리되었다.

"아마 아르헨티나에서도 못된 짓을 저지르고 국내로 도망쳐 왔을 거야. 그래서 추적자한테 붙잡혀 어디 지하창고에 감금돼 있을지도 모르지."

사무실 문을 열어젖히며 최 여사가 공항 면세점 로고가 찍힌 비닐 가방을 들고 나타났다. 사람들에게 열쇠고리를 하나씩 나눠 주었다. 지민의 것도 있었다. 경제적인 여유는 마음의 여유와 직결된다. 그래서 최 여사는 늘 여유로웠다.

동준이 수행비서와 함께 사무실로 들어서자 당원들의 시선은 일제히 이동준 의원에게로 꽂혔다. 여름 장마철이 다가오며 중랑구청에서 열리는 수해대책회의에 참석하고 시설이 안전한지 확인하기 위해 현장까지 답사하는 일정이 잡혀 있었다. 재식은 그 자신이 바람을 피우다 들켜버린 사람처럼 의원님을 똑바로 보지를 못했다.

  신촌 역술인을 찾아간 영주는 이동준 총장님의 생년월일을 역술인 앞에 내밀었다. 그는 준엄한 표정을 띠며 단언했다.
"귀인이지!"
"예에."
"영주 씨한테 큰 운을 불러줄 위인이야! 부자야. 힘도 있고. 돈 냄새에 절었어! 돈 속에 파묻혀 있어."
"그럼, 저는 어떻게 해야 해요?"
"풍수 인테리어로 끌어당겨!"
  역술인의 말은 상식적으로도 와 닿았다. 본처가 있는 나이 든 남자를 옭아맬 방법은 새살림 인테리어가 한몫을 할 것이다. 정치인 단골이 많은 역술인은 사실 민한당 총장실에 근무하는 영주의 고객정보를 꼼꼼히 관리하고 있었다. 몇 달 전 그는 신문에 난 집권 여당 사무총장의 임명기사에서 이동준 총장의 생년월일을 수집해 두었다.
  라이프아파트 1502호로 돌아와서 욕조에 몸을 담근 영주는 장미비누를 샤워타월에 문지르며 역술인이 그려준 처방에 따라 1502호를 꾸밀 인테리어 구상을 시작했다. 1502호 아파트의 주방 입구는 펜트리룸으로 개조하고 커피머신을 올려놓았다. 사방 벽은 실크벽지, 띠벽지로 로맨틱하게 도배하고 커튼 일체를 드리웠다. 물소 가죽 소파를 들여놓고 실내 인테리어용 소품을 사들이느라 카드를 긁어 남은 돈 3백만 원마저 도로 카드사에 갖다 바치게 생겼다.

3

 주말 밤이었다. 서재에 있던 동준이 텔레비전을 켰다. 뉴스에서는 대검찰청 현관 로비 안쪽에 그어진 포토존에 전 정권의 인사가 걸음을 멈춰 서는 장면이 흐르고 있었다. 그는 기자들의 카메라 플래시에 5초쯤 머무르다 수사관의 안내에 따라 곧장 엘리베이터로 들어갔다. KBI의 '코리아 테라피'팀은 뛰어난 실적을 올리고 있었다.
 동준이 시사 월간지를 펼쳐 들 때 거실에서 전화벨이 울렸다. 미숙이 '여보세요' 하는 소리가 서재로 흘러들었다. 미숙이 수화기를 들면 곧장 끊어지는 일이 두 차례 반복되었다. 동준은 손에 든 월간지를 탁자에 내려놓고 숨을 죽였다. 수화기 저편의 누군가가 이번에는 그대로 들고 있는 모양이었다. 미숙은 혼자 반복해서 말했다.
 "여보세요. 여보세요."

상대는 여전히 반응이 없었다. 미숙은 밤새 똑같은 일이 벌어져도 수화기를 들고 '여보세요'라고 말할 수 있을 정도로 무던한 여자였다. 거실로 우뚝 나선 동준은 미숙에게서 수화기를 낚아채며 말했다.

"왜 그래?"

"잘못 걸려온 전화예요."

동준이 전화기를 귀에 갖다 대는 순간 단번에 전화음이 뚝 끊겼다. 다시 공포가 시작되었다. 괴메시지가 다시 동준을 짓눌렀다. 대통령 취임식 날 이후로 드물게 누려본 평화로운 시간이 한순간에 사라졌다. 미숙은 여자의 호흡 소리가 새어 나왔다며 대수롭지 않게 웃어넘겼다. 스팸성의 야한 전화로 생각한 것이었다. 하지만 동준은 잠을 설쳤다.

월요일 아침이었다. 동준은 확대간부회의를 마치고 총장실로 들어섰다. 사무총장의 일정은 오전 내내 이십 분에 한 번꼴로 단체들과의 면담이 배정되어 있었다. 면담을 마친 단체 회원들이 거의 돌아가고 총장님이 혼자 있을 틈을 기다린 영주는 7776폰으로 메시지를 보냈다.

'커피 향이 은은해서 타 드리고 싶어요. ^^'

동준은 인터폰으로 영주를 불렀다. 커피잔을 쟁반에 받쳐 들고 집무실에 들어선 영주에게 서랍에서 촌지가 든 봉투를 꺼내 건네주었다.

"이거 받아요. 그래, 일은 열심히 하고 있지? 내가 일정이 바쁘다 보니 부속실 직원들과 식사 한번 할 새가 없어요."

"감사합니다. 주말에 뵙고 싶었어요."

주말이란 말에 동준의 뇌리에 무언가 번쩍 스쳤다.

"그래서 전화를 걸었다간 아무 말도 못 하고 전화를 끊었군."

"죄송해요. 그러면 안 되는 줄 알면서도."

순간 동준은 영주의 뺨따귀를 갈기고 싶은 충동을 느꼈다. 한편으로는 영주가 한 짓으로 드러나 안도의 한숨이 나왔다.

문가로 서너 걸음 걸어 나가던 영주가 뒤돌아서 말했다.

"총장님, 수현 씨 생일이 내일인 거 잊지 마세요. 바쁘시더라도 좋은 아빠가 되어주세요. 우리 아빠는 교통사고로 일찍 돌아가셔서서 전, 아빠 사랑을 못 받았지만. 뉴욕에 있는 수현 씨는 아빠한테 감동할 거예요."

"아참, 그렇지. 알려줘서 고마워요."

그러나 동준의 대답은 사무총장의 가정사까지 확인시켜 줄 정도로 꼼꼼한 여비서에게 하는 답례를 넘어서지 않았다.

영주는 컴퓨터로 웹서핑을 즐기며 전화기로 들었던 총장 사모님의 목소리를 떠올려보았다. 전혀 긴장하지 않는 푸근한 목소리였다. 총장님의 부인이 어떤 여자일까 궁금해서 걸어본 전화에서 영주는 중년의 여느 부부들처럼 일상적이랄 수 있는 대화를 엿들을 수 있었다. 그러다가 전화기로 흘러들어온 총장님의 목소리에 놀라서 급히 수화기를 내려야 했다. 청담동 저택의 여유롭고 따뜻한 거실 광경이 그려졌다. 한기를 느낀 영주는 그 안으로 뛰어들고 싶은 욕심이 생겼다.

영주는 중앙당 여성국에 비치된 의원 부인에 대한 신상명세서와 사진란에 부착된 진미숙의 증명사진까지 들춰보았다. 미숙은 검소한 사모님으로 평판이 나 있었다. 모범택시가 아닌 일반택시를 타고 다니며 한 달에 한 번 의원 부인들이 적십자사에 나가서 하는 봉사활동 단체인 목련회에서도 가장 열심히 일한다는 평이었다.

본부인인 미숙을 제치고 국회의원 사모님으로 살아가고픈 영주의 속을 사무처 요원들이 알 리 없었다. 정치적 소양을 갖추겠다고 결심한 영주는 당헌, 당규집을 펼쳐 읽고 실무부서를 돌며 정책 자료를 수집하는 열성까지 보였다. 민한당과 간담회를 개최한 단체들의 현안까지 이해하려는 노력을 기울였다.

평소에는 정치에 관심이 없던 영주여서 늘 헷갈리기만 했던 전체 국회의원 수와 지역구, 비례대표 의원 수도 확실히 외워두기로 했다. 국회의원 299명(현재 300명) 중에 지역구는 243명이며 비례대표는 56명이었다. 딱딱하고 무미건조한 문장을 참아가며 「정치학 원론」까지 읽어나갔다. 그러나 의원 부인으로서의 지성과 자질을 갖추기가 버겁다는 걸 깨닫고는 곧바로 방향을 돌려 국회의원 부인들의 외양 따라잡기에 매달렸다. 긴 헤어스타일을 짧은 볶음머리로 바꾸고 옅은 화장에 허리선이 없는 평

퍼짐한 재킷을 입고 굽 낮은 구두를 신고 출근했다. 달라진 영주의 외모에 부속실 요원들이 모두 놀랐다. 총장님과의 나이 차이를 생각해서 영주는 자신의 외모를 열 살 정도는 더 들어 보이도록 콘셉트를 잡았던 것이다.

케네디 대통령은 부인 재클린과 열다섯 살이나 나이 차이가 났고 뮤지컬 영화 '돈 크라이 포 미 아르젠티나(Don't cry for me, Argentina)'의 페론 대통령과 에비타는 나이 차가 스무 살 정도로 영주와 총장님의 나이 차와 비슷했다. 게다가 남미 아르헨티나의 영부인이 된 에비타는 심지어 창녀 출신이었다.

영주는 바빠졌다. 총장님이 젊고 늘씬한 영주를 동반하고 정치모임에 나가게 될 때라든가 유명 인사들과 만나는 자리에서 안주인 역을 해낼 수 있도록 준비해야 했다. 차밍스쿨에 등록을 해서 공인의 부인으로서 걸음걸이부터 고쳐나가는 훈련을 받았다. 기자가 달라고 하면 언제라도 내줄 수 있도록 언론사용 인물 사진도 찍어서 포토샵을 해두었다.

라이프아파트 상가의 스튜디오에서 사진을 찾아오던 길에 영주는 현관문이 한 뼘쯤 열려 있는 앞집 1501호의 문을 두드렸다. 촌스러운 분위기의 거실 바닥에 내려 앉은 영주에게 주인아주머니는 도토리묵을 내왔다. 영주가 물었다.

"이 아파트 살 때 시세가 얼마였어요?"

"내가 무슨 돈이 있겠어? 친척 대신 봐주고 있는 거지."

"남한테 아파트를 맡길 정도면 그분은 엄청 부자신가 봐요?

뭐 하시는 분이세요?"

"뭐, 그냥 그렇지. 중요한 게 아니야."

"왜 한 번도 찾아오지 않아요?"

"그냥 그렇지, 뭐. 외국에 나가 있어."

아주머니는 시골 사람이라 허술해 보이면서도 뭔가를 숨기고 있는 것처럼 의뭉스러웠다. 1501호 아주머니는 슬며시 화제를 다른 데로 돌렸다.

"아가씨가 이사 오기 전까지 나는 1502호가 비어 있는 줄도 모르고 사람 사는 기척이 나지 않아서 현관문 앞에서 기웃거리기도 했다니깐."

그렇게 말하며 아주머니는 호주머니에서 담배 두 개비를 꺼내 사양하는 영주에게도 한사코 피우라며 권했다.

시국 사안 때문에 긴급히 소집된 당무회의를 마치고 들어서던 동준은 영주의 빈자리에 눈길이 갔다. 집무실로 커피를 가져온 여비서는 영주가 아니었다. 있어야 할 곳을 이탈한 영주의 부재에 동준은 신경이 쓰였다. 인터폰으로 부속실 최 팀장을 호출했다.

"김 비서, 어디 갔나?"

"총장님, 김영주 씨 집에 불이 났습니다! 옆집이긴 하지만 불이란 건 주변 이웃집으로까지 번지니까요."

동준은 불안했다. 내방 인사들과의 면담 일정을 잠시 보류하라고 지시했다. 요원들은 불이 난 김영주의 집을 불광동으로 생각했을 것이다. 동준만이 알고 있는 1502호 아파트에 불이 났다는 보고에 일이 손에 잡히지 않아 그는 잠시 집무실 안을 서성거렸다. 마침 집무실 밖에서 부속실에 들어서는 영주의 인기척이 들렸다. 영주는 흥분이 채 가시지 않은 목소리로 부속실 요원들에게 화재 이야기를 들려주었다. 화재 현장을 묘사하면서도 아파트가 아닌 다가구주택으로 둘러대는 임기응변도 발휘했다. 동준이 인터폰을 눌렀다.

"김 비서, 마실 것 좀 가져와요."

영주가 집무실에 들어섰다. 동준이 던지는 걱정에 1502호는 안전하며 피해라고는 앞집인 1501호 아파트의 발코니에 쌓아둔 폐지 더미뿐이라고 말했다. 촌지 봉투를 들려서 영주를 내보내고 동준은 넓은 화면으로 보려고 컴퓨터에 접속해서 아이디와 비밀번호를 입력했다. 모니터에 라이프아파트 H동 1501호의 CCTV가 떴다.

> 윤옥이 발코니의 폐지 더미 근처에서 담배를 피우고 거실로 들어갔다. 잠시 후 발로 대충 비벼 끈 담배꽁초에서 불씨가 되살아났다. 열린 창으로 불어 들어온 한강 바람에 꽁초의 불씨가 폐지 쪽으로 날아가면서 불이 옮겨붙었다.

동준은 외사촌 누나인 윤옥이 H동 경비와 함께 뛰어다니며 퍼다 나른 물로 불길이 잡히는 과정을 초조하게 지켜보았다. 발코니가 잿더미와 물로 철벅거릴 즈음에 1501호 안으로 뛰어 들어오는 영주의 모습이 잡혔다. CCTV를 닫고 동준은 차갑게 식어버린 커피잔을 들었다. 조금씩 안정을 되찾았다.

  전국적으로 사흘째 내리퍼붓는 폭우에 국토 전체가 잠겼다. 세종로 1번지인 청와대도 예외는 아니어서 비 때문에 국사조차 보류되었다. 신앙심이 깊은 박상헌은 전지전능한 하나님에게 선택되어 대통령이 되었으나 지금은 무력하기만 했다. 대통령은 KBI원장에게서 전직 대통령들의 비자금을 추적한 금융권 거래 전담팀의 결과를 보고받았다. 20개 은행 6,259개 점포와 45개 보험회사의 7,916개 점포, 44개 증권회사의 1,862개 점포와 3개의 종금사, 상호저축은행 120개, 신용협동조합 1,252개, 외국은행 국내지점 41개의 56개 점포까지를 대상으로 했다. 전직 대통령 측에서 노숙자나 걸인, 극빈자나 일면식조차 없는 누군가에게 사례금을 주고 차명계좌를 텄다 하더라도 수상한 거래를 잡아낼 만한 위력을 갖춘 추적 팀이었다.

  그러나 투입된 노고에 비해 실적은 없었다. 언론과 야당, 사회지수가 높은 네티즌들이 서서히 비판을 가해올 분위기였다. 대선공약인데도 집권 초기가 지나도록 전직 대통령들의 은닉자금에서는 단돈 50만 원도 찾아내지 못했고, 실적이라곤 고작 피라미 급의 정치인과 공무원뿐이었다. GNP의 12%에 달하는 지하

경제의 거대한 바다에 검은돈을 던져놓으면 찾을 길은 막막했다. 송영기 정보원장이 피곤한지 눈꺼풀이 처져 보였다. 퍼붓는 빗줄기가 집무실 창을 가려 대통령은 늙은 선장과 함께 잠수함을 탄 기분이었다.

박상헌은 공적인 관계의 전직 대통령들이 숨겨둔 수천억 원의 비자금보다 이동준이 빼돌렸을 100억 원에 더욱 분노했다. 신뢰했던 동준에 대한 배신감은 여전했다. 그러나 동준은 여의도 라이프아파트 1502호에 김영주라는 여자를 숨겨두었다는 점 외에는 KBI의 의심을 살 만한 거리가 없었다. 집권당 사무총장으로서 공식 일정도 빈틈 없이 소화해내고 있었다.

"아파트에 난 화재는 옆집 1501호에서 사소한 부주의 때문에 일어났다면서요."

"예, 대통령님."

"산매리 외가의 이 총장 외사촌들은 어땠습니까?"

"평촌과 분당, 일산 신도시에 흩어져 살고 있습니다. 의원실로 찾아온 한창석, 한창길, 한창수에게 이 총장은 인사치레로 얼마간의 금액을 건네주었어요."

"삼 형제뿐이군요."

"예, 그렇지요. 경기도 산매리가 고향인 이 총장의 모친께선 해방 전에 개성에서 석유대리점과 광산을 경영하는 떵떵거리는 유지 가문으로 시집을 갔습니다. 외가도 명문인데 모친은 인물도 이태리 여자처럼 잘 생겼다고 하더군요. 어쨌든 해방이 되고 공산정권이 들어선 북쪽에서 일제 때의 부자는 온전히 살아남을 수 없었습니다. 당시 미국 대학에서 수학한 인텔리 남편 이현 씨는 광장에서 인민재판을 받고 처형당했습니다. 그러니 모친에게 빨갱이들은 악마였어요."

의아해진 대통령은 정보원장의 말허리를 자르고 끼어들었다.

"부친이신 이현 씨께서도 함께 월남했다가 6·25때 전사하신 걸로 알고 있는데요."

"아닙니다. 당시에 처참한 죽음을 당했습니다. 6·25가 끝나고 호적 정리 기간에 모친이 호주가 남한에서 54년에 사망한 걸로 신고했을 뿐입니다. 이 총장은 1954년 4월 22일 중랑구 방천시장에서 출생했습니다. 친부가 누구인지는 모친께서만 아시겠지요."

"이 총장도 알고 있는 사실입니까?"

"글쎄요. 어쨌거나 지역구 사무실의 이재식 조직부장하고는 실제 사촌 간이 아니란 얘기입니다."

"의원이 되기 전의 가족사는 나도 몰랐어요. 모친께선 정육점을 해서 생계를 꾸려왔다고 들었는데 오래전에 처분했다지만. 아! 혹시 그 정육점을 세 준 것으로 위상하고 서기나 100억 원을 숨겨놓지 않았을까요?"

"뒤져보았습니다. 지금의 정육점 주인과는 전혀 상관이 없더군요. 이동준의 친부를 찾아내겠습니다. 이미 친부와 줄이 닿아 검은돈의 은닉처로 이용하고 있을지도 모르지요. 반드시 찾아내겠습니다. 자신 있습니다!"

"자신 있다고요? 지금까지 우리는 실패만 했습니다."

정보원이 발췌해낸 정보와 팩트에 의해 이동준이란 한 인물은 바뀌어가고 있었다. 일제강점기에 미 하원에서 동양인으로선 드물게 자원봉사자로 일한 부친을 둔 명문가의 자손으로 알고 있던 동준에게 대통령은 인간적인 연민을 느꼈다. 그렇다면 동준이 자기처럼 아버지 없이 어렵게 살아왔을 김영주를 100억의 은닉처와는 상관없이 사랑할 수도 있겠다는 생각이 얼핏 들었다.

한편, 송영기 정보원장은 비천한 출생의 동준이기 때문에 가정을 두고도 영주 같은 여자와 접촉할 수 있고, 100억을 갈취하고도 아니라며 뻔뻔할 수 있다고 보았다.

대통령이 다시 말을 이었다.

"이 총장 막내딸이 그 많은 나라 중에 하필 스위스에 나가 있다는 게 왠지 이상하지 않아요? 제네바 유니온은행의 계좌 외에 다른 비밀계좌가 또 있을지 모르니 더 추적해 봅시다."

"예, 알겠습니다, 대통령님. 전직 대통령들의 계좌보다는 추적이 쉬울 것 같습니다. 그동안엔 비밀주의를 고수하던 은행산업이 경제의 중요 부분을 차지해온 스위스도 2004년 7월 1일부터 법이 달라졌습니다. 은행들이 익명으로 번호만 등록하는 계좌서비스를 제공하지 않겠다고 해서 이제 고객들은 신분을 밝히지 않고는 더이상 계좌를 개설할 수 없게 됐습니다. 은행 자체의 평판이나 국제적인 명성을 중요시해서 부정한 검은돈을 숨겨주는

데 이용되지 않겠다는 취지라고 합니다."

보고를 마치자 집무실로 들어온 비서실장이 예를 갖추느라 입구에서 양복 앞자락을 여미며 걸어 들어와 국무총리와의 약속시간을 확인시켜 주었다. 정보원장은 비서실장과 함께 집무실에서 물러나왔다. 두 남자가 걷는 모습은 마치 패션쇼의 런웨이를 걷는 것 같았다. 문까지는 상당한 거리였다.

험한 날씨에도 아랑곳하지 않고 제1부속실에는 거물급의 인사들이 줄줄이 대기하고 있었다. 송영기 원장은 장도언과 눈이 마주쳤다. KBI원장 자리를 놓고 막판까지 경합을 다툰 전직 의원이었다. 그자에게서는 권력을 향해 지칠 줄 모르고 달리는 정기가 뿜어져 나왔다. 차기 정보원장에 임명되도록 불공을 드리느라 부부가 함께 절에 다니고 있다는 정보도 있었다. 대통령과의 독대를 바라며 전현직 장관들이나 정치인들이 여러모로 줄을 대놓고 있다는 정보도 있었다. 그들의 운명이 전적으로 대통령 한 사람에게 달려 있었다.

교수 출신인 송영기 정보원장은 임명직과 대통령의 관계에 관한 정치학 이론을 떠올렸다. 그 자신은 대통령과의 신임관계가 약한 데다 정계에서 개인적인 영향력도 전무한 부류였다. 학자 출신의 임명직들이 대개 그러했고 잘해야 본전으로 정권을 보호하는 총알받이로 쓰일 뿐이었다.

본관 현관계단을 내려가던 정보원장은 비서동 건물을 쳐다보았다. 그는 이미 정보원을 붙여 국정상황실에 근무하는 이 총장의 아들 이정현에 대한 뒷조사까지 마쳐둔 상태였다. 이동준 총장이 전화나 휴대폰으로 통화한 내용을 도청하고 지금도 실시간으로 감시하고 있지만, 그는 국영기업체 사장직을 바라는 유력 인사들과, 현금을 들고 찾아가서 공천을 거래한 변호사를 거절했다. 이런저런 백화점식 청탁들이 줄을 섰지만 이동준 총장은 결백을 입증하듯 단호히 그들의 청탁을 거절했다.

  청와대에서 전직 대통령들과 함께 만찬을 한 후에 한주그룹 총회장실에서 이 총장에게 사람을 보낸 일도 정보망에 걸려들었다. 상헌맨 중에 누군가가 차기 대통령이 될 가능성을 미리 내다보고 사조직 관리에 쓰라며 그룹정보원을 통해 3억 원을 권유했다. 추적을 당하지 않도록 헌 지폐로만 모아서 가져왔다며 걱정하지 말라고 했던 대화까지 도청되었다. 그러나 이동준 총장은 정중히 거절했다.

  정보원장은 이 총장이 결백하기보다는 그날 새벽 창동시장에 나왔던 그의 사람이 봉고차 키를 건네받고 100억 원을 어딘가에 숨겨놓고 있기를 바랐다. 낙심하기엔 아직 일렀다. 그의 제자인 기획실장의 됨됨이로 봐서 그가 거짓말을 했을 리는 없었다.

  이동준 의원의 체어맨 '서울 가−1123'이 국회 정문으로 들어섰다. 동준의 휴대폰으로 어머니에게서 전화가 걸려왔다.
  "선거도 끝났으니 한 번쯤 집에 들러라."
  "더 바빠요."

"너한테 부탁할 일이 좀 있어서."

"재식이한테 전해요."

"아니다. 너한테 직접 말해야 해서……. 급한 일은 아니니 기다리마."

동준은 무심한 듯 전화를 끊었다. 어머니는 동준에게 이현 씨의 아들 이동준으로 일러주었다. 그러나 어머니가 소중하게 간직하고 있는 사진 속의 이현 씨는 그를 낳아준 친아버지가 아니라는 사실을 동준은 알고 있었다.

715호 이동준 의원실에서 내려다보이는 의사당 뜰은 비에 잠겨 음습한 저수지를 연상시켰다. 의원회관을 나선 동준은 본회의장이 있는 의사당으로 건너갔다. 본회의장의 의원석은 늙은이의 부실한 치아처럼 듬성듬성 이가 빠져 있었다. 기상이변으로 전라, 경상지역 의원들은 거의 지역구에 내려가 있었다.

의원 24명이 마주 앉아 전문적으로 파고드는 상임위 회의장은 정치 전문가로서 국회의원의 지적인 면모가 발휘되는 장이다. 반면 299명 의원 전체가 모이는 본회의장은 전문지식보다는 열정과 쇼맨십, 의욕만으로도 존재감을 내보일 수 있었다. 의원들은 상대 당 의원의 말꼬리를 물고 책상을 치고 화를 내고 고래고래 고함을 지르며 죽기 살기로 덤벼들었다. 4선의 동준에게는 그런 후배 의원들이 철부지로 보였다.

'정치 생활은 밑도 끝도 없이 바다를 항해하는 것이다. 거기에는 안주할 항구도 없고 닻을 내릴 바닥도 없고 출발점도 없고 정해놓은 목적지도 없다.' 오랜 의정 생활에서 동준이 나름대로 터득한 정치철학이지만 영국의 한 외교관이 이미 한 말이기도 했다. 고대로부터 철학자나 위인들이 정치에 대해 유명한 말들을 남겼지만 이 말처럼 동준에게 와 닿는 말도 없었다. '최대 다수의 최대 행복'이라든가 '국민의, 국민에 의한, 국민을 위한' 같은 고전적인 명언은 공감하기가 어려웠다.

동준이 상념에 빠져 있는 동안 경기도 양주 지역구의 연진수 의원이 십 분이 넘도록 마이크를 놓지 않았다. 어떤 매력 때문인지는 모르겠지만 여론조사에서는 이삼십 대 젊은 층의 지지를 한몸에 받고 있는 것으로 나타났다. 그의 지역구에 동준의 외가 산매리가 있었다.

본회의가 종료되고 의원들이 일제히 본회의장을 빠져나갔다. 로텐더 홀을 가로질러 우르르 계단을 내려가는 의원들의 등판을 쏘아보며 동준은 저들 중에 누군가가 괴메시지를 보낸 것은 아닐까 생각했다. 의원실 자기 자리로 막 돌아와 앉은 동준에게 오 보좌관이 KBI정보원장의 메모를 전해주었다.

검정 에쿠스 두 대가 마포대교를 건너 여의도로 달려오고 있었다. 에쿠스 차량 두 대의 간격은 서로 오 미터를 놓치지 않았다. 보이지 않는 끈으로 이어진 것처럼 어떠한 교통상황에서도 두 대는 한 대처럼 붙어서 달렸다. 거물급 조직 폭력배의 차량을 방불케 했지만 실은 KBI원장의 관용차였다. 오 미터 뒤에서 달려오는 에쿠스는 앞차에 탄 송영기 정보원장을 경호하는 차량이었다. 대통령이 타고 다니는 BMW 시큐리티 760Li 역시 방탄 차량으로 똑같이 개조한 세 대가 한 대처럼 움직였다. 세 대 중에 어느 차에 대통령이 타고 있는지 알 수 없도록, 암살범의 저격률을 떨어뜨리기 위한 것이다.

동준은 정보원장을 만나기 위해 여의도 순복음교회 맞은편에 있는 렉싱턴호텔 양식당으로 들어섰다. 접시에 부딪히는 포크 소리가 양식당 실내에 청아하게 울려 퍼졌다. 업무 스트레스로 위염 증세가 있는 정보원장은 야채수프를 떠먹으며 동준에게 먼저 말을 던졌다.

"의원회관의 의원실마다 일반인들은 접해볼 수 없는 고급 자료와 고급 정보가 가득하다는 걸 알고 있어요. 그것과는 비교할 수 없는 게 저희 KBI이지요. 이 자리에 앉아 보니 보통 사람들은 상상조차 할 수 없는 온갖 정보와 비밀을 보게 되더군요. 대한민국에 있는 수만 명의 교수 중 한 명에 불과했던 제가 보던 세상과 KBI원장에 임명돼 정보원장이란 자리에서 보게 되는 세상은 완전히 딴판이더군요."

"……."

"총장님 출생의 비밀까지도 정보원장이 되고 보니 직무상 그냥 지나칠 수가……."

스테이크 접시가 하나씩 놓였다. 정보원장은 스테이크에 블랙

후추를 듬뿍 뿌렸다. 동준은 성을 내며 말했다.

"억새풀처럼 살아온 한 여인의 삶을 송 원장이 감히 잣대질하려 들어요! 내가 100억을 받아 숨겨두었는지 아닌지, 그게 내 어머니의 일생하고 무슨 상관이 있지요?"

정보원장은 스테이크에 집중했다. 잘게 썬 고기 조각을 소스에 흥건히 적셔 조신하게 입으로 가져갔다. 입안에서 우물거리며 서너 번 씹어 삼키고 나서 대답했다.

"친부 때문입니다. 총장님은 이미 방천시장의 장사꾼 중 한 사람이 친부라는 걸 알고 있어요. 100억은 그분 계좌에 들어 있지 않을까요?"

정보원장이 던진 말에 동준은 느닷없이 '아버지'를 떠올려야 했다. 다른 사람의 입을 통해 처음으로 들어본 '친부'라는 말이 동준의 가슴에 잔잔한 파문을 일으켰다. 그러나 마음속에서 일렁이는 동요를 숨기며 겉으로는 노기를 띠고 쏘아붙였다.

"KBI원장이 기껏 개인 가정사나 캐러 다니며 뒷조사하고 그걸 고급 정보라고 들고 와서 지금 나를 협박하는 겁니까?"

움찔하는 정보원장에게 동준은 다시 반격을 가했다.

"송 원장 모친은 수녀라도 됩니까? 그래서 아들도 낳지 않았단 말이죠? 교수이신 당신 부인은 성욕도 없는 사람인가요?"

정보원장은 모욕감에 얼굴이 시뻘겋게 달아올랐다.

승리감을 느낀 동준은 내심 다른 생각을 하고 있었다.

'혹시 정보원장은 내 아버지가 누구인지 알아낸 게 아닐까? 방금 말한 것처럼 방천시장 상인 중 한 사람일까? 아니야. 긴가민가하며 의심하는 거겠지. 100억을 받았을 거라는 증거를 찾지 못하니 이래저래 한번 찔러보는 거야.'

동준은 다소 감정을 누그러뜨리며 말했다.

"다시 한번 말해두지만 나는 선거자금을 받지 않았고 내 아버지에게 돈을 맡겨둔 적도 없어요. 나 때문에 괜한 수고를 하지 않는 게 좋을 겁니다. 검은돈이란 원래 제아무리 현미경을 들이대고 있어도 땅속을 흐르는 지하수맥처럼 어디론가 흘러 들어가는 속성이 있어요. 지금, 이 시간에도 100조 원에 달하는 자금 세탁이 이루어지고 있어요. 나는 결백합니다."

동준은 자리를 박차고 일어났다. 의자가 뒤로 밀리면서 시끄러운 소리를 냈다. 정보원장의 얼굴에 당혹감이 어렸다. 동준은 양식당 홀을 걸어 나갔다. 그가 떠난 빈자리엔 검붉은 핏물을 머금은 안심 스테이크가 그대로 하얀 접시 위에 놓여 있었다. 홀로 남은 정보원장은 이 총장이 도대체 100억 원을 받아서 어디에 숨겨두었을지가 너무나 궁금했다.

임명 초기에 정보원장은 엄청난 실적을 올리며 매스컴의 주목을 받았다. 그러나 지금 여론은 천문학적인 돈을 숨겨놓은 전직 대통령보다 그것을 못 찾아내는 정보원장을 더 탓하고 비난했다. 여론을 환기하는 차원에서 KBI원장을 경질해야 한다는 목소리가 여권 내부에서 나오고 있었다. 자칫 정보원장의 지위를 누려보지도 못하고 물러나게 될지도 모른다. 대통령이 해외

순방으로 외국에 나가 있는 동안 정보원장은 대통령의 그림자, 정권의 2인자가 아니던가!

새벽에 일어나 신문을 펼쳐 들면 정보원장을 헐뜯는 기사로 도배되어 있었다. 정보원장직을 수행하기에는 부족한 인물이 아닌지, 정보원장 자리에서 물러나면 출마자금이라도 대주겠다는 언질을 전직 대통령 측에서 받아내고는 일부러 봐주고 있는 게 아니냐는 말도 나돌았다. 세상 사람들은 관사 안방까지 구둣발로 짓밟고 쳐들어왔다. 익명의 사람들은 한밤중에도 관사로 협박전화를 걸었다.

"씹새끼! 너 그 자리에서 물러나면 보자!"

"이 문디 영감재이! 니가 그카마 나도 지랄 한 번 해볼끼다!"

"시방 너무 그래 해쌌지 마소 이잉. 나~가 한 번 회칼로 찔러볼랑께!"

공중전화 부스 안인지 동전 먹는 소리가 '처컥처컥' 깔렸고 부인의 개인 휴대폰 번호까지 알아내서 상소리를 해댔다. 뇌물 수수로 KBI에 걸려든 의원들의 지역구 광신당원들이 의원을 대신해서 대리전을 벌이는 것이었다. 시(市)나 군(郡)에서 생업에 종사하는 그들은 마누라보다 신문과 방송 뉴스를 더 끼고 살아가는 성향을 가졌다. 대학이라는 온실에서만 살아온 송영기 교수는 그들의 거친 말부터 감당하기 힘들었다. 게다가 전직 대통령 측에서도 반격을 펴왔다.

"나 J대통령 아들인데 출마해서 본때를 보여주겠어. 퇴임 후 이십 년 가까이 어른의 비자금을 뒤져왔는데도 지금까지 못 찾고 있으면 '없다'고 인정해야지. 있는데 못 찾겠다는 식으로 말하면 스스로 무능하다는 걸 인정하는 꼴이지."

 그 목소리는 소름 끼치도록 차분했다. 직위가 원한을 쌓게 만든다. 송영기 교수는 전임 정보원장들도 타고 다녔을 에쿠스를 경호하는 또 한 대의 에쿠스가 왜 생겨났는지 알 것 같았다. 그는 내일 아침에도 어김없이 펼쳐 들어야 할 신문기사에 지레 짓눌렸다. 방금까지 그와 자리를 같이했던 이동준 총장을 떠올려 보았다. 24시간 밀착 감시를 당해 알몸을 드러낸 상태에서도 그는 흔들림 없이 견고했다.

 식당을 나선 동준은 렉싱턴호텔 정문 현관에 대기 중인 체어맨에 오르며 아버지에 대해 생각했다. 정보원장이 동준에게 친아버지에 대해 깊이 생각해 볼 계기를 던져준 것이다. 유년 시절의 동준이 자기 아버지로 상상해 본 사람 중에 김정식이라는 사람이 있었다. 그는 한주엽과는 다른 부류의 사람이었다. 혼자 살았던 그는 인품이 깨끗했고 학식이 깊었다. 속된 세상사에서 한 발 떨어져 있는 듯한 고고한 신비감도 느껴졌다. 김정식은 따뜻하면서도 강렬한 눈빛으로 동준의 머리를 쓰다듬어 주곤 했다. 그러나 언제였는지 기억할 수는 없지만 그는 더 이상 정육점에 찾아오지 않았고 동준과 어머니 곁을 훌쩍 떠나버렸다.

의원실로 들어서면서 수행비서와 떨어지게 된 동준은 7776폰을 꺼내 통화버튼을 눌렀다. 그가 목소리를 조금 낮추었다.

"저에요, 어머니. 아버지에 대해서 좀 알고 싶어서요."

"무슨 말을 하는 게냐? 네 아버지를 두고 왜 그런 말을……. 더 이상 아버질 아프게 하지 마라."

어머니의 고집은 나이가 들수록 더해갔다.

'아버지는 내가 그의 친아들인지 모르고 있는 게 분명해. 알고 있다면 아버지 역시 어떤 식으로든 내게 알려왔겠지. 더구나 사회적으로 성공한 아들인데.'

어린 시절 방학이 되면 어머니는 동준을 산매리 외가로 보냈다. 윤옥 누나는 미리 동준의 코를 풀리고는 식구들이 모여 앉은 밥상으로 데려가며 말했다.

"외삼촌은 밥 먹을 때 코를 훌쩍거리면 싫어하시는 거 알지? 깨끗하게 하고 있어야 외삼촌이 좋아하시지."

그러나 동준을 바라보는 외삼촌의 눈빛은 언제나 못마땅했었다. 외삼촌은 동준은 거들떠보지도 않으면서 나이보다 언행이 뒤떨어지는 형은 자주 품에 안고 귀한 자손 운운하며 안타까워했다.

"공산당 빨갱이만 아니었으면 네 아버지는, 네 가문은……."

그 가문에 동준이란 아이는 없었다. 방천시장에서 어머니가 동준을 두고 개성유지의 귀한 아들이라며 강조하던 것과는 딴판이었다. 외삼촌은 형과 동준 사이에 선을 그어버린 권력이었다. 어린 동준을 짓누르는 그 권력 앞에 동준은 대항할 수 없었다. 동준은 그때 이미 멸시가 담긴 외삼촌의 눈빛을 통해 자신이 형과는 태생이 다르다는 사실을 자연스레 깨달았다. 초등학교에 들어간 동준이 공부를 잘한다는 윤옥의 자랑에 외삼촌은 그저 '머리는 좋은가 보군' 하며 대수롭지 않게 여겼다.

그러다 동준이 명문고를 수석으로 입학하면서부터 외삼촌의 차가운 시선이 거두어졌고 학생회장으로 선출되자 친아들보다 더한 관심을 보이기 시작했다. 양주경찰서 간부였던 외삼촌에게 최고의 권력은 검사였다. 동준에게 고시에 합격해서 검사가 되면 일평생을 경찰직에 종사해온 경찰서장보다 더 큰 지위를 갖게 되는 거라고 강조했다. 보통 머리의 아들 셋에겐 애초에 기대를 접은 외삼촌은 아직 고등학생이던 동준을 미리부터 '우리 서울대 법대생'으로 불렀다. 더는 부끄러운 출생의 동준이 아니었다. 학업이든, 권력이든, 돈이든 가진 자에겐 모든 게 용납되었다.

세면실 거울 앞에 선 동준은 자신의 얼굴을 가만히 뜯어보았다. 날렵한 콧대와 도회적인 갸름한 얼굴형은 원만한 님자의 인상은 아니었다. 아마도 아버지의 형상이 이 얼굴에 담겨 있을 것이다. 아니, 이 얼굴 이대로일 수도 있다. 동준은 지적이며 위엄 있는 분위기의 케네디 대통령을 떠올렸다. 그는 CIA의 말을 고스란히 믿고 무모하게 쿠바작전을 허가했다가 실패하자 백악관 집무실에서 전화기를 붙들고 아버지에게 울먹거리며 넋두리를 늘어놓았다. 그 또한 한 아버지의 아들이었다. 세상의 아들들은 아버지라는 존재 안에서 살아가게 된다. 한 아들이 사회적인 성공을 이루는 데에는 아버지의 후광이 큰 힘이 된다. 그러나 동준은 혼자 힘으로 국회의원이 되었고 박상헌 의원을 대통령으로 당선시키는 데 핵심 역할을 해냈다.

그런 동준은 이제 있는 그대로의 아버지를 받아들일 수 있는 마음의 여유가 생겼다. 초라한 아버지라 하더라도 그의 일생을 미화하거나 위업을 가장할 필요가 없었다. 그저 자신의 친아버지가 누구이며 어떤 사람인지가 알고 싶을 뿐이었다. 그런 동준에게 불현듯 어떤 의혹이 일어났다.

'혹시 아버지는 나를 알고 있었던 게 아닐까? 나를 지켜보고 있다가 16년 전에 그 일을 보게 되었을까?'

정보원장은 100억 원을 숨겨놓았을 거라며 동준의 친부를 찾고 있지만, 동준은 3883폰으로 괴메시지를 보내온 범인을 추적할 실마리를 찾기 위해 친아버지를 찾아보아야 했다.

4

제헌절 기념행사를 마치고 드물게 공식 일정이 없는 날이었다. 동준은 혼자 있는 시간을 견디기가 힘들었다. 3883폰 때문에 느끼는 강박감이 심했다. 신경이 예민할 때는 괴메시지 외에 다른 생각을 할 수 없었고 샤워를 할 때조차 휴대폰 울리는 소리를 놓치지 않으려고 욕실 문을 열어두었다.

중랑구로 코란도를 몰고 온 동준은 광장처럼 넓은 초대형 마트 건물 외벽을 한 바퀴 돌아나와서 횡단보도에서 신호대기에 걸렸다. 일용품을 그득 실은 카트를 밀고 나오는 쇼핑객들로 대형마트 입구는 해외여행에서 돌아오는 사람들로 붐비는 공항 출구를 방불케 했다. 재래시장이 세련된 현대식 마트 건물로 대체되면서 이 일대는 중랑구에서 최고의 번화가로 변모했다.

거대한 마트는 지금은 사라져버린 방천시장을 고스란히 품고 있었다. 동준이 태어나서 자라난 시장통의 풍경이 머릿속에 생생하게 되살아났다. 마트 안에는 시장통의 중앙로가 있고 최 여사가 운영했던 '거제상회'와 '자야상회'가 있으며 '자야상회' 뒤편에 권판식 아저씨의 단칸방짜리 집도 있었다.

어머니가 운영했던 정육점은 누군가가 새 간판을 달고 여전히 장사를 하고 있었다. 방천시장 재개발지점은 동준의 정육점 직전에서 끊어졌다. 정육점을 경계로 방천시장 땅은 프랑스계 다국적 기업인 유통회사에 매각되었다.

'16년 전 그날, 산매리 저수지로 출발하기 전에 방천시장 안에서 만난 사람이 또 누가 있을까? 포목전 정형철 씨는 분명히 기억하고 있지만……. 나는 보지 못했어도 나를 본 사람은 있었을 수도 있어. 가게 두 개를 운영했던 최 여사님? 아니야. 나를 의심했다면 지금껏 그토록 열심히 봉사활동을 해왔을 리가 없지. 어쨌든 원점으로 돌아가서 당시 시장통 사람들을 확인해볼 필요는 있어. 그 당시 방천시장 사람들을 한눈에 들여다볼 수 있는 자료는, 그래, 선거인 명부야!'

동준은 코란도를 지역구 사무실 건물 옥외주차장에 세웠다. 편의점 앞의 주차 칸에는 여느 때처럼 재식의 구형 아반테가 서 있었다. 재식의 처인 지영과 동생 지민이 계산대에서 바삐 바코드를 찍어대는 모습이 얼핏 보였다. 동준이 엘리베이터를 타고 오층에서 내렸다. 공휴일이어서 사무실은 텅 비어 있었다. 캐비닛을 열고 중랑갑구의 선거인 명부를 꺼내 회의용 탁자 위에 올렸다. 동준이 처음 출마했던 1992년 판이었다.

선거인 명부를 펼쳐 1번부터 한 사람씩 얼굴을 떠올려보았다. 그러나 의심을 살 만한 사람은 도무지 잡히지 않았다. 한주엽은 그전 해에 이미 아르헨티나로 도주해서 선거인 명부에 올라 있지도 않았다. 정형철이란 이름이 눈에 띄었다. 권판식 아저씨의 이름도 선거인 명부에 등재되어 있었다. 방천시장통 뒷골목의 22통 3반 45번지 그대로였다.

1992년 4월에 동준이 국회의원으로 처음 출마했을 당시 선거를 앞둔 어느 날이었다. 위원장실로 들어가려던 동준은 재식의 책상 위에 펼쳐져 있던 선거인 명부를 들춰보게 되었다. 한 해 전인 91년 여름에 권판식 아저씨는 이미 방천시장에서 실종되었으나 한 표를 행사하는 유권자로서 '권판식'이라는 이름이 남아 있었다.

 선거가 끝나고 92년 가을부터 시장이 철거되면서 방천시장 안에 주소지를 둔 시장 사람들은 모두 시장을 떠났다. 그 때문에 4년 후인 15대 총선의 96년판 선거인 명부에는 방천시장통의 주소지는 죄다 사라졌다. 그리고 시장 사람들은 제각기 이주한 새 주소로 선거인 명부에 올라 있었다.

 그런데 방천시장이 사라지고 없는데도 96년 선거인 명부에 단 한 사람만은 여전히 방천시장통의 옛 주소로 등재되어 있었다. 권판식 아저씨였다. 공문서상에 드러난 행정착오였다. 중랑갑구 국회의원인 동준은 사무실로 동사무소 동장을 불러다가 권판식의 주민등록증과 도장을 내주며 전출신고를 부탁했다. 그 뒤 권판식 아저씨의 주소는 형의 요양원으로 바뀌었다.

 동준은 92년판 선거인 명부를 덮고 캐비닛에 도로 꽂아 넣었다. 이렇다 할 단서를 찾아내지 못했다. 이제는 지상에서 사라져 버린 방천시장에서 동준이 구할 수 있는 단서라고는 아무것도 없었다. 코란도 운전석에 올라앉아 안전벨트를 매는 동준에게 또다시 종교성을 띤 괴메시지가 들어왔다.

 '1980년 5월 30일,
   그는 기독교방송국 6층에서 죽음을 맞았네.'

AD30년 4월 13일은 예수가 사망한 날로 밝혀졌지만 AD1960년 4월 11일에 순교한 성인은 누구인지, 1970년 11월 13일엔 무슨 일이 일어났는지 동준은 알지 못했다. 그런데 이번 메시지에서는 1980년 5월 30일에 기독교방송 사옥에서 누군가 삶을 마감했다고 되어 있었다.

대한민국 국민이라면 누구에게나 80년 5월은 5·18광주민주화운동의 아이콘으로 머릿속에 새겨져 있을 것이다. 지금까지 종교적인 사건이 일어났던 날로만 추리해온 동준은 1980년 5월 30일에 이르러서는 처음으로 정치사에 연루된 날일 수도 있겠다는 생각을 했다. 1960년 4월 11일은 1960년 4·19혁명, 1980년 5월 30일은 1980년 5·18광주민주화운동과 멀지 않은 날이었다. 또 1970년 11월 13일은 1972년의 10월 유신에 밑줄을 그어볼 수 있는 날이기도 했다.

'그렇다면 재야단체나 시민단체에서 활동하는 자일까? 정치적으로 중대한 사건이 일어난 날짜 근방을 배회한다는 공통점은 우연의 일치일까, 아니면 그저 나를 압박하고 혼란을 주기 위해 막무가내로 끌어들인 날일까?'

1980년 5월은 동준이 서울대 법대를 졸업한 이후에도 계속해서 사법고시에 전념하던 시기였다. 동준은 서서히 핸드 브레이크를 풀었다.

지민이 편의점 식품진열대로 걸어갔다. 유통기한을 선별할 시간이었다. 그때 휴대폰이 울렸다. 통화버튼을 누르는 순간 피를 말리는 은행대출계 직원의 목소리가 휴대폰을 타고 쳐들어왔다.

"리더스론 이천만 원 대출기한이 석 달이나 지났어요! 연체 이율이 25프로나 올랐단 말이에요! 이거 어떻게 할 거예요?"

당황한 지민은 그대로 배터리를 뽑아버렸다. 자정까지 독촉전화가 올 거라고는 생각지 못해 방심하고 휴대폰을 받았던 탓이었다. 그 바람에 검게 타들어 가는 바나나 무더기가 지민의 발치에서 나동그라졌다. 지민은 피하려다 되레 밟고 말았다. 물컹했다. 목구멍에서 욕지기가 치밀어 올랐다.

리더스론 이천만 원은 지난 2년 동안 고시생 생활에 든 비용이었다. 2년 전부터 아버지는 "미안하다. 애비가 무능해서. 포기하고 일 년이라도 빨리 기업체에 들어갈 취업 준비를 하는 게 어떻겠냐?"라고 했다. 그러나 대선 공신인 이동준 의원처럼 아들을 청와대에 넣어줄 힘이 없는 아버지의 아들에게는 취직도 쉬운 일이 아니었다. 그럴 때 은행이 천사처럼 나타나 리더스론이란 이름으로 지민에게 2년의 기회를 보장해 주었다. 아버지가 못한 일을 은행이 내신해준 것이다. 한동안 지민은 고시원과 학원을 오가며 그 은행을 보면 반갑고 든든했고 마냥 풍요로웠다.

그러나 천사였던 은행은 서서히 지민에게 악마처럼 굴기 시작했다. 악마는 대개 목이 좋은 상가의 일층에 자리 잡고 있었다. 그들은 대를 이어 물림이 되는 아버지의 부채와 신용등급까지 들먹이며 지민을 압박해왔다. 오리농장을 하느라 받은 대출 때문에 아버지 역시 신용이 좋지 않았다. 디지털시대의 연좌제였다.

지민보다 한참 위의 선배 중에는 3차 면접에서 연좌제에 걸려 억울하게 떨어진 사람도 있었다. 지민은 그 말을 듣고 자신이 당한 일처럼 분노했다. 그 시대에 고시생이 아니었던 게 천만다행이다 싶었다. 그러나 지금의 지민도 그들 못지않게 자본의 권력에 짓눌려 좌절하고 있었다.

'영국의 경제학자 케인즈가 말했지. 금리로 먹고사는 인간들은 모조리 안락사시켜 버려야 한다고!'

지민은 372페이지에 볼펜 한 자루를 끼워둔 채로 「실전민법」 책을 가방에 주워 담고 고시원을 떠나왔었다. 가슴이 아렸다. 지민처럼 1.5점 차이로 떨어진 법대 수험생들은 지금 한창 고시 공부에 열중하고 있을 시간이었다. 달리고 있는 사람들은 가속도가 붙어 점점 더 빨리 달려나간다. 불현듯 그의 생각은 한 번도 본 적이 없는 이동준 의원의 아들 이정현에까지 미쳤다.

한 해 한 해 뒤처져가며 지민은 조급했다. 매형네 얹혀살며 조카와 함께 방을 쓰고 시급을 받으면서 마냥 이렇게 살 수만은 없었다. 주차장에 드문드문 세워진 자동차들 사이로 보도가 내다보였다. 사람들의 발길이 뜸해졌다. 계산대 아래 있는 사물함에는 찾아가지 않은 휴대폰들이 수두룩했다. 지민의 내부에서 적의가 솟구쳤다. 테러단이 발사한 미사일이 빌딩들을 폭파해 버리는 가상의 장면이 펼쳐졌다. '테러', 정상적인 방법으로 해결 불가능할 때 길은 그것뿐이었다. '도대체 그게 어디 있지? 군에 입대하기 전에도 그 일기장은 따로 챙겨놓았었는데…….' 지민이 넋 나간 사람처럼 상품 매대들 사이 통로에 멈춰 서 있을 때 독서실에서 나온 단발머리 여학생이 편의점으로 소란스럽게 뛰어들어 왔다.

"지민이 삼촌! 휴대폰 찾으러 왔어요."

분실폰 주인을 기다리던 지민이 계산대 아래로 허리를 굽혀 사물함에서 휴대폰 한 대를 꺼내 보이며 연극조로 말했다.

"이 금도끼가 네 것이냐?"

"아니요."

"그럼, 이 은도끼가 네 꺼냐?"

"아뇨."

지민은 분실폰 네 대를 한꺼번에 계산대에 올려놓고 마음씨 착한 네가 다 가지라며 장난을 쳤다.

옷 욕심이 많은 영주는 총장님의 사랑에 화답하려는 듯이 겉치장에 성성을 쏟았다. 평소에도 사무총장실 비시답게 고가의 옷을 입어야 한다며 사치를 부리던 영주에게 날개가 돋친 꼴이었다. 지난 몇 달간 1502호 인테리어에 열을 올렸던 영주는 신용카드 청구서를 들여다보고 아찔했다. 또다시 신용불량자가 당하게 될 압박감과 두려움을 예고해주는 종잇장이었다.

영주는 답답했다. 이동준 총장님의 재산이 얼마일지 궁금했고 앞으로 언제쯤 얼마가 자신에게 주어질지, 점쟁이처럼 속을 들여다볼 수 있었으면 좋겠다 싶었다. 영주 주변에 조언해 줄 사람이라곤 단골 역술인뿐이었다. 영주는 다시 점집을 찾았다. 손님이 뜸한 불경기에 택시기사는 영주를 상대로 박상헌 대통령과 국회의원들과 서울시장을 욕하느라 침을 튀기며 차를 몰았다. 이대입구역에 내릴 때까지 영주는 끊임없이 정치학 강의에 시달려야 했다.

"역시 귀인의 음덕을 입게 되는군! 인생에 큰 전기를 맞았어."

역술인은 영주를 치장한 명품의 속내가 사실은 신용카드였다는 사실은 짚어 내지 못했다. 답답했던 영주는 무조건 역술인의 말을 믿고 따르기로 마음먹었다.

"저, 그런데요. 그분의 재산이 얼만지 저로선 알 수가……."

"영주 씨가 생각하는 그 이상이야!"

판사처럼 단호한 역술인의 선고에 영주에게 드리운 안개가 일시에 걷혔다. 밝고 환한 표정을 지으며 영주는 이참에 이것저것 다 물어보기로 했다.

"앞으로 저한테 얼마가……?"

"기다려! 원하는 만큼 갖게 돼. 아주 가까이에 있어."

대통령 선거를 치르는 동안에 실세 이동준 의원이 자금을 만지는 중책을 맡았을 거라는 정황만 보고 넘겨짚은 역술인의 말이었다. 꼭 용한 역술인이 아니더라도 대한민국 남자들은 대개 정치판의 속사정이나 뒷거래에 훤한 편이다. 동네 부동산 영감이나 운전기사, 백수, 건달, 깡패라도 위정자들의 술수를 단번에 간파해내고 마는 정치학 박사였다.

 대통령 취임식 날 이후로 당사에 발길을 뚝 끊고 살았던 한주엽이 몇 달 만에 다시 지역구 사무실에 나타났다. 그는 서머울(summer wool) 재질의 새 양복을 빼입고 있었다. 사람들은 신수가 훤해진 한 씨를 보고 일제히 눈이 휘둥그레졌다. 재식이 먼저 자리에서 벌떡 일어서며 인사를 올렸다.
"어르신, 그동안 어디 다녀오셨어요?"
 그러나 한주엽은 조직부장 재식이나 당원들에겐 눈길조차 주지 않고 공적인 업무를 보고하는 사람처럼 사무실을 통과해 위원장실로 들어가 버렸다.
 동준과 응접 소파에 마주 앉은 한주엽이 말했다.
"누가 권판식일 강원도에서 봤다고 하더만. 그 사람이 가르쳐 준 원주로 찾아갔지. 거기 눌러살면서 판식이 만날 때까지 지내기로 했어. 아, 그런데 딴 사람이지 뭔가. 잘못 가르쳐 준 거야."
 동준의 안색에 실망감이 드러났다. 한주엽은 동준의 반응을 기다렸다.
"어르신, 제가 권 씨 아저씨한테 신세 진 걸 갚고 싶어서 그래요. 다시 한번 부탁드리지요. 한 번 더 찾아봐 주세요."

"그러지. 이제 늙은 내가 할 일이 뭐 있겠어."

동준은 수표가 담긴 봉투를 탁자 위에 내려놓으며 말했다.

"돈이 들겠지요. 교통비하고 식사비로 쓰세요."

동준은 한주엽에게 자신의 친아버지까지 찾아달라는 부탁도 하고 싶었지만, 본심까지 드러내지는 않았다. 그자라고 해서 알 턱이 없었다. 그저 어떤 단서라도 한 씨 입에서 자연스럽게 흘러나오기를 기다리는 수밖에 없었다. 한주엽이 재킷 안주머니에 봉투를 집어넣고 소파에서 일어났다. 대통령 특사나 보여줄 법한 준엄한 표정을 지으며 위원장실 문을 열고 사무실로 나갔다.

동준은 지갑 속에 소중히 끼워 둔, 권판식 아저씨와 함께 찍은 흑백사진을 꺼내 보았다. 권판식은 경제적으로 어려운 고비에 처한 동준을 세 번이나 구해주었다. 그런 권 씨는 동준에게 천사였다.

사법고시를 포기하고 늦깎이 은행원이 된 동준은 방천지점에서 근무했다. 방천시장 장사꾼들의 침과 생선 비린내에 절은 일당을 창구에서 받는 일을 했다. 직원들은 끊임없이 예금 유치 실적을 강요당하며 오로지 영업실적의 잣대로만 평가받았고, 회의석상에서 공개적으로 벌어지는 인격모독은 예사였다. 지점장은 동준을 지목하며 은행에선 서울대 법대 최고학부 출신이 상고 출신보다 잘난 게 없다며 자존심을 건드리곤 했다.

어느 날 회의 중에 지점장이 안 그래도 심리적인 압박감에 짓눌려 살던 동준을 또 불러세웠다. 동준은 경직되었다. 그런데 이번에는 동준을 칭찬했다. 어리둥절했던 동준은 곧 알게 되었다. 오래전부터 시장 상인들의 가겟세 걷는 일을 대행하던 권판식 아저씨가 동준의 실적을 올려주려고 거래 은행까지 바꿔서 한빛은행 방천지점의 고객이 되어준 것이었다. 그리고 '권판식' 개인 계좌의 관리자로 이동준 대리를 지정해 주었다. 리어카를 끌고 시장바닥을 돌아다니며 배추나 무시래기, 빈 병, 폐지 쪼가리를 주워 팔아 모은 돈이 7천만 원이 넘었다.

그보다 더 큰, 아저씨에게서 받은 두 번째 도움이 있었다. 동준이 섣불리 뛰어든 주식으로 날린 오천만 원 중에는 고객들의 적금과 시장 상인들의 돈도 오백만 원이나 있었다. 법무사 조카를 둔 한 상인은 업무상 공금 횡령과 배임죄를 들먹이며 동준을 협박해왔다. 긴급 감사 전에 상인들에게 돈을 돌려주고 고객의 돈도 채워 놓아야 했다.

피가 바작바작 마르고 물 한 모금도 편히 삼키지를 못했다. 처가 쪽, 친구 용호, 성운, 정교, 원재, 준석이, 이래저래 아는 사람들에게 전화통을 붙들고 애걸했지만 허사였다. 법대 동문수첩을 열어보았다. '연락처'란을 새로운 눈으로 훑어보았다. 돈을 빌릴 수 있는 동창을 찾기 위해 동창 리스트를 'ㄱ'부터 훑어나갔다. 그러나 귀한 관계를 쌓아온 그들에게 차마 돈 얘기를 꺼낼 수는 없었다. 설사 빌렸다손 치더라도 동준이 빠른 시일 안에 되갚을 형편도 못 되었다.

결국, 은행에서 쫓겨나 수갑 찰 일만 남았다. 될 대로 되라는 식으로 자포자기했다. 그러자 허기가 몰아쳤다. 밤 열 시가 넘어 시장통의 장사꾼들은 거의 철시했고 갈 만한 식당도 모두 문을 닫았다. 최 여사가 건어물을 파는 '거제상회'와 채소와 과일 도매를 하는 '자야상회'를 지날 즈음 막다른 길에 몰린 동준의 발길이 저절로 권판식 아저씨네로 향했다. 아저씨가 만들어주던 국수 생각도 났다.

'거제상회'와 '자야상회' 사이엔 점방 간의 경계인지, 사잇길인지 모를 애매하게 좁은 통로가 있었다. 권 씨 아저씨의 거처로 이어지는 비밀통행로였다. 리어카가 들고 나는 대문은 반대편에 따로 있었다. 통로에서 서너 걸음만 떼면 시장통 뒷골목 아저씨네 집 마당으로 이어졌다. 대문 옆에는 리어카가 놓여 있었다. '자야상회'와 서로 등을 맞대고 있는, 방 하나와 부엌 겸 연탄 창고가 딸린 구조였다.

그 시간에 권 씨 아저씨는 수돗가에서 빨래를 하고 있었다. 삼십 촉짜리 침침한 백열전구 불빛 아래서 빨래판에다 합성수지 바지를 문지르고 있었다. 시멘트로 야트막하게 턱을 쌓아 올린 사각의 수돗가는 군데군데 물이끼가 끼어 있는 샘터 같은 곳이었다. 틈새가 갈라지고, 배고픈 시절의 아이들이 굶주림을 달래느라 떼어먹던 메줏덩이처럼 한 주먹씩 시멘트 귀퉁이가 떨어져 나가 있었다.

동준이 쓰러지듯 마루로 내려앉았다. 멈칫하며 바라보던 아저씨가 동준의 안색을 살폈다. 동준이 겨우 입을 떼며 말했다.

"드시다 남은 국수 있으면 좀 주세요."

아저씨는 거품이 잔뜩 묻은 손을 씻고 부랴부랴 한 그릇의 국수와 간장 종지를 올린 알루미늄 상을 마루로 내왔다. 정신없이 면발을 씹어 삼키고 마지막 남은 멸칫국물까지 들이킨 동준의 눈에서 순간 눈물 한 방울이 뚝 떨어졌다. 빈속을 채우던 동준은 갑자기 부성(父性)을 느꼈다. 자신의 아버지도 지금 앞에 있는 권 씨 아저씨와 비슷한 나이일 거라는 생각에 아련한 슬픔이 밀려왔다.

그렇다고 그 감정이 오래가지는 않았다. 당시 동준은 아버지를 찾고 싶다는 생각을 해본 적이 없었다. 그랬다면 한주엽과는 달리 선한 심성의 권판식에게 자신의 친아버지를 알고 있는지 한 번쯤은 물어보았을 것이다. 사십을 향해가는 추레한 가장인 동준은 자신과 비슷한 삶을 살고 있을 구차한 아버지를 찾고 싶은 마음이 없었다. 가난이 밑바닥까지 닿으면 자기 자신까지 모욕하게 된다고 했던가. 동준은 아저씨를 향해 비수 같은 말을 내뱉었다.

"돈, 돈 때문에 모든 게 끝장났어요! 돈이 없어서, 돈이 있으면!"

그 말은 아저씨한테 한 말이 아니었다. 그때껏 자기 혼자 속으로만 뇌까렸던 말이 무의식적으로 튀어나온 독백이었다.

그러나 권 씨 아저씨가 물었다.

"얼마나 있어야 되나?"

"오 천요, 오천만 원."

그 말 역시 아저씨에게 한 말이 아니었다. 생명 자체를 갉아먹는 오천만 원에 대해 저주를 퍼부은 말이었다. 아저씨가 묵묵히 일어나서 방으로 들어가 무언가를 찾아서 다시 마루로 나왔다. 동준의 눈앞에 싸구려 나무도장과 겉표지가 조금 닳은 통장 하나가 놓였다. 어리둥절한 동준이 반사적으로 고개를 치켜들었다.

"필요한 만큼 찾고 도장하고 통장은 바쁘지 않을 때 가져와."

믿기지 않았다. 한주엽의 사기행각으로 끝내 사법고시를 포기해야 했을 때도 속울음 한 번 울지 않았던 동준이었다. 비행소년이 따뜻한 부성애에 감화되어 참회하듯 그는 소리 내어 울었다.

동료 은행원들이 모두 퇴근하고 텅 빈 사무실에서 동준은 혼자 예금주 권판식의 예금을 찾고 내주는 절차를 밟았다. 차용증도 없이, 이자도 없이 권 씨 아저씨가 빌려준 오천만 원에 대해 동준은 매달 일정액씩 원금을 갚아나가기로 했다. 그 일이 있고 한참이 지난 어느 날, 동준은 마루에 앉아 아저씨한테 술을 따라주며 물어보았다.

"그날 뭘 믿고 저한테 그 큰돈을 빌려주셨어요?"

"말, 말아. 그날 동준이, 자네 얼굴을 못 봐서 그렇지. 돈 오천만 원 때문에 궁지에 몰린 자네한테서 죽으려고 작정한 기운이 풍겼어. 우리 아들 얼굴을 보는 듯했지. 그렇게 말렸는데도, 우리 영섭이 놈이 월남 간다고 제멋대로 턱 지원하고 들어왔었지. 돈 벌어서 날 호강시켜주겠다나. 그때 그 놈아 얼굴에서도 나는 저승 기운을 봤거든."

그 말끝에 권판식은 전사한 아들을 그리워하며 눈물을 글썽거렸다. 동준보다 나이가 꽤나 많았던 그 형은 월남으로 파병 가기 전에도 외지로만 나다녀서 아저씨는 거의 혼자 지내다시피 했다. 그런 아들이 아버지 선물을 사 들고 방천시장으로 돌아오는 날이면 권 씨 아저씨는 뛸 듯이 기뻐했고 어린 동준은 질투를 느끼기도 했었다.

권판식은 아들 사진이 든 앨범을 꺼내 와서 동준에게 보여주었다. 열대 야전에서 부쳐온 편지 꾸러미도 내왔고, 백마부대에서 정글을 배경으로 아오자이를 입은 베트남 아가씨와 함께 찍은 사진을 보면서는 며느리를 본 듯 흐뭇하게 웃었다.

아저씨가 복통을 앓고 있다는 말을 전해 들은 동준이 퇴근길에 약을 사 들고 아저씨를 찾아갔다. 약봉지를 든 동준이 마당으로 들어서자 권판식은 오히려 기운차게 일어나 마루로 나왔다. 여느 때와는 달리 얼굴에선 환한 미소가 번져 났다.

90년대 들어 고엽제와 한국 군인과 베트남 여성 사이에서 태어난 라이따이한이나 베트남전 참전 후유증에 관한 문제들이 사회적인 관심을 불러일으키기 시작했다. 권 씨 아저씨는 베트남전에 참전했다가 시름시름 앓고 있는 아들의 전우들을 돕기로 했다. 자신이 할 수 있는 참된 일거리를 찾았다며, 아비보다 먼저 저세상으로 떠나버린 아들을 위한 일이라고 했다. 아저씨에겐 그 벅찬 소명을 꺼내놓고 의논할 수 있는 유일한 상대가 동준이었다. 아저씨의 말을 들어주면서 동준은 은행원답게 머릿속으로 재빠르게 돈 계산을 해보았다. 그런 일이라면 아저씨의 잔고 2천만 원 가지고는 뛰어들 수가 없었다. 그렇다면 동준이 빌려 쓴 돈을 내놓아야 했다.

겉으로는 아저씨의 뜻이 훌륭하다며 박수를 쳐주었지만 내심으론 암담했다. 사명감으로 한껏 부풀어 있는 아저씨가 동준의 어려운 속사정까지 헤아려줄 리 없었다. 더구나 꼬박꼬박 갚아나가던 원금도 석 달째 밀려 있었다. 아저씨는 아무런 말도 하지 않았지만 빚을 진 동준은 제풀에 중압감에 시달렸다. 그때까지 겨우 삼백만 원을 갚았을 뿐이었다.

창구 마감 시간에 즈음해서 권 씨 아저씨가 은행에 들어섰다. 동준에게 이제 일을 시작해야겠으니 그만 나머지 돈을 돌려달라고 말하는 아저씨 목소리가 환청으로 들렸다. 머리끝에서 실핏줄이 당기는 듯한 압박감이 느껴졌다. 그러나 아저씨는 신문지에 싼 미역 한 뭇을 전해주었다. 정현 엄마의 산달이 임박해 있었다. 권관식은 동준의 속사정을 모르지 않았다. 애초에 동준에게 빌려준 5천만 원을 계산에 넣지도 않았다. 수천만 원이나 되는 큰돈을 당장 갚지 않아도 된다는 사실에 동준은 크게 안도했다.

그리고 권관식 아저씨에게 입은 은혜는 그 두 번에 그치지 않았다. 그러나 동준은 세 번째가 된, 마지막으로 은혜를 입었던 그 일은 굳이 떠올리지 않았다. 소시민의 은행원 생활에서 헤어날 수 없었던 동준의 토대 자체가 달라질 수 있었던 일이지만, 의식적으로 묻어 버렸다. 또한 그 오천만 원도 끝내 되갚지 못했다. 권판식이 방천시장에서 사라졌기 때문이었다.

갈증을 느낀 동준은 테이블 위에 있는 생수병을 끌어당겼다. 병 모가지를 비틀듯 뚜껑을 따서 머그컵에 가득 따라 마셨다.

요즘 들어 박귀주는 자주 서울을 드나들었다. 녹색 페인트칠이 군데군데 벗겨진 철 대문을 밀고 들어서는 박 씨한테 성호가 대뜸 말을 던졌다.

"머할라꼬 그 먼 데를 왔다갔다하는지 모르겠네예. 차비 아깝구로. 서울에다 살림 차렸능교?"

홀아비 둘이 사는 집안 꼴은 여느 때와 다를 게 없었다. 쌀자루와 함께 부엌에 두어야 할 취사도구들을 마루 한구석에 갖다 놓고 끼니를 해 먹었다. 박귀주가 성한 한 손으로 바지 주머니에서 휴대폰을 꺼내 보이며 말했다.

"한 대 개통했어. 적어 둬, 내 번호. 성호 니도 하나 들어두고."

성호는 이 양반이 왜 이러나 하듯이 빤히 쳐다보며 대꾸했다.

"내가 폰 할 일이 뭐 있능교? 거, 나가는 요금으로 영양가 있는 반찬이나 해묵겠네. ……오늘 낮에 점쟁이한테 갔다 왔어요. 어젯밤에 영섭이 꿈을 꾸는 바람에."

성호보다 한발 앞서 방 안으로 들어가던 귀주가 고개를 홱 돌렸다. 성호는 하던 말을 계속했다.

"점쟁이가 카는 말이 영섭이 부친은 지금, 물 수(水) 아니마 흙 토(土)라꼬……. 수장하고 매장 둘 중 하나고 안 그러마 둘 다일 수도 있답니다."

그 순간이었다. 갑자기 대문 앞 골목길로 자동차 한 대가 귀에 거슬리는 소음을 일으키며 달려와 섰다. 잇달아 양편으로 대문을 열어젖히고 형사 둘이 발 빠르게 안으로 뛰어들어 왔다. 형사는 신분증을 보여주고는 이내 성호가 뭐라 반항하며 따져들 새도 없이 양팔을 뒤로 꺾어 수갑을 채워 버렸다.

몸집 좋은 다른 형사 한 명은 얼굴에 기이한 무늬의 얼룩이 퍼져 있는 한 남자와 한쪽 팔이 없는 남자가 동거하는 천정이 낮은 방안을 뒤지기 시작했다. 방안에는 비키니 옷장과 밥상 겸 앉은뱅이책상 하나가 전부였다.

형사는 책상다리 틈새에서 누런 대봉투 하나를 찾아내 안에 든 내용물을 쏟아부었다. 가위로 오려낸 자잘한 신문기사들이 방바닥으로 떨어졌다. 그런데 대통령 취임식 행사 관련 기사와 이동준 민한당 사무총장에 대한 기사가 수두룩했다. 당혹해하는 박씨의 한쪽뿐인 손목에도 곧 서늘한 느낌의 쇠 수갑이 채워졌다.

경찰서 강력반은 복도에서부터 떠들썩하고 혼잡스러웠다. 강간 살해사건의 용의자로 동네 양아치들이 무더기로 잡혀 들어왔다. 아예 밀폐된 진술녹화 전용 방이 아닌 강력계 한복판에서 취조가 이뤄졌다. 비슷한 행색에 비슷한 분위기를 풍기는 박씨와 성호도 나란히 끌려들어 왔다. 대여섯 대의 컴퓨터가 일제히 자판 두드리는 소리를 내고 책상마다 할당된 용의자들이 담당 형사한테 심문을 받고 있었다. 용의자 중에는 어처구니없다는 듯 발악하며 고함을 질러대는 이도 있고 형사한테 대들며 성을 내거나 오줌을 지릴 듯이 후들후들 떨면서 울음보를 터뜨리는 이도 있었다.

벽에는 큰 지도가 걸려 있었다. 정복을 입은 경찰 한 명이 그 앞으로 가서 지도에다 알 수 없는 선을 그려나갔다. 누군가 무전기를 놓고 나갔는지, 한쪽 구석에선 쉭 소리와 탁탁 소리가 나다가 끊어졌다.

스포츠형 머리에 건달 같은 인상을 풍기는 삼십 대 채 형사가 성호를 낚아채더니 자기 자리로 끌고 갔다. 동시에 채 형사 자리에서 한참 떨어진 창문 쪽의 빈 책상을 가리키며 그쪽으로 가라고 박귀주를 떠밀었다. 잔뜩 벼르고 있던 채 형사가 팔을 뻗쳐 성호의 얼굴을 치켜들며 소리쳤다.

"보쇼! 평생 상가 한 번 못가 본 홀아비 영감아. 이, 이 얼굴 때문에 여자들이 영감을 피해 다니제. 그랄끼네 강간하고 목 졸라 쥑인 거 아이가!"

그러고는 살해현장에서 촬영한 피살자의 사진들을 펼쳐 보이며 성호의 반응을 주시했다. 사십 대 초반의 여자 시체는 발가벗겨진 상태였고 청테이프로 입가엔 재갈이 물려 있었다. 양손은 살색 팬티스타킹으로 꽁꽁 묶여 있었다. 뺨 근처엔 파리와 기이한 벌레들이 기어 다녔고 입술 언저리에는 토사물과 거기에 뒤섞인 핏자국이 말라붙어 있었다.

현장에서 찍은 사진들을 거두어들인 채 형사는 성호의 눈앞에 다른 사진들을 내밀어 보여주었다. 부검대 위에 올려져 흰색 시트로 덮여 있는 시체 사진과 부검의가 피살자의 음부에서 핀셋으로 끄집어낸 이물질이 찍힌 사진도 있었다.

성호는 얼굴을 찌푸렸다. 그 때문에 가뜩이나 뭉그러진 피부가 더욱 흉한 꼴을 만들었다. 박귀주를 심문하게 될 형사는 아직 모습을 드러내지 않았다. 그는 십 분가량 혼자 앉아 멍하니 창밖을 내다보고 있었다. 박 씨 뒤의 강력반 안은 팽팽한 긴장감으로 금세라도 폭발할 듯했다.

이윽고 박 씨의 등 뒤에서 불쑥 나타난 장 형사는 자리에 선 채로 두꺼운 사건자료들을 단숨에 넘겨 가며 사건을 간파해냈다. 현장 사진 몇 장은 박 씨의 눈에도 들어왔다. 자기 자리에 앉은 장 형사가 마주 앉은 박 씨를 힐끗 보고는 대뜸 순경을 불렀다.

"이 양반, 귀가 조치해. 더 볼 것도 없어!"

확신에 찬 그의 음성에 동료 형사들이 어이가 없다는 듯 일제히 박 씨 쪽을 쳐다보았다.

"이 한쪽 팔로 여자를 스타킹으로 묶고 강간하겠냐구!"

다들 수긍하듯 고개를 끄덕였다. 채 형사는 여전히 열을 올리며 성호를 몰아붙이고 있었다. 박귀주는 그런 성호를 두고 조용히 강력반을 빠져나왔다.

'어쩔 수 없지. 내가 서울 갔다 오는 바람에 알리바이를 대줄 수도 없고. 하긴 같이 있었다고 한들 형사들이 우리 말을 믿어주겠어?'

성호는 이번 사건에서도 불리한 입장이었다. 평소 동네에서 성마르고 호전적인 사람이어서 언제 폭력을 휘두를지 모르는 술꾼으로 평판이 나 있었기 때문이다.

한참 전부터 취조 광경을 물끄러미 지켜보던 신 반장은 방금 복도로 사라지는 박귀주를 보고는 눈이 번쩍 뜨였다. 월초에 이곳으로 발령이 난 그는 경상도 남부와 전라도 아래쪽 일대를 돌고 돌아 20년 만에 예전 근무지로 돌아왔다. 그는 박귀주를 기억했다. 전우들한테 박 회장으로 불리는 남자였다.

신 반장이 애송이 형사로 일하게 된 팔십 년대 중반 무렵 103번 버스 종점 일대의 동네에서는 이상한 사건, 사고가 수시로 접수되곤 했다. 원인 모를 병으로 시름시름 앓다가 죽어가는 남자는, 멀쩡하게 길을 가다가 쓰러지는 사람도 있었고 정신이 돌아버린 사람도 있었다. 게다가 자식들마저 기형으로 태어나거나 신체적인 장애나 정신장애를 앓기도 했다. 불운한 대소사가 일어난 현장엔 항상 박 회장이 있었고 온갖 뒤치다꺼리를 도맡아 했다. 용사촌으로 불리던 그 동네 사람들은 거의가 베트남전에 참전했던 군인 출신이었다.

집으로 돌아온 박 씨는 전기밥통에 조금 남아 있는 찬밥에다 김치를 썰어 비벼 먹었다. 텔레비전에서는 자정 마감뉴스가 흘러나왔다. 청와대에 관한 뉴스도 나왔고 국회 쪽 뉴스도 이어졌다. 박 씨는 이부자리를 깔고 형광등 스위치를 껐다. 유치장에서 밤을 보내고 있을 성호 생각을 하니 억장이 무너졌다. 형사들이 들이닥치기 직전에 성호가 막 꺼낸 꿈 이야기와 점쟁이가 했다는 말이 떠올랐다. 실종된 권판식 어르신 생각에 박 씨는 이리저리 뒤척이며 잠을 설쳤다.

'16년 전, 홀연히 종적을 감춘 어르신에 대해 내가 알고 있는 건 성함뿐이야. 권판식, 권영섭의 부친. 주민번호도 모르고 주소도 몰라. 어차피 방천시장 동네는 재개발로 헐린 탓에 주소를 외우고 있은들 아무 소용도 없었겠지. 시장통에서 포목전을 하던 남자는 그날 토요일 오후 2시에 시장길을 지나가는 어르신을 분명히 보았다고 했어. 토요일이라 은행은 1시 30분에 문을 닫아. 어르신이 송금 약속을 안 지키고 시장을 돌아다녔을 리 없어! 이 부분이 가장 미스터리 해. 어쨌든 한 사람이 실종되고 나면 가족들이 신고를 하고 찾아 나서는데 어르신에게는 그렇게 해줄 피붙이가 없었어. 도대체 어르신한테 무슨 일이 일어난 걸까? 점쟁이 말대로 정말 누군가의 손에 의해 수장이나 매장을 당했을까?'

박 씨는 경찰서에서 본, 피살당한 여자 사체의 참혹한 모습이 떠올라 이불 속에서 몸을 부르르 떨었다.

'그때 포목전 주인남자의 이름이라도 물어봐 뒀어야 했는데! 아니야. 단순한 사고를 당한 걸 나 혼자 망상에 사로잡혀 있는 건지도 몰라!'

박 씨는 무엇보다도 그 당시에 실종신고를 하지 못한 데 대한 자책으로 울화가 치밀었다. 그는 그날도 오늘처럼 범죄사건의 용의자로 잡혀 들어간 탓에 일 년 동안 억울하게 교도소에 갇혀 살아야 했다. 16년 전 그때 당한 일이 다시 떠오르자 그의 심장이 불안하게 날뛰기 시작했다. 잠자리에서 벌떡 일어난 그는 불을 켜고 우황청심환 두 알을 삼켰다.

권판식 어르신의 실종으로 거액의 후원금도 입금되지 않았다. 고엽제 후유증으로 사회에서 버림받은 전우들은 병원에 갈 돈이 없어 한 사람 한 사람 죽어 나갔다. 용사촌에서만 33명의 전우가 세상을 하직하는 순간을 그는 무력하게 바라보고만 있었다. 극심한 통증과 비참한 인생을 끝내버리려고 스스로 목숨을 끊은 전우도 있었다. 그들은 여전히 열대 정글의 지옥터에서 헤어 나오지 못했고 외팔이 박 씨로서는 해줄 수 있는 게 아무것도 없었다. 그러다가 어르신이 실종되고 나서부터 정계에 진출한 은행원 출신의 한 의원을 주목하게 되었다.

'한 고객이 은행에다 거액의 예금을 예치했다. 그 사람은 실종되었고 그 돈을 맡은 은행원은 정치인으로 출세했다. 어르신은 한빛은행 방천지점 이동준 대리에게 계좌관리를 맡겼다는 말을

했었다. 그 이 대리가 지금의 이동준 의원이다. 두 명제의 연결고리 안에 실제로 무슨 일이 일어났을까?'

지금껏 이동준 의원에게로 한 발짝도 다가서지 못하고 한계상황에 놓여 있는 박 씨는 하룻밤을 꼬빡 새고 말았다. 직장인의 정식 출근시간인 9시가 되자마자 서울 중랑갑의 지역구 사무실로 민원인을 가장해서 전화를 걸었다. 상냥한 서울 말씨의 여직원은 주저 없이 이동준 의원의 핸드폰 번호, 7776번을 알려주었다.

오전 열 시에 시외버스터미널에서 고속버스에 승차한 박 씨는 오후 다섯 시경에야 강남터미널에 도착했다. 무작정 상경이나 마찬가지인 그로서는 국회의사당이 있는 여의도로 들어갈 수밖에 없었다. 여의도공원의 나무 벤치에 혼자 앉아 8월의 작렬하는 열기에 베트남의 열대 밀림을 떠올렸다. 드넓은 공원을 둘러싼 증권가의 고층빌딩들이 위압적으로 다가섰다. 외팔만 가진 그로서는 결코 올라가지 못할 바빌론 성 같았다. 나약하고 왜소한 박 씨는 한기를 느꼈다. 세상은 빛의 속도로 문명을 이뤄가고 있는데 그와 용사촌의 환우들은 여전히 수십 년 전의 원시림에 갇혀 있었다.

열대 스콜처럼 순식간에 쏟아져 내린 폭우에 박 씨는 전신이 흠뻑 젖고 말았다. 망연자실 앉아 있는 그의 얼굴에 차가운 빗물이 줄줄 흘러내렸다. 서울에만 오면, 의사당에만 찾아가면 16

년 전 실종사건의 의혹들이 절로 풀리리라 여긴 자신이 등신 같았다. 또다시 한계와 무력감을 느끼며 박 씨는 야전 한가운데 서 있는 패잔병이 되어 전우의 시체 냄새만 맡고 있었다.

　서울 거리를 장식한, 박상헌 대통령의 유럽 5개국 순방을 홍보하는 현수막은 박 씨가 살고 있는 소도시에도 걸렸다. 그러나 경찰서 정문 앞 거리에 설치된 세련된 디자인의 현수막은 조잡하고 붉은색을 남발해서 섬뜩하기도 한 다른 현수막으로 대폭 가려져 있었다.

　'조국을 위해 월남전에 참전해서 피를 흘린 손성호 전우를 석방하라!'

　용사촌의 전우들이 플래카드를 들고 경찰서 앞에 잔뜩 몰려와 있었다. 일부러 옛 전투복을 꺼내 입고 나온 사람 수가 평상복을 입은 사람보다 더 많았다. 병색이 완연한 행동대장의 지휘 아래 다들 목청 높여 군가를 불렀다.

　우군들이 서명하고 날인해 준 탄원서와 어떠한 물증도, 목격자도 확보되지 않은 덕에 성호는 풀려나왔다. 고깃집 온돌방 안에서 강력계 신 반장이 형사 일행과 함께 박 씨외 성호에게 위로주를 따라주었다. 여종업원이 들고 온 접시에서 피가 뚝뚝 떨어지는 생고기가 철판 위로 주르륵 펼쳐졌다. 그들 사이로 고기 타는 연기가 지글지글 피어오르기 시작했다. 신 반장이 먼저 술병을 들고 억울한 용의자 두 사람의 술잔에 술을 그득 따라주며 사과했다. 고기를 뒤집는 데 더 신경을 쓰고 있는 성호를 대신해서 박 씨가 대답했다.

"괜찮습니다. 형사들 탓 안 해요."

신 반장이 얼른 말을 이었다.

"박 회장님이 이해해 주시니 참 고맙지요. 아시겠지만 살인사건을 수사하는 덴 기본 규칙이 하나 있어요. 시간이 흐를수록 사건을 해결할 가망성이 줄어든다는 거지요. 그래서 가능한 모든 인력을 사건 초기에 투입하다 보니 이런 불상사가 생겨요."

그 말에 술잔을 단번에 비워낸 채 형사가 끼어들었다.

"한 번쯤은 우리도 좀 쉽게 가마 좋겠따, 현장에 도착해 볼기네 피해자가 있고 저쪽에는 용의자가 서 있는데 그 자리서 지가 죽였다고 자백해 뿌린다 이런 거 말입더, 시바!"

그러자 나름대로 추리력을 발휘해서 일찌감치 박 씨를 돌려보낸 장 형사가 지적했다.

"애초에 수사 방향을 잘못 잡은 거죠. 이런 짓은 아무나 할 수 있는 범행이 아닙니다. 사이코패스의 짓일 가능성이 커요. 인간이 아니죠. 하긴 그보다 더 무서운 놈은 소시오패스고요."

마시고 먹는 데만 정신이 팔려 있던 성호가 처음으로 말문을 열었다.

"그 소시오패스가 더 무섭다 카대요. 사회적으로 높은 자리에 있는 양반 중에 간혹 있어서 쉽게 표도 나지 않는다꼬."

신 반장은 고기를 잘라대는 채 형사의 가위질과 불판 위를 번

갈아 바라보며 한 마디 더했다.

"화이트칼라형 범죄를 저지른 자들 중에 그런 유형이 많아요. 우리 같은 수사관이 접근할 수 없는 세계에서 일어나는 범행이지요. 정치적인 살인도 여기 해당되고."

육즙이 묻은 가위를 상 위에 내려놓으며 채 형사가 말했다.

"간혹 정치인, 비자금 은닉에 관련된 인물이 저수지에서 의문의 익사체로 발견되기도 하지요. 성경에서는 베데스다라는 저수지가 모든 죄악과 부정함을 정결하게 씻는 곳이라고 나오는데 말입더."

자신의 가슴 밑바닥에 늘 시신 한 구가 잠겨 있는 박 씨는 권판식 어르신의 실종을 떠올리며 단숨에 술잔을 들이켰다.

신 반장은 담배 한 대를 꺼내 물고 라이터 불을 붙였다. 연기를 깊게 들이마시며 박 씨를 마주 보았다. 신참 형사로 근무하던 시절에 현장에서 만난 그는 뭔가 말을 꺼낼 듯이 하다가는 그만두곤 했었다. 며칠 전 박 회장 집을 수색한 형사들이 민한당 이동준 사무총장에 대한 기사를 모아둔 누런 대봉투를 발견했다고 했다.

3장

1

 의사당 지붕의 녹색 돔 위로 천둥소리가 우르릉거리더니 빗줄기가 내리퍼붓기 시작했다. 서강대교 아래로 흘러가는 한강 물이 창밖으로 내다보였다. 위협적이었다. 동준은 문득 범람하던 산매리 저수지가 떠올랐다. 그때였다. 3883폰에서 수신음이 울렸다. 동준은 순간 경련을 일으킬 것 같은 불안감을 느꼈다.
 '만나고 싶습니다.'
 이런 유치한 메시지를 발신하며 신경을 곤두서게 하는 영주에게 화가 치밀었다. 그러나 곧 영주는 3883폰의 존재를 모르고 있다는 생각에 이르렀다. 다행히 발신인은 히노하라 서울지사장이었다. 정보원장과는 달리 히노하라는 적이 아닌 조력자의 입장에 서 있는 인물이었다. 그런데도 동준은 긴장했다.
 조수석에 히노하라를 태운 동준은 서서히 코란도를 몰았다. 여의도를 둘러싼 한적한 강변도로를 달렸다. 히노하라가 먼저 인사를 건넸다.
 "대통령님께서는 여전히 건강하십니까?"
 "그저께 당무 보고차 청와대에 들어갔더니 지사장님의 안부를 물어보셨어요."
 "관심을 써 주셔서 감사드립니다."
 잠시 틈을 둔 히노하라가 본론을 꺼냈다.
 "제가 다음 달에 도쿄 본사로 돌아가게 되었습니다. 회사 창립 이래 이런 경우는 처음이어서 저 또한 무척 놀랐습니다. 이번 여름에 남아시아에서 일어난 어마어마한 태풍 때문에 저희 회사는 해외 원재료 수급에 심각한 타격을 입었습니다."

운전대를 잡은 동준이 히노하라를 힐끗 쳐다보았다. 그의 얼굴엔 집권당 사무총장과의 약속을 지켜내지 못하게 된 당혹감이 서려 있었다. 그러나 정작 당사자인 동준은 침착한 태도를 보였다. 예상치 못한 일이긴 하나 히노하라의 본국 소환 시기가 2년 앞당겨진 것뿐이다. 사람의 힘으로는 어찌할 수 없는 천재지변 때문이었다.

그랜드호텔 아파트동 1101호에 사는 히노하라의 세탁실에 대통령 측근인 이동준 의원의 120억 원이 보관되어 있다. 대선자금 비밀 아지트였던 1601호와 같은 동이었다. 대정건설의 실종된 100억 원과는 별개의 돈이다. 히노하라는 본사 자금을 이용해서 원화 120억 원을 부피가 훨씬 작은 10억 엔으로 세탁해주었다. 이제 신속히 그랜드호텔 1101호에 숨겨둔 10억 엔을 인수해야 했다. 동준에게 부담을 떠넘기게 되어 심경이 편치 않은 히노하라가 말했다.

"세계사적으로 고대로부터 왕이나 소수 귀족층이 무언가를 숨겨놓을 수 있는 능력은 참으로 대단한 것이었습니다. 그보다도 하나님은 그의 존재 자체를 숨겨놓고 인류에게 찾도록 하는 과제를 던져주었어요. 신이 있는지 없는지 하는 문제 말입니다."

동준은 친아버지의 존재를 숨겨놓은 어머니를 생각하며 히노하라의 말에 고개를 끄덕였다. 차창 밖으로 생태공원 입구 표지판이 나타났다. 코란도는 행로를 바꿨다.

청담동 집으로 돌아온 동준은 서재를 서성거리며 단숨에 우유를 따라 마셨다. KBI의 도청망과 감시망을 따돌리며 10억 엔을 숨겨놓을 새로운 장소를 물색해야 했다. 차가운 우유 한 잔이 문제를 푸는 데 도움이 되기를 바랐지만 해법은 쉽게 찾아지지 않았다. 동준은 욕실로 들어가 샤워기 아래에 섰다. 미숙이 욕실 안으로 속옷 한 벌과 수건 한 장을 넣어주었다. '중랑구 면목1동 당원체육대회'라는 글자가 찍혀 있는 기념 타월이었다. 동준은 머리카락의 물기를 닦아내며 일단 움직여보기로 했다.

조용한 주택가 길로 들어서자 어머니 혼자 사는 집이 나타났다. 국회의원이 된 둘째아들은 주택가 이면도로의 단층집으로 어머니를 이사하게 해주었다. 강남구 청담동에 사는 그는 지역구민을 의식해서 선거 편의상 현주소를 지역구인 중랑갑구의 어머니 집에 올려놓았다. 체어맨이 대문 앞에 멈춰 섰다. 어머니는 한 달에 한 번 요양병원에 들러 형의 빨랫감을 수거해오느라 집을 비우고 없었다.

테라스에서 동준은 어머니가 텃밭처럼 가꾸는 화단을 내려다보았다. 삽으로 화단을 파서 10억 엔을 묻어둔다면 정보원은 금세 낌새를 알아차릴 것이다. 그리고 그들은 이미 봄바람처럼 한 차례 이 집을 훑어갔다. 여름 바람, 가을바람이 되지 말란 법도 없었다. 동준은 계단을 밟고 어두컴컴한 지하창고로 내려갔다. 천장이 낮아 정수리가 천장에 닿을 듯했다. 창고 안은 습기와 곰팡내가 가득했다. 전기 스위치를 켜자 수명이 다된 형광등 불빛이 침침하게 껌벅거렸다.

어머니는 정육점을 운영할 때 쓰던 집기들을 창고에 그대로 보관해 두고 있었다. 칼을 가는 숫돌과 정육을 다듬는 데 사용하는 작업대가 보였다. 옆면에는 내장과 피를 흘려보내는 홈통이 달려 있었다. 뼈를 발라내는 날이 선 칼과 고기를 다지는 기구도 있었다. 동준은 불순한 도구들을 손으로 어루만져 보았다. 작업대 옆에는 영업용 냉동고가 있었다. 동준이 6학년 때 갇혔던 바로 그 냉동고였다. 문을 열어보았다. 냉동고의 살인 냉기는 떠올리기만 해도 피가 얼어붙는 것 같았다. 10억 엔을 냉동고에 넣어놓는다면 정보원은 냉동고 문을 1502호 아파트 문처럼 열어보게 될 것이다. 동준은 속으로 혼잣말을 했다.

'뫼비우스의 띠처럼 3차원에서 4차원으로 빠져나가는 기이한 홀이 있다면 얼마나 좋을까.'

10억 엔을 어디다 숨겨두어야 할지 답답한 동준에게 그 별장이 떠올랐다.

동준은 박상헌 의원과 함께 상임위에서 국방위 소속위원으로 일한 적이 있었다. 헬기를 타고 남한 내의 영토를 날아다니기도 했던 의원들은 1천 미터 상공에서 내려다보이는 별장 하나를 발견했다. 중세시대, 유럽 영주의 성처럼 웅장한 별장이 광활한 숲속에 파묻혀 있었다. 박상헌 의원이 소년처럼 감탄하며 말했다.

"이렇게 좋은 별장이 한국에도 있었어요! 헐리우드 영화에나 나오는 줄 알았더니!"

그러자 최고령인 원로 의원이 대답했다.

"국제그룹 엄 회장 소유의 별장입니다. 주말이라 지금쯤 저 안에 머물고 계시겠네요. 가족들도 함부로 들여놓지 않아요."

수풀로 우거진 영지 내에 회장 전용 헬기가 이착륙을 할 수 있는 이착장까지 닦여 있었다. 독일인 건축가가 설계한 그 별장은 그리스에서 실어온 석재로 외벽을 쌓아 올려 고풍스러웠다. 한 남자가 지상에서 이루어낸 위업이었다.

대한민국 정부가 수립된 제1공화국부터 기업을 이끌어온 엄 회장은 이제 여생이 얼마 남지 않았다. 엄 회장은 그동안 네 명의 대통령 후보와 그 부인들을 그 별장으로 초대했다. 그저 예의상 이루어진 초대가 아니라 40퍼센트의 지지율을 넘어선 후보만 대상에 넣었다. 박상헌이란 인물이 차기 대통령으로 확실해졌을 때에도 엄 회장 측에서 하루 묵으며 휴식을 취하는 게 어떻겠느냐고 먼저 기별해왔다. 박상헌은 내켜 하지 않았지만 선거에 자금이 절박하다는 동준과 측근들의 권유를 받아들여 결국 초대에 응했었다.

기품이 흐르는 엄 회장은 호스트다웠고 소도시 출신의 서민

아들 박상헌은 아직 촌티를 벗지 못했다. 그 파티에 온 남자 중에 제일 키가 작은 박상헌은 서구식의 파티가 어색해서 일부러 큰 소리로 웃어댔고 의도적으로 음담패설을 늘어놓기도 했다. 서양요리가 등장하자 영어 발음에 사투리 억양이 묻어났고 랍스터를 왕새우로 알고 아는 체를 했다. 그러나 머지않아 대통령이 될 남자였다.

다시 서울로 올라가는 기내에서 누군가 별장에 관한 비화를 들려주었다. 전직 대통령 중 한 명이 전용기를 타고 가다가 영지와 호화로운 성을 발견하고 탐이 나서 엄 회장을 협박했다. 부하를 시켜 권총까지 들이대자 겁을 먹은 엄 회장이 급기야 포기 직전까지 내몰렸다. 그러다가 그 정권이 차츰 민주화 시국의 힘에 밀리기 시작했다. 총구의 악몽에서 헤어나지 못한 엄 회장은 대통령이 권력에서 완전히 물러날 때까지 자기 별장에 아예 발도 들여놓지 않았다.

하늘에서만 내려다보이는, 지상에서는 함부로 들어설 수 없는 그 별장 한 곳에 10억 엔을 파묻어둔다면 아무리 KBI라도 접근조차 하기 어려울 것이다.

동준은 다시 지하창고의 계단을 통해 야외 뜰로 올라섰다. 그 사이 폭우가 내리치고 있었다.

'장마 속에도 어딘가에는 한 뼘 마른 땅이 있어.'

어머니의 집을 답사한 동준의 체어맨은 그곳에서 이십 분 거리에 있는 지역구 사무실에 들렀다. 위원장실 소파에 앉아 동준은 다시 10억 엔을 숨겨둘 은닉처 문제에 골몰했다. 문밖에서 노크 소리가 울리고 이어 여직원이 머그컵에 커피를 타 내왔다. 하얀색 바탕에 노란 장미 한 송이가 새겨져 있는 의원 전용 컵이었다. 커피를 마시며 동준은 혼자 힘으로는 거액을 숨기는 데 한계가 있다는 걸 느꼈다. 마땅한 인물을 꼽아보았다. 4선 의원이자 사무총장인 자에게 자기 사람이야 널려 있지만 KBI의 '이동준 리스트'에 등재되지 않은 사람은 없었다.

문득 동준은 재식의 처남이며 서울대 법대 후배인 지민을 떠올렸다. 위원장실 문을 열고 사무실로 나섰다. 지민은 컴퓨터 모니터에 시선을 두고 뭔가를 검색하고 있었다. 당 사무실 역시 도청권이었다. 지민을 화장실이나 옥상 테라스로 데려가서 이런저런 대화를 나눠보다가 자연스럽게 조건을 살펴보기로 했다.

그때 7776폰이 울렸다. 영주였다. 의아해하는 동준의 귓전에 영주의 반비명 소리가 터져 나왔다.

"아파트에 도둑이 들었어요! 무서워 죽겠어요! 비싼 것들을 몽땅 털렸고요. 핸드백이랑 애세서리 세트까지요. 앞집 아주머니는 제사 지내러 시골에 가셨어요."

큰일을 당한 영주는 겁에 질려 횡설수설했다. 휴대폰을 귀에 댄 채로 동준은 다시 위원장실로 들어가며 문을 닫았다. 침착한 어조로 영주를 달래고 진정시켰다. 수행비서와 함께 체어맨을 먼저 들여보내고 동준은 모범택시를 타고 여의도로 들어갔다. 심야에 내리는 비는 챙이 넓은 우산을 쓰고 걸어가는 공인의 사생활을 적당히 가려주었다.

엘리베이터를 타고 15층에서 내렸다. 정보원은 없었다. 정보원이 있다면 마지못해 1502호로 들어가야 했다. 동준은 서슴없이 앞집인 1501호로 들어갔다. 영주와 마주치지 않아 다행이었다. 현관에 들어선 동준은 빗물이 뚝뚝 떨어지는 우산을 신발장 옆에 세워두었다. 캄캄한 실내에서 스위치를 올리자 거실에 나와 돌아다니던 바퀴벌레들이 순식간에 사라졌다. 현관엔 시골 아주머니들이 신는 앞이 막힌 보라색 고무 슬리퍼 한 켤레가 놓여 있었다. 동준이 컴퓨터로 연결된 CCTV로 들여다본, 윤옥 누나가 사는 1501호 아파트의 실내 정경 그대로였다.

외가에서 더부살이를 한 어린 윤옥을 외삼촌은 양딸처럼 거두어 주었지만 호적에는 올리지 않았다. 동준이 아직 태어나지도 않았던 1947년에 경찰관이었던 외삼촌은 빨갱이 섬(Red Island)으로 낙인찍힌 제주도로 차출된 적이 있었다. 미군정청 건물인 제주도청 지붕에는 바닷바람에 성조기가 휘날렸다. 경찰서 뜰의 벚나무 밑에는 전날 밤 감방에서 꺼내놓은 대여섯 구의 시체가 포개져 있었다. 헐벗은 여자아이 하나가 소리 내어 울며 제 부모를 찾느라 시신을 뒤적거리며 얼굴을 확인하고 있었다. 제주 4·3 항쟁 때 양친을 모두 잃고 제주읍 보육원으로 들어간 고윤옥을 외삼촌이 경기도 양주의 외가로 데려오게 된 연유였다.

1502호 옆집인 1501호 아파트에 사는 고윤옥과 동준의 관계는 공문서상으로는 전혀 잡히지 않았다. 고윤옥은 양주 산매리와도 행정상으로 아무런 연관이 없었다. 윤옥의 일생에 현미경을 들이댄다 해도 제주도 보육원 주소에 올라 있던 그대로 시댁 주소인 전라도 화순의 주남마을로 이전되었기 때문이다. 윤옥이 이혼을 당하고 산매리로 다시 돌아와서도 주소는 외사촌들의 사업에 이용되어 다른 도시들을 옮겨 다니다가 서울 여의도에 있는 라이프아파트 H동 1501호에 전입을 한 것이었다.

윤옥은 안방을 '없는 방'으로 여길 것, 이동준을 '모르는 사람'으로 할 것, 이 두 가지 금기사항을 지키며 박상헌 대통령의 임기 5년 동안 살게 되었다. 오늘밤은 외숙모의 기일이어서 윤옥은 산매리에 가야 했다. 기일이 되면 윤옥은 외삼촌의 며느리들 셋보다 먼저 산매리로 내려가 음식 장만을 했다. 지금쯤 윤옥은 전을 부치고 있을 것이다.

동준은 발코니부터 살펴보았다. 화재로 폐지를 몽땅 태워 먹었던 윤옥은 어느새 다시 폐지 더미를 주워와 어지럽게 쌓아놓았다. 그중에는 1502호 영주의 물품 택배 상자도 있었다. 산매리 집에서 살던 습관대로 난전처럼 여기저기 널어놓은 씨앗봉지로 바닥에 발 디딜 틈이 없었다. 살림살이도 노점상처럼 거실 바닥에 늘어놓고, 문이든 뚜껑이든 다 열어놓고 벌려놓았다. 제대로 된 반찬통 하나 없이 장류의 식품이 담긴 플라스틱 용기를 주워 와서 쓰고 있었다.

 그런데 이렇게 옹색한 살림살이가 차지하고 있는 1501호야말로 동준에겐 스위스은행의 비밀 금고나 마찬가지였다. KBI는 아파트 현관문을 열어놓아 집 안과 집 밖의 경계가 허술한 윤옥의 1501호에 이 총장이 100억 원을 숨겨 두었으리라고는 짐작하지 못했다. 물론 1501호에 윤옥을 들여앉혔을 당시에 현관문을 열어놓고 사는 위험한 생활습관이 동준의 마음에 걸렸다. 그러나 윤옥은 화순의 주남마을에서 받은 상처 때문에 닫힌 문에 대한 강박증이 심하다는 걸 알고 있었다.

 윤옥의 시아버지는 전라도 화순의 주남마을에서 큰 양파 저장고를 가지고 있었다. 윤옥은 한밤중에 군인들이 저장고로 포대를 들고 나르는 광경을 목격했다. 의아해서 아무도 몰래 저장고의 철문을 열고 안으로 들어갔다. 그런데 양파가 전부 상해가고 있었다. 식구들의 밥줄인 데다 멀쩡한 생물이 상해 들어가니 윤옥은 다급한 심정으로 양파망을 풀어헤쳤다. 정신없이 저장고를 돌아다니며 닥치는 대로 망을 풀고 뒤적거려 숨통을 열어주었다.

 그런데 저장고 안쪽에 거적으로 덮인 무언가가 잔뜩 쌓여 있었다. 윤옥이 거적을 들추자 이 십여 구의 시체가 끔찍한 타래를 이루고 있었다. 공동묘지 속이었다. 창백한 얼굴과 눈구멍이 움푹 파인 시체들이 포개져 있었다. 잔인하고 가혹한 살육의 냄새가 서늘한 양파 저장고 안을 떠돌아다녔다. 주남마을과 이웃마을의 실종자들이 모두 거기에 있었다. 영숙이 팔다리와 임실댁의 허벅지가 얽히고 혼인 날짜를 받아놓은 마을 청년과 서울에서 아들이 부쳐온 돈으로 읍내 치과를 다니던 최 씨 어른이 모두 한 덩어리로 뭉쳐 있었다.

윤옥은 실신했고 하혈을 한 뒤 유산하고 말았다. 가뜩이나 애가 서지 않아 갖은 공을 들인 끝에 얻은 귀한 자식이었다. 아무도 윤옥이 하는 말을 믿어주지 않았다. 양파 저장고의 시신은 한순간에 치워졌고 그 자리엔 어느새 양파망이 그득 들어차 있었다. 경찰은 윤옥을 미친 여자로 취급했다. 그 끔찍한 사건 이후 시댁은 계엄군에 협조한 대가로 광주 시내에 있는 상가 하나를 얻게 되었다. 알짜배기 부자가 되는 계기를 얻은 것이었다. 윤옥은 친정이 있는 산매리로 다시 돌아와야 했다.

결국 윤옥이 1501호 아파트의 현관문을 병적으로 열어두는 문제는 걸쇠를 거는 것으로 마무리 지었다.

한 노장 의원이 심장마비를 일으켜 유명을 달리하는 바람에 유족들이 무르는 거액의 비자금이 임시로 맡겨둔 참모에게로 넘어갔다는 소문이 의원회관에 나돈 적이 있었다. '고윤옥'으로 등기된 1501호는 법적으로는 윤옥의 소유였다. 그러나 윤옥에게 1501호 아파트는 엄연히 동준의 것이었다. 동준이 박상헌 대통령의 임기 내에 혹시 어떤 변을 당하게 된다면 아이들이 그 돈은 우리 아빠 돈이라고 소송을 걸기 전에 먼저 1501호 아파트를 내줄 윤옥이었다.

외삼촌은 밤늦게 경찰서에서 퇴근해 산매리로 귀가하다가 지프차로 다리 난간을 들이박고 강물로 추락하는 사고로 세상을 하직했다. 외삼촌은 미리 세 아들과 똑같이 윤옥에게도 전답을 나누어 놓았다. 삼 형제는 제각기 어설프게 사업에 뛰어들었다가 제 몫의 재산을 날리고 난 뒤 가세가 기울어갔다. 윤옥은 양딸로 거두어준 것만으로도 빚이 있다며 자기 명의의 전답을 삼 형제에게 되돌려주었다. 동준이 만난 사람 중에 윤옥 같은 성품을 지닌 사람은 극히 드물었다. 수십 년에 걸쳐서 믿을 수 있는 사람으로 입증이 된 윤옥이었다.

밀폐된 안방 문이 열리고 막혀 있던 공기가 거실로 훅 밀려 나왔다. 발코니 쪽에서는 안방을 들여다보지 못하도록 창문 전체를 하늘색 커튼으로 가려놓았다. 오른쪽 벽 한 면은 전체가 다 붙박이장이었다. 겉보기엔 목재로 된 장문 같지만 특수재질로 되어 있어 물이 스며들지 못하고 화재에도 끄떡없는 장이었다. 일반인들은 그걸 알아볼 전문지식이 없었.

동준이 그 앞에 서서 가장자리 위쪽 한 부위를 손가락으로 살짝 눌렀다. 그러자 카드 반 장 크기의 센서가 나타났다. 엄지손가락을 갖다 대자 지문을 인식한 칸막이가 자동으로 열렸다. 히노하라가 소개해 준 일본인 기술자가 서울로 출장을 나와서 설치해 준 장치였다. 장롱 속에는 007가방 100개가 파일함처럼 차곡차곡 포개져 있었다. 가방마다 2억 원의 지폐가 들어 있었다. 200억 원이다.

대정건설의 기획실장에게서 어두컴컴한 새벽 시간에 봉고차 키를 건네받은 사람은 히노하라였다. 대통령과 송영기 정보원장, 그리고 '코리아 테라피' 팀의 요원들은 정작 일상생활 공간인 아파트에다 숨기는 원시적이고 고전적인 수법을 모르고 있었다. 또 다른 100억은 모 IT회사의 기부금 중에서 빼돌렸지만, 이 역시 드러나지 않았다.

동준은 그랜드호텔 1601호에서 선거자금을 운용하는 와중에도 서너 차례에 걸쳐 히노하라의 아파트가 있는 11층으로 자금을 내려보냈다. 바로 히노하라의 1101호에 숨겨두게 된 120억 원, 10억 엔이다. 여기엔 일부 기업들이 대통령 후보의 실세 측근인 동준의 몫으로 공공연하게 건네준 비자금도 포함되어 있었다.

대한민국의 인맥이 제아무리 얽혀 있다손 치더라도 대정건설의 비자금을 맡은 기획실장과 송영기 정보원장이 위험한 비밀을 털어놓을 정도의 사제 간이란 건 아주 드문 경우였다. 게다가 장도언이 정보원장에 임명되고 기획실장이 그의 제자였더라면 정치판에서 해묵은 장도언은 대통령에게 보고조차 하지 않았을 것이다. 일이 이렇게 된 이상 지금으로선 철저히 숨기고 지켜내야 했다. 그래서 바로 앞집인 1502호에 도둑이 들자 동준은 불안했다.

동준은 007가방 하나를 안방 바닥에 끌어내려 놓고 열어보았다. 푸른 지폐를 육안으로 대하는 감흥은 가방 안에 밀봉돼 있을 때와는 달랐다. 은행원이던 동준이 인도의 카스트처럼 높은 계층의 장벽을 무너뜨리고 국회의원이 되었으나 그 생활에는 한계가 있었다. 화려한 국회의원이라도 금전적으로는 늘 빠듯했다. 의원에 걸맞은 씀씀이 때문이었다. 국회의원이란 직위 자체가 저절로 거액의 자금을 물어다 주지는 않았다. 16년 전 그날처럼 운명적인 파격 없이 재산 증식은 불가능했다.

그런 동준에게 또 한 번의 기회가 찾아왔다. 대선 자금책이었다. 박상헌 후보가 전국을 돌아다니며 유세를 벌이는 동안 동준과 상헌맨은 연희동 그랜드호텔 1601호에서 제 발로 갖다 바치는 기업체를 제외하고, 나머지는 리스트를 들고 직접 전화기에 매달려야 했다. 상대 당 후보보다 더 많은 선거자금을 우려내야 했다. 서울에 입지를 굳힌 외국의 다국적기업도 대상에 넣었다.

박상헌의 당선이 유력해질수록 국가정보기관과 기무사, CIA 같은 외국의 정보기관원들은 자진해서 기밀 사항뿐만 아니라 자금줄에 대한 정보까지 동준 측에 제공해주었다. 동준은 박상헌 후보를 위해서가 아니라 자신의 가문의 비약적인 상승을 위해 대선 자금책으로서 온몸을 던졌다. 더구나 박상헌은 검은돈을 불식시키겠다는 정치적인 신념이 대단한 사람이었다. 그런 대통령의 측근이 되는 것은 그와 신념을 함께한다는 뜻이었고 감시를 당하면 당하는 만큼 결백이 입증되는 셈이었다. 도청망은 대통령의 보증서이기도 했다.

320억 원은 아들 정현을 정치인으로 키우는 데 쓰일 자금이었다. 이전 정권 때와 달리 기업 측에서 정치자금을 받아내기가 갈수록 힘들어질 것이다. 느닷없는 인물이 출현해서 대통령이 되는 건 불가능했다. 시대는 변해서 영웅이 등장할 가능성은 희박했다. 케네디가와 부시 가문처럼 2대에 걸친 공동 사업으로 차근차근히 이루어 나가야 한다.

자금 은닉처를 물색하느라 한꺼번에 이곳저곳을 돌아다닌 탓에 온몸이 땀으로 끈적끈적했다. 샤워를 하려고 옷을 벗다가 동준은 와이셔츠의 두 번째 단추가 떨어져 나간 걸 발견했다. 그 순간 어떤 기시감을 느꼈다. 언젠가 이런 일이 일어났던 것 같은, …… 그리고 윤옥 누나. 동준은 곧 16년 전의 기억을 떠올렸다.

산매리 외가에서 윤옥이 차려준 밥상 앞에 앉은 동준은 마지못해 한술을 떴다. 밥알을 입안으로 밀어 넣고 뚝배기에서 보글거리는 뜨거운 된장찌개를 수저로 퍼먹었다. 매운 고추 맛이 입천장을 톡 쏘았을 때 동준은 자신이 점심도 걸렀다는 사실을 깨달았다. 안주인답게 맨 나중에 밥상에 끼어 앉은 윤옥이 동준을 보며 다짜고짜 말을 던졌다.

"동준아, 밥 먹고 너, 셔츠 벗어서 나, 주라."

영문을 모르는 동준은 어리둥절한 얼굴로 윤옥을 바라보았다.

윤옥이 다시 말했다.

"남방 단추 떨어졌네. 그거 비슷한 거 찾아서 내, 달아줄게."

그제야 제 가슴팍을 내려다본 동준은 온몸에 뜨거운 기운을 느꼈다. 대여섯 시간 전에 피살자가 혼신을 다해 가해자의 반팔 셔츠 앞자락을 움켜쥐었던 것이다. 밥상 앞에서 백지장처럼 창백한 동준의 얼굴을 눈여겨보는 사람은 아무도 없었다. 윤옥은 행여나 수의사와 이웃집 남자가 동준의 처를 타박할까 봐 대신 변명까지 해주었다.

"마누라가 애를 배서 오늘, 내일 하고 있으니 남편 신경을 쓸 수가 있나."

동준은 단추가 떨어져 나간 셔츠와 속옷들을 대충 못에 걸어놓고 욕실로 들어섰다. 윤옥이 플라스틱 대야에 모아놓은 구정물에 바퀴벌레 한 마리가 죽어서 떠다녔다. 저수지에 부유하는 사체(死體) 같았다. 윤옥이 거처하는 건넌방에서 얇은 홑이불 한 장을 꺼내 와서 안방에다 깔았다. 발코니 창문을 두들기는 빗줄기가 좀처럼 수그러들지 않았다. 머리맡에 놓아둔 두 대의 휴대폰 중 3883폰의 수신음이 깔렸다. 비 오는 밤 자정이 임박한 시각에 울리는 휴대폰은 그 자체로 섬뜩했다. 마치 저승에서 이승으로 보내오는 교신 같았다.

'당신이 숨겨둔 곳을 나는 알고 있어. 아주 가까이에……'

동준의 얼굴에 다시 불안과 공포로 어두운 그림자가 드리웠다. 자칫하다가는 아들 정현의 인생까지 위험해질 수 있었다. 그런데 동준은 일순 무언가 혼란스러웠다. '숨겨둔 곳'이라면 돈을 숨겨둔 장소를 말하는 게 아닐까? 그렇다면 KBI의 정보원장 측일까?

　대통령의 권력은 동준이 알고 있는 그 이상이며 일인자의 권좌에 앉아보지 않고서는 누구도 감히 안다고 할 수 없을 것이다. 대통령이 되면 이동준 의원이 살아온 과거까지 훤히 들여다볼 힘이 생겨나는 걸까? 박상헌이 100억 원을 토해내게 하려고 겁을 주는 게 아닐까? 16년 전의 안기부는 일개 은행 대리의 사생활까지 꿰뚫어 보는 정보력을 갖고 있었을지도 모른다. 적절한 시기에 정치적으로 써먹으려고 16년 동안 대외비로 캐비닛에 보관해 두었다가 송영기 정보원장이 꺼내 들었을지도. 순간 또다시 한 건의 괴메시지가 액정화면에 드러났다.

　'1987년 1월 14일, 1987년 7월 5일,
　그들은 살해당했어. 기일을 잊지 않았겠지?'

　이제는 1987년으로 거슬러 올라왔다. 이번에는 한 사람이 아닌 복수(複數)의 인물이었다. 점점 더 혼란스러워진 동준에게 평온과 위안이 필요했다. 권판식 아저씨의 사진을 꺼내 들던 동준은 웬일인지 지갑을 도로 닫고 7776폰을 열었다. 액정화면에 정현과 수현, 그리고 막내딸 서현의 예쁜 사진이 떠올랐다. 동준은 마음의 평정을 되찾았다. 손가락으로 통화버튼을 눌렀다. 청와대에서 퇴근한 정현은 논문을 쓰느라 그 시간에도 깨어 있었다.

 대통령이라는 특별한 지위에 오른 사람의 몸속엔 프레지던트 엔돌핀이 흐른다. 정현 또한 이와 비슷하게 초인적인 일과를 보내고 있었다. 퇴근 이후 대부분의 시간을 전문서적과 시사 잡지, 원론, 정기간행물 등을 읽는데 보냈다. 4선 의원인 아버지 앞에서 정현이 '훌륭한 정치가에게서 품어 나오는 권위는 그분의 인격과 학문의 깊이에서 비롯된다.'고 말했을 때 동준은 묵묵히 듣고만 있었다. 그런 아들이 정치를 하려면 아버지로서 무얼 해주어야 할지는 자명했다. 15년 넘게 정치 생활을 해본 아버지는 현실적으로 가장 필요한 요건이 무엇인지 누구보다 잘 알고 있었다.

2

 괴메시지 때문에 잠을 설친 동준은 1501호 아파트에서 아침을 맞았다. 비 때문에 음습했던 세상은 태양 빛을 환히 반겨 밤새 비가 퍼부었다는 사실이 거짓말처럼 느껴졌다. 사람들은 제각기 제 색에 맞춰서 아침을 맞이한다. 전문직 종사자나 동준과 같은 국회의원이 맞는 아침 색은 황금빛 골드였고 말단 샐러리맨이나 일용직이 맞는 아침 색은 잿빛 블루였다. 아파트를 두 채 이상 소유한 사람들과 월세를 면치 못하는 사람들이 맞는 모닝 컬러 또한 달랐다.

120억을 맞이하는 하루를 시작하는 동준과 리더스론의 독촉에 시달리는 지민과 또다시 대출을 받으려고 궁리하는 영주의 아침 또한 달랐다. 기어코 100억을 찾고야 말겠다는 결의로 관사에서 일어나는 송영기 정보원장과 120억을 숨겨두어야 하는 문제로 고심하는 동준의 아침도 분명 달랐다.

발코니 난간에 기대서서 동준은 15층 아래 울창한 뜰을 내려다보았다. 하루의 움직임은 주차장에서부터 시작된다. 출근을 준비하는 승용차들 사이에 코란도 한 대가 정차되어 있었다. 동준은 히노하라 지사장이 실어 보내올 엔화에 대해 고심했다. 10억 엔을 숨겨야 하는 긴박감은 잠시 괴메시지의 두려움을 밀어냈다. 괴메시지 때문에라도 더욱 자금을 지켜내야 했다. 신변을 보호해 줄 최후의 안전책은 언제든 돈이었다.

거실 안으로 들어가자 1502호에서 현관문 열리는 소리가 나더니 출근길에 나선 영주의 하이힐 굽 소리가 울렸다. 도둑을 맞아서인지 엘리베이터 안으로 들어가는 발걸음이 풀이 죽은 듯했다. 동준은 윤옥의 주방에서 옥수수차를 마시고 재식과 3883폰으로 메시지를 주고받았다. 10억 엔을 숨기는 데 지민을 이용할 수 있을지 알아보려고 했을 때 영주에게서 전화가 걸려오는 바람에 미뤄뒀었다. 재식은 지민이 사법고시에 다섯 번 떨어졌고 더이상 뒷바라지를 해 줄 수 없는 가정형편 때문에 낙담하고 있다고 했다. 지민이 어떠한 사고와 가치관을 갖고 살아가는 젊은 이인지 동준은 직접 만나서 얘기를 나눠보아야 했다.

그동안 동준은 연희동의 그랜드호텔 아파트동을 10억 엔의 은닉처로 빌릴 수 있을지 고려해보았다. 대선 때 비밀본부였던 그랜드호텔 1601호에서 히노하라가 거주했던 1101호로 120억을 내려보낼 때처럼 다시 옮겨 나르기에도 최단거리라는 이점이 있었다. 게다가 매월 비싼 임대료를 내며 사는 그곳 거주자들은 거의 히노하라처럼 혼자 몸으로, 또는 가족을 데리고 한국에 장기 파견되었거나 장기 여행을 하는 특수한 신분의 외국인들이었다.

역대 정권의 정치자금 산실은 호텔이었고 박상헌 후보도 예외가 아니었다. 박상헌과 동준은 1601호에서 할로겐 조명 불빛 아래 상헌맨들과 머리를 맞대고 대선자금 조달방안에 대해 숙의했다. A기업에 얼마, B기업에 얼마, C기업은, Z기업은, 하는 식으로 대선자금을 할당했다. 호텔 주차장엔 고급 승용차가 수시로 들락거렸다. 회장실 실무자들은 제각기 창의력을 발휘해서 자금을 배달했다. 개중엔 호텔 종업원처럼 그럴듯한 유니폼으로 변장한 재벌총수 측근도 있었다.

대선자금의 60퍼센트가 1601호로 들고났다. 배달책들이 놓고 간 박스에서 현금을 꺼내 배당하고 다시 포장해서 현장으로 실어 보냈다. 돈을 만지는 작업을 하는 동준과 상헌맨이 가진 도구는 전화기와 전화번호 리스트가 전부였다. 거액의 대선자금이 들고나는 비밀 아지트 그랜드호텔 1601호에서 돈은 그날그날 처리해야 할 공문서 같은 것으로 당 조직원과 선거운동원들에게 내려보내야 할 일거리일 뿐이었다.

  대선 당시 아파트동에 사는 외국인들은 함께 엘리베이터를 타고 오르내리는 상헌맨들이 한국에서 어떤 인물인지에 관심을 두지 않았다. 지폐를 담은 상자를 들고 타는 상헌맨들을 그저 본국에서 부쳐온 짐 상자를 공항 화물창고에서 찾아오는 동양인들로 생각하고 'Hi, Hello! Good afternoon!' 하며 인사를 건넸다. 그들은 한국 돈인 원화 냄새를 맡지 못했다. 그들의 코는 달러에만 익숙했다. 원화 냄새는 로비에 떠다니는 꼬냑, 보드카 냄새와 외국산 향수, 치즈와 버터, 칠면조와 노릿한 양고기, 카레와 소스가 다국적으로 뒤범벅된 냄새에 파묻혀 버렸다.

  동준은 다시 국회로 들어가기 위해 양복을 챙겨 입었다. 단추가 떨어진 셔츠는 넥타이로 그럭저럭 가릴 수 있었다. 1501호 현관에서 구두를 신고 나가기 전에 어안렌즈로 복도에 정보원이 있는지를 먼저 확인했다. 어안렌즈로 된 특수렌즈는 동준이 손가락을 대면 현관문 밖의 로비와 비상계단에 서 있는 사람까지 포착할 수 있었다. 안방에 특수 장문과 CCTV를 설치한 기술자가 함께 부착해준 장치였다. 정보원은 없었다. 동준은 여유롭게 1501호 아파트를 나섰다.

호우가 물러나자 지역구에 나가 있던 의원들이 속속 국회로 돌아와 의원 전용 주차장이 차로 가득했다. 주차장은 온통 검은색 차량 일색이었다. 국회의사당에서 검정 이외의 다른 색조는 절대적인 금기라도 되는 것처럼 보였다. '하양(RGB: 255, 255, 255) 90% 어둡게'인지, '검정(RGB: 0, 0, 0) 5% 밝게'인지는 육안으로 구별하기 어렵더라도 여하튼 까만색뿐이었다.

10시부터 상임위 정무위원회가 열리기로 되어 있었다. 동준에 앞서 제주시 현병대 의원이 의사당에 있는 회의장으로 걸어가고 있었다. 그를 보자 제주도의 자연동굴이 떠올랐다.

'동굴 안에 10억 엔의 자금을 숨겨놓을 수 있다면.'

제주 4·3항쟁 때 토벌대에 쫓긴 제주 사람들은 한라산 동굴 안에 숨어서 생활하기도 했다.

그랜드호텔 측에서 빈 객실이 없다는 메시지를 전해왔다. 엄 회장의 별장 또한 10억 엔의 은닉처로 삼기가 어려워졌다. 오늘 아침 엄 회장이 아흔다섯의 나이로 저세상으로 떠났기 때문이다.

지난 2월 25일, 대통령 취임식이 거행될 때 전 국민이 자기 집이나 서울역과 고속버스터미널 대합실의 대형 티브이 앞에서, 임시공휴일에도 출근할 수 밖에 없는 직장인들은 사무실이나 지하철과 버스 안에서 휴대폰 DMB로 실시간 방송을 시청했다. 재래시장의 점방이나 도시 곳곳에서 제각기 희망과 기대를 품고 취임식을 지켜보았다.

엄 회장도 그 시간에 자신의 별장에서 텔레비전으로 취임식을 보고 있었다. 박상헌 대통령이 대통령으로 당선된 것에 대해 하나님께 감사드린다는 취임사를 시작하자 노령의 엄 회장은 곁에 서 있는 주치의더러 들으라고 비아냥거렸다. "하나님은 무슨, 내가 준 돈으로 당선되었으면서!"라고.

이제 동준은 그의 조문을 가야 했다. 신문마다 엄 회장의 2남 3녀가 선친의 별장과 영지를 쪼개 분할한다는 기사가 1면을 장식했다. 반세기 넘도록 숲속에 감춰져 있던 그 별장은 모 방송사의 헬기 촬영으로 대중 앞에 속속들이 공개되었다. 동준이 그 별장의 어느 한 곳에 10억 엔을 숨겨두었더라도 신속히 다른 곳으로 옮겨두어야 할 터였다.

지민이 지역구 당 사무실의 자기 자리에서 일어났다. 편의점 알바생과 교대근무를 해야 할 시간이었다. 지민이 일층 편의점으로 들어서자 누나 지영이 물품창고에서 나왔다. 한바탕 창고 정리를 끝내고 나온 지영의 얼굴이 온통 땀에 젖어 있었다. 지민이 말했다.

"누나, 혹시 중학교 때부터 내가 써 온 일기장 못 봤어? 누난 뭐든 버리지 않고 보관해 두잖아."

"글쎄, 너 군대 가고 나서 내가 결혼을 앞두고 방 정리를 한 번 했던 기억은 나는데. 그런데 갑자기 그건 왜?"

"아니, 그냥……"

지민이 미처 대답을 끝내기도 전에 서너 명의 손님들이 한꺼번에 편의점 안으로 들이닥쳤다. 부산스런 손님들을 노련하게 응대해낸 지영은 지민 혼자 남겨두고 가게를 떠났다.

지민은 편의점 유리문 너머 거리를 내다보며 생각에 잠겼다.

'그날이 며칠이었지? 8월 중순이었는데. 정확해야 해! 일기장을 찾아야 그날을 알 수 있는데. 산매리 집에서 군에 입대하기 전에 분명히 박스에다 헌책들하고 같이 담아 두었는데······.'

오늘 하루도 법전을 들춰보지도 못하고 흘려보냈다. 지민은 자신이 일 년 후에 어떻게 되어 있을지, 어떤 모습으로 살아갈지 알 수 없는 막막한 현실 앞에 맥이 빠졌다. 그러면서도 길거리를 오가는 수많은 사람들과는 달리 자신은 선택된 자로서 화려한 삶을 살게 되리라는 기대를 버리지 않았다. 하루바삐 일기장을 찾아야겠다는 생각에 마음이 조급했다.

동준은 점심시간에 잠시 틈을 내서 다시 1501호에 들렀다. 산매리를 다녀온 윤옥은 발코니에서 폐휴지를 정리하고 있었다. 파쇄기 스위치를 작동시키고 투입구에 폐지를 집어넣자 자잘한 조각으로 갈려 나오기 시작했다. 시중은행에 비치되어 있는 것보다 큰 파쇄기였다. 대선을 치르고 나서 집기들을 처분하던 와중에 엉뚱하게도 1501호로 굴러들어왔다. 폐지 더미는 파쇄기 바닥에 놓인 사각 플라스틱 통에 수북이 쌓여갔다. 이미 파쇄된 폐지 가루가 담긴 자루 세 개가 발코니 구석에 세워져 있었다.

윤옥은 파쇄기를 어루만지며 동준에게 말했다.

"이거 덕분에 내 일거리가 엄청 줄어들었어. 크기도, 부피도 제각각 이어서 폐지를 껴안고 일층까지 내리는 게 보통 일이 아니었는데. 이젠 엄청 수월해졌어."

윤옥은 폐지 자루를 저울에 달아보고는 흡족해하며 말했다.

"거래처에서 가지러 올 때가 됐어. 아, 내일이네."

동준은 봉투를 꺼내 윤옥에게 내밀었다.

"이거 써, 누나."

윤옥은 손가락으로 폐지를 가리키며 웃었다.

"나한테는 이것들이 돈이야. 난 괜찮아. 정치하는 데 돈 많이 들잖아. 지역구민들이나 잘 돌봐드려."

윤옥은 이번에도 거절했다. 대선 자금책을 맡았던 동준은 기업에 손을 벌렸다가 거절당한 적도 있었다. 그때의 굴욕감과 무참함은 오히려 앙심을 부추겨 승리로 이끄는 힘이 되었다. 그러나 동준이 주는 돈을 거절하는 윤옥은 동준을 위축시켰다. 윤옥의 거절은 동준이 발을 딛고 선 지반 자체를 꺼지게 하는 힘이 있었다.

윤옥은 다시 발코니로 나가 하던 일을 계속했다. 외가에서 어린 동준은 윤옥이 누나가 일손을 놓고 쉬고 있는 모습을 본 적이 없었다. 외숙모의 병수발과 삼형제를 키우는 가사일을 도맡아 해온 손이었다. 그런 기억을 떠올리며 동준은 안방으로 들어갔다. 1501호 안방에 10억 엔을 합쳐 둘 것인지 갈등했다. 엔화는 원화보다 열 배 정도 부피가 작아서 그만큼 부담이 줄어든다. 그러나 자산관리를 부동산, 현금, 주식으로 삼 등분하듯이 정치자금 역시 이중, 삼중으로 분산해서 숨기는 원칙을 지켜야 했다. 만약의 경우 KBI에 하나가 발각되더라도 다른 것에는 영향을 미치지 못하게 해서 전액을 잃는 위험을 줄여야 했다.

윤옥의 나이는 이제 초로를 넘어섰다. 홀몸인 윤옥의 신변에 느닷없이 불상사가 생기면 동준이 미처 손쓸 새도 없이 '고윤옥' 명의로 되어 있는 1501호 아파트와 안방 장문에 보관해 둔 200억 원과 10억 엔까지 한꺼번에 잃게 될 수도 있다는 데까지 생각이 미쳤다.

장문을 열어보는 동준에게 재식이 괴메시지 발신자를 추적한 결과를 3883폰으로 보내왔다.

'유학 준비 중인 학생, 분실신고 됨. 위치는 대학로.'

동준은 재빨리 종료 버튼을 눌렀다. 상대의 행태는 또다시 반복되고 있었다.

일정이 바쁜 동준이 거실로 나갔다. 마침 발코니에서 들어오던 윤옥이 입고 있는 조끼를 보는 순간 동준은 가슴이 철렁 내려앉았다. 자주색 조끼 등판에 '산매리 부녀회'라는 노란색 글씨가 큼지막하게 박혀 있었다.

"누나, 그 조끼 좀 벗어. 산매리 글자가, 그 조끼 입으면 안 돼! 나하고 어떤 부분도 겹치는 게 없어야 한다고."

"아이구, 내가 실수할 뻔했네. 발코니가 썰렁하길래 꺼내 입었지. 산매리에 있을 때 부녀회원들이 단체로 맞춰 입었던 거야."

조끼를 벗어들고 윤옥은 다시 건넌방으로 들어갔다. 회색 면 티로 갈아입고 나온 윤옥이 다른 얘깃거리를 꺼내 놓았다.

"여기 아래층 1401호에 전세 살던 사람들이 이사 갔어. 중국 왔다 갔다 하며 무슨 사업을 한다더니 뭔 일이 터졌는지 갑자기 평일에 이사를 나가버리네. 앞으로 어떤 사람이 들어올라나."

윤옥이 흘린 말에 동준은 문득 어떤 실마리를 찾은 것 같았다. 밥 먹고 가라는 걸 바쁘다고 사양하는 동준을 현관 입구까지 뒤따르며 윤옥이 말했다.

"J대통령 말인데. 숨겨둔 돈 좀 찾아냈어? 그런 뉴스는 한 번도 안 나오네. 총 들고 쿠데타 일으켜서 대통령 해 먹고 처자식, 일가친척, 대대손손 공짜로 먹고살게 하려고 강도질한 거 찾아내는 일이 그렇게 어려운 건지 답답해 죽겠어."

동준은 현관문을 열기 전에 어안렌즈로 밖을 내다보며 정보원을 확인하느라 윤옥의 말을 흘려들었다.

윤옥은 자신의 결혼생활에서 행복했던 일상을 파괴해 버린 주범을 간혹 텔레비전 화면에서 마주칠 때가 있었다. 최근에는 대통령 취임식장에 앉아 있던 J대통령을 보고 윤옥은 분노했다. 끄묻힌 손을 깨끗이 씻고 국가적인 행사에 초청되어 높은 자리에 앉아 있는 그였다. 윤옥은 텔레비전 플러그를 확 뽑아버렸다. 윤옥이 그에게서 달아날 수 있는 길이라곤 그것뿐이었다. 그날도 윤옥은 발코니로 나가서 한강 바람을 맞으며 아편 환자처럼 진

종일 담배만 피웠다.

의원실 자리에 앉은 동준은 1401호에 지민의 이름으로 전세를 드는 일을 신중히 따져보았다. 그런데 1401호의 세입자가 될 지민과 1501호에 사는 윤옥이 동향인 산매리 출신이라는 사실을 깨달았다. 지민이 때문에 윤옥의 1501호까지 발각될 위험이 있었다. 산매리 출신이 아니었다면 지민은 10억 엔의 은닉에 이용되어 그 대가로 고시 생활을 보장받을 수 있었을 것이다. 그 자신도 모르게 지민의 운이 바뀐 것이다.

조급해진 동준이 자리에서 일어났다. 의원실 안을 서성거리며 누구 이름으로 전세를 들어야 할지 머릿속에 리스트를 펼쳐놓고 구상해 보았다. 국회의원의 숨겨진 여자라는, 영주와의 통속소설을 떠올리던 동준은 은행원 시절 방천지점에서 함께 근무했던 청순한 이미지의 여행원이 떠올랐다. 초라한 샐러리맨이던 유부남 동준을 사랑해준 그녀를 오래도록 잊고 살았다. 동준에 대한 그녀의 사랑은 아마도 식지 않았을 것이다. 동준에게 연락을 취해오지 않는 건 동준이 지역구뿐만 아니라 전국적으로 유명한 정치인으로 성공했기 때문일 것이라고 생각했다. 여전히 추레한 가장으로 살고 있다면 서슴없이 다가와서 동준을 따뜻하게 위로해주었을 그녀였다.

그녀는 일 원 한 장의 오차도 허용되지 않는 정확하고 깐깐한 은행원이란 직업과는 어울리지 않았다. 한 구절의 시에 감동해 검은 눈망울이 촉촉이 젖어 들었고 진귀한 고려청자처럼 대하기가 조심스러웠다. 그녀를 마지막으로 본 날을 기억했다. 국회의원에 당선된 동준이 인사를 다니느라 방천지점을 방문했던 날이었다. 지점장부터 경비까지 일일이 악수를 나누는 동안 그녀는 한 걸음 뒤로 물러서서 슬픈 눈으로 동준을 바라보고 있었다.

지금 그녀가 어디서 어떻게 살아가고 있는지 알아내는 건 국회의원의 힘으로 어렵지 않았다. 그러나 명의만 빌려 쓴다 해도 소녀 같은 심성을 지닌 그녀를 지금 와서 비자금 은닉에 이용할 수는 없었다.

또다시 3883폰으로 메시지가 들어왔다.

'빨리 뵙고 싶습니다.'

10억 엔을 인도할 장소를 서둘러 정해달라는 히노하라의 메시지였다.

그때 노크 소리가 나고 여비서의 안내를 받으며 한주엽이 의원실로 들어섰다. 동준은 응접 소파에 마주 앉으며 말했다.

"찾으셨다구요? 고맙습니다, 어르신."

"가, 같이 올려고 했네. 그런데 저, 거동이 불편해서 말이야."

"그럼, 제가 뵈러 가보겠습니다."

비서가 놓아준 오렌지주스를 마시더던 한주엽의 얼굴에 당황하는 빛이 스쳤다. 국회 안에 있는 의원실에서 국회의원을 속이고 있는 한주엽은 겁이 났지만 동준이 봉투를 내놓을 때까지 태연한 척 시간을 끌었다. 동준은 이미 한주엽이 거짓말을 하고 있다는 걸 알고 있었다. 사기 행각을 벌일 때면 늘 새 양복과 새 구두부터 차려 입던 한 씨의 과거를 기억하고 있었다. 그리고 그보다 더 중요한 증거를 확보해두었다. 그럼에도 동준은 봉투를 들고 와서 한 씨 손에 건넸다.

오 보좌관이 문서를 들고 긴급한 일이라는 기색을 띠며 의원실로 들어섰다. 그 틈을 타서 한주엽이 재빨리 자리를 빠져나가며 말했다.

"알겠네. 그럼 그렇게 전하지. 바쁘신 것 같으니 구체적인 사항은 다시 전화로 연락하겠네."

한주엽의 방문은 동준에게 의외의 해결책을 찾게 해주었다. 대통령 취임식이 있던 그즈음 의원실로 찾아온 한 씨에게 권판식을 찾아달라고 했던 이유는 괴메시지를 발신한 자를 엮어 들이려는 의도에서였다. 그 일이 지금은 자금을 숨기는 데 유용해졌다. 동준에게 항상 도움의 손길을 건네주던 권판식 아저씨였다. 주민등록상으로는 여전히 형의 요양원 주소로 되어 있는 아저씨는 이제 여의도 라이프아파트 H동 1401호에 전세 든 세입자가 되어야 했다.

일요일 아침 공기를 가르며 H동 현관 앞으로 소형 트럭 한 대가 달려와 섰다. 운전석에서 내려선 히노하라는 작업복 차림으로 고랭지 채소 상자 다섯 개를 바닥에 내려놓았다. 뿔테 안경을 낀 동준은 모자를 눌러쓰고 오른쪽 다리를 약간 절며 상자를

1401호로 날랐다. 엔화는 원화 환율만큼 부피가 12분의 1로 줄어들어 양적인 면에서 사람들의 시선을 끌지 않는다는 이점이 있었다.

오랜만에 동준도 변장을 했다. 동준은 사안이 중요하거나 위험이 클수록 남에게 맡기지 않고 직접 일 처리를 했다. 본인 외에 그 누구도 개입시키지 않았다. 히노하라가 곧장 트럭을 몰고 사라졌다. 단 십 분 만에 지나간 일이었다. 인사조차 없는 짧은 무언극이었다.

히노하라의 조부는 1900년대 초부터 러시아와 상해, 홍콩, 싱가포르와 조선을 상대로 사업을 벌였다. 1945년 태평양전쟁 패전 초기에 일본을 통치한 맥아더의 일급 참모에게 뇌물을 상납한 의혹으로 도쿄지검 특수부의 조사를 받았던 거물이기도 했다. 그는 한국의 5·16군사정권과 일본 정부 간의 한일국교 재개를 위한 물밑 협상 때에도 한국 정치인의 성향에 대해 자민당에 자문해줄 정도의 프로였다. 손자에게 전해준 그의 가르침은 할복을 해서라도 비밀과 신의를 지키라는 것이었다.

장마철 내내 수분을 빨아들인 나뭇잎과 수초들이 탐욕스럽게 자라났다. 매미는 장마가 끝났다는 걸 알리며 나무숲에서 일제히 울어 젖혔다. 그 소리는 여의도를 통째 삼켜버릴 기세였다. 단독주택이라곤 한 채도 없는 빌딩 천국 여의도는 의외로 매미들의 천국이기도 했다.

택배회사 인부들이 어머니 집 창고에서 실어내온 정육점 냉동고가 1401호 주방 입구에 놓여 있었다. 동준은 엔화 박스를 냉동고 안에 차곡차곡 쌓고 문을 닫았다. 영업용 냉동고는 그 안으로 한 사람이 드나들 수 있을 정도로 크기가 넉넉했다. 이 정도 용량의 금고였다면 주문 제작도 쉽지 않겠지만 아파트로 들여놓을 때 자칫 주민들의 이목을 끌었을 수도 있었다.

동준은 전기선을 끌어다가 220V 콘센트에 접속했다. 오래되어 낡긴 했어도 기능은 그대로여서 냉동고 안은 순식간에 서늘한 기온으로 떨어졌다. 영하 18℃에 맞춰져 있던 온도 계수 스위치를 5도에 맞추었다. 가구라고는 일절 없어서 휑한 아파트에 냉동고 한 대가 들어오니 사람 사는 기운이 느껴졌다.

동준은 건넌방 전등을 켜두었다. 야간에 외부에서 누군가가 1401호를 바라본다면 발코니를 통해 새나간 불빛을 보게 될 것이다. 세면대에서는 물이 똑똑 떨어지도록 해서 전기세와 수도 요금이 빠져나가 사람이 살고 있다는 흔적이 남게 했다. 일을 마치고 나자 동준은 마음이 한결 가벼워졌다. 마치 방천시장통의 권판식 아저씨네 단칸방 마루에 앉아 있는 것처럼 편안했다. 지갑을 펼쳐 권 씨 아저씨의 사진을 꺼내 보았다.

발코니로 걸어 나가자 어느덧 여름 해가 저물어가고 있었다. 저녁 산책을 나선 한 노인이 정원의 오솔길을 한가로이 거닐었다. 권 씨 아저씨도 해 질 무렵이면 대문 밖에 나와 서서 멀리 골목 끝으로 눈길을 던지곤 했었다. 홀로 남겨진 부모들이 그러하듯 자식 중 누군가가 오늘 저녁엔 집에 오지 않을까 하는 기다림에서였다. 죽은 아들, 권영섭이 방천시장의 집으로 살아 돌아올 리 없건만. 그러다 동준이 나타나면 아저씨는 반가워하며 등을 떠밀다시피 집안으로 데려갔다. 1401호 아파트는 동준이 120억 원을 숨겨둔 곳이자 권판식 아저씨와의 추억을 묻어둔 장소가 되었다.

체어맨이 막 어머니 집 앞에 정차했다. 소파에 앉아서 텔레비전을 보던 어머니는 화면에 북한의 김정일이 등장하자 대뜸 악담을 퍼붓고는 채널을 돌려버렸다. 법대생 동준이 정육점으로 들어서면 어머니는 방안에 켜놓은 텔레비전에서 흘러나오는 뉴스를 들으며 '빨갱이 새끼들은 모조리 잡아 처 죽여야지! 다 때려잡아 처넣어야 해. 야당 하는 놈들, 대학생 놈들, 김일성이 도와주는 놈들, 죄다 끌어모아다가 감옥에 처넣어 버려야 해!' 하며 칼등으로 작업대를 내리쳤다. 흰 피부에 빨간색 립스틱이 대비되는 서양 여인의 모습을 한 어머니는 장사가 안 될 때, 큰아들이 평생을 요양원에 갇혀 지내게 되었을 때, 작은아들이 사법고시에 떨어졌을 때도 빨갱이를 저주했다.

어머니는 한 개그프로에 채닐을 고정해놓고 방청객을 따라 힘께 웃었다. 동준은 기역(ㄱ) 자 모양으로 놓여 있는 소파에 대각선 방향으로 앉았다. 어머니는 화면에다 시선을 두고 말문을 열었다.

"옛날 방천시장에 살았던 권판식 어른 한번 찾아봐라."

동준은 내심 충격이 컸다. 어머니의 입에서 '권판식'이란 이름이 불린 건 처음이었다. 어머니는 동준에게 베풀어준 권판식 아저씨의 은혜를 거절하지도 않았지만 내 아들에게 잘 대해줘서 고맙다는 인사조차 없이 무덤덤한 태도를 보여 왔었다. 권 씨 아저씨는 자기 집 가까이에 있는 정육점을 놔두고도 시장 끝자락인 동준네 정육점을 이용해주었다. 어머니는 냉동고에서 떼어낸 정량에다 여분으로 고깃살 몇 점을 더 얹어주긴 했지만 아저씨에게 달리 말을 건네지는 않았다.

동준은 무심한 척 말했다.

"16년 전 사람을 내가 어떻게 찾아내요?"

"국회의원이 그만한 힘도 없어?"

동준이 비아냥거리며 말했다.

"고마운 분이긴 하지만 권 씨 아저씨가 나랑 무슨 관계가 있어요? 나를 낳아준 내 아버지도 못 찾고 있는데."

"……네 아버지는 미국에서 유학한 이현 씨다. 넌 이 씨 가문의 핏줄이고. 훌륭한 가문을 네가 이어가야지. 형이야 제 한 몸 건사하기도 어렵게 되었지만 내가 죽고 난 후에라도 통일이 되면 억울하게 처형된 네 아버지와 할아버지, 일가친척들의 유골을 찾아내야 한다. 널 가졌을 때 엄청난 태몽을 꾸더니 오늘날 니가 이렇게 성공했어! 그때 어린 니가 냉동고에 갇혀 죽기라도 했다면 나도 너 따라 혀를 깨물고 죽으려고 했어. 낮잠을 자는데 꿈에 네 아버지가 나타나서 냉동고 문을 열어야 한다고 내 팔을 얼마나 애절하게 잡아끌던지. 벌떡 일어나 냉동고 문을 여니 글쎄 어린 니가!"

"그 얘긴 더 듣고 싶지도 않아요!"

순간 동준은 퍼뜩 어머니를 입막음해야 한다는 생각이 들었다. 혹시라도 어머니가 동준의 7776휴대폰으로 권판식을 들먹이기라도 한다면 송영기 KBI원장이 추적할 단서를 던져주게 될 것이다. 그러면 여의도 아파트 H동 1401호에 권판식이 전세 든 사실이 드러나고 당장 정보원이 투입될 것이다.

동준이 정색하며 강한 어조로 말했다.

"내 아버지가 이현 씨라면 두 번 다시 내 앞에서 박 씨든, 권 씨든 들먹이지 마세요. 대통령 측근들은 명예를 지키느라 통화는 죄다 도청당하고 있어요. 어머니가 내 휴대폰에 대고 권판식 아저씨를 들먹이는 건 아저씨와 관계가 있다고 알리는 것과 같아요. 이 문제는 꼭 명심해야 해요! 나와 정현이 장래가 걸려 있어요."

동준이 워낙 강한 기세로 몰아붙이자 어머니는 움찔했다.

"알았다. 내 조심하마. 두 번 다시는 그런 말을 꺼내지 않겠다만 마지막으로 하는 말이다. 너한테 고맙게 한 양반이니 언제라도 한 번은 찾아봐라."

"그건 제가 더 잘 알고 있어요."

그 말에 어머니는 고개를 끄덕이며 미더워하는 눈빛으로 아들을 봤다. 동준이 현관 계단을 내려와 뜰로 나갔다. 대문까지 배웅한다며 따라나선 어머니는 계단을 헛디디는 바람에 잠깐 비틀거렸다. 어머니는 억센 기세가 많이 약해져 있었다. 그런 어머니에게 동준은 연민을 느꼈다.

어머니는 빤한 거짓말을 하는 게 아니라 이제껏 거짓을 진실로 믿고 살아왔을 것이다. 그 당시 엘리트였던 젊은 남편이 군중들이 보는 앞에서 처형당하는 고통을 겪어낸 여인이었다. 그때 개성에서 당한 충격 때문이었는지 유전적인 원인에서인지는 알 수 없지만, 어머니는 지적 장애가 있는 아이를 낳았다. 형이었다. 어쩌면 둘째아들을 낳게 해준 남자가 누구였든 어머니에겐 중요하지 않았을지 모른다. 인텔리 이현 씨의 아들로 여기고 싶은 정상적인 아들을 갖고 싶었을 테니.

어머니에 대한 입단속은 한주엽에게로도 이어졌다. 마음이 조급했다. 한주엽의 입에서 '권판식'이란 이름이 거론되면 일을 그르칠 수 있었다. 동준은 지역구 사무실의 옥상 테라스로 한주엽을 불러냈다. 불빛이 어두웠다.

"어르신, 제가 부탁드린 일은 그만두셔도 되겠습니다. 다른 사람한테 맡기는 게 좋을 듯해서요."

동준의 안색을 살피던 한 씨가 입을 열었다.

"이 의원, 슬픈 소식이, 사실 지난번 의원실에서 내가 거짓말을 했어. 권판식이 이제 이 세상 사람이 아니야. 그만 잊게나. 이 의원이 너무 상심할까 봐 그랬구만. 다른 뜻은 없었네."

"그럼, 돌아가셨다는 말씀이세요? 그 사실은 어떻게 알게 되셨어요?"

"바, 방천시장에서 포목전 했던 정 씨 형님이 그러시네."

"정형철 어르신 말씀입니까?"

"그, 그렇다네."

동준은 양복 안주머니에서 두툼한 봉투를 꺼내며 답례해 주었다.

"어쨌거나 그동안 수고하신 노고는 사례해 드리겠습니다."

"고맙네. 이제 판식이 형님도 갔으니 나를 집안 어른으로 생각하고 앞으로도 부탁할 일이 있으면 언제든 말하게나."

"물론이죠. 참, 어르신도 아시겠지만, 김정식 씨를 한 번 찾아 봐주시겠어요?"

"아! 그 사람. 알겠네."

한주엽은 동준이 왜 김정식을 찾고 싶어 하는지 이유를 묻지 않았지만 동준이 친아버지를 찾고 싶어 하는 마음을 읽어냈다. 그는 동준이 쥐여준 돈 봉투를 누가 볼 새라 재빨리 양복 안 주머니에 감춰 넣고 옥상 입구 쪽으로 걸어갔다.

3

남산 KBI정보원장 집무실의 책상에 놓인 녹색 전화기가 울렸다. 대통령 집무실과 직통 연결된 핫라인이었다. 대통령 관저와 대통령 비서실장과 국무총리, 한미연합사령관, 합참의장, 기무사 사령관에게 직통으로 이어지는 핫라인 전화기들도 나란히 놓여 있었다. 팔걸이의자에 등을 깊숙이 기대고 앉아 있던 송영기 정보원장은 예를 갖추느라 허리를 곧추세우며 자리에서 일어섰다.

박상헌 대통령은 새로운 지시를 내렸다. 이동준 총장에 대한 내사를 중단하고 반경 내에서 떨어지라는 통화였다. 정보원장보다 윗선인 대통령이란 위치에서 내린 판단이었다. 다중의 정보라인들은 최종적으로는 대통령이라는 정점에 닿게 된다. 오직 최상층에 속한 자만이 진실과 전체 그림을 알게 되는 것이다. 힘은 그에 따르는 특권을 누리는 법이었다.

예민한 정보원장은 이 총장에 대한 대통령의 개인적이고 감정적인 초기의 분노가 무뎌지고 있다는 걸 감지했다. 대통령을 위해 선거자금을 받아내는 악역을 자처한 이 총장이 설사 100억 원을 빼돌린 일이 사실로 드러났다 하더라도, 눈감아주고 야당과 기자들에게 발각되지 않도록 하라는 당부를 할 수밖에 없었을 것이란 것 또한 현실이었다. 지금쯤 이 총장이 대통령에게 사실을 실토했거나, 대통령의 비자금까지 한데 모아 맡아두기로 했는지, 단독으로 벌인 일이 아니라 대통령의 가까운 친인척이 가담됐다는 새로운 사실이 밝혀졌을지도 모르는 일이었다. 대통령의 모호한 태도 변화로 봐서 그럴 가능성도 없지 않았다.

정보원장은 방금 대통령이 핫라인으로 전해준 말의 의미를 상기해 보았다.

"이 총장은 돈 문제에 절박한 사람을 알아보는 불가사의한 감각이 있어요. 4선의 중진까지 오를 수 있었던 힘은 그런 특장 때문인지도 모릅니다. 경제적으로 위기에 내몰린 사람에게 누군가가 부끄럽고 답답한 형편을 들여다봐 주고 돈을 쥐어준다면 그 사람이 천사로 보이겠지요. 저 역시 대선을 치르는 동안 아이러니하게도 재벌들한테 그런 감정을 품게 되더군요."

대통령이 정보원장에게 건드리지 말라고 한 명단에 들어 있는 사람은 백 명에 가까웠다. 이들을 제외하면 도대체 누굴 대상으로 삼으라는 건지 막막하고 혼란스러웠다.

그의 제자인 대정건설의 기획실장을 미행하는 일을 맡은 정보원에게서 보고서가 올라왔다.

'2007년 7월 28일 저녁 7시, 을지로 주점 골목, 기획실장은 생맥주집에서 고교동창들과 어울렸음. 11시경 거나하게 취한 실장은 일행들과 함께 노래방으로 몰려감.'

집무실 문 밖에서 노크 소리가 나고 국내정치 담당 이 차장이 들어섰다.

"그래, 나온 세 있어요?"

"예."

이 차장의 짧은 답변은 정보원장의 마음을 조급하게 했다.

"이동준 총장은 15년 동안 정치 생활을 해왔어요. 그 세월 동안 그 사람에 대한 정보가 많이 잡혀 있겠지요?"

"예. 그런데 저로서는 이것밖에……."

이 차장은 정보원장에게 존안자료(VIP 파일)를 공손히 제출했다. 대외비라는 빨간색 스탬프가 찍혀 있었다. 국가기밀이라는 뜻이다. 차장을 앞에 세워둔 채 자료를 들추며 훑어보던 송영기 원장은 어이가 없어서 피식 헛웃음을 터뜨렸다. 석연치 않아 하는 표정의 정보원장에게 이 차장은 이해를 도우려고 설명을 덧붙였다.

"원장님, 거기 나와 있는 정보들은 이동준 의원이 평의원으로 야당이었을 때 여당이 뒷조사한 겁니다. 야당 의원이 저지른 뇌물이나 부정, 비리 건을 잡아내려고 했는데 오히려 걸려든 정보는 선행이었어요."

이동준 의원이 재개발 구역의 반지하 방에 세 들어 사는 사람들을 찾아다니며 양식이나 현금을 쥐여준 인간적인 행적이 열거되어 몰래 찍은 사진까지 첨부되어 있었다. 명절이나 추운 겨울에 독거노인과 소년소녀가장들이 사는 집을 들여다봐 주는 등 우리 사회에서 소외되고 불운한 사람들을 찾아가서 돈 봉투를 돌리며 격려해주었다. 이 의원에게서 도움을 받은 사람들은 중랑갑구에 사는 지역구민이 아니기도 했고 선거권이 없는 연령층도 있어서 득표를 의식한 정치 행위와도 거리가 멀었다.

다시 이 차장이 말했다.

"원장님, 이동준 총장의 형님께서 요양 중인 정신병원 병원장이 최근에 펜션을 한 채 구입했다는 새로운 제보를 입수했습니다."

　정보원장은 여전히 자료를 손에 들고 말했다.

"알겠어요. 나가서 일 봐요."

　이동준 총장이 어딘가에 숨겨두었을 100억 원을 찾아내는 일은 이제 송영기 개인을 위해 절박한 일이 되었다. 국가와 대통령을 위한 임무가 아니라 중대한 갈림길에 선 자신에게 필요해진 것이다.

　그는 다시 대학으로 돌아가서 교수실에 틀어박혀 책장이나 뒤적거리며 팔리지도 않는 사회과학책을 출간한다며 안구를 혹사하고 싶지 않았다. 자신이 가르치는 대학생들은 단지 '교수님' 하며 불러줄 뿐 자신을 정보원장으로 임명해줄 힘이 없었다. 그렇다고 정치학과 학생들에게 정치인으로 살아간다는 건 형무소 담벼락 위를 걷는 일이며, 걷다가 감옥 바깥으로 떨어지면 '혐의 없음'이고 안쪽으로 떨어지면 '혐의 있음'이 되어 범죄자로 전락한다는 현실정치를 강의할 수도 없었다. 그리고 대개는 '혐의 없음'으로 끝이 난다.

　시간이 얼마 남지 않았다. 정보원을 철수시키라는 대통령의 명이 있었으니 송영기 원장 자신이 직접 나설 수밖에 없었다. KBI 정보원장은 미디어의 주목을 받기 때문에 함부로 움직일 수 없어 또다시 변장을 생각했다.

　편의점의 아르바이트생과 교대를 한 뒤 지민은 파스쿠찌 카페로 들어갔다. 지적인 분위기의 노부부가 나란히 앉아 카페오레 두 잔을 주문해서 마시고 있었다. 지민이 이층 해물탕집에서 사무실 식권을 내고 저녁을 먹고 있을 때 옆 테이블에서 다정히 식사하던 그 부부였다.

지민은 어디선가 한번 본 적이 있는 남자를 기억해보려고 했지만, 도저히 기억이 나지 않았다. 나이가 들어도 깔끔한 차림새의 노부부를 바라보며 지민은 농사를 지으며 평생 빚에 짓눌려 초라하게 살아가는 산매리의 부모님을 생각했다. 그런 지민이 마침내 그가 누구인지 알아냈다.

카페오레를 한 모금 삼킨 송영기 정보원장은 부드럽고 달착지근한 그 맛에 당겨 연거푸 한 모금 더 마셨다. 그는 지금 생애 처음으로 좌절감을 맛보고 있었다. KBI라는 거대조직을 이용할 수 없는 자연인으로서는 어찌해볼 도리가 없는 좌절이었다. 당원들이 주로 이용하는 식당을 돌아다니며 부인과 외식을 하는 와중에 주워듣는 정보들은 죄다 '이동준 의원은 신사다. 인간적이다. 마음이 따뜻한 의원이다. 없는 사람들 형편을 잘 알고 후한 양반이다.'라는 좋은 평판뿐이었다. 평생을 교회 일에 봉사해 온 한 당원 할머니는 이동준 의원을 천사로 칭송했다. 은행원 시절의 이 의원은 아내를 도와 가사와 육아를 분담하고 아이들의 숙제를 봐주고 장도 봐오는 가정적인 남자였다고 했다. 그런 면모의 은행원이 배지를 달고 나서는 여성당원들의 가사노동의 가치를 인정해주는 의원이 되었다.

이 총장 부인은 소탈하고 다정다감한 사모님으로 알려져 있었다. 당원명부에서 한 사람도 빠뜨리지 않고 이름과 생년월일을 컴퓨터에 입력해두고 그 사람의 생일날이 되면 정성을 담은 축하카드와 케이크를 보내주고 있었다. 지역구 사람들의 손을 잡아주며 제일 먼저 건네는 말은 그 집 아이의 학습에 대한 관심과 칭찬이었다. 자녀들의 이름까지 일일이 기억해서 감동을 줌으로써 득표에는 귀족적인 이 총장보다 서민적인 부인의 공로가 더 크다고 말할 정도였다.

　정보원장은 지금은 사라지고 없는, 방천재래시장에서 살아온 시장 사람들을 찾아보기로 했다. 시장통의 22통 3반 일대에 주소를 둔 사람 중에 생존해 있는 노인들을 접촉해보면 오래전의 역사를 캐낼 수 있을 것이다. 그러기 위해선 KBI의 프로 정보원 한 명을 발탁해서 밀거래할 수밖에 없었다. 학자 출신의 송영기 교수는 깊은 정보를 찾아내는 전문 훈련을 받아본 적이 없었다.

　라이프아파트 H동 1501호에 사는 윤옥은 안방 문에 시선이 쏠렸다.
　'이 문을 열면, 이 문 뒤에 뭐기?'
　굳게 닫혀 있는 동준의 안방문은 윤옥에게 밀폐된 양파 저장고의 공포와 시신들의 고통을 또다시 떠올리게 했다. 시집에서 쫓겨나 다시 산매리로 돌아온 윤옥은 오리농장을 했다. 마당에 풀어놓은 오리 떼를 바라보고 있으면 한라산 분화구의 초원에 방목한 소떼를 보는 듯해서 애틋했다. 윤옥의 아버지는 한라산 초원의 목장지대에서 소를 돌봐주는 테우리였다. 고향마을은 제주도에서도 하늬바람이 몰아치는 한촌(寒村)이었다. 4·3항쟁 때 토벌대는 한라산 중산간의 이 백여 마을을 소각시켰다. 마을 사람들은 무서운 불길과 함께 카빈총에 집단으로 학살을 당했다. 일주도로 변에 있는 옴팡진 유채밭과 감저(고구마)밭마다 시체들이 허옇게 널려 있었다.

까마귀 떼가 인육을 쪼아 먹었다. 여덟 살짜리 고윤옥에게 까마귀라는 검은 흉물과 북한 사투리를 쓰던 검은 옷을 입은 남자들은 식인귀였다. 서북청년회와 대동청년단, 한라단 같은 테러단은 제주 양민 3만 명을 살육하느라 섬 곳곳에서 미쳐 날뛰었다. 그 후 제주 섬이 평정되고 살아남은 테우리들은 드문드문 방목을 시작했다. 그러나 윤옥의 아버지는 돌아오지 않았다. 한라산 동굴 속이나 야초지에는 얼어 죽거나 총살당한 백골이 나뒹굴었다.

산매리에서 윤옥은 조류독감 때문에 제 새끼처럼 키워낸 오리를 떼거리로 잃었다. 보건소 방역원들이 몰려와 모조리 살처분했다. 무고한 오리들이 스르륵 눈을 감을 때 윤옥은 기절하고 말았다. 바지 자락만 스쳐도 모이를 달라고 푸드덕거리던 오리들이 그리웠다. 서산으로 해가 기울어갈 때면 텅 빈 축사를 바라보며 상실감과 정신적인 공황을 겪어야 했다. 그러다가 동준이 서울에 있는 아파트를 봐달라는 말을 넌지시 건네 왔을 때 윤옥은 산매리에서 헤어나고 싶은 심정에 선뜻 따라 나섰던 것이다.

서울에서 윤옥은 마트를 다녀오거나 트레이닝복 차림으로 파워 워킹을 하는 여의동의 여자들이 부러웠다. 윤옥이 당한 사건들은 유대인 학살을 다룬 외국 영화에서나 감상했을, 팔자 좋은 주부들이었다. 지금 1501호의 안방문은 윤옥에게 또 다른 고통의 관문으로 느껴졌다. 한라산 야초지의 사람 시체, 전라도 화순 주남마을의 사람 시체 그리고 산매리의 오리 떼처럼 윤옥 자신이 1501호 아파트에 방목된 듯 불순한 기운이 느껴졌다.

1501호를 찾는 영주의 발길이 부쩍 잦아졌다. 비싼 아파트에 혼자 사는 윤옥이 돈이 많다는 걸 숨기느라 친척 아파트를 봐준다고 둘러대는 게 아닐까 하는 의문이 들면서부터였다. H동 현관에서 폐지를 주워 담고 수거함에서 재활용품을 뒤적거리며 집안을 허접하게 해 놓고 사는 것도 알부자라는 사실을 숨기려는 위장처럼 보였다. 어쩌면 도둑이 1501호를 노리고 침입했다가 실패하자 할 수 없이 앞집인 1502호를 털고 간 건 아닐까 하는 생각도 들었다.

언제나처럼 1501호 안은 윤옥이 주워 나른 재활용품으로 미어터질 지경이었다. 부자들이 사는 아파트에서 윤옥은 소형 가구나 가전제품 등 잡동사니를 내놓기 무섭게 수거해 왔다. 영주는 선물상자를 건네며 윤옥에게 말했다.

"이거 바르세요. 기초화장품 세트예요."

윤옥은 감동했다.

"이걸 어째! 이 비싼 걸!"

"그렇지 않아요. 싼 거예요. 아주머니 생각이 나서."

그렇게 호의를 베푸는 와중에도 영주의 눈길은 집요하게 안방 문에 가 있었다. 안방 문은 여전히 닫혀 있었다. 평소 아주머니는 문이란 문은 죄다 열어놓고 살았다. 현관문과 서랍, 거실장, 욕실문, 발코니로 나가는 두툼한 유리문은 물론이고 냄비뚜껑이나 간장 같은 양념통 뚜껑까지도 열어두는 버릇이 있었다. 그런데 안방 문만은 이제까지 영주 앞에서 한 번도 열린 적이 없었다.

지금 영주의 빚은 총장님을 알기 전보다 오히려 더 늘어나 있었다. 불광동 시절엔 제 몸치장이 전부여서 카드빚이라고 해봐야 소액이었다. 그러나 지금은 1502호 아파트에 들여놓은 호사스러운 가구들로 매달 만만치 않은 할부금이 빠져나갔다. 게다가 그 할부가 끝날 때까지 명품에 대한 욕구를 자제하지도 못했다. 이미 저질러버린 지출을 메우고 충당하느라 영주는 다시 현금서비스를 받았고 제2금융권인 캐피탈을 알아보는 중이었다. 그래도 예전과는 다른 점이 있었다. 지금 영주에게는 이동준 총장님이 있어 기댈 데가 생겼다.

윤옥은 윗도리 주머니에서 담배 한 대를 꺼내 불을 붙이며 말했다.

"마트에 갔더니 오백 리터짜리 샴푸가 2백 원이 오르고 두루마리 휴지도 50원씩 올랐어. 대통령 선거 끝나고 나서부터 슬그머니 오르네."

윤옥은 영주 쪽으로 담배 연기가 가지 않게 손을 휘휘 저었다.

카드값 때문에 요즘 들어 고가의 외제 화장품 대신 국산 화장품으로 바꿔 쓰고 있는 영주도 한마디했다.

"화장품값은 더 큰 폭으로 올랐어요. 이럴 바엔 차라리 외제 쓰겠네."

대선에 정치헌금을 제공한 기업들의 상품가격이 오르기 시작했다. 소비자들은 아무것도 모르고 수요와 공급의 경제법칙에 따른 적정한 가격보다 비싸게 먹힌 비용을 치르며 살아가는 것이다.

영주는 민한당사 주변 식당에서 점심을 먹고 부속실로 들어왔다. 영주 자리에 천사원의 사무국장이 전화해 달랬다는 메모가 적혀 있었다. 영주는 무시해 버렸다. 후원회비가 밀렸다는 은근한 독촉은 영주를 성가시게 했다. 몇 달 전에 이동준 총장 사모님을 견제하는 마음으로 사회봉사에 참여하겠다며 덜컥 약정해 버린 후원회비였다. 처음 몇 달은 10만 원씩 후원했다가 5만 원으로, 다시 3만 원으로 줄였는데, 요즘은 아예 모른 척하고 지냈다. 그런 영주에게 전화를 걸어오는 사무국장의 말투는 빚쟁이보다 더했다.

퇴근길에 영주는 오랜만에 당 대표실 비서 박정아와 함께 당사를 나섰다. 여의도역 대로변의 엔젤캐슬Ⅱ 상가 호프집 3층에서 거리를 내려다보며 술을 마셨다. 정아는 자기 시댁과 남편에게 받고 누리는 것들을 끝도 없이 자랑해댔다. 돈 좀 빌려달라고 말해야 할 영주에게 조금의 틈도 주지 않았다. 한창 열을 올리는 정아의 흥을 돋워주느라 영주가 말했다.

"야, 정아, 넌 참 복도 많다."

영주는 속으로 부러웠다. 자산가인 정아의 시아버지는 총장님이 영주한테 해준 것보다 더한 물질 공세를 신세대 며느리에게 퍼부었다. 결혼 전부터 궁한 걸 모르고 살아온 정아는 정책위 의장실 미스 오가 삼십만 원을 빌려 달랬다며 미스 오를 야만인 취급을 했다. 영주는 정아가 하는 자랑과 험담과 잡다한 수다를 들어주느라 비싼 술값과 노래방 비용까지 몽땅 치르고 1502호로 돌아왔다.

물소 가죽 소파에 드러누운 영주는 2인용의 기다란 베개를 죽부인처럼 품은 자세로 텔레비전을 보았다. 자정 뉴스의 앵커맨은 전국에서 현금 보유고가 가장 많은 동 1위가 여의동이라는 뉴스를 전했다. 은행과 증권사, 투신사 같은 금융권이 밀집되어 있다는 이유에서였다. 이어 정치인과 고위 공직자가 소유한 땅 면적이 여의도 전체의 13배이며 거의가 입지 좋은 곳에 자리 잡은 금싸라기 땅이라고 논평했다. 집권 여당의 사무총장이며 4선의 이동준 의원이 그 정치인의 범주에 들지 않는다면 난센스였다.

동준은 호텔에서 전국여성단체장들과의 만찬행사를 마치고

청담동으로 들어가는 길에 잠깐 지역구 당사에 내렸다. 다들 퇴근하고 빈 사무실에서 휴식을 취하며 행사장에서 느낀 소감을 되새겨 보았다. 지방에서까지 상경해서 대표로 참석한 여성들은 대외적인 활동력이 왕성했다. 그래서 그런지 육십 대 원로여성들도 사십 대와 같은 열정을 뿜어 행사장은 활기가 넘쳐 흘렀다. 행사장의 단상에 올라 조명 빛을 받으며 축사하는 동준도 그런 분위기에 전염되었다. 공인은 사람들 속으로 들어가야 힘이 나고 자신의 위상 또한 높일 수 있다.

위원장실에 혼자 앉아 있는 동준에게 언젠가 한주엽이 했던 말이 떠올랐다.

'정 씨 어른은 왜 한주엽에게 권판식 아저씨가 돌아가셨다고 단정적으로 말했을까? 정형철 씨를 한번 만나볼까. 아니야! 이 또한 한주엽이 순간적으로 꾸며낸 거짓말일 거야.'

그러던 동준은 순간 섬뜩했다. 1987년에 죽음을 맞았다던 두 사람의 기일을 잊지 않았겠지, 라는 메시지가 온 이후로 괴메시지가 뚝 끊어졌다는 사실을 깨달았기 때문이다. 그런 깨달음은 괴메시지가 처음으로 수신된 취임식장에서의 두려움 못지않게 동준의 피를 멎게 했다.

'그자는 왜 잠수해버린 걸까? 이대로 끝난 건가? 한 광신자의 장난이었을까?'

목이 마른 동준이 머그컵을 들고 사무실로 걸어 나갔다. 그런데 정수기 옆 벽에 걸린 거울에 '살인자'라는 글자가 붉은 유성

물감으로 휘갈겨져 있었다. 무방비 상태였던 동준은 거울에서 눈을 떼지 못했다. 정확히 십 분 전에 자신이 이 사무실을 지나 위원장실로 들어갔었다. 그 사이에 누군가 침입했다!

동준은 반사적으로 옥상으로 튀어 올라갔다. 황량한 옥상이 어둠 속에 파묻혀 있었다. 입주사마다 꺼내놓은 잡동사니 무더기들이 한곳에 모여 있었다. 동준은 범인이 옥상으로 튀어든 확증을 잡은 사람처럼 그 무더기 틈새를 수색했다. 동준의 발끝에 채인 깡통 하나가 콘크리트 바닥으로 나뒹굴며 금속성의 소리를 냈다. 스프레이형의 빈 깡통이었다. 동준의 호흡은 점점 거칠어졌다.

그때였다. 옥상 출입문 뒤에 숨어 있던 검은 형체가 후다닥 계단을 뛰어 내려갔다. 어둠 속에서 계단을 헛디딘 그는 잠시 상체를 비틀거리다 다시 중심을 잡고 도주했다. 동준은 그 뒤를 추격했다. 범인은 엘리베이터를 타지 않고 자판기가 놓여 있는 쉼터 공간을 지나 비상계단 쪽으로 방향을 잡았다. 재빨리 복도 끝의 모퉁이를 돌아가는 순간 그가 동준의 시야에서 사라졌다. 빨간색 티에 검정 바지, 검정 모자까지 눌러쓴 연약한 체형의 남자였다.

동준은 엘리베이터를 지나치며 빠르게 내달렸다. 엘리베이터는 일층에 멈춰 있었다. 동준은 계단을 따라 내려가며 맹렬히 그를 추격했다. 두 사람의 간격이 점점 좁아졌다. 일층까지 내려가서야 동준은 가까스로 범인의 어깨를 낚아챘다. 그런데 범인은 짧은 커트 머리의 여자로 파스쿠찌의 유니폼을 입고 있었다.

"왜, 왜 이러세요! 전 잘못한 거 없어요. 브레이크 타임이어서 옥상으로 올라가려다 아저씨가 이상한 행동을 하고 있길래 너무 무서워서 도망쳤어요."

목소리를 떨며 말하는 여종업원의 손가락엔 아직도 담배 한 개비가 끼어 있었다. 탈진한 동준은 그대로 파스쿠찌 안으로 들어갔다. 맞은편에 지민이 있었다. 벽에 붙어 있는 장의자에 앉아 커피잔을 앞에 놓고 휴대폰을 들여다보고 있었다. 입가에 미소를 지으며 휴대폰에 빠져든 지민은 무심코 시선을 들다가 의원님을 발견하고 발딱 일어나 인사를 올렸다.

그 여자 종업원도 뒤따라 안으로 들어왔다. 기진한 모습에 놀란 지배인이 여자 종업원의 팔을 잡아끌어 '스태프 온리(staff only)'라고 쓰인 직원 전용실로 데려갔다. 동준은 입구에 서서 카페 안에 앉아 있는 사람들을 재빠르게 훑어보았다. 긴장이 풀리며 다리가 후들거렸다. 가장 가까이 놓여 있는 소파에 풀썩 주저앉았다.

지역당사는 항상 사람들이 모여드는 곳이었다. 공당의 문은 모든 사람에게 열려 있어야 한다. 정체불명의 사람까지도 출입이 허락되는 곳이 당사였다. 그런 특성 때문에 보안에 신중해야 하거나 문제가 될 만한 자료는 당 사무실에 두지 않았다.

'그자가 내 사무실 안까지 발을 들여놓았어!'

의혹에 잠긴 동준의 입가에 일순 희미한 웃음이 번졌다. 지난번 범인이 의원실 문 앞에 시디를 두고 사라졌던 의원회관 복도는 CCTV에 잡히지 않는 사각지대였다. 법을 만드는 입법부는 자국 내에서도 치외법권 지대인 것과 같다. 동준은 지역구 사무실에 사람들이 주고받는 대화까지 엿들을 수 있는 특수기능의 CCTV를 설치해두었다. 비밀폰인 3883폰의 존재는 재식과 히노하라, 그리고 정현이 함께 알고 있지만 CCTV는 동준만이 알고 있었다.

집에 돌아온 동준은 곧장 서재로 들어가서 컴퓨터 앞에 앉았다. CCTV의 '모니터링' 버튼을 클릭했다. 아이디와 비밀번호를 입력하는 동준의 손가락이 미세하게 떨렸다. 드디어 그자의 정체가 드러나는 순간이다!

그런데 사무실 문을 열고 살그머니 안으로 들어선 사람은 어이없게도 남자 중학생 두 명이었다. 한 명이 미술용 붓으로 거울에 '살인자'라고 썼고 다른 한 명은 유화용 빨간 물감통을 들고 옆에 서 있었다. 둘 다 소리 나지 않게 입을 가리고 키득거리다가 다시 밖으로 나가버렸다. 사층 독서실에 다니는 학생들 같았다. 동준은 허탈했다. 내친김에 괴메시지가 처음 수신된 대통령 취임식 날을 기점으로 CCTV에 담긴 지역구 사무실 내부를 검색해보기로 했다. 사무실을 드나든 사람 중에 의심 가는 사람을 가려낼 수 있을지도 모른다.

'백업' 버튼을 클릭했다. 지난봄에 KBI 정보원이 한밤중에 잠입해서 금고와 캐비닛을 열어보고 직원들의 서랍을 뒤지는 과정을 CCTV로 확인했다. 여성 동책들과 면담이 있던 날까지 거슬러 올라가자 눈알이 아팠다. 최 여사가 사무실로 들어서는 장면이었다.

김밥과 간식을 사 온 비닐을 풀어헤치며 최 여사가 말했다.
"지나가던 길에 우리 이 부장 생각이 나길래 사왔데이."
그때 위원장실에서 환한 표정을 지으며 여성 동책들이 우르르 몰려나왔다. 그러자 최 여사는 큰소리로 나무랐다.
"돈 바라고 당원 활동하마 안 되는 기데이!"
동책들은 움찔하며 사무실을 나갔고 그들을 배웅해주느라 재식도 뒤따라 나갔다.

당사에 나타난 낯선 인물은 없었다. 거의가 고정적으로 당을 드나드는 알 만한 사람들이었다. 요즘은 잡상인이 남의 사무실을 기웃거리며 들어와 물건을 판매하던 세태도 사라졌다. 이렇다 할 단서는 찾지 못했다. 상근하는 직원들이 정시에 퇴근한 이후에도 재식과 지민은 사무실에 남아서 늦게까지 일을 했다. 대통령 선거운동에 참여했던 대학생들은 선거가 끝나자 다들 사무실을 떠나갔다. 그 후로는 지민만이 자원봉사자로서 재식을 도와주고 있었다. 당사에 나타난 새로운 인물은 지민뿐이었다.

당 사무실에 당원이라곤 한 사람도 보이지 않고 상근 직원들만 자기 자리에 앉아 업무를 보고 있었다. 다급한 기색으로 지민이 들어와 재식에게 메모지에 쓴 글을 내밀어주었다.
'KBI원장이 일층 파스쿠찌 카페에서 부인하고 같이 앉아 있었어요. 의원님한테 보고해야죠.'
재식은 심각한 얼굴로 휴대폰 번호를 누르고 문자 메시지를 입력했다. 비밀폰인 3883번이란 걸 지민이 보지 못하도록 자연스럽지만 신중하게 처신하는 재식의 모습이 화면에 잡혔다.

지민은 사무실에 남아 재식이 시킨 일을 혼자서 마무리했다. 당원들에게 보낼 축의금과 부의금, 회갑, 개업식 등의 경조사 봉투를 챙기고 있었다. 자리에서 일어난 지민은 정수기로 걸어갔다. 그 옆에 비치된 인스턴트커피를 타 마시며 생각에 잠겼다. 다시 자기 자리로 걸어가 책상을 정리하고 문 입구의 스위치를 껐다. 사무실은 어두컴컴한 화면으로 바뀌었다.

지민은 재식에게 질문을 던졌다.
"의원님 아드님은 대학원에 다녀요?"
"아니. 이번에 청와대 들어갔어."
"몇 살인데 벌써 청와대에 들어가요? 아무리 아버지 백이

든든하다지만."

"대통령제 자체가 승자독식이야. 제도 자체가 전부 아니면 전무(全無)여서 문제가 많아. 그래서 이 세상엔 대통령제를 하는 나라보다 내각제를 하는 나라가 더 많지. 미국 봐라. 미국은 대통령으로 당선되면 대놓고 선거자금 대준 사람이나 공을 세운 사람들한테 외국에 대사로도 보내주고 한 자리씩 나눠주잖아."

대화를 나누는 중에도 재식은 걸려오는 휴대폰을 받느라 자주 대화가 끊겼다. 일개 지역구의 조직부장에서 대통령 측근이자 사무총장의 조직부장이 된 재식의 달라진 위상이 엿보였다. 재식은 통화 중에 수첩을 꺼내 무언가를 메모하기도 했다.

다섯 시간에 걸친 검색작업을 마쳤다. 동준은 지친 기색이 역력했다. 조금이라도 미심쩍은 부분은 얼굴 표정까지 줌인해서 확대해 보았지만 사무실의 평범한 일상이 반복될 뿐이었다.

총장실에서 비서 영주에게 주는 부속실 운영비는 매월 2백여만 원이었다. 주로 꽃값, 문구류, 차나 커피용품, 간식거리와 회식비, 그 외에 주방용품을 구매하는 데 쓰였다. 영주는 장부를 허위로 기재하고 당사 주변 거래처에서 구해온 가짜영수증을 첨부해서 매달 삼십만 원 정도를 남겨 개인적으로 쓰고 있었다.

최 팀장은 총장님이 전국여성단체장과 함께하는 호텔 만찬 행사를 마칠 즈음에 영주에게 만찬비용을 결제하는 일을 부탁했다. 그런데 영주는 1인당 4만5천 원짜리 식대 2백인 분을 5만 원씩으로 긁고 차액을 현금으로 받는 카드깡을 했다. 영주가 자리를 비운 사이에 호텔 담당부장이 부속실 팀 회식비로 쓰려는 걸로 알고 영주 대신 최 팀장에게 전화했다가 밝혀진 일이었다. 부속실 분위기가 묘하게 흐르는 걸 눈치챈 수행비서가 최 팀장에게 캐물어서 들은 일을 다시 의원실 비서진에게 전했다.

책상에 앉아 있던 동준은 의원실 문밖에서 수군거리는 말소리만으로도 영주의 행실에 대한 얘기란 걸 알 수 있었다. 목소리를 더욱 낮춰 말하는 비서관의 말소리가 들렸다.

"그 여자는 매번 옷이 달라져."

여비서가 가세했다.

"세일 하는 옷도 아니에요. 다 신상품이에요."

무뚝뚝한 오 보좌관까지 한 마디 더했다.

"비서 월급으로는 감당하기 힘들 텐데."

"대개 그런 식으로 살아가는 여자 뒤에는 남자가 있지."

"사업가 유부남하고 사귄다는 소문이 중앙당에 나돈다던데 아마 헛소문이 아닐 거야."

영주는 라이프아파트 1502호에 무상으로 살고 있다는 사실은 잘 숨기고 있었지만, 물욕을 채우기 위해서는 남의 돈이든, 내 돈이든 써대고 마는 여자였다. 부도덕한 성향은 자칫 범죄로 이어지기도 한다. 동준은 그 점이 우려되었다.

문득 의원실 안에 있는 의원님의 존재를 뒤늦게 의식해서인지 말소리가 뚝 끊겼다. 부속실은 다시 자료 넘기는 소리와 컴퓨터 자판 두드리는 소리, 마우스 딸각거리는 소리와 통화 소리로 가득했다.

카페 파스쿠찌에서 한주엽은 커피잔을 들고 자리를 잡고 앉았다. 때마침 카페로 들어서는 지민에게 손짓하자 지민이 그에게 인사했다. 지민을 급사처럼 부리며 커피 테이크아웃 심부름을 시킨 적이 있던 한 씨가 호의적으로 지민에게 말을 걸었다.

"이리 와 앉아. 오늘은 내가 한 잔 사주지. 커피는 남미식으로 마셔야 정통이구만. 꼬레안들은 인스턴트커피가 얼마나 천박한지 모르더군."

한주엽에게 커피를 대접받으며 지민은 그들이 살아온 삶을 들어주길 원하는 늙은이의 욕구를 채워 주었다. 말하는 중간중간 한주엽을 대단한 남자로 추켜세웠다. 돈키호테와 닮았다는 추임새도 곁들였다. 한주엽은 자신을 인정해주는 상대가 그저 그런 젊은이기 아니라 서울대 법대를 졸업하고 법관을 꿈꾸는 사법고시생이어서 더욱 흡족했다. 한 씨가 갑자기 결연한 표정을 지으며 무게를 잡더니 말했다.

"난 함부로 사람을 사귀지 않아. 머리 좋은 자네 정도면 내가 상대해주지. 의원님이 나를 인정해서 맡긴 일이 하나 있었네."

한주엽은 의원님이 권판식을 찾는 일을 맡겼다며 지민 앞에서 허세를 부렸다.

"그래서 내가 이번에 권판식일 찾아냈구먼. 분명 이 의원이 돌봐주겠지."

지민은 언젠가 사무실에서 최 여사가 떠들어대던 수다를 떠올렸다.

"그란데 참 이상한 거는 우리 '자야상회' 바로 뒤에 붙어살던 그 노인만 안 보이는 기라. 하루아침에 사라졌다 카는 기 수상쩍기도 하고 우째 생각하마 아무렇지도 않다카이. 분명히 내 기억으로는 우리 의원님이 출마하기 전쯤에 시장통에서 안 보이더라 칼끼네. 권 노인이 있었으면야 내카마 더 의원님 일에 나서 줄끼다. 마, 어디서 살고 있든지 간에 지금이사 세상 베릴 나이 아이겠나……."

지민은 고개를 갸웃거렸다. 한주엽은 권판식을 찾았다고 하고, 최 여사는 권판식이 실종되었다고 했다. 한주엽이 최근에 권판식을 찾아낸 사실을 최 여사는 모르고 있는 것 같았다. 어쨌든 이제 편의점으로 들어가야 할 시간이었다. 지민은 한주엽에게 인사를 하고 자리에서 일어났다.

4

 민한당 소속 의원들과의 오찬 모임에서 돌아온 동준은 의원실에 딸린 세면실에서 양치질을 했다. 의사당 뜰 잔디 위로 한여름 뙤약볕이 내리쬤다. 비수기에 접어든 국회여서 의원회관은 이때가 연중 가장 한가했다. 책상에 올려놓은 휴대폰을 확인했다. 4선 의원은 잠시 화장실만 다녀와도 부재중 통화가 열 통이 넘었다. 개중에는 김영주의 번호도 찍혀 있었다. 흔한 일은 아니었다. 1501호와 이제는 1401호까지 지켜주는 위치에 살고 있는 영주를 등한시할 수는 없었다. 무슨 일이 일어났나 해서 긴장되었다.

 영주는 의외로 비서다운 어투로 말했다.

 "총장님, 내일은 스위스에 있는 막내따님 서현 씨 생일이에요."

 동준은 순간 버럭 소리를 지르고 말았다.

 "그만해! 김 비서가 왜 서현이 생일을?"

 동준의 얼굴은 하얗게 질려 있었다. 바로 16년 전의 그날이었다. 1991년 8월 17일, 그날은 막내딸 서현이 태어난 날이기도 했다. 어머니는 정상적이지 못한 형을 대신해서 동준이 대를 이어가야 한다고 했다. 그 때문에 손자 하나로는 불안하다며 정육점으로 며느리를 불러다 앉혀놓고 압박했다. 그래서 가진 셋째였다. 해마다 생일이면 성대하게 차려진 생일 파티장으로 아빠를 이끌어간 막내딸은 올해부터 취리히에 나가 있었다.

 휴대폰 너머의 영주는 놀라서 할 말을 잃어버린 듯 전화를 끊었다. 동준은 애써 마음을 누그러뜨렸다. 그때 바지 주머니에 따로 넣어둔 3883폰으로 메시지가 들어왔다. 휴대폰을 꺼내든 동준은 거칠게 버튼을 눌렀다.

'1991년 8월 17일,
그의 기일이 내일이란 걸 잊지 않았겠지.
저수지로 가야지.'

충격에 사로잡힌 동준의 모든 감각이 마비되어 버렸다. 지금까지 괴메시지에 입력된 날들은 결국 무작위로 뽑아낸 무의미한 날에 불과했다. 16년 전, 바로 그날인 1991년 8월 17일을 불러들이기 위해 사전에 복선으로 쓴 장치였다. 치명적인 한 방을 위해 동준을 방심하게 할 의도로 끌어들인 것이었다.

혼자 있기가 두려운 동준은 문을 열고 부속실로 나갔다. 여섯 명의 비서진은 다들 자신의 할 일에 쫓겨 컴퓨터 모니터에 얼굴을 파묻고 있었다. 다시 세면실로 들어가서 손을 씻었다. 제 의식을 치르는 제사장처럼 오래도록 씻었다. 물속에는 영혼을 씻어주는 성스러운 무언가가 있다. 16년 전에도 그랬다.

오랜만에 검사장 친구 용호에게서 온 전화를 받고 동준은 위안처를 찾았다. 스무 평쯤 되는 아담한 평수의 오피스텔에 들어서자 용호가 말했다.

"나 혼자 있고 싶을 때 이용하려고 마련했어. 검사가 이 정도의 사치는 부려도 괜찮겠지."

두 사람은 중견 검사장과 집권당의 사무총장이라는 사회적인 지위를 내려놓고 학창시절로 돌아가 편안한 분위기에 젖었다. 맨바닥에 그대로 퍼질러 앉아 소주병을 따고 패스트푸드 안줏거리의 포장지를 뜯었다.

"나도 널 한번 만나려던 참이었어."

동준의 말에 용호는 장난기를 띠며 응수했다.

"왜? 혹시 검은돈 숨긴 자들, 우리 대검이 따로 확보해놓은 정보라도 있는지 떠보려고? 집권당과 검찰 간의 빅딜."

동준은 피식 웃었다.

그렇게 정치권 비꼬기로 화제를 이끌어가던 용호는 불쑥 엉뚱한 말을 던졌다.

"동준아, 넌 지금 행복하지?"

연거푸 소주잔만 들이키는 용호는 분명 무언가로 괴로워하고 있었다.

'승진 문제? 돈 문제? 치명적인 암 선고를 받은 게 아닐까?'

동준은 예의상 용호 이내의 안부를 물어주었디.

"혜인 씬 여전하지?"

'혜인'이라는 이름에 용호의 두 눈에서 시퍼런 섬광이 번뜩였다. 용호는 술기운에 꼬이는 발음으로 말했다.

"거, 예전에, 형사정책과목에서 살인범이 살인을 범하게 되는 원인이 선천적인 것인지, 후천적인 환경의 영향에서 비롯되는 것인지 공부했잖아."

느닷없이 던져진 화두에 동준은 순간 뜨거운 피가 얼굴로 쏠렸다. 용호가 말을 이었다.

"살인범은 반드시 범행현장으로 돌아온다. 그런 심리 뒤에는 죄책감이 깔려 있어. 사람은 다들 비슷한 생물인자를 갖고 있어서 살인자는 살인자로서의 심리 틀을 갖게 되고 그런 행동을 하게 되지. 결국 범인이 저지른 범행은 탄로가 나고 말아. 미국 영화에서 보는 연쇄 살인범들은 희생자를 생명이 없는 물질로만 취급하거든. 그들은 유전자 자체에 이상이 생겨 인간으로서 정상적인 인자를 갖고 있지 않아서 그러는 거야."

용호는 그전에도 술자리에서 범죄에 관련된 일화를 들려주곤 했다. 살인사건이 발생한 범죄현장에서 피를 닦거나 물로 씻어 증거를 없애더라도 검시액을 분사하면 그대로 발광하는 루미놀 반응에 대해 말을 하다가 광주 시가지 전체에 나타나는 상징적인 루미놀 현상에 대해 들려주기도 했다.

2천 년대의 화창한 봄날에 5·18 광주 피해자가 전남도청 건물의 옥상으로 올라갔다. 이제는 번화가로 변모한 금남로 거리에 1980년 5월의 피가 그대로 눈앞에 재현되었다고 했다. 피해자의 눈이 초과학적인 루미놀반응을 본 것이다. 그 얘기를 들었을 때 동준은 산매리로 돌아와 살고 있는 윤옥 누나를 떠올렸다. 충격적인 범죄나 천재지변으로 불행을 당한 사람들은 그 기억 때문에 고통스러워하는 외상 후 스트레스 장애(PTSD)에 시달리며 살아가게 된다.

어디선가 휴대폰이 울렸다. 자리에서 일어난 용호가 옷걸이에 걸어둔 재킷을 뒤지려고 팔을 뻗쳤다. 그때 바닥에 앉아 있던 동준의 눈에 용호의 셔츠 겨드랑이에 누렇게 찌든 자국이 보였다.

'용호가 저런 셔츠를 입고 있다니!'

있을 수 없는 일이었다.

용호는 여동생과의 통화를 서둘러 끊어버리고 다시 앉아서 하려던 말을 계속했다.

"……그 때문이야. 그래서 나는 살인을 못 해. 동준아, 넌 누굴 죽이고 싶었던 적 없냐? 두 손으로 목을 꽉 눌러 숨통을 끊어 놓고 싶었던 적 말이야! 그러곤 다 불 질러 끝장내 버리고 싶어!"

용호의 눈이 시뻘겋게 충혈되어 실핏줄이 번져 있었다. 동준은 용호가 하는 말을 술주정으로 받아들인다는 듯 조용히 다른 말을 꺼냈다.

"지난봄에 니가 고검장이 되려고 애를 쓰고 다녔는데 그땐 취임 초라 내가 나서줄 만한 사회 분위기가 아니었어. 앞으론 내가 움직여볼게."

"다 끝났어. 이젠 소용없어. 사실 작년 일 년 동안 박상헌 후보가 집권하도록 내 일처럼 열심히 뛰었어. 권력을 잡은 친구 덕을 볼 사람이 대한민국에 실제로 몇 명이나 되겠어? 그런데 나는 그 어려운, 대통령 후보 측근이 된 친구가 있어. 기회가 온 거지. 곧 이루어질 순간에 집사람 때문에! 검사장 부인쯤이면 사생활이 낱낱이 잡힌다는 생각조차 없는 여자였어."

동준은 용호 부부의 문제가 심각하다는 것을 알아차렸지만 달리 위로해 줄 말이 없었다. 다리를 펴고 자세를 고쳐 앉으며 용호에게 말했다.

"뛰어넘어. KBI 캐비넷엔 재벌가, 명문가의 며느리까지 낯뜨거운 비디오가 가득 들어 있어."

"집사람한테 당한 배신이 이렇게 나를 힘들게 할 줄 몰랐어. 승진? 돈? 그런 거 따윈 본질적인 문제가 아니야!"

그러나 그 정도 문제로는 공포에 사로잡혀 있는 동준과 비교할 수 없었다. 동준은 자신을 노리고 있는 적의 정체를 모르기 때문에 더욱 두려웠다.

"혜인 씨가 워낙 미인이라서 남자들이 접근하겠지."

그 말에 용호는 자조적인 웃음을 띠며 말했다.

"미인? 나 검사시보로 일할 때 홈즈 같은 탐정이 된 기분으로 살인현장을 쫓아다닌 적이 있었어. 목이 졸려 죽은 여자, 칼에 찔려 죽은 시체, 독살당한 여자, 온갖 유형의 변사체들을 많이 봤어. 그런데 대단한 미인이라도 죽어 있는 얼굴은 추하고 끔찍해. 딴 남자와 놀아나다가 기관에 걸려든 집사람이 내 손에 살해될 때 얼굴 표정이 어떨지 상상해보기도 했어!"

용호는 이제 더이상 이야기를 나누지 못하리만치 취해 있었다. 김빠진 맥주병 안에 담배꽁초가 마대처럼 가라앉아 있고 조미 김은 방부제만 남아 있었다. 동준 또한 온몸으로 취기가 퍼져 갔다. 그러나 술김에도 동준은 검사 앞에서 조금도 흐트러지지 않았다. 동준은 맨바닥에 쓰러져 곯아떨어진 용호에게 붙박이장에서 이불 한 장을 꺼내 덮어 주었다.

창으로 새벽 미명이 희붐히 비춰들었다. 새벽 다섯 시였다. 용호와 함께 하룻밤을 보낸 일이 꿈속의 일처럼 비현실적으로 느껴졌다. 취한 몸을 추스르며 오피스텔 복도를 걸어 나왔다. 여의도 민한당사 가까이에 있는 렉싱턴호텔에서 아침 일곱 시에 잡혀 있는 최고위원들과의 조찬회의 일정이 떠올랐다. 동준은 비서한테 참석할 수 없다는 연락을 하라고 일러주었다.

혼자 있는 시간을 꺼리는 동준은 정치를 적절히 활용하기로 했다. 중앙당에는 단체들과의 간담회와 젊은 청년층과의 이벤트 행사를 지시했다. 어차피 집권당의 사무총장이 하는 일은 거의 사람을 만나는 일이었다. 명사들의 예방을 맞고 각계각층과의 간담회나 행사에 참석하고, 밤에도 호텔 연회장에서 정치모임을 개최했다. 주말에는 의정부에 있는 미군부대에서 데이비드 사단장과 필드를 돌며 골프채로 샷을 날렸다. 이 때문에 정치부 기자들 사이에서는 이동준 총장이 차기 대권을 노리며 물밑에서 움직이기 시작했다는 말이 돌았다.

동준이 접견실에서 불가리아 국회의장의 예방을 맞은 뒤 집무실로 돌아와서 조직국에서 올라온 '민한당 지역구 관리실태 감사안'에 서명했다. 그때 또다시 괴메시지가 들어왔다. 식은땀이 등줄기를 타고 흘렀다. 이번에는 문자 메시지가 아니라 음울한 분위기의 그림들이었다. 네 칸짜리 콘티에는 시체가 들어 있는 자루가 저수지에 수장되는 장면이 순서에 따라 구성되어 있었다. 남자인지, 여자인지 사체의 형체는 모호하게 그려져 있었다. 3883폰으로 잇달아 메시지가 들어왔다.

'오늘밤 12시에 다시 메시지를 전하지.'

동준은 마음을 굳게 먹었다. 정체만 드러나면 무섭지 않다. 유령이 아닌 사람이라면 무서울 게 없다. 밤 열한 시에 동준은 라이프아파트로 들어섰다. 엘리베이터를 타고 15층에 내렸다. 1502호. 영주의 현관문 앞에 자장면 배달 그릇이 담긴 비닐봉지가 아가리를 벌리고 있었다.

오늘밤 1502호는 빈집이었다. 영주는 경기도에 있는 연수원에서 1박 2일간 개최되는 '민한당 국회의원 부인 정치 워크샵'에 차출되고 없었다. 사무총장실 비서 김영주와 이동준 총장의 부인 진미숙이 같은 장소에서 공식 일정에 따르며 하룻밤을 보내는 중이다.

동준은 건넌방 책상 앞에서 처음으로 그자가 보내올 메시지를 기다렸다. 그가 예고한 12시가 임박하자 드디어 3883폰 액정화면이 켜졌다. 이번에는 019-726-6267번이었다.

'1991년 8월 17일 토요일,
무슨 일이 일어났는지 알고 있어.'

동준은 주저하지 않고 곧장 답장을 보냈다.
'장난 메시지 보내지 마라!'

'그날 코발트블루 엘란트라 한 대가 저수지 입구에
정차되어 있었지. 차갑게 내리는 폭우 속에.'

동준은 단어에 붙는 조사 하나에도 신중을 기하며 다시 메시지를 보냈다.
'당신 도대체 누구야?'

'머리카락이 수초처럼 저수지 밑바닥에 가라앉아 있지.'

메시지를 입력하는 동준의 손가락이 떨렸다. 자정이란 시각에 밀폐된 곳, 어딘가에서 메시지를 보내고 있을 상대를 떠올리자 섬뜩했다.
'심심하면 그냥 잠이나 잘 것이지.'

'공소시효는 지났군. 모든 범죄는 절도의 변형이지.
한 사람을 살해하는 건 그 사람의 삶을 훔치고 빼앗는 것이네.'

'범죄용어까지!…… 그럴듯하군.'
그는 오로지 019-726-6267폰만을 이용하고 있었다. 동준은 지금까지 상대가 보내온 메시지 내용은 거의가 저수지를 그리고 있다는 분석을 해냈다. 상대는 다시 답변을 보냈다.

'내가 누군지 알고 싶겠지.

난 그의 가족이야. 그가 사랑했던 가족.'

 동준의 몸에 일순 뜨거운 전류가 훑고 지나갔다. 이자는 지금 거짓말을 하고 있다. 그에게는 가족이 없다! 이자는 그날 저수지에서 본 것이 전부인 단순한 현장 목격자임이 틀림없었다. 동준은 크게 안도했다. 산매리 주민이 확실했다. 동준의 비밀폰인 3883폰을 산매리 마을 주민이 어떻게 알아냈는지는 알 수 없지만, 그것 때문에 지금까지 추리에 혼선을 빚은 것이었다. 그러나 세상사는 이성적인 논리와 필연보다는 엉뚱한 자충수 때문에 우연히 일어나는 일도 더러 있었다. 동준이 다시 답변했다.

 '이런 식으로 숨어서 하는 장난은 그만하지.'

 동준은 상대에게 장난이 아니라면 직접 만나서 당당하게 말해보라고 단호한 태도를 보였다. 그러자 상대는 휴대폰을 꺼버렸다. 거실로 나갔다. 영주의 물소 가죽 소파에 앉아서 YTN 뉴스를 보며 그자에게서 올 다음 반응을 기다렸다. 대통령 취임식장에서부터 시작된 오랜 공포의 시간 이후로 모처럼 긴장감을 누그러뜨릴 수 있었다. 전 세계에 정보망을 그물같이 쳐놓고 있는 미 CIA나 영국 MI5, 독일의 BNB라도 일개 은행 대리의 삶은 알지 못할 것이다.

 상대에게서는 여전히 답이 없었다. 동준은 갈증이 났다. 주방으로 가서 냉장고에서 생수를 꺼냈다. 얼음 버튼을 누르고 유리컵을 갖다 대자 얼음조각이 좌르르 쏟아져 내렸다. 동준은 정보원장과 대적할 때처럼 강하게 밀어붙이기로 했다. 6267 휴대폰으로 문자 메시지를 보냈다.

'여의도 내 사무실로 오지.'

그러고는 날짜와 시간까지 정해 주었다. 그러나 상대에게선 끝내 답이 없었다.

동준은 715호 의원실에서 그를 기다렸다. 초조했다. 그자가 나타날지 나타나지 않을지, 도대체 어떤 사람일지 조급하고 긴장되었다. 그날 산매리 외가에서 윤옥 누나가 차려준 밥상을 함께했던 수의사와 이웃집 남자의 얼굴이 다시 떠올랐다. 왜 16년이 흐른 지금에 와서 그 일을 들추고 있는지 이해할 수 없었다.

비서진은 모두 퇴근하고 동준 혼자만 남았다. 어쩌면 사람들 눈에 띄지 않으려고 그가 일부러 밤 시간에 찾아오려는 건지도 모른다. 지난밤 제대로 잠을 자지 못한 동준의 눈 주위가 거무스름하게 변해 있었다. 세면실로 들어가서 세수를 했다. 턱 끝으로 물방울을 뚝뚝 흘리며 거울에 비친 자신의 얼굴을 응시했다.

'끝내 나타나지 않는군. 도대체 언제쯤이면 끝이 날까?'

오 보좌관이 홍보물인 '의정활동 보고서'의 시안을 올렸다. 지면이 반들반들한 종이를 휙휙 넘기던 동준은 원탁 테이블에서 일어나 책상 앞으로 걸어갔다. 3883폰을 집어 들었다. 수신된

메시지라곤 없었다.

그때 7776 휴대폰이 울렸다. 송영기 KBI원장의 번호였다. 동준은 애써 느긋한 목소리로 통화했다.

"제가 좀 바쁜데요."

"그러신가요? 권판식 노인 건으로 저를 먼저 좀 만나셔야······."

동준은 마음속의 동요를 억누르고 외출을 서둘렀다. 체어맨은 을지로입구에서부터 서행해야 했다. 백화점 가을 정기 바겐세일로 여자들이 몰고 나온 승용차 떼에 호텔로 들어가는 입구까지 엉켜 있었다. 호텔 22층 객실에는 정보원장이 먼저 도착해 있었다. 청바지에 캐주얼 재킷을 걸쳐 입고 야구모자를 눌러쓴 차림이었다. 테이블에 마주 앉은 송 원장은 담담하게 먼저 말을 꺼냈다.

"권판식 이름으로 세를 든 1401호에 검은돈을 숨겨놓으셨더군요."

동준은 넋을 잃고 말았다. KBI의 정보력이 이 정도일 줄은 생각지도 못했다. 1401호에 미처 CCTV를 설치해 두지 않았던 것이 후회되었다.

"총장님께서 친부한테 100억 원을 맡겨놓았을지 모른다는 추측으로 그분을 찾아보았지만 도저히 불가능했어요. 보친께서 직접 입을 열지 않는다면야 국가 권력으로도 어쩔 수 없지요. 그러다 여러 가지 사실들을 종합해서 결론을 내려 보니 특이한 점을 발견했어요. 의외였습니다. 권판식과 특별하셨더군요. 정작 시장 사람들이 알고 있던 사실과는 너무 달랐습니다."

권판식 아저씨 또한 어머니처럼 사선을 넘어 월남한 사람이었다. 단지 입발림으로 뇌까리기만 하는 우익 한주엽보다는 권 씨 아저씨와 공유할 수 있는 아픔이 더 클 수 있었다. 동준은 10억 엔의 거액이 발각된 위기를 어떻게 넘겨야 할지에 정신을 집중했다. 정보원장이 다시 말을 이었다.

"100억 원을 엔화로 바꾸어 두었더군요."

히노하라가 맡아준 10억 엔을 대정건설의 100억 원으로 알고 있다! 120억 원을 엔화로 세탁할 당시의 환율은 100엔대 1,200원이었다. 정보원장이 10억 엔을 찾아낸 지금의 환율은 100엔대 1,000원으로 떨어져 10억 엔은 1401호 아파트에서 100억 원이 되어 있었다. 동준은 일절 대꾸하지 않고 침묵을 지켰다. 송영기 원장은 위기상황에서도 꼿꼿한 이동준 총장에게서 자기 확신의 카리스마를 엿보았다.

정보원장이 다시 말했다.

"보고서를 올린 정보원은 러시아 모스크바대학에 국비 유학을 보내주기로 결재했습니다. 전 그저께 대통령으로부터 경질통보를 받았어요. 물러나면 보궐선거 출마를 준비할까 하는데 4선의 대선배께서 도와주셨으면 해서요."

"!…… 집권 여당 사무총장도 모르는 보궐선거가 있나요?"

"중랑을(乙)구입니다. 현(現) 의원이 큰 비리에 관여한 물증을 저희 KBI가 확보해놓고 있어요. 대통령께는 내일 오후에 보고가 들어가지요."

"초선으로 출마하시려면 이십억 정도는 필요할 겁니다."

"그런가요? 저는 평생을 교직에만 몸담아왔고 집사람은 다른 부인들처럼 부동산에 일절 관심을 두지 않았습니다. 깨끗한 내조 덕분에 이 자리까지 오르기야 했지만."

"제가 해드리지요. 전액 지원해 드리겠습니다."

"이 은혜 평생 잊지 않겠습니다. 반드시 승리해서 보답하겠습니다. 지난번 전직 대통령들과 함께한 만찬에서 저는 이런 소감을 가졌어요. J대통령에게만 유난스럽게 자석에 쇠 달라붙듯이 변함없는 측근들의 충성심은 그가 조성해놓은 어마어마한 비자금 때문이리라는 생각 말이지요."

동준은 속으로 크게 안도하며 노회한 정치인인 장도언 못지않은 송 교수의 협상안에 악수를 청하느라 손을 내밀었다.

송영기 정보원장은 이제 KBI원장직에서 물러나서 본가로 돌아가면 권력가 중 누군가가 다시 그를 점찍어줄 날만을 기다리며 칠순을 맞고, 여생을 그저 그렇게 살아가야 한다는 우울증과 불안감이 해소되었다. 그는 국정상황실 이정현에 대해서도 칭찬을 늘어놓았다. 정현에게는 왠지 모를 존귀함이 느껴진다는 말도 했다. 정보원장의 눈빛에서 신심이 엿보였다. 성보원상의 제의를 마무리 짓는 일은 동준에게 시급했다. 송영기 원장을 속히 검은돈을 받은 자로 엮어 들인다는 의미였다.

라이프아파트 15층과 14층에서 정보원의 감시가 거두어졌다.

동준이 1401호에 들어가서 냉동고 문 앞에 섰다. 위이잉 하며 흐르는 냉동고 소리가 새삼스럽게 들렸다. 멈췄던 심장이 다시 뛰는 것 같았다. 동준은 고랭지 채소 박스에서 20억 원에 달하는 엔화를 꺼내 백화점 쇼핑 가방에 담았다. 코란도를 몰고 의사당 뒷길인 윤중로로 달려갔다. 가을바람에 떨어진 벚나무 이파리가 아스팔트 바닥에 납작하게 달라붙어 있었다. 의사당 남문 출입구 근처의 벚나무 아래에 중형 승용차 한 대가 정차되어 있었다.

동준이 운전석 창을 두드려 가방을 건넸고, KBI원장은 김영주 관련 정보파일을 동준에게 넘겼다. 박상헌 대통령의 임기가 끝난 뒤 다음 정권에까지 넘어가지 않도록 파기하라는 송원장의 배려였다.

5

송영기 KBI원장은 박상헌 대통령에게 이동준 총장의 100억 원 내사 건에 대해 최종보고를 올렸다.

'이 총장은 대정건설로부터 100억 원을 받지 않았다. 창동 새벽시장으로 사람을 보낸 적도 없으며 100억을 숨겨두지 않아서 그 어디에서도 비자금을 찾을 수 없었다. 되레 봉고차 키를 건네주었다고 주장하는 기획실장 쪽에서 100억 원을 제공했다는 증거를 제시하지 못하고 있다.'

분 단위로 짜인 대통령의 일정이어서 정보원장의 말은 점점 빨라졌다. 집무실로 들어서기 전에 부속실장에게 단 십 분밖에 할애할 수 없으니 시간을 지켜달라는 당부를 들었기 때문이다.

박상헌 대통령은 송영기 정보원장을 마주 대하며 지난밤 이 총장이 휴대폰으로 알려준 보고를 떠올렸다. 정보원장은 이 총장이 '숨겨둔 여자, 김영주' 건을 거론하며 앞으로 있을 보궐선거에 2억 원의 자금을 지원해주길 바란다는 뜻을 비쳤다고 했다. 대통령은 그 일에 대해선 모르는 척하기로 했다. 정치인들 사이에서의 침묵은 백 마디 말보다 더한 무게가 있었다.

"대통령님, 송구스럽지만 제 제자인 기획실장은 저하고도 연락을 끊고 지내다가 외국으로 나가버렸습니다."

보고는 그렇게 끝이 났다. 박상헌 대통령이 고개를 끄덕였다. 집무실을 걸어 나오는 송영기 KBI원장의 마음은 금배지를 달고 다시 돌아오리라는 야망으로 가득 찼다.

대통령이 전직 대통령들을 초대해서 상춘재에서 비공식 만찬을 열었다. 현대식 건물이 대부분인 청와대 안에 상춘재만은 유일하게 한식 가옥으로 지어져 있어 전통미가 돋보였다. 궁정동 안가(安家)에서 피의 만찬을 벌인 10·26 이후 안가는 죄다 헐려 청와대 안에는 대통령이 맘 편히 술 한 잔 기울일 장소가 없었다. 아쉽던 차에 지은 상춘재는 비밀회의를 겸한 모임이 열리는 장소로 이용되곤 했다.

영부인의 생일축하 파티이기도 했고, 송영기 KBI원장의 이임식 파티 자리이기도 했으며, 그동안 불신했던 이동준 총장과의 화해라는 여러 명분을 두루 달고 마련된 만찬이었다. 그 때문에 상헌맨 중에 유일하게 동준만 초대되었다.

J대통령은 박정희 대통령을 그대로 따라 하느라 그가 좋아했던 시바스 리갈 양주를 스트레이트로 마셨다. 동준 역시 J대통령이 하는 대로 따라 했다. 도수 높은 알코올이 목 줄기를 타고 내려가자 식도가 화끈거렸다. 모처럼 거나하게 술을 마셨다. J대통령은 수많은 인명을 살상한 정점에 있었고 수천억 원의 자금을 숨겨놓았다. J대통령과 마주한 동준은 그런 일들이 정치 생활의 일부로 여겨질 만큼 그가 담대해 보였다.

살인에 비하면 검은돈은 죄악이랄 수 없고 두려울 게 없다는 생각이 들었다. 정치자금 마련은 합법과 불법의 경계 자체가 애매했다. 무리하지 않고 순리대로 했더라면 박상헌 역시 대통령 자리를 상대 후보에게 넘겨주어야 했을 것이다. 민주주의와 선거제도가 발달한 미국에서도 대통령 선거가 끝나고 나면 소프트머니에 대한 소문이 무성했다. 심지어 중국 공산당의 자금이 미국 대선에 흘러 들어갔다는 말까지 나돌았다. 한국 정부가 일본 총선에서 친한파 총리가 속한 정당에 비밀리에 자금을 흘려보냈다는 주장도 있지 않은가.

시간이 흐르면 '코리아 테라피'라는 대선공약은 아무런 실적 없이 흐지부지될 것이다. 동준은 박상헌 대통령의 프레지던트 엔돌핀이 변질되었고, 정치적인 신념도 초심을 잃어간다는 걸 간파했다. 그렇게 정권이 끝난다고 해서 뭐라 책임을 물을 수 없다는 것 또한 대통령 단임제의 한계였다.

송영기 정보원장은 이전과 달리 마음이 자유로웠다. 그는 이제 박상헌이라는 한 사람에게 소속된 임명직이 아닌, 자생적인 힘을 누리는 선출직 국회의원의 심리로 바뀌고 있었다. 그는 정치학자로서의 식견을 늘어놓았다.

"사실 우리 헌정사에 존경할 만한 정치인들이 많이 계십니다. 일제 때 독립운동가는 두말할 것도 없고요. 본인이 직접 나서서 정치자금을 마련하고 주물렀어도 제대로 된 집 한 채 갖지 못하고 살다 가신 분들이 계시지요. 신익희, 조병옥, 김도연, 김준연, 유진산 같은 분들입니다. 그분들은 정당을 이끌어 간 지도자였고 실력자로서 항상 자금을 만졌지만 개인적으로는 가난했어요. 세면도구만 넣어둔 나무 궤짝 한 개가 가구의 전부인 단칸방에서 기거했던 분도 계시고 집에는 양식이 떨어져도 당원들한테 자금을 나누어줄 때면 돈을 세는 법이 없었던 분도 계셨지요."

이어 정보원장은 전현직 대통령들이 모인 자리에서 로마교황처럼 평화의 메시지를 전했다.

"정치인의 말과 행동 하나하나를 정치적으로만 해석하는 건 '정치평화'를 위해 좋지 않습니다. 정보원장으로서 제가 주시했던 인사들의 속내를 들여다보면 의리와 인간적인 애정과 순수한 마음을 가진 분이 많았습니다."

정보원장의 이임 소감 몇 마디로 대한민국은 모든 부패와 부정과 의혹과 비리가 씻겨 내려간 평화롭고 투명한 국가가 되었다.

동준은 수저를 들었다. 그 순간 서늘한 기운이 등골을 타고 흘러내렸다. 지난봄 만찬에서 보았던, 비옷을 입은 남자의 환영이 가을비를 맞으며 창밖에서 동준을 응시하다가 사라졌다. 동준은 오한을 느끼며 온몸을 떨었다.

동준은 본회의 중인 의사당에 앉아 있었다. 무언가를 진지하게 생각하고 있는 그의 얼굴이 그대로 국회방송을 타고 나갔다. 국회방송의 카메라 기자는 동준에게 촌지를 받아서가 아니라 카메라에 그득 들어차는 단아한 윤곽이 맘에 들어 이동준 의원에게 초점을 맞출 때가 많았다. 동준은 '019-726-6267'번으로 괴메시지를 보내온 자와 산매리 저수지를 생각하고 있었다.

'저수지에 수장한 증거물만 제거하면 그날 일은 완벽해진다.'

그러나 동준을 대신해서 저수지 밑으로 잠수해 증거물을 제거해줄 수 있는 사람은 아무도 없었다. 권력층 인사가 누군가를 제거하려고 깡패나 폭력배, 전문 킬러를 고용하는 스토리 따위는 영화나 소설에서 가능한 일이었다. 동준은 자기 혼자 감당해내야 할 일에 몸서리를 치며 무력감을 느꼈다.

299명의 의원들은 거의가 출석해서 의사당의 자기 자리에 앉아 있었다. 휴회시간에 양주시가 지역구인 연진수 의원이 대선 배격인 동준의 자리로 찾아와 인사를 건넸다. 지난 대선에서 연진수 의원은 대선기획단의 의중을 읽어내고 완장을 찬 선동가로 호기롭게 활약해 당 수뇌부의 눈에 들었다. 작년 가을 국정감사장에서도 자극적인 문제를 폭로해서 매스컴의 주목을 받았다. 검사 출신답게 정책 실무에 밝고 빈틈이 없어서 그가 발의한 법안은 통과되는 비율도 높았다. 호우가 극심한 새벽 세 시에 일어나 지역구의 하천이 넘치지는 않는지 살펴보러 나갈 정도로 발로 뛰는 의원이기도 했다.

연 의원은 동준에게 지역구의 민원사항인 재해대책과 피해보상에 대해 중앙당 차원의 관심을 당부했다. 지형적으로 재해를 비켜갈 수 없는 몇몇 상습침수 마을을 거론하며 하소연했다.

무언가 동준의 뇌리를 스쳤다. 몇 년 전 양주시가 수십 년 만에 쏟아진 대홍수로 물난리를 겪었던 기억이었다. 당시 산매리는 전답과 가옥까지 온통 물에 잠겼었다. 715호 의원실로 돌아온 동준은 비서에게 국회도서관에 가서 신문을 대여해 오라고 시켰다. 연진수 의원실에서 협조를 받은, 양주시 관련 자료들을 함께 펼쳐 들고 기사를 찾았다.

산매리 저수지는 1957년에 마을 사람들을 동원해서 축조한 인공 저수지였다. 수심이 깊어 만수 면적이 23만2천 평에 이르고 저수량은 102만 톤에 달했다. 그런데 몇 년 전 대홍수로 산매리와 인근 4개 마을에 농업용수를 공급하고 있던 저수지의 제방이 무너져 물이 모두 빠져나갔고 지금의 제방은 새로 쌓은 것이었다. 양주시청에서 발간하는 관보에는 홍수가 끝나고 저수지 밑바닥이 완전히 드러나 진흙땅이 거북이 등처럼 갈라진 사진이 실려 있었다.

'이럴 수가! 저수지에 잠겨 있던 것들이 물살에 휩쓸려 모두 떠내려갔어. 돌덩어리까지도 죄다!……'

16년 전 그날인 8월 17일, 동준이 산매리 저수지로 출발하기에 앞서 방천시장 길에서 하늘이 그를 돕고 있다고 믿게 된 일이 일어났었다. 누미노제의 순간이었다. 그때와 마찬가지로 동준은 두 번째로 하늘이 그를 지켜주고 있다는 확신을 더하게 되었다. 괴메시지를 보내오는 그 자는 제방이 무너진 사실을 모르고 있는 게 틀림없다. 그렇다면 산매리 마을 주민이 아닐 수도 있고 산매리에서 살다가 산매리를 떠난 사람일 수도 있다. 대체 누구일까?

동준은 의원실 창을 활짝 열어젖히고 시원한 바람을 쐬었다. 마음이 진정되고 다시 생명력 넘치는 활기가 느껴졌다. 의원실 밖에 있는 부속실에는 외출을 나갔다가 돌아온 여비서가 간식을 사 왔다고 광고하는 소리가 들렸다. 다들 먹거리를 나눠 먹으면서 매스컴에서 떠들썩한, 검은돈과 뇌물 수수로 고위급 인사와 의원들이 구속됐다는 화제를 이어갔다. 오 보좌관이 하는 말도 들렸다.

"……검찰이 그 집을 수색했더니 시체 썩는 냄새가! 실은 돈 냄새가 시체 냄새와 비슷하다네. 그리고 그거 알아? 조폐공사에서 돈을 종이로 만드는 게 아니라 솜 부스러기로 만든다는 거.

낙면이라는 거야."

동준은 은혜로운 어떤 기운을 입었다는 생각이 들 때면 혼자서 치르는 의식이 있었다. '이동준 리스트'에 오른 사람들에게 선물을 나눠주는 일이었다. 주로 현금일 때가 많았다. 정치인들이 누군가로부터 돈을 받는 것과는 달리 '이동준 리스트'에 오른 사람들은 도리어 정치인에게 돈을 받는다.

동준은 지역구 사무실을 찾았다. 밤 아홉 시가 넘은 시각이었다. 오층에 내려 열쇠로 당사 문을 열고 어두컴컴한 사무실 안으로 들어갔다. 스위치를 찾아 더듬거리다가 동준은 외마디 비명을 지르고 말았다. 게시판이 걸려 있는 벽 쪽 소파에 소복을 입은 여자의 형체가 잡혔기 때문이다. 피가 멎을 듯 오싹한 공포를 느끼며 동준이 반사적으로 스위치를 올렸다.

환한 불빛에 드러난 여자는 어이없게도 재식의 처 지영이었다. 하얀 원피스가 어둠 속에서 소복으로 보였던 것이다. 당 사무실에서 지영을 보는 일은 드물었다. 덩달아 놀란 지영도 벌떡 일어나 당황해서 말했다.

"죄, 죄송합니다! 내일 당원체육대회에 쓸 물품을 편의점에서 갖다 나르다가 잠깐 졸아버렸어요. 사무실 사람들은 행사 준비로 다들 대회장에 나가 있어서 저 혼자 하다 보니, 죄송해요."

"무슨 그런 서운한 말을요. 당 사무실은 개인 것이 아닌데요."

그렇게 말하는 와중에도 동준의 심장은 여전히 세차게 뛰었다. 지영은 지영대로 늦은 시간에 잠겨 있던 문고리가 돌아가고 사무실 안으로 시커먼 남자 형체가 들어오는 바람에 겁을 먹었었다. 변명을 늘어놓고도 무안함이 가시지 않은 지영이 얼른 화제를 돌렸다.

"우리 지민이가 중학생 때부터 의원님한테 관심이 많았어요."

"……."

"저는 그때 간호사로 갓 사회생활을 시작했을 때라 정치에는 관심도 없었고 국회의원들은 저하곤 완전히 다른 세상에 사는 사람으로만 보았어요. 그런데 지민이는 공부를 잘해서 그런지 성공한 사람들의 이력에 관심이 많았어요. 더구나 의원님은 외가가 저희 산매리여서 관심이 더했구요. 지난번에는 격려금까지 받았다면서 좋아했어요. 참 좋으신 분이라고. 그래서 열심히 일을 도와야 한다고."

"아, 예. 그랬군요."

얼버무리듯 대답하는 동준에게 순간 불꽃이 튀듯 치솟는 생각이 있었다.

'중학생! 소년!'

동준은 그 자리에 얼어붙었다. 동준의 얼굴에 드러난 표정의 변화를 예사롭게 보아 넘기며 지영은 실례가 되지 않게 인사를 올리고 서둘러 사무실에서 나갔다.

'그날, 저수지에서 보았던 소년이 혹시 지민이 아닐까? 한순간에 사라져버리고는, 차 시동을 걸 때까지도 돌아오지 않았던 그

소년. 빈 자전거만 비를 맞고 서 있었지. 산매리에 살고 있던 당시 중학생은 이제 성인이 되었어!'

동준의 눈이 붉은빛을 토했다. 날카로운 눈길로 지민의 자리를 노려보다가 책상 서랍을 뒤지기 시작했다. 실전민법 책 372페이지에 볼펜 한 자루가 끼워져 있고 여백에는 이런 낙서가 있었다.

'우리가 늘 범하는 최대 오류 중 하나는 악이 매우 멀리 있다고 생각하는 것이다. ―惡―악―惡'

위원장실로 들어선 동준은 책상에 앉아 3883폰을 꺼내 들었다. 액정화면에서 비밀번호를 누르고 '문자 메시지'함을 열자 그동안 수신된 괴메시지의 날짜와 시간, 글귀, 그리고 휴대폰 번호까지 저장된 기록들이 떴다.

2월 25일 10시 7분 011-xxx-2548 (중화역)
4월 18일 오후 5시 011-xxx-3337 (고속버스터미널)
6월 27일 새벽 2시 016-xxx-5243 (종로3가)
8월 7일 자정 12시 019-xxx-7891 (대학로)
……

24시 편의점에서 일하는 지민은 사람들이 잠자리에 들 시간인 심야나 이른 새벽 비번일 때 일을 벌였을 것이다. 동준은 '이동준 리스트'를 찾아보려고 지역구 사무실에 들러놓고 그 일은 까맣게 잊어버리고 다시 엘리베이터를 타고 일층으로 내려갔다.

상점들이 모두 문을 닫아서 복도는 캄캄했다. 오직 편의점에서만 불빛이 새어 나왔다. 계산대에는 낯선 아르바이트생 한 명이 서 있었다.

동준이 1502호 영주의 아파트에서 지민으로 추정되는 상대와 마지막으로 괴메시지를 주고받은 발신지가 밝혀졌다.

10월 23일 자정 12시~12시15분 019-726-6267 (홍대입구)

휴대폰 기지국 하나는 백 미터를 관할하고, 아파트 단지로 치면 겨우 한두 개 동 정도의 범위였다. 범인이 괴메시지를 보내온 백 미터 반경은 홍대입구역 주변으로 포착되었다. 서울 시내에서도 최고의 번화가 중 하나로 손꼽히는 홍대입구역은 백 미터 안에 상점들이 카스바처럼 빽빽이 들어차 있었다. 그 많은 상점들을 일일이 찾아다니면서 탐문조사를 벌일 수는 없었다. 괴메시지의 주범으로 지민이 지목되고 있는 시점에 지민의 사람인 재식에게 일을 시키는 것도 위험했다. KBI의 국내정치 담당 이 차장에게 정확한 표적지를 추적해 달라고 의뢰하기로 했다.

이 차장이 추적해낸 표적지는 홍대입구역의 '온 더 락 노래방'이었다. 범인은 10월 23일 자정에 여의도 라이프아파트 H동 1502호에 있는 동준과 그 노래방에서 괴메시지를 주고받은 것이었다.

뿔테 안경과 가발로 변장을 한 동준이 등산복 차림으로 노래방을 찾았다. 손님을 맞느라 카운터에서 걸어 나온 주인 남자는 다짜고짜 동준을 2인실로 안내했다. 미로처럼 얽혀 있는 좁은 복도와 방들 때문에 동준은 멀미하듯 속이 울렁거렸다. 동준은 주인이 일러준 요금에다 추가 요금까지 얹어주고 지민의 인상착의에 대해 물어보았다. 옆방에서 터져 나오는 노랫소리와 시끄러운 반주음 때문에 동준은 점점 더 목소리를 높여야 했다.

10월 23일 자정 즈음에 '온 더 락 노래방' 룸을 이용했을 지민이라는 한 손님을 주인 남자는 끝내 기억해내지 못했다. 아무런 단서도 얻어내지 못하고 동준은 노래방을 나왔다. 그러나 마음은 한결 가벼웠다. 동준의 눈에 유행의 흐름이 파악되었다. 유행이 흐르는 거리에는 유행을 좇는 이들이 있었다. 그들은 사이클로트론 이온 가속장치 속의 양성자처럼 상점 문을 밀치락달치락하며 드나들었다.

과거는 없다. 현재뿐이다. 16년 전인 1991년 8월 17일은 흘러가 버린 과거일 뿐이다. 증거물 또한 급류에 휩쓸려 어디론가 영영 떠내려갔다. 동준은 1991년 8월 17일 정오 즈음부터 산매리 저수지에서 외가로 돌아온 저녁 6시 30분까지를 기억에서 철저히 삭제해 버렸다.

동준은 국정감사 중에도 틈틈이 의원실 컴퓨터로 CCTV 화면을 열어 지역구 사무실에서의 지민의 동선을 검색했다. 그러다가 지민이 처음 자원봉사자로 당 사무실에 나타났던 그날부터 재검색해 보았다. 영상이 이른 봄인 3월의 어느 하루에 이르렀다.

> 위원장실 문이 열리고 동준이 양복 재킷 단추를 채우며 나서자 최 여사가 반갑게 인사를 건넸다. 동준 또한 늦은 시간에 당사를 찾아와준 최 여사에게 감사하다는 인사를 올렸다. 지민이 사람들 속에서 동준을 보고 있었다. 동준이 입구 쪽으로 걸어 나갔다. 재식이 말을 걸어와서 동준은 다시 재식에게로 발걸음을 돌렸다.

당시 동준은 자신에게 와 닿는 지민의 시선을 긍정적으로 받아들였다. 신문이나 방송에서 보던 유명한 국회의원의 실물을 대하는 호기심이 묻어나는 눈빛이었다. 동준은 자신을 알아주는 젊은이의 시선에 활기를 느꼈었다. 그러나 똑같은 장면이 지금은 다르게 보였다. 지민의 눈빛은 의미가 완전히 달라졌다. 게다가 당 사무실을 나가는 동준의 등에 시선이 꽂힌 지민의 모습은 CCTV가 아니면 발견하지 못했을 것이다. 그러나 지민의 얼굴 표정과 눈빛을 최대한 줌인을 해보아도 마음속까지 들여다볼 수는 없었다. 더구나 지민이 CCTV 밖에서 한 일은 첨단 장비도 밝혀주지 못했다.

지민은 대걸레로 편의점 바닥을 닦아나가다가 동작을 멈추고 무언가 골똘히 생각했다. 매형에게서 그는 이동준 의원이 대통령 측근까지 오를 수 있었던 힘은 자금을 동원할 수 있는 능력 때문이라는 말을 들었다. 그 능력은 국회에 진입한 이후에 갖게 된 것이었다. 그렇다면 평범한 샐러리맨인 은행원이 무슨 기반으로 출마를 해서 금배지를 달고 국회로 입성할 수 있었을지 궁금했다.

이동준 대리는 방천시장 땅이 매각될 즈음에 방천지점에서 경기도 일산지점으로 자리를 옮겼고, 3개월간 근무를 하고 연말에 사표를 던졌다. 그러고는 4개월이 지난 1992년 4월에 국회의원이 되었다. 더구나 그 4개월 동안 이동준은 실업자였다.

'이동준 대리에게 무슨 일이 일어났을까.'

우리 사회는 파행적인 정치와 느닷없는 인물이 튀어나오는 것에 대해 불감증이 있다. '의문'의 출마자에게 그 누구도 '의문'을 던지지 않는다. 매형 역시 그랬다.

"정치판도 연예계처럼 하루아침에 스타가 탄생되곤 하잖아. 남들이 볼 때야 그렇지만 다들 물밑에서 인고의 세월을 보내며 준비하고 훈련도 해서 키 나온 거지."

이동준 의원의 동창들과 지인들도 머리 좋은 동준이 증시에서 한몫 잡은 돈으로 출마자금을 마련했을 것이라고 짐작하는 데 그쳤다. 최 여사는 방천시장의 상인들이 거래 은행의 대리가 국회의원 후보로 나서자 자기 일처럼 좋아했다는 말만 들려주었다.

 이동준 대리는 92년 4월 선거에 야당 후보로 출마했다. 당시에는 여당이 가진 조직과 금품 살포에 야당은 바람몰이로 맞섰다. 그러나 한 명의 국회의원이 탄생하는 일은 동네 반장을 뽑는 것처럼 간단한 일이 아니었다. 야당으로 출마했다지만 샐러리맨으로선 감히 넘볼 수 없는 규모의 비용이 드는 사업이었다. 지민만 하더라도 법관이 되려는 사업의 비용을 마련하지 못해 포기해야 할 절망적인 상황에 빠져 있지 않은가. 지금까지 들인 시간과 돈, 기회비용마저 모두 헛되이 사라져 버릴 위기를 맞고 있었다.

 이동준 대리가 그 큰 자금이 갑자기 어디에서 나서 14대 총선에 출마할 수 있었을지, 파고들수록 의문이 꼬리에 꼬리를 물고 이어졌다. 그렇다고 은행대리 이동준이 야당 총재에게 정략적으로 필요한 인물이었을 리도 없고.

 편의점 아르바이트생과 교대를 한 지민은 엘리베이터를 타고 당 사무실로 올라갔다. 늦은 시각이었지만 혼자 사무실에 앉아 신문기사를 읽었다. 1992년 1월부터 4월까지 4개월 동안 나왔던 기사 중 필요한 것들만 대학도서관의 정기간행물실에서 복사를 해왔다. 당시 신문들은 온통 선거 기사로 도배되어 있었다. 지민의 눈길이 한 지면에 머물렀다.

 '1992년 1월 28일 자 B신문 제5면 3단 박스 기사.'

 살면서 신문에 이름 한 줄 날 일이 없을 것 같은 평범한 은행대리가 신문에 났다. 이동준이었다. 14대 총선 출마자 중에서 처음으로 출사표를 던진 후보들만 뽑아서 인터뷰한 기사였다. 지민은 지지자들 속에 파묻혀 환한 웃음을 짓고 있는 동준의 사진이 실린 기사를 응시했다. 여성 당원이 동준의 목에 당선 축하 꽃다발을 걸어주는 사진기사도 있었다. 국회의원의 신분으로 새로 태어난 감동이 이동준 당선자의 눈빛에 가득 담겨 있었다.

컴퓨터 모니터에서 흘러나온 빛이 신문기사에 꽂혀 있는 지민의 얼굴에 연푸른빛을 드리웠다. 지민은 자리에서 일어나 정수기로 걸어갔다. 커피믹스를 뜯어 종이컵에 붓고 손가락으로 온수 꼭지를 눌렀다.

누군가와 통화를 끝낸 재식이 슬그머니 지민에게로 다가와 눈짓을 했다. 지민이 재식을 따라 복도로 나갔다.

"처남, 의원님한테 좀 다녀와. 조용히 시키실 일이 있나 봐."

의원님이 매형을 제쳐두고 자신에게 일을 시키는 게 처음이어서 지민은 긴장했다.

"그래요? 어디로 가면 돼요?"

"그게, 저 말이야."

재식은 민망해하며 말을 이었다.

"여의도, 라이프아파트, H동 1502호야."

여의도로 들어온 지민은 H동 현관 출입구에 도착했다. 손가락으로 오토시스템 번호판의 1, 5, 0, 2를 누르고 이어 '호출'과 기호 '#'을 눌렀다. 인터폰의 신호음이 울리고 의원님의 음성이 흘러나왔다.

"들어와요."

동시에 '딸각' 하는 소리가 나고 동 현관 유리문이 자동으로 열렸다. 의원님은 연한 블루 와이셔츠와 짙은 블루 계열의 넥타이를 맨 차림으로 1502호의 문을 열어주었다. 거실로 들어선 지민이 어깨에서 배낭을 풀어 내렸다. 김영주라는 여자는 사무총장실에서 근무 중인 시간이어서 집에 없었다.

동준은 처음으로 지민과 단둘이 마주 섰다. 지민이 지난 몇 달 동안 동준의 삶 전체를 뒤흔들어놓은 거대한 집행자가 맞는다면 두 사람은 이미 대통령 취임식장에서부터 마주 선 사이였다. 동준은 마음속으로 자문해 보았다.

'지민이 정말 괴메시지를 보낸 그자일까?'

동준은 지민과 단 둘이 제3의 장소에서 독대하고 싶었다. 그러려면 가까이에서 직접 지민을 볼 수 있는 자리여야 했다. 1502호가 떠올랐다. 이미 지민은 지난 봄에 정보원장이 다녀간 뒤 김영주의 존재를 확인하느라 1502호 근처까지 잠행했었다는 말을 재식이 뒤늦게 동준에게 털어놓았다. 지민이 괴메시지의 발신자인지 아닌지 확증을 잡지 못해 답답하고 초조했던 동준으로서는 이렇게라도 하지 않으면 견딜 수 없을 것 같았다.

물소 가죽 소파에 지민과 마주 앉은 동준은 단도직입적으로 본론을 꺼냈다.

"이 일을 해줄 적임자로 자네가 떠올랐어. 양주 지역구인 연진수 의원이 자네와 같은 지역 출신에다 법대 선후배 사이이기도 하고."

지민은 이미 매형에게서 양주시 연진수 의원에게 3억 원을 전달하는 심부름이라는 말을 전해 들었다. 중앙당에서 실시한 조직감사에서 지역구민들과 당원들에게 좋은 평판을 얻어 평점 A를 받은 의원들만 이번 특혜의 대상이었다. 총선이 임박하면 사람들의 눈이 감시자로 돌변하기 때문에 자금을 전달하기가 쉽지 않다고 했다. 평상시에 미리 관리해두려는 당 수뇌부의 뜻이며 최고 수장은 청와대의 대통령이라고 했다.

거실 바닥에 만 원권 지폐 다발이 반듯하게 쌓여 있었다. 난생처음 이렇게 많은 돈을 한꺼번에 보게 된 지민은 놀라움을 애써 감추었다. 돈 따위에 반응하는 속물적인 사람으로 보이고 싶지 않았다. 의원님은 와이셔츠의 팔소매까지 걷어붙이고 지민의 배낭에다 3억 원을 담아주었다. 그런 후에 누군가와 통화를 했다. 정치적인 내용이었다. 지민은 여러 방면에 미치는 의원님의 영향력에 경외심을 느꼈다.

1502호를 나섰다. 복도는 조용했다. 앞집인 1501호의 현관문이 한 뼘쯤 열려 있었다. 지민은 여의도 전철역 쪽으로 걸어갔다. 점심시간이었다. 금융업에 종사하는 직장인들이 빌딩마다 쏟아져 나왔다. 대군단이었다. 이국적인 카페의 노천 테라스에는 지민 또래의 젊은 직장인들이 야외 파라솔 아래 앉아 여유롭게 커피를 마시고 있었다. 대학 입시를 치를 때만 해도 지민의 성적은 저들과 비교도 되지 않았다.

  5호선 전철이 곡선 길로 굽어들었다. 지민의 몸이 균형을 잃고 잠시 흔들렸다. 3억 원이란 지폐의 무게가 묵직했다. 손잡이를 잡은 손아귀에 힘이 들어갔다. 승객들은 돈 냄새에 끌리기라도 한 것처럼 지민의 곁으로 모여들었다. 전철역에 정차할 때마다 보험영업인으로 보이는 여자들과 등산복 차림의 노인들, 외근 다녀오는 정장 차림의 남자들과 휴대폰으로 수다를 떠는 아주머니들이 지민 가까이 다가섰다가는 목적지에서 내리곤 했다. 그전에는 소박한 소시민으로밖에 보이지 않던 그들의 존재가 지금은 위협적으로 느껴졌다. 지민은 전철 유리에 비친 자신의 모습을 보며 시민 윤리와 법관 윤리에 어긋나는 어떤 일에 단역으로나마 가담하게 되었다는 데 가책을 느꼈다.

  전철역 다섯 개를 통과하는 동안 연진수 의원은 지민에게 여러 번 전화를 걸어왔다. 그의 말투에는 조급증이 묻어났고 들떠 있었다. '어디냐, 다음은 무슨 역이냐, 지금은 어디까지 왔냐.' 매스컴에 비친 연진수 의원의 이미지는 기품을 갖춘 젊은 법조인 출신의 국회의원이었다. 그런 이미지도 3억 원 앞에서는 꼼짝없이 무너져 내렸다.

  지민의 눈앞에 거대한 캐슬 단지가 나타났다.

"동문회에서 왔습니다."

벨소리 한 번에 연 의원이 달려 나와 현관문을 열어주었다. 감색 카디건 차림이었다. 그 뒤로 지성미가 돋보이는 부인이 원목이 깔린 넓은 거실을 걸어 나왔다. 연 의원은 황급히 지민의 어깨에서 묵직한 배낭을 빼내 들고 거실에서 사라졌다. 누군가에게 쫓기기라도 하듯 허둥거리는 그의 뒷모습이 비굴해 보였다.

그럼에도 불구하고 지민은 서울대 법대를 졸업하고 사회에서 성공한 가정의 이상적인 모델을 엿볼 수 있었다. 환한 미소를 드리운 네 식구가 살아가는 넓은 평수의 모던하고 심플한 인테리어로 이루어진 공간. 모조 벽난로 앞에는 고급스러운 융단이 깔려 있었다. 텔레비전 광고나 잡지의 칼라 화보에서 볼 수 있는 여백의 아름다움을 강조한 거실과 서민아파트의 천정보다 높게 트인 서구풍의 벽면이었다.

지민이 꿈꾸던 바로 그런 가정이었다. 사법고시에 합격하고 법관이 되어 자신의 가정을 꾸리게 되면 이 정도의 품격은 갖춰놓고 살아야 한다고 생각했던 바로 그런 가정에 지금 자신이 들어와 있는 것이었다. 지민은 스스로를 다독였다.

'오늘의 당신도 나처럼 초라한 때가 있었겠지.'

그럼에도 지민은 가까운 장래인 일 년 후에 자신이 어떤 모습일지 상상할 수 없었다. 막막한 현실 앞에 맥이 풀렸다. 연 의원이 현금 3억 원을 집안 어딘가에 들여놓고 빈 배낭을 들고 현관으로 걸어 나왔다.

6

 동준의 지역구 바로 옆 중랑을구에 있는 호텔 일식당 룸에서는 송영기 후보가 동준을 기다리고 있었다. 일식 유니폼을 입은 여종업원이 룸으로 동준을 안내해주고 물러갔다. 여자의 유니폼에는 자잘한 꽃무늬가 그려져 있어서 기모노를 연상시켰다. 룸은 밀실처럼 조용했다. 순서에 따라 음식이 나왔다. 활어회를 상 한가운데 놓고 튀김이 담긴 작은 소쿠리와 신선한 야채 요리까지 화려하게 차려졌다. 두 남자는 술잔을 나누었다.
 에쿠스 두 대와 관사를 국가에 반납한 KBI원장은 교수 시절 타고 다니던 중형 승용차를 처분하고 의원급에 어울리는 대형 승용차를 구입했다. KBI원장직을 수행했던 송 교수는 차량의 크기가 신분 표시란 걸 체득했다. 선거가 코앞인 송영기 후보는 막상 두렵기도 해서 동준을 붙들고 놓아주지 않았다. 후보 등록 서류를 준비해서 선거관리위원회에 제출하는 일만도 경험이 없는 사람에겐 벅찬 일이었다.
 정치 신인은 4선 의원이 들려주는 경험담을 한마디도 놓치지 않으려고 두 눈을 반짝거렸다. 인사동 안가에서 무릎맞춤할 때와는 처지가 뒤바뀌어 있었다.
 "정치 선배로서 제가 한마디 일러드린다면, 앞으로 송 후보님 가족들은 흑색선전이나 비난, 가십거리에 시달리게 될 겁니다. 가족 중에 누가 정계에 들어가면 반드시 그런 말을 듣게 되어 있어요. 그걸 정치인의 가족이 치러야 할 세금으로 생각해야지 안 그러면 그 가정은 비참해집니다."

송 후보는 그런 점은 문제 될 게 없다는 듯이 웃음을 띠고 동준에게 물어보았다.

"총장님께선 혹, 그런 경험이 있으신지?"

"아니요. 제 때만 해도 민주와 반민주의 대립 구도로만 흘러가던 정치문화였어요."

송 교수는 잘 알고 있다는 뜻으로 고개를 크게 끄덕거리고는 미소장국 그릇을 들고 마셨다.

동준은 그가 처음 총선에 출마했던 당시를 돌이켜보았다.

1991년 8월 17일이 지나고 동준은 방천지점에서 일산지점으로 근무지를 옮겼고 그해 연말에는 은행에 사표를 제출했다. 정당들은 국회의원 후보공천 광고를 일간지에 실었다. 동준이 선거에 출마해서 배지만 달게 된다면 동준도 고시에 합격해 법조계에서 출세한 동창들을 앞지를 수 있었다. 동준이 아는 한 한국사회는 '법 위에 정치'였다.

경쟁률 높은 여당 공천에서 탈락한 동준은 다시 야당에 공천을 신청했다. 호텔 객실에서 공천권을 쥐고 있는 사무총장을 은밀히 만나 별도로 현금을 전달했다. 사례금 덕도 있었지만 서울대 법대라는 학벌이 보증수표가 되어 주었다. 정치 경력이라곤 전무했던 동준은 오히려 깨끗하고 참신하다는 인물평까지 더해

저 낙점되었다. 자금과 인물 면에서 뒤처지는 야당으로선 동준의 요건이 결코 부족하지 않았다.

선거전에 돌입한 동준은 급박하게 이력과 경력과 직책을 만들어냈다. 단체에 낸 기부금으로 직함을 사들였고 모교인 경기고 총동창회 부회장과 서울대 법대 동창회 이사라는 직함을 추가했다. 아들 정현의 학교에 후원한 장학금 덕으로 학교 어머니회가 물밑에서 움직여주었다. 교사들이 칭찬하고 전교생한테 인기가 많은 이정현이라는 학생의 아버지였다. 평범한 은행원인 줄 알았던 그 아버지는 알고 보니 경기고와 서울대 법대라는 명문 코스를 밟은 엘리트였다. 용호와 동창들이 뭉쳐 선거운동에 나서주기도 했다.

동준은 중랑갑 국회의원 후보라는 띠를 두르고 선거운동원들과 함께 방천시장 상인들과도 악수를 나누며 표밭을 누비고 다녔다. 합동 유세장에서의 동준은 사십 대 기수의 케네디 대통령을 연상시켰다. 동준의 연설에는 청중의 마음을 움직이는 감동이 있었다. 중랑갑구 유권자들 앞에 참신한 정치 신사로 나타난 동준에게 감탄과 함성과 갈채가 쏟아졌다.

이동준 후보는 당선되었다. 주공아파트에서 은행 방천지점을 오가는 출퇴근길밖에 모르고 시장 상인들이 맡긴 지폐나 동전을 세는 일이 주 업무였던 은행원에게 드넓은 세상과 무한한 가능성이 펼쳐진 것이다. 서너 달 사이에 초선의 배지를 달고 새로이 태어난 동준의 주변으로 사람들이 몰려들었다. 이름도 정체도 모르는 사회단체는 왜 그렇게 많던지. 동준은 걷잡을 수 없이 강렬한 희열에 사로잡혔다.

 이 놀라운 일은 권판식 아저씨 덕분에 가능했다. 아저씨는 베트남전에 참전했다가 고엽제 후유증으로 고통 받고 있는 사람들을 위해 일하려고 했다. 그 사업에 18억 원의 자금을 내놓기로 한 것이었다. 프랑스계 유통회사에서 받은 보상금이었다. 방천시장 사람들에게 자산가의 심부름꾼으로 매달 가겟세를 대신 거두어가던 초라한 행색의 아저씨가 사실은 시장 땅을 소유한 숨은 알부자였다. 동준은 엄청난 충격에 사로잡혔다.

 그즈음의 어느 날, 은행으로 찾아온 권 씨 아저씨는 간식거리를 들이밀 듯 동준에게 신문지에 싼 1억짜리 수표 18장을 창구로 내밀었다. 그 순간 동준은 마치 그 돈을 아저씨가 자신에게 주는 것 같았다. 평소에도 아저씨는 마감 시간 즈음해서 창구로 신문지에 싼 군고구마나 붕어빵을 들이밀곤 했었다. 퇴근길에 시장통에서 마주치면 간고등어든, 동태든 무얼 쥐어 주며 동준을 빈손으로 그냥 보내지 않았다.

 동준은 권판식의 통장에 수기(手記)로 18억 원을 기입하고 은행으로는 입금하지 않았다. 수기 식은 당시에는 정상적인 은행 업무 방식이었다. 한동안 동준은 18억 원의 수표를 자신의 은행 다이어리에 끼워 넣고 다녔다. 퇴근을 하고 코딱지만 한 주공아파트로 돌아와서 소주를 마시고 잠들기 전이나, 방천시장통을 지나다니다가 '자야상회'를 지날 즈음에, 과장한테 결재를 받는 근무시간이나 엘란트라를 몰고 본점에서 현금을 수송해 오는 운전석에서 동준은 문득문득 권 씨 아저씨가 부러웠다. 그 돈은 그대로 동준에게 남겨졌다. 방천시장에서 권판식이 실종된 이후로…….

프랑스계 유통회사가 발행한 1억짜리 수표 18장은 동준의 손에서 수십 단계 이상으로 흘러나갔다. 1억씩 김삼식, 이영희, 박갑수, 아무개라는 가명으로 여러 은행에 분산해서 계좌를 개설했다. 5천만 원, 3천만, 5백만, 5십만, 10만 원으로 세포 분열하듯 계속 쪼개졌다. 동준은 필요할 때마다 그 돈을 인출해서 썼다. 큰 액수는 지역구 당 사무실과 청담동 주택 구입, 뉴그랜저 구입과 사무실 집기를 구입할 때 인출했고, 가구와 애들 교육비, 의류 구입 등 소소한 생활비에 들어가기도 했다.

선거에 들어간 비용은 모두 10억 원이었다. 야당 후보에 초선이라도 배지를 달려면 그 정도는 들여야 했다. 선거비용 중 몇 건은 재식의 계좌에서 들고나기도 했다. 10만 원짜리 수표는 선거운동원들의 이서로 현금화되거나 여성당원들의 계좌에 입금되어 그들 가정의 생활비로 쓰였다.

동준은 송영기 후보에게서 사교적이며 미식가다운 일면을 보았다. 송영기는 화려한 언변을 과시했다. 주제를 바꿔가며 어느 한 분야에서도 빠지지 않고 높은 식견을 드러냈다. 그동안 송영기라는 인격을 모두 비우고 살아야 했던 임명직에서 물러나서 그런지 자의식을 되찾은 송 교수는 J대통령보다 말이 많았다. 송 후보의 쾌활한 분위기에 전염된 동준이 술기운을 빌려 방천지점에서 같이 근무했던 여행원이 보고 싶다는 속마음을 털어놓았다. 송영기 전 정보원장이 나직한 음성으로 말했다.

"실은 총장님께서 혹시 옛사랑인 그 여자 분을 다시 만나 100억 원을 숨길 차명계좌를 만들지 않았을까 추적해 본 적이 있지요. 그분은 결혼해서 남편을 따라 대구에 내려가 살고 있었더군요. 딸 하나 낳고. ……그런데 지금은 이 세상에 안 계세요. 대구 지하철 참사가 일어났을 때 현장에서 변을 당했습니다."

동준은 충격을 받아 잠깐 동안 아무 말도 하지 못했다. 그러곤 이내 마음 한구석이 텅 비어 버린 것 같은 상실감과 공허감을 느꼈다.

송영기는 잠시 숙연한 표정을 짓고는 환기하듯 동준에게 물었다.

"총장님, 혹시 실종된 권판식 어르신을 찾아보셨습니까?"

동준은 주저하지 않고 바로 대답했다.

"서를 내시해서 나른 분한테 일을 맡긴 적이 있었시요. 그렇시만 큰 기대는 하지 않았어요."

"하긴 한번 실종된 사람을 찾는다는 건 전직 대통령들이 숨겨둔 검은돈 찾기만큼이나 힘든 일이지요. 정보기관에서 알아본 바로는 대한민국에 권판식이란 이름을 가진 노인 중에 치매에 걸려 집을 나가 실종 처리된 건만 두 건이 있더군요. 올 들어 권판식 어르신의 주소지가 라이프아파트 1401호로 바뀌었지만 좀체 모습을 드러내지 않았어요. 요양원에 연락했더니 그곳에도 안 계신다고 했어요. 직원은 권판식이란 사람이 요양한 사실도 모르고 있었고 의무기록이 전반적으로 허술한 편이라며 민망해하더군요. 노인들이 요양원 밖으로 빠져나갔다가 길을 잃고 실종된 일도 몇 건 있었다고 했어요. 그래서 총장님께서 100억을 숨겨둘 장소로 쓰느라 명의만 빌렸구나 싶었지요……."

정보원장이 알아낸, 이 총장의 모친과 관련이 있을 것으로 추정되는 남자는 세 명이었다. 그들 중 한 사람이 이 총장의 친아버지일 것이다. 한주엽은 허세가 드러나 모친에게서도 무시당했고, 김정식은 작고했고, 권판식은 실종되었다.

"총장님께서 권판식 어르신을 찾아보시길 바라겠습니다."

동준은 정보원장이 하는 말에 고개를 끄덕이며 괴메시지를 보낸 범인이 지민이라는 확실한 증거를 어떻게 찾을지 고심했다. 순간 7776폰의 액정화면에 의외의 번호가 떴다. KBI의 국내정치 담당 이 차장이었다. 그와 통화를 하느라 동준은 송영기 후보에게 양해를 구하고 룸 밖으로 나갔다.

동준이 지역구 사무실 옥상으로 올라갔다. KBI 이 차장이 어두컴컴한 옥상에 서서 동준을 기다리고 있었다. 그의 손에는 비닐봉지 하나가 어색하게 들려 있었다. 이 차장은 목소리를 낮추며 말했다.

"저희 요원이 몰래 찍은 사진을 보여주면서 노래방 주인한테 거듭 물어보았지만 그날 노래방에 왔다간 손님인지 도저히 기억할 수 없다더군요. '그렇다면' 하고 역발상을 해보았어요. 그곳을 그 사람이 다녀갔다, 그가 다녀갔다는 증거를 찾는다, 증거는 눈에 보이는 것과 보이지 않는 증거가 있다. 육안으로 보이지 않는 건, 족적이나 지문, 머리카락 한 가닥을 줍는 수고를 들이면 되는데 그렇게까지 할 필요가 없었어요. 그는 어이없게도 눈에 보이는 증거물을 이렇게 흘려 두었더군요."

이 차장에게 건네받은 반투명 비닐봉지 속에는 조끼가 들어 있었다. 이 차장이 켜 준 라이터 불빛에 비춰보니 자주색 조끼 등판에 노란 글씨로 '산매리 부녀회'라고 쓰여 있었다. 어디선가 본 듯했는데, 1501호에서 윤옥이 산매리 부녀회원들과 단체로 맞춰 입었다던 그 조끼라는 것을 기억해냈다.

노래방 주인은 손님이 빠뜨리고 간 분실물을 일일이 보관해주는 성미는 아니었다. 그러나 몇 년 전에 산매리라는 마을이 조류독감 때문에 한동안 방송에 자주 오르내렸고 조끼 주머니에 돈하고 편지글이 들어 있어서 주인이 찾으러 올 때까지 보관해 두었다고 했다.

조끼 주머니에는 10만 원권 수표 한 장과 쪽지 편지가 들어 있었다. 지민이 누나, 지영이 썼을 것으로 추정되는 글이었다. 빚에 몰린 친정아버지와 어머니 걱정, 동생 지민의 장래에 대한 걱정과 희망을 갖고 살자는, 구구절절이 시집간 딸의 심경이 적힌 편지가 어머니께 드리는 용돈과 함께 들어 있었다.

'당신은 지금 대통령 취임식장에 앉아 있군. 죽은 자의 영혼은 당신을 내려다보고 있어.'

대통령 취임식장에서부터 시작된 괴메시지를 보낸 범인이 대통령도, KBI도, 야당도, 기자도, 종교단체도, 재야단체도, 유령도 아닌, 한 고시생으로 드러나는 순간이었다!

한꺼번에 편의점으로 몰려온 독서실 학생들이 매대에 진열된 군것질거리를 싹쓸이해 계산대 앞에 줄을 섰다. 지민이 바삐 바코드를 입력했다. 학생들이 모두 빠져나가고 편의점에 잠시 손님들의 출입이 끊어졌다. 지민은 전자레인지에 팝콘을 집어넣었다. 옥수수 알갱이들이 파닥파닥 소리를 내며 목화솜처럼 피어올랐다. 유리문 너머로 보이는 공항버스 정류장에 최 여사가 소프트 캐리어를 끌며 나타났다. 보석을 주렁주렁 달고 다니는 최 여사가 살 게 있었는지 발길을 돌려 편의점으로 들어왔다. 최 여사가 휴대용 물티슈를 찾아 계산대 앞에 섰을 때 지민이 바코드를 긁으며 넌지시 물었다.

"지난번에 말씀하신 그 어르신 집하고 여사님네 가게하고 주소가 통, 반, 번지까지 같다고 하셨죠?"

"누구? 아, 그 방천시장에서 사라진 권 씨 영감쟁이 말이제?"

"예."

"22통 3반 45번지다. 내 아직까지 외우고 있다. 그 양반, 인자는 나이가 웬간찮아서 노망들었을지도 모르지. 그래도 내 한 번은 만나보고 싶데이."

지민은 최 여사와 길게 이야기를 나누고 싶지는 않았다.

"네에. 공항버스 올 때 다 됐네요. 여행 잘 다녀오세요."

지민의 인사에 최 여사는 옛 이웃과 옛 시절을 생각하며 눈빛이 애잔해지더니 곧 거스름돈을 받아 챙기고는 다시 공항버스 정류장을 향해 걸어갔다.

지민은 우산을 쓰고 여의도 라이프아파트 H동 주차장에 서 있었다. 우산을 뒤로 살짝 젖히고 고개를 들어 1401호를 올려다보았다. 어렴풋이 불빛이 새어 나왔다. 지민은 1991년 8월 17일 당시 이동준에게 일어난 일을 알 수 있게 해줄 한 사람으로 권판식을 만나보고 싶었다. 이동준과 가까운 사이라고 했다. 중랑갑 국회의원 사무실에서 일하고 있는 지민으로선 동주민센터 공무원의 협조를 구하는 일이 그리 어렵지 않았다. 권판식의 옛 주소를 대자 현주소는 여의동에 있는 라이프아파트 H동 1401호라고 조회해 주었다.

'권판식 노인은 지금 집안에 계실까?'

한층 위인 김영주의 1502호에서 불빛이 환하게 새어 나오고 있었다. 은행나무 밑에 경비가 쓸어 모아둔 낙엽 더미가 쌓여 있었다. 비에 젖어 축축한 낙엽 더미가 흙무덤을 연상시켰다.

지민은 찬비에 오한이 들었다. 발걸음을 옮기려다 말고 지민의 눈길이 빗물에 흘러 내린 먼지로 얼룩진 코란도에서 멈췄다. 운전석 앞창에 붙어 있는 주차스티커는 1401호 소유의 차량임을 보여주었다. 지민은 차창으로 차 안을 들여다보았다. 캐주얼 남자 점퍼 두 벌이 옷걸이 하나에 포개져 걸려 있고 캐주얼화 한 켤레가 차 바닥에 놓여 있었다. 왠지 코란도의 차주이며 1401호 아파트에 살고 있을 권판식 노인의 실체가 와 닿지 않았다. 그러나 추정은 금물이다. 사실 확인을 해야 했다. 대학 때 '법조인 동문 선배와의 만남의 밤' 시간에 참석했을 때 현직 검사 한 분이 했던 말이 인상 깊이 남아 있었다. '대어가 미끄러지는 수면은 오히려 조용하다!'

16년 전 1991년 8월 17일, 토요일 저녁나절에 중학생 지민은 시내에서 학원을 마치고 산매리로 들어섰다. 자전거 페달을 밟아대며 달려오는 내내 장마철의 후덥지근한 습기와 땀내 때문에 몸이 불쾌했다. 시커먼 구름 떼가 저수지 쪽 하늘을 뒤덮고 있었다. 지민은 곧 뇌우가 쏟아지리라 예상하며 저수지에 도착했다. 평지로 타원형인 저수지 제방 건너편에선 낯선 남자가 혼자서 낚싯대를 드리우고 있었다. 반팔 남방셔츠 차림이었다. 지민이 저수지 진입로에 자전거를 갖다 댈 때 서 있던 엘란트라 승용차의 주인인 듯했다.

물속으로 들어가서 수영을 하다가 지민은 잠시 수문 너머에서 담배를 한 대 피웠다. 하늘 저편에서 천둥소리가 우르릉거리더니 내처 빗방울이 후두둑 떨어지기 시작했다. 맨살에 와 닿는 빗줄기가 차가웠다. 저수지 수면 위로 작은 원들이 가득 퍼져나갔다. 지민은 소나기쯤이야 하며 다시 저수지로 들어갔다. 완만한 곡선을 그리는 저수지 선이 바깥쪽으로 급격히 휘어진 구간이었다. 그 부근에서 수영하는 동안 지민의 눈에 낚시꾼의 모습은 보일 때도 있고 보이지 않을 때도 있었다.

지민이 서너 번 잠수를 하고 머리를 수면 위로 디밀어 올리는 순간, 남자가 저수지에 자루 하나를 밀어 넣고 있었다. 아주 짧은 순간이었다. 수면은 첨벙 하는 소리조차 없이 순식간에 자루를 삼켜 버렸다. 비는 곧 폭우로 변했다. 시야는 비안개로 희뿌옇게 가려져 가까이 있는 물체조차 보이지 않을 지경이었다. 지민은 왠지 남자한테 들키지 말아야 한다는 생각이 들었다. 남자의 시계(視界)에 잡히지 않을 위치에 있었어도 수면 아래로 깊숙이 몸을 숨겼다.

다시 고개를 내밀고 주위를 살펴보았을 때 남자는 어느새 제방을 내려가고 있었다. 지민은 물가로 나오지 못하고 계속해서 풀뿌리를 움켜잡고 물밑으로 잠수했다가 머리만 내밀어 짧은 호흡을 내뱉곤 하며 시간을 끌었다. 잠시 후 자동차 문이 닫히고 시동이 걸리는 소리가 폭우 소리에 섞여들며 차바퀴에 깔린 자갈들이 튀는 소리가 이어졌다. 차 소리는 점점 멀어졌다.

국도변에서 10킬로미터쯤 떨어져 있는 외진 저수지. 이곳까지 찾아 들어와서 저수지에다 묵직한 자루를 밀어 넣은 남자를 둘러싼 기운은 범죄의 한 단면에 닿아 있는 듯했다.

지민은 20분쯤 지나서야 자전거를 끌고 동네로 들어왔다. 그런데 좀전에 저수지에서 본 그 엘란트라 승용차가 윤옥 아주머니네 오리 축사 담벼락 옆에 주차되어 있었다. 마치 괴이한 유기물체처럼 등을 잔뜩 웅크린 채로.

남자는 비가 갠 다음 날 아침에야 엘란트라를 몰고 산매리를 떠났다. 윤옥 아주머니의 입을 통해 알게 된 남자는 서울대 법대 출신이지만 가난해서 고시를 포기할 수밖에 없었던 선량한 은행원이었다. 하지만 지민은 학원 수업시간에도 저수지 생각에서 헤어나지 못했다.

'자루에는 뭐가 담겨 있었을까? 저수지에다 버린 게 뭘까? 자루 속에 희생물이 들어 있었던 건 아닐까?'

지민은 혼자서 스무고개를 했다.

'동물성인가, 식물성인가, 광물성인가? 소중하고 좋은 것이라면 저수지에 내다 버렸을 리 없다. 좋지 않은 무언가를 산매리까지 찾아와서 사람들의 눈을 피해 가며 처치해야 했다면 범죄와 관련이 있을 가능성이 높았다. 범죄를 저지르고 은폐해야 할 증거물인 무언가는 동물일까, 식물일까, 광물일까, 아니면 사람일까?' 그런 논리로 치달아가다 보면 으스스한 기운이 스며들었고, 한편으로는 지나친 망상 같기도 했다.

그런데 지민이 어쩔 수 없이 저수지에 잠수해야 할 일이 일어났다. 농협에서 대출을 받고 밤중에 만취 상태로 돌아오던 아버지가 엉뚱하게도 저수지 쪽으로 길을 잘못 든 것이었다. 비틀거리며 제방을 따라 걷다가 인감도장과 현금 2백만 원이 든 비닐 손가방을 저수지에 빠뜨리는 실수를 저지르고 말았다. 8월 17일에서 6일이 지난 8월 23일 아침나절이었다. 지민은 저수지로 잠수해서 바닥을 수색했고 다행히 얼마 지나지 않아 아버지의 유실물을 건져냈다. 그 과정에서 지민은 저도 모르게 두려움이 뒤섞인 호기심이 발동했다.

가장 먼저 건져 올린 자루에는 잡동사니 쓰레기가 들어 있었다. 두 번째로 끌어낸 자루 안에선 오리 내장과 두 눈이 감긴 오리 대가리, 그리고 오리발들이 주르륵 흘러나왔다. 세 번째로 발견한 자루는 마대였다. 살덩어리의 물컹한 느낌이 손끝에 닿는 순간 지민은 본능적으로 저수지 밖으로 도망쳐 올라왔.

지민은 다시 마음을 다잡고 물속으로 들어갔지만 자루에는 손도 대보지 못하고 수면 위로 빠져나오기를 서너 차례 반복했다. 그러다가 열네 살 짜리 소년은 자신과의 싸움에서 드디어 두려움을 극복하고 대담하게 마대를 건져 올렸다.

익사체의 형체는 끔찍했다. 물속에서 부르튼 살덩이로 시신의 눈, 코, 입이 따로 분간되지 않을 정도로 얼굴 자체가 부풀어 있었다. 머리카락은 목덜미까지 내려오는 길이였다. 그 때문에 지민은 한동안 피살자를 단발머리의 여자로 넘겨짚었다. 살이 흐무러진 익사체에 뒤엉켜 버린 머리카락이 물속에서 더 길어 보였기 때문이다.

지민은 탐정소설과 추리소설을 읽고 주워들은 범죄 지식을 상기했다. 학원 가방에서 연필 칼을 꺼내 들고 손아귀에 움켜쥔 만큼만 머리카락을 잘라냈다. 변사체 식별의 제1항목은 머리카락이라는 원칙에 따라 훗날을 위해 본능적으로 그렇게 해둔 것이었다.

그때 저수지에서 조금 떨어진 농로 쪽에서 경찰차의 사이렌 소리가 울렸다. 소리는 저수지 쪽으로 올라오고 있었다. 지민은 서둘러 마대를 묶어 도로 저수지 밑으로 밀어 넣어 버렸다. 연필 칼과 머리카락은 풀밭 속에 감춰놓고 고무줄로 된 체육복 반바지와 헐렁한 면티를 5초 만에 주워 입었다.

한달음에 저수지 제방으로 올라선 순경 두 명이 지민을 발견하고 고함을 질렀다.

"야 인마! 너! 여기서 뭐 해?"

지민은 환한 햇볕 때문에 눈살을 찌푸리며 둘러댔다.

"아, 아빠가 어젯밤에 술 드시고 여기서 인감을 잃어버렸어요! 이제 막 찾았어요."

경찰은 산매리 주민들이 조류독감의 곤욕에 휘말리지 않으려고 집단 폐사한 오리를 저수지에 갖다 버린다는 제보를 받고 출동했던 것이다.

키 큰 순경이 지민에게 눈길을 두고서 동료 순경에게 말했다.

"얘는 양주시에서 제일 공부 잘하는 모범생, 걔잖아."

그러자 동료 순경이 마무리했다.

"그래? 그럼 빨리 집에 가."

경찰의 검문 아닌 검문에서 풀려난 지민은 여름 볕에 달구어진 저수지 제방길을 걸어 내려가며 정신을 가다듬었다. 다시 생각은 어느새 익사체로 되돌아갔다. 시체가 들어 있는 마대를 목 부위까지 벗겨 내렸을 때 분명히 목이 졸려 살해된 시체에서 나타난다는 교살의 흔적이 있었다.

집으로 돌아온 지민은 사흘 동안 일어나지도 못하고 진땀을 흘리며 헛소리를 했다. 지민이 그렇게 악몽에 시달리며 앓아누워 있는 동안 저수지에 수장된 익사체는 시각을 다투며 부패해 갔다. 시체가 부패하는 속도는 대기 중에서보다 물속에서는 배로 더디다곤 하지만, 무더운 여름철이었다. 더구나 익사체는 손으로 만지면 물에 불린 빵 입자처럼 흐물흐물 살갗이 분해되어 있어 지문조차 뜰 수 없다.

사흘 만에 정신을 차리고 깨어난 지민은 경찰에 신고하기로 했다. 그러나 경찰이 저수지로 출동했을 때 바로 말하지 않았던 일이 마음에 걸렸다. 함부로 시체의 머리카락을 잘라버린 것도 '훼손'에 관련된 어떤 죄목에 걸릴 것 같아 더럭 겁이 났다. 무엇보다도 학원에서 보는 특목고 반 편성 시험이 코앞이었다. 그때는 한국 사회가 온통 특목고 신설 뉴스에 쏠려 있었다. 특목고 진학은 명문대 입성과 직결되는 길이었다. 지민이 경찰에 신고

하는 순간부터 학생 신분과는 거리가 먼 살인범죄 사건의 목격자 또는 신고자 취급만 당할 우려가 있었다. 게다가 지민이 경찰서에 불려 다니며 죽은 자를 위해 자신의 학업을 희생해준다고 수사에 큰 도움이 될 수도 없다는 생각도 들었다.

8월 17일 토요일 저녁, 폭우가 내리퍼붓는 저수지로 자루를 밀어 넣은 그 남자는 다음 해 서울 중랑갑의 국회의원으로 당선되었다. 지민은 남자가 유명한 정치인으로 커 가는 과정을 텔레비전으로 지켜보며 자랐다.

97학번으로 서울대 법대에 진학한 지민은 대학을 졸업하고 군에 입대했다. 겨울밤 초소 근무를 서거나 장마철, 태풍주의보가 내려져 소총을 메고 비상 보초를 설 때면 산매리 저수지를 떠올렸다. 그때마다 의혹이 일었다.

'이동준 의원이 산매리 저수지에 빠뜨린 자루에는 무엇이 들어 있었을까? 윤옥 아주머니네 오리 부속물 쓰레기를 갖다버린 걸까? 내 손으로 건져 올린 자루 세 개 중에 어느 것이었을까? 그것들과는 상관없이 아직도 저수지 밑에 그대로 잠겨 있는 것은 아닐까?'

그때 일을 떠올릴 때면 지민은 초조하고 조급해졌다. 휴가를 나가면 반드시 그 일부터 처리해야겠다는 의무감을 느꼈다. 그러면서도 그 일이 실제로 겪은 일이 아닌 듯 아련하기도 했다.

작년 겨울 대선이 끝나고 지민은 이동준 의원에게 접근해 보려고 매형이 일하고 있는 지역구 사무실로 찾아들었다.

 이 일은 피살자와 살인자, 그리고 지민만이 알고 있다. 그리고 만약 신이 있다면! 산매리 저수지에 수장된 피살자는 누구인지, 누가 그를 살해했는지 알고 있을 것이다. 절대적인 암수범죄다! 살인사건 자체가 드러나지 않아서 수사기관에 인지되지 않고 있다는 점에서 완전범죄와는 성격이 달랐다.
 암수살인 건수는 한 해 2백 건에 가깝다는 통계가 있다. 피해자의 신원을 알지 못해서 신고가 들어와도 아예 수사에 착수하지도 못한 암수살인과는 달리 절대적 암수범죄는 그 건수를 알 수도 없다.
 청바지 주머니에 넣어둔 지민의 휴대폰이 진동했다. 지영 누나 번호였다.
 "지민아, 지난번에 네가 집에 갔다 온다길래 엄마한테 갖다 드리라고 준 조끼, 왜 안 갖다 줬어? 어디 있어?"
 10월 23일 오후에 지민은 산매리 집에 다녀온다며 편의점을 나섰다. 주차장에 있는 매형의 아반테를 지나칠 즈음에 지영이 다시 그를 불러 세웠다. 그러고는 지민에게 옷가지가 담긴 반투명 비닐봉지를 건네며 말했다.
 "이거 지난번에 엄마가 우리 집에 빠뜨려놓고 간 조낀데 갖다 드려. 부녀회에서 체육회 때 단체로 맞춰 입은 거야. 따뜻하고 일할 때도 편하다고 하더라."

지민은 자주색 바탕에 노란 글씨로 '산매리 부녀회'라고 인쇄된 조끼를 꺼내 보고 다시 비닐봉지에 집어넣었던 일이 그제서야 기억났다.

지영이 설명을 덧붙였다.

"조끼 주머니에 엄마한테 쓴 편지랑 10만 원짜리 수표 한 장도 넣어 두었거든. 깜짝 선물로 엄마를 감동시키려고 너한테는 일부러 말하지 않았어."

지민은 홍대입구역으로 가기 위해 라이프아파트에서 가까운 여의나루 전철역으로 서둘러 걸음을 옮겼다.

4장

1

 검정 체어맨, '서울 가-1123'은 여의도 전철역 근처를 달려가고 있었다. 지민 문제로 짓눌려 있는 동준은 여의도 거리를 내다보며 생각에 잠겼다.

 '지민이 왜 이런 짓을 벌였을까? 정의감 때문에? 돈 때문에?'

 그러나 증거는 사라졌다! 지민은 산매리 저수지 제방이 무너져 내리며 자루가 휩쓸려 떠내려간 사실을 모르고 있는 것 같았다. 그해에 지민은 군 복무 중이었다.

 여의도역 주변엔 이 십여 층 높이의 빌딩 아홉 채가 다이아몬드 막대처럼 우뚝 서 있었다. 자본이 빌딩 꽃으로 피어난 여의도. 그 꽃들은 때로 의사당 길의 벚꽃보다 더 매혹적이고 강렬했다. 빌딩들은 저마다 예술적인 조형물과 앙증맞은 분수대 그리고 정교하게 손질된 수목을 심어 놓았고 재벌기업의 로고가 빌딩 외벽에 멋진 서체로 새겨져 있었다. 빌딩 전체에서 후광이 비쳤다. 청와대와는 또 다른 차원의 권력이었다. 전직 대통령과 사돈이 되는 재벌의 빌딩도 그 속에 있었다.

 현대는 부의 세습에 따르는 고대의 신분사회로 회귀하고 있다. 동준은 아들 정현을 위해 결단을 내렸다. 저수지의 목격자인 지민에게 은혜를 베풀어야 한다. 사법고시에 좌절한 지민이 이후 인생이 풀리지 않는다면 사회와 세상을 원망하고 성공한 사람들을 병적으로 시기해서 극단으로 치닫게 된다. 그렇게 되면 위험해지는 건 결국 동준 자신이었다. 국회의사당이 가까워졌다. 여의도공원 건너편 의사당의 둥근 돔은 유에프오(UFO)가 나무숲 위에 얹혀 있는 것처럼 보였다.

재식이 지민에게 다가와서 목소리를 낮춰 말했다.
"위원장실에 들어가 봐. 의원님이 좀 보자고 하신다."
지민은 지난번 연진수 의원에게 비자금을 전달한 일로 의원님이 인사를 하시려는구나 짐작했다.
'온 더 락 노래방'에다 지민이 산매리 부녀회 조끼를 두고 나오는 큰 실책을 저질렀지만, 다행히도 주인이 잘 보관해놓고 있었다. 조끼 주머니에 지영 누나가 써둔 편지와 수표도 그대로 들어 있었다. 그 일을 생각하면 지금도 가슴이 철렁했다.
지민이 들어가자 의원님은 두툼한 법령집을 덮고 책상을 돌아나왔다.
동준은 응접 소파를 가리키며 말했다.
"앉지. 자네가 애를 써줘서 당 사무실이 아주 밝고 젊어졌어."
"아, 예."
지민의 뒤를 이어 들어온 여직원이 커피 두 잔을 테이블 위에 내려놓았다.
"들지. 올해 나이가?"
"예에. 서른한 살입니다."
동준은 지민이 괴메시지의 발신자라는 사실에 충격과 혼란이 채 가시지 않은 상태였다.

"자네가 법대 몇 회 졸업이라 그랬지?"

"예, 82회입니다."

"언제까지 이런 일을 할 건가?"

"예에?"

동준은 눈에 띨 정도로 지민의 눈가가 실룩거린 순간을 놓치지 않았다. 노란 장미 한 송이가 그려져 있는 머그컵을 들고 동준이 말했다.

"인재가 이런 데서 시간을 보내고 있어서 하는 말이야. 가정형편 때문에 법관의 길을 포기할 수밖에 없었던 나를 보는 거 같기도 하고."

지민은 점점 의원님이 왜 자기를 불렀는지 신경이 쓰였다. 그러나 의원님은 계속해서 지민의 개인 신상 얘기를 이어갔다.

"합격해서 연수를 마치면 어느 쪽으로 갈 텐가? 판사, 검사, 아니면 변호사, 로펌?"

지민은 긴장하며 대답했다.

"연수원 성적을 봐서 결정하면 되겠지만, 이미 포기했습니다."

"법대에 아직 최중민 교수 계신가?"

"작년에 정년퇴직하셨어요."

"아, 벌써 그렇게 됐나? 그 양반이 헌법학의 최고 권위자시지."

대화를 나누는 동안 동준의 눈길이 가끔 지민의 등 뒤를 향했다. 의원님을 면담하기 위해 들어오는 사람들로 대화가 중단되기도 했다. 일개 자원봉사자가 의원님 앞에 앉아 있다는 것만으로도 불편한 자리였다. 노트북 가방을 든 대머리 기자가 안으로 들어서자 동준은 소파에서 일어나 그를 맞이했다. 엉거주춤하게 따라 일어서는 지민에게 동준이 말했다.

"이제 그만 나가봐도 돼."

지민은 공손하게 인사를 올리고 사무실로 나갔다.

동준은 지민의 뒷모습을 바라보며 여전히 풀리지 않는 한 가지 의문에 대해 생각했다.

'재식이 발설하지 않았다는데 지민이 어떻게 내 비밀폰 3883을 알아냈을까?'

'중랑갑 지역구 당원 한마음대회'가 3천여 명의 당원들이 참석한 가운데 문화회관 대강당에서 개최되었다. 지역구에서 벌이는 연례행사 중에 가장 규모가 큰 행사였다. 사회자는 마이크를 점검하고 기자들은 촬영 장비를 확인하고 있었다. 매스컴을 통해 눈에 익은 거물급 인사들이 검정 세단에서 내려 행사장 입구로 속속 걸어 들어왔다. 한복을 곱게 차려입은 여성 동책들이 방명록 기재를 안내하고 화려한 코사치를 가슴에 달아주었다.

드디어 이동준 의원이 입장해서 기품 있는 걸음걸이로 단상으로 올라갔다. 초청 인사들과도 일일이 악수를 나누고 내빈석에 앉았다.

지민은 집행 요원들과 함께 행사 일을 돕느라 사회자가 행사

시작을 알리고 나서야 자리에 앉을 수 있었다. 맨 앞줄 한가운데 앉아 있는 노부인이 지민의 시선을 끌었다. 허리를 곧게 펴고 앉아 있는 부인의 자태는 러시아 발레단장을 연상시켰다. 짙은 암녹색 치마 정장이 고상하게 잘 어울렸다.

지민이 목소리를 낮춰 재식에게 물어보자 재식이 귀띔했다.

"의원님, 어머니셔. 우리 큰어머니. 산매리가 고향이잖아. 일 년에 한 번 정도는 당 행사에 나오시지."

지영은 처음으로 공식행사에 참석했다. 재식은 지영에게 조직부장 부인답게 신경 써서 차려입고 나오라고 미리 일러두었다. 지영은 식이 시작되기 직전까지 지민이 행사용 집기를 들고 바쁜 걸음으로 강당 안을 오가던 모습을 측은하게 바라보았다. 지민을 보는 지영의 마음은 늘 안타까웠다. 어려서부터 매사에 지는 걸 싫어하고 자기가 최고인 줄 알고 살아온 도도한 지민이었다. 지민이 최고학부인 서울대 법대에 합격했을 때 양주시청 앞 사거리와 모교 정문, 그리고 산매리 마을회관에까지 현수막이 내걸렸다. 그런 지민이 지금은 갈림길에 서 있는 백수에 불과했다. 법학이라는 전공을 잘못 선택한 게 아닌가 싶었다. 고시 생활로 수년을 흘려보낸 터라 기업체 공채시험의 자격 연한마저 훌쩍 넘겨 버렸다.

한창 장마철이던 어느 날엔가 중학생 지민이 간호사로 일하고 있던 지영에게 물었다.

"누나. 시체가 물속에 있을 때와 땅에 매장되었을 때 어느 쪽이 더 빨리 부패 돼?"

"……."

지영이 간호사여서 의학적으로 많이 알 거라고 기대했던 지민은 실망이 컸다. 초년생 간호사가 직업상 알게 되는 전문지식이라야 세상 경험이 많은 동네 아주머니들 수준보다 못했다. 지민이 불만스럽게 말을 던졌다.

"누나, 기분 나쁘게 들릴지는 몰라도 그 정도밖에 이뤄내지 못한 누나가 잘난 의사나 변호사를 만나 결혼할 거라는 꿈은 접는 게 좋을 거야."

아마도 재식을 남편으로 두고 살아가는 한, 지영의 의식 속에 내내 흐를 말이었다. 지민이 했던 말대로 지영은 재식 수준의 남편을 만났다. 지영은 지민이 던진 말에 화가 나거나 자존심이 상하지는 않았다. 누나를 무시하려는 의도보다는 다른 무엇이 담긴 말이었다.

"누난, 그러게, 공부 잘해서 여의사가 되었으면 좀 좋아. 누나는 누나가 같은 한 사람이라고 보지만 딴 사람들한테는 여의사 지영과 간호사 지영은 결코 같은 한 사람이 아니야."

지민은 어른이 되기도 전에 이미 사회의 속물성을 꿰뚫는 통찰력이 있었다.

사회자가 마이크로 '최지민'이라고 부르는 소리에 지영은 자기 생각에서 깨어났다. 의아한 눈길로 지민을 쳐다보았다. 지민이 어리둥절한 표정으로 무언가를 설명해주는 재식에게 등이 떠밀리다시피 하며 단상으로 올라갔다. 지영은 재식과 눈이 마주쳤다. 재식은 이미 알고 있었다는 듯이 지영에게 손가락으로 V자를 만들어 보이며 환히 웃었다.

사회자의 멘트에 단상으로 불려 나온 사람은 지민과 또 한 명의 대학 재학생이었다. 두 사람은 후원증서를 수여해줄 이동준 의원 앞에 나란히 섰다. 한 아름의 꽃다발을 준비한 도우미와 카메라를 든 사진 기자들까지 함께 나와 있었다. 사회자는 두 명의 수상자가 앞으로 사회에 나가 성공적인 첫발을 내디딜 수 있도록 이동준 의원님이 성심껏 후원할 거라는 말을 덧붙였다. 수상자에게 증서가 수여되고 의원님과 악수를 나누는 순간, 꽃다발이 안겨지고 카메라 플래시가 터졌다. 화려한 스포트라이트와 강당 안에 울려 퍼지는 박수 소리가 마법처럼 지민을 홀렸다. 지민은 정신을 가다듬고 지금처럼 벅찬 감동과 축복을 경험했던 순간을 떠올렸다. 의원님의 비밀폰인 3883폰을 알게 되었을 때였다.

대통령 선거 날이었다. 지민은 매형한테 찾아가겠다는 말을 하려고 전화를 길었다. 그때 재식은 당사에서 당원들과 함께 만세를 부르며 환호하고 있었다. 텔레비전에서 박상헌 후보의 대통령 당선이 확실하다는 발표가 나오던 바로 그 순간이었다. 재식은 자신이 대통령이 된 듯 들떠 있었다. 지민과 통화하려고 복도로 나왔다면서 대통령 측근이 된 의원님은 이제 평의원이던 때와는 달리 위상이 엄청 높아진거라고 위세를 떨었다. 그러다가 정보망에 걸려들면 곤란한 일은 의원님의 3883폰으로, 문자로 해야 한다고, 안 그러면 발신자도 KBI에 걸려든다고 흥분해서 주절거렸다. 정치 쪽과는 무관한 처남이었으니 방심하고 말했을 것이다.

지민과 악수를 나눈 이동준 의원의 손길은 따뜻하고 부드러웠다. 잠시 마음을 놓았던 지민은 순간 서늘했다.

'이동준 의원이 저수지에 밀어 넣은 자루가 바로 그거라면! 내 손에 증서를 건네주는 이 손은 살인자의 손이다.'

내심 떨고 있으면서도 지민은 의원님에게 대놓고 물어보고 싶을 만큼 강렬한 의혹을 느꼈다.

'당신은 1991년 8월 17일 토요일 (어디서) (무엇 때문에, 왜) (어떻게) (피살자를 살해)했습니까?'

그러나 논리적인 추리는 두려움의 강도가 약했다. 이동준 의원이 피해자를 살해하는 장면을 현장에서 실제 목격하게 되었을 때의 공포와는 확실히 다를 것이다. 어쩌면 그날 이 의원이 저수지에 밀어 넣은 자루에는 쓰레기가 들어 있을 수도 있었다.

지민은 사회자가 요청하는 대로 동료 수상자와 함께 강당을 가득 메운 3천여 명의 당원들을 향해 허리를 숙이고 인사를 올렸다. 다시 한번 축하의 박수가 터져 나왔다. 사람들 속에서 지영 누나가 박수를 치고 있는 모습이 또렷하게 보였다.

동준은 다시 단상의 내빈석으로 들어와 앉았다. 그때 권판식 아저씨의 환영이 나타났다. 행사장에 앉아 있는 당원들 속에서 온화한 미소를 짓고 있었다. 오래전부터 권판식 아저씨는 유세장에도 있었고 당 사무실을 드나드는 노년층의 당원들 속에도 있었다. 사랑방 좌담회에도 앉아 있었고, 구민회관 객석에도 와 있었다. 국회의사당에서 단상에 나가 연설하는 동준을 이층 방청석에서 내려다보기도 했고 상임위 회의장에도 옵서버로 자리했다.

동준이 다른 사람들을 위해 좋은 일을 할 때면 늘 권판식 아저씨가 나타나 박수를 쳐 주었다. 법의 사각지대에 놓여 있는 사람들이 권리를 찾고 누릴 수 있도록 국회에서 입법 활동을 할 때마다 권판식은 동준을 격려해주었다.

'이번 일은 장차 이 나라의 검사한테 투자하는 일이지.'

동준이 뿌린 씨앗들은 언젠가 아들 정현의 정치에도 밑거름이 되어줄 것이다.

행사가 끝나고 동준은 일층 현관 로비에서 사람들에게 둘러싸여 일일이 인사를 나누었다. 한동안 그런 동준으로부터 먼발치에 떨어져 있던 어머니가 아들에게로 다가왔다. 암녹색 두피스 정장하고 잘 어울리는 핸드백과 검정 벨벳 구두를 신고 있었다.

"북이든, 남이든 사람 사는 곳이면 어디든 남의 것을 빼앗으려는 자들이 있어. 그 양반한테는 성자다운 면이 있었다. 너는 욕심으로 더러운 순간이 아니라 성스러운 순간에 태어났어. 너한테 그 사람 피가 흐르고 있다는 건 어쩔 수 없구나. 네 아버지에 대해서는 그렇게만 알고 있어라."

어머니가 들려준 말은 동준의 귀에 바람 소리처럼 흔적 없이 스쳐 갔다. 동준은 멍한 눈으로 어머니를 바라보았다. 할 말을 마친 어머니는 구두 굽 소리를 울리며 팔순을 넘긴 나이에도 꼿꼿한 발걸음으로 로비를 걸어 나갔다.

중랑갑 사무실은 소집된 동 회장들로 북적거렸다. 지민의 자리는 이제 비어 있었다. 여직원이 의원실에서 내려온 '의정활동 보고서'를 나눠주었다. 지민이 맡아 했던 일이었다. 이동준 의원의 일 년간의 의정활동이 4×6배판 20페이지짜리 화보에 실려 있었다. 동 회장들은 할당받은 보고서를 배포한다고 각자 자기 동네로 돌아가고 당사를 드나드는 당원들의 발걸음도 뚝 끊겼다. 종일 죽치고 앉아 시간을 보내던 원로당원들마저 오늘따라 나오지 않았다. 당원들 틈에서 하루를 살아가는 사무실에 재식은 모처럼 혼자 남았다.

사무실 문이 열리고 낯이 조금 익은 남학생이 방긋 웃는 얼굴로 들어섰다.

"아저씨, 안녕하셨어요? 저 그동안 아빠 따라 미국 갔다가 이제 돌아왔어요. 미국 가기 전에 제가 핸드폰을 잃어버렸거든요. 편의점에 있는 지민이 삼촌이 보관하고 있다고 친구가 알려줬어요. 전 그것도 모르고 내 최신 폰을 어떤 녀석이 훔쳐 간 줄 알고 본때를 보여주려고 경찰에 신고하고 증거로 통화 내역까지 뽑아 왔다니까요."

"그랬어? 학생들이 편의점에 들렀다가 깜박 잊고 두고 간 휴대폰들 모아둔 게 있으니까 알바 형한테 가서 달라고 해. 번호가 뭔데?"

"019-726-6267번이요."

재식은 무심결에 남학생이 건네주는 6267폰의 통화 내역에 눈길이 닿았다. 그런데 남학생이 미국에 있는 동안 6267폰으로 문자를 주고받은 상대 번호는 어이없게도 의원님의 비밀폰인 3883폰이었다.

'오늘 밤 12시에 다시 메시지를 전하지.'
'1991년 8월 17일 토요일, 무슨 일이 일어났는지 알고 있어.'
'공소시효는 지났군. 모든 범죄는 절도의 변형이지.
 한 사람을 살해하는 건 그 사람의 삶을 훔치고 빼앗는 것이네.'
'내가 누군지 알고 싶겠지. 난 그의 가족이야.
 그가 사랑했던 가족.'

재식은 큰 충격과 혼란에 빠졌다. 언젠가 당원들 속에서 의원님의 등으로 날아가 박히던 지민의 눈길을 본 적이 있었다. 그것은 마치 죄를 짓고도 버젓이 대로를 걸어 다니는 피의자를 보는 검사의 눈빛이었다.

'8월 17일, 1991년 8월 17일······.'

왠지 눈에 익은 날이었다. 재식은 캐비닛을 열고 의원님의 가족사항에 관련된 파일을 꺼내 들었다. 주민등록등본에 기재되어 있는 910817-2******, 1991년 8월 17일은 의원님의 막내딸 이서현의 생일이었다.

한번 일어나기 시작한 의혹은 계속해서 꼬리를 물고 이어졌다. 재식은 사촌 형인 동준이 국회의원 선거에 출마했던 92년 4월을 떠올려 보았다. 초선으로 당선되고 나서 의원님이 인터뷰를 마치고 기자에게 저녁을 대접한 적이 있었다. 그 자리에서 녹음은 하지 말자며 반 농담 투로 말했다.

"천사가 돈을 주었어요. 그래서 정치에 입문할 수 있었지요."

지금까지 재식은 동준에게 정치자금을 대준 누군가는 특정인이 아닌 어떤 조직일 수도 있을 거라고 생각했다. 의원님이 연루된 일은 알아도 모르는 척하는 게 아랫사람의 도리다. 조직부장 재식이 넘어서는 안 될 엄격한 선이 있었다. 금기였다.

'지민이 의원님에 대해 어떤 비밀을 알아낸 게 아닐까?'

국회의원이 된 사촌 형의 지역구에서 온갖 허드렛일을 수발하느라 재식은 발바닥이 부르트도록 지역구 현장을 뛰어다니며 관리했다. 언젠가 아내 지영이 길거리에서 재식과 맞닥뜨린 적이 있었는데 재식은 자기 생각에 빠져 있느라 지영을 코앞에 두고도 몰라볼 정도였다. 학년이 바뀔 때마다 아이는 새로 사귄 반

친구들한테 아빠의 직업을 달리 표현했다. 국회의원 비서, 사무원, 특수공무원, 선거운동원, 정당인, 때로는 정치인으로 격상시키기도 했다. '지구당 조직부장'이라는 직업은 없기 때문이다. 선거가 있을 때만 일을 하게 되는 임시직이라고 볼 수 있으니까.

그러나 이제 재식은 중랑갑구에서 유명해졌고 지역전문가나 마찬가지였다. 대대로 여당인 집안과 대대로 야당으로 내려온 집안을 파악하고 있고, 어느 집이 이사를 나갔는지, 지역구로 새로 전입해 들어오는 가구의 정치성향은 어떤지, 그리고 살긴 살아도 주소는 다른 구에 등록되어 있어 중랑갑의 유권자가 아닌 주민들의 정보까지도 소상히 꿰고 있었다.

서로 친하게 지내는 사람들과 동호회원들, 부동산 중개업자들의 성향과 개인병원의 원장이나 찜질방 주인은 어떤지, 보습학원 원장이나 헤어숍, 식당이나 호프집, 골프연습장 주인은 어떻다는 걸 알고 있었다. 정치적인 색깔이 없이 무난한 지역구민까지 훤히 아는 재식에게 지역유지나 공직자, 평소 당을 가까이 끼고 사는 당원들은 두말할 것도 없었다.

정당 경력 15년 차의 재식은 조직부장 자리에서 한 치의 발전도 없는 자신의 처지를 떠올렸다. 의원님은 그를 위해 열심히 일해 온 자신을 알아주지 않았다. 일꾼으로만 보는 시각이 고정되어 있었다. 정상적인 방법으로 정도를 걸어가는 사람에게는 좀처럼 기회가 오지 않는다. 재식은 의원님이 최근에 3883폰을 해지하고 새로 바꾼 비밀폰 4645로 메시지를 보냈다.

새해 예산 처리 문제로 민한당 의원들은 야당과 몸싸움을 벌이며 국회에서 밤을 새우고 있었다. 715호 의원실에는 국정감사 때처럼 야전침대와 침낭을 갖다 놓았고 동준은 휴일도 없이 칼잠을 자는 생활까지 감수하고 있었다. 새 비밀폰인 4645폰으로 수신된 문자 메시지를 읽었다. 재식에게서였다.

'긴히 드릴 말씀이 있어요.'

동준은 재식을 데리고 이층에 있는 해물탕집으로 들어갔다. KBI원장은 바뀌었지만 여전히 도청을 당하고 있을 당 사무실을 피해 밀담을 나누기에는 손님들이 북적거리는 식당이 무난했다. 와자지껄해서 옆 테이블에서 하는 얘기는커녕 자기 테이블에 앉은 사람이 하는 말도 제대로 알아듣지 못할 때가 있었다.

불판 위에서 끓고 있는 해물탕 냄비에 거품이 뽀글거렸다. 재식은 불편한 심경을 감추려고 숟가락으로 고여 드는 거품을 걷어냈다. 동준이 상체를 앞으로 내밀고 재식의 팔에다 가만히 손을 얹었다. 팔뚝에 닿은 의원님의 손길에서 재식은 묘한 힘이 전달되는 걸 느꼈다. 마음이 평온해진 재식이 자연스럽게 말을 꺼냈다.

"3883폰과 메시지를 주고받은 6267폰이 제 손에 들어왔어요."

동준은 이미 지민에 관한 얘기일지 모른다며 마음의 준비를 하고 나온 터였다.

"그래? 나도 6267폰이 이상하다고 생각했지. 도대체 장난 메시지를 보낸 사람이 누구야?"

재식은 아차 싶었다. 섣불리 행동한 자신의 어리석음을 탓할 수밖에 없었다.

'6267폰을 써서 메시지를 보낸 사람이 지민이라고 볼 수만은 없잖아. 다른 알바생이 사용했을 수도 있고 편의점을 이용한 손님 중에 누군가 빌려 썼을 수도 있는건데. 더구나 지민이 3883폰을 알 리도 없고!'

당혹해하는 재식에게 동준은 사무적인 어투로 앞뒤 없이 한마디를 던졌다.

"민주주의는 보통 사람들한테도 비범함이 있다는 데 그 의의가 있지. 국회의원 선거에 출마해 볼 생각 없어?"

화들짝 놀란 재식은 비명을 지르듯 하이톤으로 반문했다.

"아유, 제가 어떻게 국회의원을 합니까?"

"하면 하는 거지 왜 못 해."

집권 여당 사무총장의 권위에 이끌리며 재식은 저도 모르게 응답했다.

"시의원 정도면……."

농순은 본격적으로 재식에게 중랑갑 서울시의원에 출마하기를 권유하며 필요한 자금을 밀어주겠다고 약속했다. 재식의 눈앞에 배지를 단 이재식 서울시의원이 의사당에 앉아 서울시장을 향해 시정 질문을 퍼부으며 활약하는 모습이 그려졌다. 지금까지 재식도 시의원이 되고 싶은 욕심이 없지 않았지만 사촌 형이라는 줄은 있어도 자금이 없었다. 나이 사십을 넘기며 재식은 그동안 운영해 온 동네슈퍼를 GS25의 가맹점으로 키워놓았다. 수천만 원의 대출이 끼어 있긴 해도 뿌듯했다. 하지만 정치를 꿈꾸는 남자에겐 부끄러운 수준이었다.

재식은 앞으로 시의원이 되어 보통 남자에게도 비범함이 있다는 실례(例)가 되어 보기로 했다. 지영에게 '의원님 사모님'이란 소리를 듣게 해주고 시의원을 시작으로 큰 정치인이 되겠다는 포부를 그렸다. 선출직 시의원은 구청의 국장급에 해당한다. 역량을 키우면 중랑구청장으로 출마할 수도 있고, 중랑구 국회의원까지 오를 만한 기반을 닦을 수도 있었다.

동준을 태운 체어맨은 주차장을 빠져나가 대로를 흘러가는 차량 물결에 합류했다. 금요일 밤이면 늘 그렇듯이 거리는 퇴근하는 차들로 꽉 막혀 있었다.

의원님을 배웅하느라 여전히 허리를 굽혀 예를 갖추고 서 있던 재식은 그제야 의원님의 몸이 예전 같지 않다는 걸 알아차렸다. 올 들어 동준의 체중이 눈에 띄게 줄었고 얼굴도 갑자기 늙어 버렸다.

2

오후 내내 퇴근 시간만 기다리던 영주가 6시가 되자마자 자리에서 일어났다. 샤넬가방을 챙겨 들고 부속실을 나서는 영주의 발걸음엔 어떤 결행의 기미가 엿보였다. 오늘밤뿐이었다. 아침 출근길에 영주는 엘리베이터 앞에서 윤옥과 마주쳤다. 친척 어른의 기일이어서 시골집에 다녀온다고 했다.

1501호 아파트의 현관문을 땄다. 영주는 대범하게도 윤옥 몰래 열쇠공을 불러 1501호의 열쇠를 미리 제작해 두었다. 윤옥이 없는 거실 안으로 들어선 영주에게는 뚫어야 하는 또 하나의 관문이 남아 있었다. 영주는 안방 문까지 따줄 열쇠공이 도착할 때까지 1501호 안을 마음 놓고 누비며 돌아다녔다.

어려서부터 영주는 돈을 찾아내는 데 비상한 재주가 있었다. 그런 딸을 둔 영주 엄마는 별의별 곳에 다 돈을 숨겨보았다. 시멘트 곰팡내 나는 장판 밑이나 발냄새 나는 운동화 깔창 밑, 손가락이 잘 들어가지 않는 틈새, 양념 냄새가 밴 김치통 속이나 비닐로 싸서 쌀통 속에 파묻어두기도 했지만 허사였다. 영주는 눈이 아니라 코로 돈을 찾아내는 기이한 딸이었다.

한강 변에서 서울불꽃축제 개막식 행사가 시작되었다. 아이돌 가수들의 댄스 뮤직이 흥겹게 이어졌다. 실수로 안방 문이 잠겨버렸다는 주문을 받고 온 열쇠공은 삼십 분 동안 질질 끌다가 곤혹스러운 표정을 지으며 말했다.

"그것참! 겉보기엔 보통 문고리하고 똑같은데 특수하네요. 이런 장치도 있었나?"

영주는 어쩔 수 없이 출장비만 쥐여 주고 열쇠공을 돌려보냈다. 실망한 영주는 발코니로 돌아나가 안방 유리문을 쥐고 흔들어보았다. 통 유리문 전체는 방 안에 드리운 하늘색 커튼으로 가려져 있어 안을 들여다볼 수가 없었다.

변장을 한 동준은 나무숲에 가려진 H동 주차장에서 재식의 아반테에 라면박스를 실어주었다. 서울시의원에 출마할 선거에 지원할 자금이었다. 재식을 돌려보내고 동준은 다시 H동 현관으로 들어갔다. 권판식 아저씨가 세입자인 1401호는 언제나 아늑하고 평화로웠다. 불꽃축제 행사장에서 한동안 이어지던 노랫소리가 그치고 '펑펑', '따다다다 펑펑' 하는 폭죽 소리가 터져 나왔다. 동준은 발코니 난간에 기대서서 한강 둔치 쪽의 밤하늘에 그려지는 화려하고 아름다운 불꽃들에 도취했다. 여의도 밤하늘에 찬란하게 연출되는 불꽃 중에는 카네이션을 연상시키는 이미지도 있었다.

어느 해 5월 8일 어버이날에는 방천지점 은행원들이 시장 상인들을 대상으로 이벤트를 벌였다. 카네이션을 가득 담은 꽃바구니를 들고 시장으로 나가서 재래시장 상인들의 가슴에 한 송이씩 달아주는 행사였다. 동준은 여행원들이 준비한 카네이션에서 한 송이를 따로 챙겨두었다가 퇴근길에 권판식 아저씨 집에 들러 가슴에다 달아주었다.

추억을 떠올리던 동준은 애틋했다. 그 순간이었다. 7776 휴대폰에 연결된 센서가 깜박거렸다! 거실로 튀어 들어간 동준은 휴대폰 액정화면에 1501호 아파트에 설치된 CCTV를 확인하는 비밀번호를 입력했다. 지난봄에 괴메시지 때문에 윤옥의 거동을 살펴보느라 아파트 안을 검색했고, 불이 났을 때 확인한 이후로 세 번째였다.

냉동고 앞 거실 바닥에 주저앉은 동준은 화면을 노려보았다. 1501호 아파트의 거실 전체가 액정화면에 나타났다. 윤옥이 부재중인 실내는 텅 빈 상태로 정지되어 있었다. 사람의 움직임이라곤 없이 정지된 공간은 그 자체로 동준을 긴장시켰다. 눈으로 볼 수 없는 어떤 영혼이 서려 있는 듯한 기운이 흘렀다.

누군가 안방 창문을 강제로 열려고 충격을 가하게 되면 자동으로 7776폰에 신호가 들어오게 되어 있다. 그렇다면 지금 1501호에 침입자가 있다는 말이다! 동준은 당장이라도 한층 위인 15층으로 뛰어 올라가고 싶은 충동을 느꼈다.

그때 발코니 쪽에서 거실로 들어오는 사람의 형체가 나타났다. 영주였다! 영주의 손에는 전기톱이 들려 있었다. 유리문을 열기 위해 전기톱을 갖다 대는 순간 센서가 즉각 신호를 보내온 것이다. 1501호 안방의 발코니 쪽 유리문은 플렉시글라스라는 특수재질로 되어 있었나. 비행기 창문에 사용하는 강화 아크릴 유리판이었다. 안방 주위를 배회하며 엿보고 있는 영주의 모습이 화면 안으로 들어왔다가 화면 밖으로 사라지곤 했다. 또다시 영주는 성난 발걸음으로 성큼성큼 발코니로 걸어 나갔다. 창문에 바짝 들이댄 전기톱이 미친 듯이 흔들거렸다. 동준은 경비실

인터폰을 눌렀다.

"윗집 1501호에 낯선 사람이 들어가는 걸 봤어요. 그 집 주인은 지금 안 계시는 걸로 알고 있는데요."

서울불꽃축제는 막을 내렸다. 한강 둔치에 빽빽이 들어차 있던 구경꾼들은 다들 자기 동네로 돌아가고 여의도에는 적막이 흘렀다. 안면 마스크로 얼굴을 가린 한 남자가 1502호 아파트의 현관문을 따고 침입했다. 면장갑을 낀 손으로 배전반을 조작하자 38평 아파트가 완전한 어둠 속에 잠겼다. 고무 굽으로 된 단화를 신은 남자는 발걸음 소리를 죽이며 안방으로 접근해갔다. 남자의 귀에 침실에서 새어 나오는 암고양이 소리 같은 교성이 들렸다. 남자가 영주의 침실에 들어섰다. 칠흑 같은 방안인데도 성행위의 음탕한 기운이 가득하다는 걸 느낄 수 있었다. 절정으로 치달아 오르며 성적인 쾌락에 몰입되어 두 눈을 질끈 감고 있는 영주는 침대 가까이에서 내려다보고 있는 남자를 의식하지 않았다.

영주가 토해내는 신음이 남자의 귀를 자극했지만 남자는 내내 침착했다. 어둠에 익숙해진 남자의 망막에 전라로 누워 있는 영주의 상이 그대로 맺혔다. 침대 위엔 영주뿐이었다. 성행위의 상대는 없었다. 170센티미터의 여체가 육욕에 들떠 누워 있었다. 사지는 뻣뻣하게 경직되었다. 절정을 넘어선 영주가 호흡을 가다듬으며 제 손으로 다리 한가운데 삽입된 자위도구를 빼냈다.

남자의 눈빛은 구역질과 혐오감으로 가득 찼다. 허리춤에서 뽑아낸 가죽 혁대를 치켜들고 영주의 맨살을 사정없이 후려쳤다. 비명 소리가 밖으로 새어나가지 못하도록 이미 청테이프로 영주의 입을 봉해 버린 뒤였다. 채찍질은 멈추지 않고 계속되었다. 영주는 매질을 피하느라 이리저리 몸을 굴렸지만 침대 위를 벗어날 수 없었다. 영주의 광대뼈 살을 찢고 허공을 가른 혁대가 공중에서 뱀처럼 꿈틀거렸다.

공포에 질린 영주는 '사, 살려주세요! 제발!' 목숨을 살려주면 무엇이든 맘대로 해도 된다는 듯 필사적으로 남자의 허리께를 붙들고 침대 쪽으로 끌어당겼다. 격정으로 광분한 남자는 영주의 몸을 침대 밑으로 끌어내렸다. 남자는 방바닥으로 떨어져 나뒹구는 여체를 단화 발로 짓이겼다. 미끈거리는 유방 살과 청테이프 아래 밀착된 입술이 터지는 파열감이 단화 밑창을 타고 전해졌다. 비로소 남자는 현관문을 열고 1502호에서 유유히 사라졌다.

영주는 바들바들 떨며 휴대폰을 찾아 몸을 웅크린 채 번호를 눌렀다. 7, 7, 7, 6번이었다. 남자는 엘리베이터를 타고 일층에 내렸다. 도중에 만난 사람은 없었다. 경비는 깊은 잠에 빠져 있었다. H동 주차장으로 걸어간 남자는 1401호 스티커가 부착된 코란도 운전석에 앉았다. 남자의 거친 호흡 소리는 한동안 차 안에서도 이어졌다.

운전석의 남자가 마스크를 벗었다. 동준이었다. 그의 얼굴은 납빛처럼 창백했다. 가쁜 숨을 몰아쉬며 룸미러를 응시했다. 지금껏 동준은 충동적으로 일을 저지른 적이 없었다. 그러나 무모한 탐욕과 추잡한 쾌락에 빠져든 영주에게 분노가 폭발하고 말았다. 나이 오십이 넘도록 동준은 성욕 자체를 탐닉하지 않았다. 그는 정치인들이 불미스러운 여자관계로 도중하차 하는 종말을 보면서 어리석다고 여겼다.

운전석 옆자리에 던져놓은 7776 휴대폰으로 영주에게서 여러 차례 부재중 전화가 걸려와 있었다. 또다시 휴대폰이 울렸다.

"가, 강도가 들어와서 포, 폭행하고요! 112에 신고는 했지만!……"

동준은 그대로 엑셀을 밟았다.

국회의사당에서 동준은 심리적으로 늘 위안을 느꼈다. 299명의 국회의원들과 1,800명의 보좌진이 근무하고 있는 이곳에 들어설 때마다 기독교 신자가 예배당 안으로 들어서듯이, 불교 신자가 깊은 산중의 절간에 들어앉듯이, 또는 축출당한 독재자가 우방국으로 망명할 때 느끼게 되는 안도감 같은 것을 느끼곤 했다.

사람들이 정치에 뛰어들어 권력과 지위를 추구하게 되는 동기는 다른 사람에게 영향력을 미치고, 존경을 받고, 유명해지고 싶은 욕구에서 비롯된다고 독일 재상 비스마르크가 말했다. 하지만 동준이 정치에 뛰어든 이유는 직업적인 선택이었다. 더군다나 국회라는 직장은 동준을 저수지로부터 보호해주는 피신처이기도 했다. 의원회관 정문 현관에 멈춰선 체어맨에서 내린 동준이 건물 안으로 들어서였다.

동준은 의원실 책상에 앉아 편안하게 등을 기대 깍지 낀 두 팔을 머리에 두르고 시선을 내렸다. 대통령 취임식 날 이후로 동준을 괴롭혀온 괴메시지와 KBI의 감시에서 비로소 헤어났다. 이제부터 열정적인 정치 생활을 새로이 시작할 수 있게 된 것이다.

똑똑, 의원실 문밖에서 노크 소리가 들렸다. 비서진은 모처럼 함께 저녁을 먹느라 국회 밖으로 나가고 없었다. 부속실로 걸어 나가던 동준이 제 자리에 우뚝 멈춰 섰다. 문고리가 돌아가고 문틈이 조금씩 벌어지며 안으로 발을 들여놓는 노인이 있었다. 동준은 소스라치게 놀랐다. 한주엽의 입에서 거론된 적이 있는 방천시장의 정형철 씨였다.

동준이 오랜 세월 지나다닌 방천시장 길이 기억회로에서 재생되었다. 시장통에 늘어서 있던 점방에서 흘러나오는 시장 냄새가 후덥지근한 습기와 함께 생생하게 떠올랐다. 정 씨의 포목전은 최 여사가 운영했던 '자야상회'와 '거제상회'의 맞은편에 있었다. 시장길을 사이에 두고 서로 마주 보는 위치였다.

국회의원이 타내온 뜨거운 녹차를 마시며 정 씨가 말문을 열었다.

"나이를 먹으니 오래전 일일수록 기억이 더 생생해집디다. 의원님이 권판식이를 찾고 있다고 한주엽이가 그랬어요. 한 씨를 만난 이후로 나를 붙들고 놓아주지 않는 생각이 있어서 이렇게 찾아오게 되었지요."

16년 전, 여름의 장마철이었다. 궂은 비 때문에 시장통은 기이하게 어두웠다. 방천시장은 통째 비속에 잠겨 들었고 사람들의 발길은 뚝 끊어졌다. 맞은편 '거제상회'에선 파리 떼가 달라붙은 끈끈이가 천장에 매달려 비바람에 흔들리고 있었다. 그때 포목전 정 씨를 찾아온 이가 있었다. 왼팔이 없는 남자였다. 빈 팔 자락이 비바람에 펄럭거려서 기분이 섬뜩했다. 남자는 오른쪽 팔로 '거제상회' 쪽을 가리키며 정 씨에게 말을 걸었다.

"저기 가게 뒷집에 사시는 어르신, 어디 가셨습니까?"

"권 씨 찾아요? 저 집 맞는데."

"댁에 계시지 않던데. 혹시 어디 다녀온다고 하시지 않았습니까?"

"있을 텐데, 어딜 다녀올 사람이 아닌데요."

새벽 일찍 일어나 시장을 돌아다니며 하루 종일 무언가를 주워 나르는 권판식이어서 그가 없더라는 말을 예사롭게 받아들였다. 비 오는 날이면 권판식은 모자가 달린 국방색 비옷을 입고 리어카를 끌며 시장통을 돌아다녔다. 정 씨는 그날 오후에도 그런 차림새로 포목전 앞을 지나간 권판식을 분명히 보았다.

동준은 잠시 정형철 씨의 말을 끊고 물었다.

"그때가 언제쯤이었어요?"

"그날이 1991년 8월 17일 토요일이고 저녁 6시쯤이었지요."

동준의 피는 싸늘하게 얼어붙었다. 그 시간에 동준은 산매리 저수지에 있었다. 저물어가는 저수지 제방에서 혼자 앉아 있던 시간이었다. 반팔 남방셔츠에 빗물이 스며들며 어깻죽지가 젖어 으슬으슬 추웠었다.

  동준은 입술이 말라붙고 심장이 터질 듯 뛰었다. 그러나 곧 냉정을 되찾았다. 그 자신은 되도록 말을 삼가며 정 씨가 하는 말에만 귀를 기울였다. 정 씨는 결코 그날을 잊지 않았다. 당시 방천시장 땅은 통째로 프랑스계 다국적 유통회사에 매각되었다. 판잣집 같은 가게 터라도 갖고 있던 사람들은 보상금에 들떠서 시장통이 술렁거리던 때였다. 평생 포목전을 운영해온 정 씨에게도 2억 원의 거액이 떨어졌다. 하지만 다음 날인 8월 18일 일요일 낮, 정 씨의 작은아들이 휘두른 칼에 큰아들이 찔려 구급차에 실려 가는 가정 참극이 벌어졌다. 보상받은 2억의 돈을 두 아들한테 공평하게 나눠주고 아비로서 뿌듯한 감회에 젖어 있는 동안 자식들 간에는 돈 때문에 칼부림이 난 것이었다.

  정 씨는 일요일 저녁 예배에도 나가지 않았다. 무자식 상팔자는 권판식을 두고 한 말이었구나 싶어 그의 발길이 권 씨 집으로 향했다. 시장통 뒷골목의 단칸방 집 마당에 들어섰을 때 집안은 단정하게 치워져 있었다. 권판식은 집에 없었다. 권 씨가 신던 슬리퍼 한 켤레가 마루 앞에 가지런히 놓여 있었다. 정 씨는 그제야 전날 8월 17일 저녁에 그를 찾아왔던 남자가 한 말이 떠올랐다.

달리 갈 데라곤 없던 정 씨는 혼자 권판식의 빈집에서 스스로 울화를 달래고 있었다. 그런데 마루 끝에 앉아 있는 정 씨의 등 뒤쪽이 서늘했다. 누군가 방 안에서 자신의 등을 보고 있다는 느낌이 들어 몸을 홱 돌렸다. 그러나 빈방이었다. 치워져 있는 빈방이, 왠지 자연스럽지 않았다. 몸이 떨렸다. 자식들한테서 받은 충격을 감당하지 못해서일 거라고 여겼다. 그러나 그건 자신의 참담한 기분하고는 뭔가 달랐다. 그 집에 살고 있던 사람이 잠시 집을 비운 게 아니라 영원히 떠나 버린 듯 허망하고 무서운 기운이 느껴졌다.

정 씨는 식은 녹차를 한 모금 마시고 다시 동준에게 말했다.
"같은 집이라도 장례를 치른 집과 그렇지 않은 집은 다르지 않습디까?"
그 이후에도 팔이 없는 남자는 몇 차례 더 방천시장으로 정 씨를 찾아왔다. 한번은 그 남자가 이런 말도 했다.
"권판식이 사실은, 월남전에 참전한 고엽제 환자들을 위해 무려 18억을 내주기로 했답디다. 전쟁터에서 폭탄에 맞아 한쪽 팔을 날려버린 그 남자는 상이군인 모임의 회장이고 권판식이 아들 권영섭의 전우였다고요. 권판식이 사업 착수금으로 우선 1억을 송금해주겠다고 했는데 8월 17일 토요일 1시 30분까지 은행에서 기다리고 있어도 입금이 안 돼서 방천시장으로 찾아와 보았다더군요. 의원님이 기억하실지 모르겠지만 당시는 은행이 토요일에도 1시 30분까지 영업을 했잖아요."

시장통 뒷골목에서 홀로 살아가는 늙은이의 존재는 있는 듯 없는 듯 주목받지 못했다. 그러나 시장 사람들에게 가난하고 외로운 노인으로 알려져 있던 그는 사실 18억 원의 재산을 소유한 알부자였다. 그런 노인이 어느 날 자취를 감추고 사라졌다. 이제 권판식의 실종은 범죄사건의 성격을 띠게 된 것이다.

동준은 일어나 창가로 가서 창문을 열었다. 경련을 일으킬 것 같은 심한 불안감이 밀려왔다. 벼랑 끝에 서 있는 것 같았다. 이대로 파멸할 것 같은 공포와 함께 지금까지 살아온 삶이 모두 끔찍하게 느껴졌다. 이대로 의원회관 건물 옥상에서 뛰어내려 허공으로 흩어져버리고 싶었다.

문득 동준은 2월 25일 대통령 취임식 행사를 마치고 링컨 콘티넨털 리무진을 타고 자택으로 돌아가던 J대통령이 생각났다. 1980년 5월 금남로가 피바다로 물들어도 헌법도 검찰도, 야권, 안기부, 국군은 물론이고 시민단체, 언론, 종교계, 국제평화 세력……, 모든 것이 무력하기만 했다. 큰 범죄를 저지르고도 배후 세력들은 그 후 세상의 주류로 다시 화려하게 등장했다.

'그런데 왜 나에게만 이런 일이! 16년이 흐른 지금에 와서 왜? J대통령은 27년이 흘렀어도 잘만 살고 있는데……'

동준의 귀에 다시 정 씨의 노쇠한 음성이 들려왔다.

"그다음 해인 92년 4월에 국회의원 선거가 끝나고 그해 여름부터 방천시장통의 점방은 하나씩 문을 닫기 시작했어요."

가을에 접어들면서는 가게들이 한꺼번에 폐업을 하고 시장 사람들은 모두 시장통을 떠났다. 방천시장은 10월부터 철거에 들어갔다. 텅 빈 시장터는 황량하고 쓸쓸했다. 불도저가 방천시장을 본격적으로 밀어붙이기 시작할 즈음 정 씨는 혼자서 시장터를 걸어 보았다. 그러다가 권판식의 집 마당으로 들어섰다. 권 씨의 집은 일 년 전인 1991년 8월의 그 상태 그대로였다. 일 년이라는 시간이 그 집에서만 정지되어 있었다. 정 씨가 다시 대문가로 나오는데 한 남자가 집안으로 들어섰다. 팔이 없는 그 남자였다.

남자는 먼지가 뽀얗게 쌓인 마루로 올라가 방안에서 한쪽 팔로 사진첩 한 권을 챙겨 들고 나왔다. 권판식 아들이 베트남에서 찍어 보낸 사진들이 담겨 있는 앨범이었다. 남자는 이내 빈 팔자락을 흔들거리며 폐허가 된 방천시장 길로 걸어 나갔다. 그게 마지막이었다. 시장 땅을 갈아엎는 포크레인 소리가 점점 가까워지고 있었다.

정 씨는 동준이 차 한 잔을 다 마실 때까지 침묵하고 있다가 다시 말을 이었다.

"그가 권판식을 해친 건 아닐까 의심도 해봤어요. 단체를 위해 쓸 돈을 혼자 가로채려고 말입니다. 살인범은 반드시 범행현장에 찾아온다던데 그래서 왔던 게 아닌가 하고요. 그러나 아무리 생각해봐도 그 사람은 살인자가 아니라 폐인이었어요. 살인자라기보다는 추적자였지요. 그는 그날 이후로도 범인을 추적하고 있을지 모르겠네요."

정 씨의 떨리는 목소리가 아득히 스쳐 지나갔다. 동준은 정 씨 앞에 붙박이처럼 앉아 있었다. 한동안 패닉상태에 사로잡혀 있던 동준이 정신을 가다듬고 말했다.

"지금으로선 그저 아저씨한테 나쁜 일이 일어나지 않았길 바랄 뿐입니다. 아저씨 신변에 좋지 않은 일이 일어났다고 가정해 보는 것조차 괴로우니까요."

1991년 8월 17일 이후 동준은 방천시장통의 권 씨 아저씨 집을 찾아간 적이 있었다. 알 수 없는 어떤 힘이 동준의 발길을 그곳으로 이끌었다. 권판식이 떠난 빈집엔 싸늘한 냉기가 흘렀고 저수지의 물속처럼 어둠에 잠겨 있었다. 아저씨가 혼신을 다해 들려준 마지막 말이 동준의 귓전에 울렸.

"동준아, 이, 이 불쌍한 놈! 돈은, 종이, 불과한……."

동준은 흠칫 놀라 도망치듯이 집 밖으로 나와 버렸다.

언젠가는 대문 밖 골목길에서 서성거리기도 했다. 아저씨의 인기척은 결코 남 너머로 새어 나오지 않았다. 무덤 속처럼 적막했다. 시장통에서 사람들이 주고받는 소리가 들렸다. 열심히 흥정하는 점방 주인과 손님의 목소리, 고함 소리, 요란한 웃음소리와 거제상회 최 여사의 활기찬 목소리도 튀어들었다. 권판식은 떠났어도 방천시장통의 전형적인 하루는 계속되고 있었다. 퇴근길에 권판식의 집 근처를 지나다니고 싶지 않아 동준은 멀리 일산지점으로 전출을 신청했다.

 정 씨는 떨리는 가슴을 가누려는 듯 양손으로 찻잔을 움켜잡았다. 정 씨가 하는 대로 동준 역시 자신의 잔에 손을 갖다 댔다. 한기에 오싹했다. 동준은 자리에서 일어나 정 씨를 위해, 그 자신을 위해 다시 탕비실에서 따뜻한 온수 두 잔을 내왔다.
 시장통 사람들은 하루 종일 장사에만 매여 살아가느라 서로를 살펴볼 겨를이 없었다. 더군다나 당시 정씨는 아들 간의 칼부림으로 충격을 받아 쓰러져서 중풍환자로 살아왔다. 그는 속으로 탄식했다. '내가 그때 병원에 실려 가지만 않았어도 뭐라도 했을 텐데…… 때를 놓치고 말았어.' 동준이 건네준 온수를 천천히 한 입 마시고 나서 정 씨가 말했다.
 "이 몸은 중풍으로 두 번이나 쓰러졌다가 일어난 몸입니다. 일차 중풍이 왔을 때, 했던 말을 하고 또 하고 해서 안사람을 무척 괴롭혔지요. 그 말이 뭐냐 하면 박정희 대통령이 변을 당했을 때였는데, 정말로 박정희가 죽었냐? 정말로 박정희가 죽었어? 그 말이었습니다. 그러면서 텔레비전 채널만 계속 돌려댔답니다. 이차 중풍으로 쓰러졌을 때는 계속해서 식구들한테 정말로 정육점집 아들 동준이 국회의원이 되었느냐? 정말로 은행원 동준이가 국회의원이 되었어? 하고 되물었대요. 그만큼 놀라운 일이었나 봅니다. 시장에서 장사로 한평생 살아온 내가 정치와 무슨 상관이 있겠습니까마는."

동준은 순간 강한 의혹이 담겨 있는 정 씨의 눈빛과 마주쳤다. 뜨거운 기운이 온몸을 타고 흘렀다. 속내를 감추려고 동준은 오 보좌관이 올려놓은 상임위 회의 자료에 넌지시 눈길을 던졌다.

정 씨는 슬픈 목소리로 이어 말했다.

"이제 방천시장은 세상에서 사라져 버렸지만 밤 9시 뉴스에서 부자 노인의 돈을 노리고 몹쓸 짓을 한 사건 같은 게 나올 때마다 권판식이 떠오릅디다. 그날 오후, 권 씨가 리어카에 채소 시래기와 마대를 싣고 지나갔는데 시래기가 바닥으로 줄줄 떨어지길래 내가 일러주었더니 그걸 다시 주워 담아서 시장 입구 쪽으로 갔지요. 2시쯤 되었을까? 8월 17일……. 궂은일을 해도 항상 여자 손처럼 깨끗하던 권 씨 손을 본 게 그때가 마지막이었지요."

8월 17일, 오후 2시에 정 씨가 본 사람은 권판식이 아닌 은행원 이동준이었다. 장화를 신고 권판식의 국방색 비옷에 달린 모자를 눌러쓰고 리어카를 끌며 포목전 앞을 지나간 사람. 그런 동준에게 정형철 씨는 '동준이, 자네가 왜 권 씨 비옷을 입고……'라고 하지 않고 '권 씨, 거기 시래기가 리어카 밑으로 줄줄 떨어지네.'라고 했다. 동준은 정 씨가 일러주는 대로 바닥에 흘린 시래기를 다시 주워 올렸다. 하얀 손가락에 검은 수챗물이 스며들었다. 빗물에 젖은 앞 머리카락이 동준의 이마에 차갑게 달라붙었다. 시래기 더미와 함께 실려 있는 마대는 비바람에 축축이 젖어 들었다. 마대 안에 들어 있는 실체가 발각되면 모든 게 끝장 나게 될 절망의 순간이 구원으로 뒤바뀐 기적같은 그 순간에 동준은 마음속으로 외쳤다.

'아, 하나님! 감사합니다!'

동준이 처음으로 하늘이 그를 도와주었다는 믿음을 갖게 된 누미노제의 순간이었다.

정 씨의 눈빛은 의혹이 아니라 여전히 그날의 이동준을 권판식으로 알고 있다는 걸 보여주었다. 정 씨는 창문 너머로 의사당 쪽을 힐끗 쳐다보고는 다시 말을 더했다.

"권 씨는 마지막 순간에 '아, 여기서 이렇게 끝나는구나' 하는 생각에 얼마나 무섭고 원통했을지요. ……그래서 한주엽이 물어봤을 때 나도 모르게 권판식이 죽었다고 말해버렸어요. 의원님은 하나님을 믿나요?"

"아니요. 전 교회를 다녀본 적이 없습니다."

"권판식은 지금 살아 있어요."

권판식이 살아 있다는 말에 놀란 동준이 표정을 감출 새도 없이 정 씨가 말을 이었다.

"우리가 죽는다는 건, 그러니까 장례를 치른다는 건 육신의 장례일 뿐이에요. 영혼은 죽는 법이 없지요."

"그렇다고들 하더군요."

"만약 누군가 18억 원을 노려서 권 씨를 해쳤다면, 15년이라는 공소시효가 만료되어서 법적인 처벌은 면하겠지요. 그러나 그곳에선 15년이란 공소시효가 없어요. 우리는 그분 앞으로 불려 나가야 하고 이곳에서 우리가 지은 죄대로 심판을 받게 되지요."

사무총장인 동준은 어떠한 성격의 단체들과도 간담회에서 질의응답을 주고받는 데 막힘이 없는 사람이었다.

"그렇다면 죄인들은 어떤 벌을 받게 됩니까?"

"사망입니다. '영원한 죽음'이요. 제가 의원님을 찾아온 이유는 하나님 아버지를 만나보시라는 말씀을 하고 싶어서였어요."

기독교 신자인 정형철 씨가 동준에게 행한 전도는 일본인 히노하라 지사장이 했던 말과 다르지 않았다.

"하나님은 그의 존재 자체를 숨겨놓고 인류에게 찾도록 하는 사명을 내렸어요. 신이 있는지 없는지 하는 문제 말입니다."

정 씨는 자리에서 일어나며 동준에게 마지막 말을 남겼다.

"의원님께서 여기 의사당에서 하나님을 만나시기를 바랍니다. 휴대폰과 컴퓨터, 비서들과 법안으로 그분이 가려져 있겠지만 말이지요."

동준은 창문 너머 본청의 의사당으로 시선을 돌렸다. 푸른 하늘을 배경으로 의사당 지붕의 둥근 돔이 명징하게 드러났다. 24개의 화강암 각주가 떠받치고 있는 돔은 절대적인 힘을 상징한다. 인도의 힌두교도나 불교신자, 그리스도 교인들과 고대 로마인에게도 돔은 우주의 힘을 상징했다. 정 씨가 남긴 말 때문인지 동준은 다시 그를 낳아준 친아버지를 찾아보고 싶다는 생각을 하게 되었다.

잠시 후 의원회관 현관 검색대를 지나 정 씨가 건물 밖으로 걸어 나갔다. 7층 창가에서 그를 내려다보는 동준은 지팡이를 짚고 정문 쪽으로 걸어가는 정 씨의 불편한 걸음걸이에서 눈길을 떼지 못했다. 정형철 씨의 존재는 저수지에서 만난 단순한 목격자인 지민과는 달랐다. 동준은 괴메시지를 보낸 지민에게는 그가 모르게 보상책을 떠안겼다. 그러나 정 씨에게는 해줄 수 있는 보상이 아무것도 없었다.

부속실에서 울리는 전화벨 소리가 동준을 밝고 환한 의원실로 불러냈다. 저녁식사로 자리를 비운 비서진을 대신해서 동준이 전화를 받았다. 의정과 중랑갑 지역구의 현안, 그리고 중앙당의 당무가 동준을 재촉했다. 동준은 일정에 따라 이제 중앙당으로 들어가야 했다. 엘리베이터를 타고 8층에 내리면 맞은편 벽면 거울에 '월남전 참전 전우회 기증'이라는 글자가 쓰여 있던 곳이다.

민한당사 현관 앞으로 서울 가-1123번의 검정 체어맨이 미끄러지듯 들어와 섰다. 수행비서가 절도 있는 동작으로 차 문을 열자 이동준 사무총장이 내렸다. 총장의 주변은 언제나 환했다. 집무실 책상 위에는 주요 일간지와 경제지, 지방지가 가지런히 놓여 집권당 사무총장의 일독을 기다리고 있었다. 부속실 최 팀장이 미리 읽고 주요 기사에는 형광펜으로 줄을 쳐놓았다.

사무총장실이 오랜만에 최고위원들과 중진, 당직자 그리고 정치부 기자들로 붐볐다. 중앙당 전체가 송영기 후보의 중랑을구를 비롯한 세 개 지역구의 보궐선거에 집중했다. 박상헌 대통령 집권 초반에 대한 평가이기도 해서 선거의 의미는 더욱 컸다.

동준이 선거전략 회의에 참석하느라 9층에 있는 당무 회의장으로 이동할 때 오 보좌관이 그 뒤를 따랐다. 엘리베이터 문이 열리자 외출했다가 돌아오는 영주가 내렸다. 손에는 쇼핑 가방이 들려있었다. 영주는 사무총장님께 공손히 인사했다. 인사를 받은 동준은 영주를 투명인간 보듯 스쳤다. 그의 눈은 영주의 몸을 투과해서 영주 뒤의 엘리베이터를 보고 있었다.

엘리베이터 문이 열리고 동준이 걸음을 옮기려 할 때였다. 떠들썩한 고함 소리와 함께 한 떼의 시위대가 우르르 비상계단을 통해 9층으로 뛰어 올라갔다. 9층 회의장 앞에서는 미리 포진해 있던 전경들이 시위대를 힘으로 몰아붙이며 아래로 내려왔다. 밀려나던 시위대는 7층에서 올라오는 전경들과 위에서 내려오는 전경들 사이에서 포위당했다. 위아래로 조여드는 전경들과 시위대 간에 몸싸움이 벌어졌다. 전운은 8층으로 번졌다. 당직자와 요원들, 기자들이 총장실 복도로 몰려나왔다. 쇼핑 가방을 든 영주도 거기 서 있었다. 총장실에서 튀어나온 최 팀장이 동준을 발견하고 재빨리 상황을 보고했다.

"보궐선거에 공천을 신청했다가 탈락한 후보 측에서 사람을 풀었습니다."

오 보좌관은 동준을 9층 회의장보다 총장실로 다시 모시는 게 안전하겠다고 판단했다. 그런데 다시 총장실로 들어가려는 동준 앞에서 전경들이 시위대 한 명을 끌어내느라 실랑이를 벌이는 상황이 벌어졌다. 자신은 시위대가 아니라며 당황한 표정으로 뻗대고 있는 남자는 연로했고 진회색 낡은 외투를 입고 있었다.

동준은 그를 좀 전에 화장실에서 보았다. 세면대에서 손을 씻고 있을 때 서너 걸음 뒤쪽에 서 있던 그 남자였다. 남자는 전경 대원의 손아귀에 양쪽 팔을 붙들린 채 계속해서 반항하며 상체를 뒤틀었다. 그때였다. 남자의 몸에서 무언가 휙 뽑혀 나왔다. 전경의 손에 잡혀 있던 물체가 신체의 일부라는 걸 인지한 사람들은 기겁했다. 영주가 비명을 지르며 총장실로 뛰어 들어갔다. 얼굴색이 하얗게 질린 전경이 엉겁결에 떨어뜨린 물체가 복도바닥에 나뒹굴었다. 인조 팔이었다.

동준의 머릿속에 수많은 상념이 회오리처럼 소용돌이쳤다.

'한쪽 팔이 없는 남자!…… 정 씨가 말한 그 남자?'

남자는 황급히 오른손으로 바닥에 떨어진 자신의 의수를 주워들고 도망치듯 엘리베이터로 달려갔다. 때맞춰 엘리베이터 문이 열렸고 곧바로 뛰어들어간 남자는 발을 헛디뎌 휘청거렸다. 결재판을 들고 엘리베이터에서 내리던 홍보실장이 반사적으로 그를 붙잡아 부축해주었다. 남자는 한 팔을 내저으며 홍보실장의 호의를 잘라냈다. 엘리베이터 문이 닫히고 남자는 이내 사라졌다.

엘리베이터 문이 닫히자 박귀주는 안도했다. 가쁜 숨을 몰아쉬었다. 일층까지 내려가는 시간이 영원처럼 길게 느껴졌다. 권판식의 실종으로 후원자를 잃게 된 박 씨가 처음으로 이동준 의원과 마주 서게 되었다. 그럼에도 피해자 측인 그가 오히려 가해자인 이동준에게 겁을 먹고 떨고 있었다. 그의 외투 주머니엔 반듯하게 접힌 신문기사가 들어 있었다. 이동준 사무총장이 민한당 의원총회에서 연설한 내용을 발췌한 기사였다.

"박상현 대통령님은 임기 동안 한국 정치사의 고질적인 병폐인 검은돈 문제를 반드시 치유하실 겁니다. '코리아 테라피', 치유한다는 뜻의 테라피, 치유는 물질적인 보상에다 정신적인 위로, 더 나아가 영혼을 달래주는 치유까지 모두 포함되어야 합니다. 경제, 물가, 부동산, 사교육, 대학 입시, 청년 실업, 건강, 복지, 이런 현안들은 물론이고 제주 4·3항쟁, 6·25동란, 4·19와 5·18광주항쟁의 피해자 가족들의 상처와 한까지 치유할 수 있어야 합니다. 한국병을 치유하는 이 과업은 오늘 여러분과 제가 해내야 할 사명입니다. 코리아 테라피를 합시다!"

'한국병'과 '코리아 테라피'라는 두 마디 말이 박귀주를 감히 집권당 사무총장실에까지 접근하게 했다. 엘리베이터 문이 열리자마자 박 씨는 서둘러 일층 현관을 빠져나왔다. 은행원 이동준이 민한당 사무총장에 올라 '코리아 테라피'를 부르짖는 지위를 누리기까지 용사촌의 전우들은 비호지킨임파선암 같은 18가지

고엽제 후유증과 19가지 고엽제 후유의증으로 고통 받으며 살아왔다. 박 씨는 다시 한번 의혹 어린 눈길로 당사 건물을 올려다보았다. 1991년 8월 17일 토요일 2시에 권관식을 본 사람이 있다는 미스터리는 여전히 풀리지 않았다. 심장이 또다시 세차게 뛰기 시작했다.

3

재식은 전화기를 들고 수화기 저편에 있는 누군가를 한참 동안 설득하더니 마침내 전화를 끊었다. 책상 위에는 부의금 봉투가 마련되어 있었다. 그때 수행비서를 대동하고 동준이 지역구 사무실로 들어섰다. 중랑갑의 당직자들과 회의 겸 저녁식사 일정이 잡혀 있었다. 재식이 의원님에게 보고했다.

"면목2동의 정형철 어르신이 오늘 새벽에 돌아가셨는데 한주엽 어르신께서 자꾸 조화를 보내 달라 그러시네요. 자기 얼굴을 봐서 그렇게 해달라고요. 당을 위해 헌신적으로 일하신 분들도 돌아가시면 부의금만 보내드리는데. 다른 사람들과 형평성에도 맞지 않고 선관위에도 걸려요."

동준은 모든 것을 꿰뚫어 보는 듯했던 정 씨의 눈빛을 떨쳐내며 담담하게 말했다.

"특별히 부탁하시는 분들은 어쩔 수 없어. 선관위용으로 적당히 둘러댈 이유를 만들어내서라도 해드려. 연세가 있으시니 하루아침에 가시는구나."

"예. 어르신은 중풍으로 두 번이나 쓰러지셨는데 의사가 한 번 더 재발하면 그때는 가망이 없다고 평소 조심하시라고 말씀드렸대요. 오늘 새벽 네 시에 돌아가셨답니다."

"그래. 마음이 안됐네. 방천시장에서 포목전 할 때부터 한주엽 어르신과는 알고 지낸 사이라 조화까지 부탁하시는 거군."

위원장실 책상에 앉으며 동준은 마음속으로 말했다.

'다들 돌아가시는군. 정 씨 어르신도, 김정식 씨도. 내 아버지도 이제는 이 세상 사람이 아닐 수도 있겠지.'

문밖에서 노크 소리가 났다. 수행비서가 들어와 다음 일정을 일러주었다. 당직자들이 기다리고 있는 식당으로 가야 할 시간이었다.

총장실에서 퇴근한 영주는 편의점에서 사 온 소주 두 병을 혼자 마셨다. 얼마 전에 영주는 연수원에서 사무처 스텝으로 1박 2일 동안 총장 사모님인 진미숙을 지켜보았다. 강도가 침입했던 날 밤에 총장님은 전화를 받자마자 끊어버리고 그 후로도 위로의 말 한마디 없었다. 지금까지 영주는 결혼을 전제로 조건을 따져가며 남자를 사귄 적은 없었다. 그러다 보니 영주가 만난 남자들은 대개 학벌이 어중간하거나 취직을 못했거나 영세 자영업을 하는 아버지를 둔 아들이거나 별다른 스펙 없이, 말하자면 경제력은 없이 젊기만 했다. 이십 대의 영주는 거추장스러운 순결을 내던지느라 사랑을 빌미 삼아 또래의 남자친구와 모텔로 직행했다. 건강한 남자들과 건강한 영주는 사귀는 족족 으레 그 짓거리를 했다. 그러던 영주도 서른을 넘기며 성호르몬이 수그러들었는지 최근 2년간은 섹스리스의 기록을 올리고 있었다.

이름 없는 평범한 월급쟁이라도 불륜관계의 여자를 만나기란 쉽지 않다. 총장님처럼 얼굴이 알려진, 도덕성이 곧 생명인 정치인이 숨겨둔 여자의 아파트를 들락거리는 건 위험하다는 것쯤은 영주도 이해했다. 은밀하고 떳떳지 못한 관계, 공공연히 밝힐 수 없는 관계의 대가로 돈이라도 맘껏 써대며 총장님의 사랑을 듬뿍 누리리라 기대했다. 그러나 영주에게는 둘 중 어느 하나도 채워지지 않았다. 자기가 집을 비운 사이에 1502호에 들른 총장님이 때때로 식탁에 백만 원씩 놓고 가기도 했지만 생면부지의 여비서에게 건네는 촌지 액수를 넘어서지 않았다.

영주가 조회해본 바로는 1502호는 '이동준' 명의의 전세아파트였다. 그동안 사랑, 그리움 운운하며 총장님이 한 재산 떼어주리라 기대하며 살아온 시간들에 피식 웃음이 났다. 오로지 가정밖에 모르는, 남성성이 소진된 총장님은 처자식 뒷바라지에 끌려 다니는 모범적인 가장일 뿐이었다.

1401호 현관문 앞에 서 있는 영주의 손에 열쇠가 들려 있었다. 여러 차례 벨을 눌러본 영주는 사람이 나오지 않을 거라는 예감이 들었다. H동 주민 중에 1401호에 사람이 살지 않는다는 극비사항을 알고 있는 사람은 영주밖에 없었다. 주말마다 영주는 1401호의 벨을 눌러보았다. 만약 아파트 안에 있는 누군가가 벨 소리를 듣고 나오면 일간지 구독을 권하거나 우유 구매를 홍보하며 둘러댈 생각이었다. 하지만 누를 때마다 집안에서는 아무런 반응이 없었고 1401호 우편함에는 관리비 고지서와 광고물 더미 외에는 이렇다 할 우편물이 없었다.

영주는 숨을 크게 들이마신 뒤 열쇠를 구멍 속에 집어넣고 천천히 돌렸다. 문이 열렸다. 사람이 살고 있다는 흔적은 예상한 대로 찾아볼 수 없었다. 오른쪽 다리를 절며 걷는 남자가 간간이 코란도를 몰고 나타나기는 했지만 1401호에 머무는 시간은 고작 십 분 정도였다.

'살지도 않을 아파트에 왜 세를 들었을까.'

간혹 1502호 발코니에서 주차장을 내려다보면 1401호 소유의 코란도 차량이 항상 그 자리에 세워져 있었다. 어두운 밤에 내려다보이는 코란도는 흉물 같았다.

영주는 주방 쪽으로 걸어갔다. 개수대 주변과 조리대 근처의 벽면 타일에 때가 덕지덕지 끼어 있었다. 음식을 하다가 튄 누르스름한 기름 더께도 그대로 붙어 있었다. 거실을 가로지르느라 한 발 한 발 조심스레 내디디며 안방으로 다가갔다. 안방 손잡이를 살짝 돌려보았다. 침실은 비어 있었다. 낮 시간인데도 방 안에는 형광등이 켜져 있었다.

집안에 사람이 없다는 걸 재확인한 영주는 긴장이 풀리며 대범해졌다. 이번에는 욕실로 가서 스위치를 올렸다. 오랫동안 사용하지 않은 욕조에 까만 곰팡이가 피어 있었다. 바로 그 순간 영주는 제자리에 우뚝 멈춰 섰다. 세면대 주변 바닥에 물기가 흥건하게 떨어져 있었기 때문이다. 슬리퍼 바닥에도 축축한 물기가 남아 있었다. 얼마 전까지 사람이 있었다는 증거였다!

식은땀이 등줄기를 타고 흘러내렸다. '빨리 나가야 해!' 집주인이 다시 들이닥칠지도 모른다. 지금 H동 주차장에 코란도를 주차하고 있을지도. 발코니까지는 나가볼 새가 없었다. 영주는 재빨리 1401호에서 빠져나와 비상계단을 통해 15층으로 올라갔다. 일 분이 채 걸리지 않았다.

영주는 현관문을 이중으로 걸어 잠그고 안방 바닥에 퍼질러 앉아 손으로 엔화를 세기 시작했다. 숨 가쁜 영주의 호흡 소리가 거칠었다. 1401호의 냉동고에는 엔화가 가득 담긴 채소 박스가 있었다. 거기서 급히 빼내온 다섯 다발의 엔화 뭉치였다. 환율계산을 하느라 계산기를 두드려보았다.

영주는 자신의 운을 믿었다. 지금까지 그녀의 삶에는 늘 드라마틱한 행운이 따라주었다. 대표실 비서 박정아가 결혼 휴가를 다녀올 동안 파견돼 모셨던 박상헌 대표는 대통령이 되었다. 대통령이 될 남자를 옆에서 모시는 운은 누구한테나 쉬이 주어지는 일이 아니었다. 사무총장실로 느닷없이 나타나 백만 원짜리 수표를 건네준 이동준 의원 같은 남자가 또다시 나타나지 말란 법도 없었다. 어쨌든 지금 영주는 38평 아파트에 공짜로 살고 있었다.

1401호의 엔화에 흥분한 영주는 엑스터시를 느꼈다. 비로소 G스폿의 경지에 도달한 것이다. 이제 영주는 기능직 월급쟁이 생활과 이동준 총장님에 대한 미련을 버리고 젊고 멋진 연하의 애인을 구해야겠다고 생각했다.

다섯 뭉치의 엔화를 일일이 세고 있을 여유가 없었다. 안 그래도 오늘은 윤옥이 일산에 있는 병원에서 남동생이 위급한 수술을 받게 되었다며 밤을 샐 거라고 했었다. 1401호에서처럼 1501호의 안방 문을 따면 역시나 거액을 거머쥐게 될 것이다. 어쩌면 오늘밤 총장님이 가진 것보다 더한 재산을 갖게 될지도 모른다. 지난번엔 실패했지만 다시 기회가 오리라며 엿보고 있던 참에 주어진 절호의 기회였다. 서둘러야 했다.

윤옥이 없는 1501호에 들어선 영주는 곧장 묵직한 전기톱을 들고 발코니를 향했다. 그 바람에 현관문 근처의 문간방에 불이 켜져 있다는 사실은 인지하지 못했다. 발코니로 나가는 두툼한 유리문을 열기 위해 손을 갖다 대는 순간 현관문 밖에서 인기척이 났다. 순간 영주의 몸으로 뜨거운 피가 쏵 훑어 내렸다. 누군가 밖에서 열쇠로 문을 따는 소리가 이어졌다. 아주머니 외에 열쇠를 가진 사람이라면 친척일 것이다. 부자 친척이 따로 있다더니 사실인가?

윤옥이 거처하는 건넌방으로 급히 몸을 피한 영주는 열린 방문 틈으로 유유히 거실로 올라서는 검은 형체를 보았다. 한 뼘쯤 열려 있는 건넌방 문은 오히려 다행이었다. 윤옥의 습관대로 문이란 문들은 항상 열려 있기 때문이었다. 스위치가 켜지고 거실 전체가 환해졌다. 영주는 숨을 죽였다. 방안은 침 삼키는 소리까지 들릴 정도로 조용했다.

그런데 스위치 옆에 코란도의 차 주인이 서 있었다! 뿔테 안경을 쓰고 예술가처럼 장발을 한 남자는 1401호의 주인이어야 했다. 그런데 영주는 자신의 눈을 의심했다. 오른쪽 다리를 절며 걷던 남자가 갑자기 멀쩡한 정상인이 된 것이었다. 그는 닫혀 있는 안방을 향해 성큼성큼 걸어갔다. 자신의 입을 틀어막고 바깥을 주시하던 영주는 얼른 정신을 가다듬었다. 이윽고 안방 문이 열렸다가 다시 닫히는 소리가 거실에 울려 퍼졌다.

불현듯 영주의 머릿속에 현관에 벗어놓은 자신의 슬리퍼가 떠올랐다. 떨리는 몸을 겨우 가누며 발소리를 죽이고 거실을 가로질러 갔다. 슬리퍼를 품에 안고 현관문의 손잡이를 잡았을 때 안방에서 휴대폰 벨소리가 울렸다. 문밖으로 걸어 나오는 남자의 발소리가 들렸다. 영주는 잽싸게 문간방으로 다시 튀어 들어가 붙박이장 속에 몸을 숨겼다. 문이 닫히고 빛이 차단됐다. 제발 이 상황이 무사히 지나가기를 빌었다. '슬리퍼라도 건졌으니 천만다행이야.'

거실로 나온 남자는 누군가와 통화를 했다. 정치적인 내용이었다. 갑자기 공기의 흐름이 바뀌었다. '이 목소리의 정체는, 이동준 총장님?' 가발과 안경으로 위장을 한 코란도의 남자는 바로 총장님이었던 것이다. 영주는 비명을 삼켰다. 몸이 굳어버릴 것 같았다. 다시 안방 문이 닫히고 정적이 흘렀다. 하지만 영주는 그대로 있기로 했다. 방금 보았던 문간방 바닥에 놓여 있는 007가방을 떠올렸다. 가방은 영주가 숨어 있는 데서 불과 서너 걸음 앞에 놓여 있었다.

　동준은 현관에서 서성거렸다. 구두를 신으려던 그는 무엇 때문인지 다시 걸음을 돌려 문간방으로 들어왔다. 영주는 옷장 속에서 숨을 죽이며 지켜보았다. 쥐죽은 듯 몸을 웅크리고 숨어 있던 영주는 놀라서 몸을 움츠렸다. 장문이 스르르 열리는 순간이었다. 영주는 숨이 멎었다. 얇은 붙박이장을 사이에 두고 동준의 호흡 소리가 그대로 전해졌다. 그러나 동준은 동작을 멈추고 문간방을 나가 다시 구두를 꿰어 신고 밖으로 나갔다. 영주는 비로소 깊은 안도의 한숨을 내쉬었다.

　충격과 겁에 질린 영주는 만사를 제쳐두고 1502호로 건너갔다. 마음을 진정시킨 영주에게 총장님이 돈 속에 파묻혀 있다고 했던 역술인의 말이 메아리쳤다. 정신을 가다듬은 영주는 결연히 일어나 다시 1501호를 향했다. 007가방은 쉽게 열렸다. 활짝 열어젖힌 가방 안에는 지폐 다발이 차곡차곡 들어차 있었다. 원화였다. 영주는 가방채로 움켜 안았다.

동준은 보궐선거를 치르는 와중에 그의 몫으로 확보된 자금 5억 원을 1501호로 나르고 있었다. 외사촌 창석 형이 수술을 받게 되어 윤옥이 아파트를 비운 오늘 밤에 일을 벌이기로 했다. 그는 다리를 절뚝거리며 사과상자를 실은 캐리어를 끌고 엘리베이터에 올랐다. 그런데 단 오 분 만에 007가방이 사라졌다! 동준은 침착했다. 거실 한가운데로 걸어 나와서 재빠른 눈길로 실내를 훑었다. 그러고는 한참 동안 그대로 서 있었다. 1501호 안에 누군가가 있다는 파장이 흘렀다.

이내 동준은 격해졌다. 1501호 안을 포효하며 돌아다니는 그의 눈빛에 살기가 비쳤다. 영주는 발코니에 쌓여 있는 폐지 더미 뒤에 몸을 웅크리고 숨어 있었다. 영주의 몸이 바들바들 떨렸다. 실내에서 잇달아 여닫는 문소리가 들리고 주방에서 금속도구들이 부딪혀 나는 날카로운 소리가 울려 퍼졌다. 거실 바닥으로 식칼이 떨어지는 둔탁한 소리도 들렸다. 그런 다음 동준의 발걸음이 순식간에 발코니로 질주해왔다.

떨리는 가슴을 손바닥으로 쓸어내리며 영주는 결연히 일어섰다. 그 바람에 발치께에 놓여 있던 007가방이 발길에 채였다. 영주의 손에는 폐지 뭉치가 들려 있었다. 발코니 쪽에서 갑자기 파쇄기 돌아가는 기계음이 울렸다. 동준이 발코니로 나왔다. 거기엔 영주가 태연하게 서서 폐지를 갈고 있었다. 동준은 그 자리에 멈춰 섰다. 뻔히 드러난 정황을 어설픈 연극으로 모면하려는 영주의 가증스러움에 동준의 얼굴이 흉포하게 일그러졌다. 겁에 질린 영주의 표정 또한 반미치광이처럼 기이했다. 식은땀이 그녀의 등줄기를 타고 흘러내렸다.

"아, 아주머니네 파, 파, 파쇄기로 폐지를 가는 중이었어요!"

동준의 얼굴이 달빛을 받아 파리했다. 팽팽한 긴장감이 드리웠다. 그때 아래층으로부터 갑자기 여자가 내지르는 외마디 비명소리가 터져 나왔다. 그 소리에 놀란 영주가 비명을 내지르자 동준의 신경이 한층 날카로와졌다. 여자의 비명 소리는 음악 소리와 함께 이내 잦아든 것으로 보아 누군가 텔레비전의 볼륨을 잘못 건드린 모양이었다.

계속 울리는 파쇄기의 기계음이 동준을 자극했다. 그런데 폐지를 쑤셔 넣는 영주의 다른 한 손에 지폐뭉치가 들려 있었다. 폐지의 뒷면에 만 원권 지폐가 겹쳐져서 딸려 들어가고 있었다. 지폐 다발을 급히 없애버리려고 다급해진 영주가 스위치를 '급속'으로 바꾸었다. 한층 빨라지고 드높아진 굉음이 동준을 극도로 자극했다. 광폭한 그의 눈은 바닥에 설치된 파쇄기 함에 가닿았다. 동준의 얼굴에서 핏기가 사라졌다. 영주는 이제 더이상 폐지로 가리지도 않고 지폐를 투입구로 쳐넣었다.

동준이 몸을 날려 영주를 밀쳐내고 파쇄기의 스위치를 껐다. 소음이 일시에 사라졌다. 두 눈에선 시퍼런 불꽃이 튀었다. 동준은 난간에 부딪혀 넘어져 있는 영주의 멱살을 그러쥐었다. 목이 졸린 영주는 힘겹게 말을 더듬거렸다.

"아, 아니에요! 아주머니가 저한테 열쇠를 주고 갔어요! 하룻밤 집을 봐달라고 부탁했다…구요. 이건 돈이 아니에요! 그, 그냥 종이라…구요. 헌 종이요! … 아니, 돈 맞아요. 제가 잘못 봤어요. 갚을게요. 전부 다 갚는…다구요!"

영주는 갈피를 잡지 못하고 횡설수설했다. 동준의 귀에는 더 이상 아무 말도 들리지 않았다. 그 짧은 순간에 동준은 괴메시지에 시달렸던 지난 일 년을 떠올렸다. 비자금을 받아내는 일보다 감추는 일이 더 힘든 것처럼 피살자의 시신을 숨기는 일이 더 중요했다. 둘 다 장소의 문제였다.

15층에서 추락한 여자는 1502호의 자기 아파트 발코니에서 떨어져야 한다. 1호 라인과 2호 라인 사이에는 엄청난 차이가 있다. 동준에게는 생과 사의 갈림길이 될 수 있는 선택이었다. 그 순간 16년 전에 방천시장에서 노끈으로 피살자의 숨통을 조를 때 손끝에 와 닿았던 싸늘한 촉감이 떠올라 섬뜩했다. 눈자위를 희번덕거리다 흐릿해지는 두 눈과 다시 마주치고 싶지 않았다.

영주의 모가지를 움켜쥔 손아귀의 힘을 풀고 동준이 말했다.

"앗! 내가 왜 이러지! 아! 미안해. 너무 놀라서 순간적으로 그만! 너한테 이러면 안 되지! 날, 용서해 줘. 제정신이 아니었어! 안 그래도 너 줄려고 1401호에 넣어둔 것도 있는데 말이야!"

뒤늦게나마 제정신으로 돌아온 총장님에게서 풀려난 영주는 그의 진심을 느꼈다. 이미 1401호 냉동고에 동준이 숨겨놓은 엔화를 확인한 영주였다. 영주의 몸에 어떤 상흔도 남기지 않을 방법을 계산해낸 동준의 얼굴이 달빛을 받아 납빛처럼 창백했다.

동준은 영주를 1401호로 데려가 주방에 있는 영업용 냉동고를 열고 안을 보여 주었다. 그런데 채소 박스 하나의 뚜껑이 열려 있고 엔화 다발이 엉망진창으로 풀어 헤쳐져 있었다. 사태를 직감한 동준은 폭발할 것 같은 분노를 억누르며 영주에게 말했다.
"괜찮아. 이제 가져갈 수 있을 만큼 마음껏 꺼내 봐."
1501호에서 받은 충격이 채 가시지 않은 영주는 팔다리가 후들거렸다. 그러면서도 황급히 박스 하나를 끌고 나와 양손으로 엔화 뭉치를 끄집어냈다. 차가운 냉동고가 마치 금고인 것 같은 착각이 들었다. 주방 바닥에 돈다발을 퍼내느라 정신이 팔린 영주에게 동준의 싸늘한 음성이 들려왔다.
"기생충 같은 년! 버러지!"
한순간에 영주의 몸이 완력에 떠밀렸다. 동준은 사력을 다해 양손으로 영주 등판을 냉동고 안으로 밀쳐 넣었다. 온몸의 힘이 빠져나가는 기분이었으나 한번 힘을 쏟고 나자 다시 힘이 솟았다. 넋이 나간 영주는 그 순간에도 양손에 돈다발을 쥐고 있었다. '척' 하는 둔탁한 소리와 함께 냉농고 문이 닫혔다. 영주의 두 뺨이 냉동고 벽면의 얼음 기에 '쩍' 하고 들러붙었다. 눈앞이 캄캄해지고 냉기가 전신을 덮쳤다. 밀폐된 냉동고 안에서는 금세 숨이 막혔다. 양말이 축축해지며 발바닥이 얼어붙기 시작했다.
동준의 손이 온도 계수 스위치에 닿았다. 상처 하나 없이 깨끗한 손이었다. 가느다랗고 섬세한 손가락으로 영하 18℃를 가리키던 바늘침을 돌려 영하 45℃에 고정시켰다. 영업용 냉동고 문은 한번 닫히면 안에서는 절대 열리지 않도록 되어 있었다. 그럼에도 동준은 양 손바닥을 매끄러운 문짝에 대고 밀었다. 냉동고 안에서 당황해서 발버둥치는 영주와는 달리 냉동고 문이 닫히는 순간 모든 소리가 차단된 1401호는 정적뿐이었다. 16년 전 방천시장에서와는 달리 절차는 간단했다. 피살자의 절망 어린 눈빛을 보지 않아도 되고 손끝으로 전해져오는 섬뜩한 기운도 느낄 필요가 없었다. 더군다나 '동준아, 이러지 마라!' 하는 말소리도 들리지 않았다.

냉동고 문을 사이에 두고 생과 사가 갈렸다. 냉동고에 갇혀버린 영주는 발버둥치며 온 힘을 다해 냉장고 문을 밀치고 빠져나가려 했지만 문은 끄떡도 하지 않았다. 고래고래 고함을 지르고 발악하던 영주의 뇌리에 번쩍 휴대폰이 생각났다. 바지 주머니에 들어 있던 휴대폰을 꺼내 폴더를 열었다. 곱아 드는 손가락으로 동생 희주의 번호를 눌렀다. 동생의 따뜻한 목소리가 차디찬 냉동고 속으로 흘러들어왔다.

"언니, 나야. 왜?"

"희주야! 나, 나, 지금! 1401호 냉!······"

"어어, 왜 이러지? 휴대폰 이거. 언니, 언니야, 잘 안 들린다! 좀 크게 말해 봐!"

배터리가 얼어버린 것이었다. 냉동고 안의 기계는 온기를 지닌 인체보다 빠른 속도로 얼어버린다. 영주의 몸도 급속으로 얼어 고통이 느껴지기 시작했다. 구원의 매개체인 휴대폰마저 꺼져서 바깥세상과는 완전히 차단되어 버린 영주는 분노했다.

"문 열어! 추워죽겠단 말이야! 시발 새끼야, 내 말 안 들려!"

영주가 아무리 고래고래 고함을 질러도 냉동고 밖에 있는 동준에게는 가닿지 않았다. 분노는 이제 애원으로 변했다.

"제발 문 좀 열어주세요, 예! 돈은 그냥 빌린 걸로 할게요. 아니 돈은 안 가져갈 테니 제발 살려만 주세요, 네! 제가 잘못했어요! 무조건 잘못했어요! 다시는 이런 짓 하지 않고 성실하게 살게요. 맹세합니다! 으흐허윽!"

냉동고 밖의 동준은 초소에서 보초를 서듯 완전한 냉동을 위해 냉동고 앞을 지키고 서 있었다. 어느덧 삼십 분이 흘렀다. 그 사이 동준의 7776폰으로 당 대표와 국방부장관에게서 부재중 전화가 와 있었다. 아들 정현에게서도 전화가 왔지만 받지 않았다. 지금쯤이면 청와대에서 퇴근한 정현이 공영방송사에서 운영하는 아카데미에 나가 강도 높은 스피치 훈련을 마쳤을 것이다. 그러자 정현이 4625폰으로 문자를 보내왔다. '무슨 일 있으세요?'

뭐라고 답을 할까 고민하는 사이에 재식에게서 비밀폰으로 전화가 오는 바람에 동준은 얼떨결에 통화버튼을 눌렀다. 재식과 통화하는 동안에도 냉동고는 170센티미터의 영주의 살점들을 급랭으로 얼리고 있었다. 인체 안의 물기란 물기는 죄다 얼어붙었다. 죽음으로 끌려가던 영주가 절망과 공포에 흘린 눈물마저 얼어 각막이 얼음 막으로 뒤덮였다. 동공도 제대로 닫히지 않은 채였다. 죽어가는 뇌가 화이트아웃을 일으켜 영주의 시야에 하얀 부분이 늘어나 있었다.

'780520-2****15'

서울시 외곽에 위치한 은평구에서 태어나 삼십 년간 살아온 영주의 일생이 스크린에 펼쳐졌다. 그 순간 영주는 불광동 다가구주택의 골목길이 너무나도 그리웠다. 며칠 전 여의도 사무실 근처까지 엄마가 찾아왔었다. 10년 전에 엄마는 감자탕 집에서 펄펄 끓는 들통을 바닥으로 들어 내리다 화상을 입었다. 발목 위에서부터 발등까지 이어져 있는 화상의 흉터 제거 수술을 받고 싶다는 엄마를 영주는 그냥 돌려보냈다. 또 한 사람, 제부는 처가를 돌봐주지 않는 집권 여당 총장실 비서인 처형을 전화로 비난했다. 목소리엔 술기운이 담겨 있었다.

영주의 의식은 이내 아득해졌다. 위대함과 추악함, 온갖 사악함과 거룩함의 코드들이 동시에 내장되어 있는 한 사람. 그중에 어떤 코드를 발현하며 인생을 살아갈지는 오로지 자신의 의지와 선택에 달려 있을 것이다. 그럼에도 불구하고 인간이란 종래 몇 점의 온도에 맥없이 꺼져 버릴 하나의 생물체에 불과했다. 영주의 영혼이 자기 육신을 떠나기 직전 영주는 신의 존재를 실감하는 누미노제를 체험했다.

"아, 하나님 저 좀 살려주세요! 제발요!"

동준은 점점 팔이 저리고 굳어지는 것을 느꼈다. 시간은 막 밤 열 시를 넘어서고 있었다. 자정 무렵까지는 더 기다려야 한다. 이 시각에 1401호에 있기는 처음이었다. 기분이 으스스했다. 냉동고 문 저편에 있는 영주의 존재를 감당할 기력도 떨어지고 있었다. 동준은 1502호로 올라갔다. 비상계단을 오르는 동안 14층과 15층에는 정적만이 흘렀다. 동준은 1502호의 빌트 인 냉장고에서 얼음을 꺼내 입에 넣고 으깨 씹었다. 영주의 삶이 담겨 있는 아파트 안에서 이제 곧 동사한 시신을 봐야 한다는 생각에 그는 한기를 느꼈다. 15층을 통틀어 동준뿐이었다. 문간방 붙박이장에서 영주의 소프트캐리어를 꺼내 다시 비상계단으로 내려갔다.

 냉동고 문을 열었다. 영주의 동사체는 하얀 성에가 낀 채 냉동고 벽에 얼어붙어 있었다. 씹던 껌을 상자에 붙여놓아 꾸덕꾸덕해진 형상이었다. 그런데 놀랍게도 나체였다. 영주는 사각의 냉동고 안에서 몸을 비틀며 윗도리를 벗어내고 면바지를 내리고 브래지어를 끌러냈다. 팬티까지 벗으려던 흔적이 역력했다. 예상치 못한 일이었다.

 동준은 술자리에서 용호가 평검사 시절에 들려준 일화를 떠올렸다. 추운 산간지방이나 눈 속에 얼어 죽은 시체들이 간혹 벌거벗은 채로 발견되는 일이 있다고 했다. 외부의 온도가 체온으로 견뎌낼 수 없는 극한점을 넘어서면 인체는 반대로 열기를 느끼는 저체온증을 일으키는데, 그런 재앙을 당한 사람들은 몸에 걸친 옷가지를 하나하나 벗어버린다는 것이다.

그런데 냉동고 바닥에 영주의 휴대폰이 떨어져 있었다. 동준은 온몸의 힘이 빠져나가는 듯한 무력감을 느꼈다. 숨을 쉬기조차 고통스러울 정도로 심장이 뛰었다. 휴대폰 배터리를 충전했다. 영주가 냉동고 안에 갇혀 있던 시간에 여동생과 통화한 기록이 남아 있었다. 섬뜩했다. 무슨 말을 나누었을까?

'누미노제에 모든 걸 맡기자!'

지금껏 동준과 한편이었던 그 신이 이제 와서 자신을 배신할 리 없다고 믿었다. 온 정신을 집중해서 지금 여기서 할 수 있는 일에 대해서만 생각하기로 했다.

예상과는 달리 영주의 동사체가 녹는 데는 꽤 시간이 걸렸다. 동준은 냉동고의 전원 플러그를 아예 뽑아버렸다. 냉동고 안의 온도가 올라가면서 성에가 녹아내렸다. 냉동고 틈새에 낀 살점들이 상온의 공기와 결합하면서 악취가 나기 시작했다. 동준은 욕조에 물을 받아 영주의 시신을 욕조에 앉혔다. 뜨거운 물에 동사체는 빠르게 녹아내렸다.

1501호에 올라가서 수건과 윤옥의 고무장갑을 찾아 다시 욕실로 돌아왔다. 욕조에 앉은 영주가 부릅뜬 눈으로 동준을 쳐다보고 있었다. 한쪽 팔은 욕조 턱에 걸친 자세였다. 동준은 고무장갑을 낀 손으로 시신에 남아 있을지 모를 자신의 지문을 씻어냈다. 걸레로 냉동고 안까지 꼼꼼히 닦아냈다. 바닥에 얼어붙어 있던 핏자국이 녹아 액체로 변했다. 오래전 정육점의 소피인지, 영주 몸의 상처에서 흘러내린 혈흔인지 육안으로는 구분이 되지 않았다. 냉동고 안에서 얼었다 녹아 축축해진 옷가지를 시신에 그대로 입힐 수는 없었다. 황급히 1502호로 올라간 동준은 세탁기에 젖은 옷들을 집어 넣고 마른 옷가지를 챙겨왔다.

팬티를 허벅지 위로 끌어올리고 브래지어의 후크를 채우고 면바지와 박스티를 입힌 후에 양말까지 신겼다. 그러고는 소프트 캐리어에 시신을 우겨넣고 지퍼를 채웠다. 지레 겁을 먹었던 처음과 달리 막상 시신을 매만지는 동준은 장의사처럼 능수능란하지는 않았지만 그렇다고 미숙하지도 않았다.

동준은 영주의 사체가 담긴 소프트 캐리어를 끌고 침착하게 영주의 아파트인 1502호로 돌아왔다. 단화도 현관에 도로 가져다 놓았다. 발코니 바깥 창문을 열어젖히고 영주의 몸을 떠밀어 올린 건 순식간이었다. 산매리 저수지에서 단추가 떨어진 남방을 입고 어깻죽지에 비를 맞으며 마대를 밀어 넣었을 때와 느낌이 비슷했다. 극적인 순간마다 동준의 내부에서는 늘 거대한 에너지가 뿜어 나왔다. 영주의 몸은 동준의 손을 벗어나 허공에 떠 있었다. 밑으로 축 늘어진 양팔이 마치 살아서 난간을 움켜잡기라도 할 것 같았고, 시신의 입술은 공포에 혼비백산해서 비명이라도 내지를 것처럼 달싹거리는 것 같았다.

연쇄 살인범이 처음 살인을 저질렀을 때는 나름의 동기가 있다. 그러나 그다음 범죄부터는 매개가 필요하지 않다. 일취월장하는 것이다. 그들은 보통 사람들이 얼마든지 견뎌낼 수 있는 스트레스를 참지 못해 무조건 살해하고 보는 성향을 보인다. 동준은 어쩌면 그 틀을 따라가고 있는 것인지도 몰랐다.

동준은 발코니의 난간 끝에 서서 숨을 죽이고 15층 아래 어둠이 드리운 나무숲을 살펴보았다. 고요했다. 식인귀처럼 입을 벌리고 있는 울창한 숲이었다. 밤하늘에서 떨어진 물체 부근으로 접근해가는 사람은 없었다. H동의 오래된 수풀 더미는 푹신한 융단처럼 물체가 지상에 부딪칠 때 나는 충격음마저 삼켜주었다.

한강에서 불어오는 밤바람이 천천히 동준을 식혀주었다. 동준은 두렵지 않았다. 그가 가장 신뢰하는 일급 참모는 두려움이었다. 오래전부터 그는 두려움이라는 정서에 익숙했다. 동준은 1502호 영주의 식탁에 놓여 있던 빈 소주병들을 쓰러뜨려 놓았다. 1401호와 1502호를 단속하고, 혹시나 영주가 남겨둔 흔적이 있는지 확인하기 위해 다시 한번 윤옥의 1501호를 점검하고 나서야 동준은 다시 1502호로 돌아왔다. 물소 가죽 소파에 앉아서 영주의 휴대폰을 꺼냈다.

'엄마, 희주야. 나 너무 힘들어. 빚 때문에. 먼저 가는 나를 용서해 줘.'

동생 희주의 번호로 발신 버튼을 누르고 식탁 위 소주병 옆에 다시 휴대폰을 올려놓았다. 그러고 나서 욕실로 들어가 제 의식을 치르는 제사장처럼 오래도록 손을 씻었다. 물속에는 영혼을 씻어주는 성스러운 무엇이 있다. 오래전에도 그랬다.

자정이 넘은 시각에 동준은 코란도를 몰고 서둘러 청담동 집을 향했다. 한강을 따라 나란히 달리는 강변도로를 질주했다. 어디선가 경광등을 번쩍이며 경찰차의 사이렌 소리가 동준의 귀에 들려오는 듯했다. 영주의 시신을 처음으로 발견하게 될 사람은 아마도 동 경비가 될 것이다. 제아무리 우아하고 아름다운 미인이라도 죽은 모습은 섬뜩하고 추하다고 했던 용호의 말이 떠올랐다. 동준은 15층에서 추락해서 처참한 형체로 변해 있을 영주를 머릿속에서 떨쳐내려고 애썼다. 오디오를 틀었다. 음악 소리에 동준의 마음이 조금씩 누그러졌다. 오른쪽 발에 힘을 주어 액셀을 꾹 밟았다.

윤옥은 병원 대기실 소파에서 하룻밤을 세고 돌아왔다. 여의도를 떠나 있었던 하룻밤 사이에 일어난 비극이 믿기지 않았다. 영주의 시신은 이미 실려간 뒤였다. 영주의 시신이 있던 자리에는 하얀 스프레이로 시신의 윤곽이 그려져 있었다. 1502호는 출입 금지라는 현장 보존 테이프가 둘러쳐 있어 들어가 볼 수도 없었다. 윤옥은 1501호 발코니에서 영주가 투신한 아래쪽을 내려다보았다.

경찰은 영주가 살던 1502호에서 단서가 될 만한 영주의 물건들을 수거해 갔다. 그리고 윤옥에게 많은 질문을 던졌다. 서로 마주보는 아파트에 사는 두 여자들의 일상적인 왕래에는 관심이 없다가 영주가 윤옥에게 빚을 지고 살았다는 대목에서 잠깐 눈빛이 흔들렸다. 유족에게 휴대폰으로 남긴 메시지를 결정적인 단서로 삼고 경찰은 영주의 죽음을 투신자살로 단정지었다.

  1502호에서 경찰이 철수하자 15층 전체가 텅 비어 버렸다. 윤옥은 영주 없는 빈 아파트의 벨을 눌러보았다. 당장이라도 영주가 뛰어나와 반겨줄 것 같았다. 젊은 여자의 죽음을 맞은 아파트에는 극심한 고독이 배어 있었다.

  사무총장 집무실로 새로 발령이 난 여비서가 커피를 타왔다. 부속실에서 영주의 빈자리를 대해야 했던 동준은 다행히 의원총회에 참석하느라 자리를 옮겼다. 마음은 홀가분했다. 재식을 통해서 알아본 결과 영주와 마지막 통화를 나눈 여동생은 유족으로서의 감정과 태도 이외에는 별다른 반응을 보이지 않았다고 했다. 인사팀장은 집권당 사무총장실 여비서가 자살했다는 기사가 외부에 흘러나가지 못하도록 기자들에게 손을 썼다. 그동안 쉬쉬하던 영주에 관한 소문이 이번 일로 순식간에 사무처 내부에 퍼져나갔다. 얼마 전에 폭행을 당한 얼굴로 출근했던 그 일에 스토리가 덧붙여졌.

  '동거남한테 폭행당하고 버림받은 거 같다. 여의나루역 근처에 있는 아파트에서 누가 보았다더라. 우연히 그곳을 지나가는 게 아니라 거기 사는 사람 같더라.'

여의도 라이프아파트 H동 1502호에 들어선 영주의 유족들은 큰 충격을 받았다. 그들은 영주가 월세 오피스텔, 14평짜리에 살고 있는 줄 알았었다. 이토록 분에 넘치는 사치를 부리며 큰 아파트에 살다가 결국엔 자기 무덤을 판 꼴이 되어버릴 거라곤 꿈에도 생각지 못했다. 화려한 인테리어에 놀란 유족은 이 아파트에 오게 된 이유를 잊어버릴 정도였다. 영주 엄마는 장녀의 자살이 그저 부끄러웠다.

희주는 마지막 통화에서 '희주야! 나, 나 지금! 1401호 냉!……' 하던 언니가 뭔가 절박한 도움을 호소하는 말을 하려고 했다고 생각했다. 갑자기 전파가 기이하게 울리더니 순식간에 통화는 끊어지고 말았지만. 여의도 라이프아파트 1502호에서 대체 무슨 일이 일어났던 것일까? 언니는 아마도 제도권 금융이 아닌 사채업자에게까지 손을 벌렸을 것이고 그들의 횡포에 압박을 느껴 극단적인 선택을 한 것이라고 나름대로 추측했다.

장례를 치르고 화장터에서 돌아온 지 며칠이 지나지 않아 유족들은 이재식 조직부장과 시내 모처에 있는 호텔 커피숍에서 자리를 함께했다. 재식은 '이동준' 명의의 전세아파트에서 무상으로 살다간 김영주 비서의 죽음을 애도하며 모친에게 위로금을 전달했다. 건네는 사람도 받아들이는 측도 모두 침묵했다.

그동안 엄마와 희주네는 언니한테 알리지 않았지만 지금 반지하에서 살고 있었다. 희주의 남편은 제 딴에는 배운 사람 흉내를 내며 이래저래 마련한 대출로 주식에 손을 댔다가 몽땅 날려 버린 것이다. 대통령 취임식 당시 다가구주택 일층에 살았던 때보다 형편은 오히려 더 어려워졌다. 그 때문에 희주의 남편은 처형이 자살하기 며칠 전에 자신이 전화로 행패를 부렸던 일이 계속 마음에 걸렸다. 한편으로는 일이 조용히 마무리되어 속히 이 사건에서 벗어나기를 바랐다. 장녀를 잃은 장모한테는 사채업자의 마수에서 빠져나가야 한다는 현실적인 걱정을 자꾸 부추겼다.

박귀주는 한동안 민한당사 주변을 배회하며 서울에서 지내고 있었다. 자신이 존재 그 자체로 집권 여당 사무총장을 불안에 떨게 하는 사람이란 걸 그는 알지 못했다. 그런 박 씨의 귀에까지 사무총장 여비서의 자살 소식이 흘러들었다.

'이동준의 주변에서 두 번째로 죽임을 당한 사람이로군!'

그는 16년 전에 잃어버린 기회를 되찾기 위해서라도 여비서 자살 사건을 파헤쳐 보기로 했다. 유족들을 만나보고 신 반장한테 도움을 요청해서 이 건을 추적해 들어가면 16년 전의 방천시장으로 가는 실마리가 풀릴지도 모른다. 박귀주의 눈빛에 정치 거물의 음모를 포착한 결기가 내비쳤다.

4

 지민은 고시원 침대에서 악몽을 꾸다가 깨어났다. 열네 살의 중학생 지민이 산매리 저수지 바닥을 수색해서 건져 올린 자루 세 개에 모두 시체가 들어 있는 꿈이었다. 지민은 책상 서랍 아래 칸에서 납작한 상자 하나를 꺼내 열었다. 피살당한 사체에서 채취한 머리카락이 그대로 보관되어 있었다. 마치 여름방학 과제물로 제출할 옥수수 수염을 채집해 놓은 것 같았다. 짙은 갈색 계열의 모발은 중간두께였다. 지민이 자신의 머리카락과 비교해 보고 누나 지영의 것을 살짝 뽑아 견주어보기도 했던 그 머리카락이었다.

 지민은 한마음대회 날, 행사를 마치고 밤늦게야 편의점에서 후원증서를 뜯어보았다. 지민이 사법고시에 최종합격할 때까지 매달 1백50만 원의 정액을 지급한다는 공중 문서가 들어 있었다. 방바닥에 그동안 방치해 두었던 짐 박스를 풀어헤쳤다. 매형네서 가져온 지민의 물건들이 담겨 있는 박스였다. 사람 울음소리가 녹음되어 있는 테이프, 지문이 묻어나지 않는 라텍스 장갑 한 켤레, 산매리 저수지가 담겨 있는 동영상 시디와 일기장 한 권이었다.

 지민은 일기장을 펼쳤다. 1991년 1월 1일부터 12월 31일까지 일 년 치가 기록되어 있었다. 빠지거나 건너뛴 날도 많았다. 8월 중의 하루에 지민의 손길이 멈췄다. 특별한 내용은 없었다. 일상대로 하루를 보냈고 저녁나절에 저수지를 다녀왔다고만 써 놓았다. 1991년 8월 17일 토요일이었다. 지민은 가위를 꺼내 라텍스 장갑을 갈기갈기 잘랐다. 화장실로 들어가 변기통에 던져 넣고 물을 내렸다. 잘린 조각들은 소용돌이치는 물줄기를 따라 동그랗게 나선을 그리며 돌다가 빨려 내려갔.

'이동준 의원은 3883폰으로 메시지를 보낸 사람이 나라는 걸 알고 있을까?'

AD30년 4월 13일 예수(33세) 목수, 십자가형 사망
1960년 4월 11일 김주열(18세) 마산상고, 최루탄에 사망
1970년 11월 13일 전태일(23세) 재단사, 분신으로 사망
1980년 5월 30일 김의기(22세) 서강대, 투신으로 사망
1987년 1월 14일 박종철(24세) 서울대, 고문으로 사망
1987년 7월 5일 이한열(22세) 연세대, 최루탄에 사망

세상을 바꾼 젊은이들의 의로운 죽음이었다. 외국인 이스라엘 청년, 인간으로서의 예수 또한 그랬다. 지민이 용의자 이동준을 압박하기 위해 쥐고 있던 유일한 항목은 '범행일자'였다. 그러나 그마저도 일기장을 들춰보지 않고서는 정확한 날짜를 기억하지 못했다. 일기장을 찾아야 한다는 고민과 은행의 대출상환 독촉에 시달리던 지민에게 한 줄기 빛과 같은 영감이 떠올랐다. 의로운 죽음을 맞이한 이들의 사망 일자를 괴메시지에 담아 정치인

이동준에게 겁을 주며 시간을 끌어가는 방법이었다.

그날 지민은 처음으로 사시 1차에 합격했을 때만큼이나 기뻤고 자신의 영특함에 대해 스스로 자화자찬했다. 다행히도 8월이 되기 전에 '1991년 8월 17일', 그날이 기록된 일기장을 찾아낼 수 있었다. 지민은 온전한 증거 없이 집권당 사무총장과 심리전을 벌였다. '누가, 언제, 어디서, 무엇을, 왜, 어떻게'의 항목 중에서 '누가'와 '언제'라는 카드만 쥐고 시작한 게임이었다.

지민이 이동준 의원에게 괴메시지를 보내기로 결심한 때는 대선이 막바지로 치달을 때였다. 12월 10일, 그날은 사법고시 2차 발표 날이었고 낙방한 지민은 또다시 좌절을 맛보았다. 더구나 고시촌 분위기는 사법고시 자체가 폐지될 거라는 위기감이 팽배했다. 지민으로선 더 큰 비용이 드는 로스쿨은 꿈도 꿀 수 없었고, 나이 또한 적지 않았다.

조급한 심정으로 사법시험 제도의 막차를 타기 위한 방안을 고심했다. 그중에 이동준 의원을 협박하거나 동정심에 호소해서 비용을 마련하는 방법이 그나마 가능성이 있을 것 같았다. 그런 점에서 지민은 박상헌의 당선을 바라며 투표했다. 그리고 취임식 날 드디어 기상된 마음으로 이동준에게 첫 발신을 했다. 그 이후 심리전을 벌이며 때로는 게임처럼 즐겼다. 메시지를 구성하는 문장 글자 하나하나가 지민이 장전한 총알이었다. 대통령 측근을 쥐고 흔들면서 간접적으로 권력의 맛을 체험하기도 했다. 검찰청 포토라인에 이동준을 세우고 지민이 기자회견을 하는 장면을 상상해보았다. 그 순간만큼은 자존감을 느낄 수 있었다. 보잘것없고 추레한 고시생, 청년 실패자가 아니었다. 그래서 지민은 더욱 성실하게 이 일을 실행했다.

지민은 '중랑갑 지역구 당원 한마음대회'에서 수상자로 불려 나가 시상대에 섰던 순간을 되새겨보았다. 자신이 사법고시에 합격해서 뜻을 이루도록 도와주려는 이동준 의원의 마음이 진심으로 느껴졌다. 여자 손처럼 희고 깨끗한 그의 손은 살인자의 손이 아니었다. 그러나 인간은 그 누구든 십 초 만에 살인자가 될 수 있다. 정상적인 심리상태에서는 불가능하지만 극단적인 상황에서는 기이한 힘이 촉발되는 것이다.

산매리 저수지에 수장된 익사체에는 노끈으로 목이 졸린 흔적이 있었다. 영화에서와는 달리 사람은 목이 졸리는 순간에 바로 죽지 않는다. 교살은 목이 졸린 상태로 이십 분쯤의 시간이 걸린다. 그 시간 동안 살인자는 격렬하게 경련을 일으키는 피살자와 마주해야 한다. 목에 가해진 압력 때문에 피살자의 눈알은 터지기 직전의 풍선처럼 튀어나오고 실핏줄은 불꽃처럼 터지고 끊어진다. 가해자가 은행원 이동준 대리였다면! 피살자는 생의 마지막 순간에 살인자 이동준의 얼굴을 마주하며 그의 영혼이 육체를 빠져나갔을 것이다.

그러나 16년 전에 이동준 대리가 살해해서 수장한 시신이라고 주장할 만한 증거는 어디에도 없었다. 실제 범죄가 발생한 것은 확실하지만 사건의 실체는 없는 절대적인 암수범죄였다. 지민으로선 이제 더이상 할 수 있는 일이 없었다. 지금이라도 양주경찰서에 익명으로 제보하는 것으로 이 일을 마무리하기로 했다.

지민이 오랜만에 중랑갑 당 사무실의 문을 열고 들어서자 서울시의원에 공천을 받은 매형의 축하 파티가 한창이었다. 재식이 얼굴에 환한 빛을 뿜어내며 세상을 전부 얻은 듯한 기세로 당원들과 일일이 악수를 나누었다. 시력이 나쁘지 않건만 안경을 끼고 있었다. 금테 안경은 재식의 인상을 지적으로 보이게 해주었다. 사람 좋은 웃음을 지으며 재식이 말했다.

"앞으로 잘 좀 도와주세요! 제가 선거는 많이 치러냈어도 제 선거는 처음이라서요."

재식의 말에 한바탕 웃음이 터졌다.

"이 부장님 일이라면 사무실 문을 아예 닫아걸어 놓고 거리로 나서겠습니다, 하하하!"

사람들이 다시 웃음을 터뜨리며 우르르 재식에게로 달려들어 축하인사와 덕담을 나누느라 시끌벅적했다. 최 여사가 큰소리로 말했다.

"이 부징 15년 동안 온갖 허드렛일 수발하매 고생한 거 내카마 더 잘 알고 있는 사람 있으마 함 나와 봐라!"

사람들은 재식의 사례를 지켜보며 희망에 부풀었다. 그동안 제대로 정치훈련을 닦았다며 격려를 아끼지 않았다.

지민은 빽빽이 들어찬 당원들 틈을 헤치고 한주엽에게로 다가가 인사를 건넸다.

"지난번에 찾으셨다던 그분하고는 자주 만나세요?"

"누구? 아, 그, 권판식이 말이구만."

"예. 지금 어디 사세요?"

지민은 권판식이 여의도 라이프아파트 H동 1401호에 살고 있다는 정보를 한주엽이 알고 있는지 떠보았다.

한주엽은 헛기침을 하고 나서 목소리를 낮춰 말했다.

"실은 지금 이 세상 사람이 아니야. 그 소식을 들은 이 의원이 많이 상심했지. 알고 보면 이 의원도 불쌍하고 외로운 사람이야. 자기를 낳아준 친아버지도 모르고 있네. 그래서 이 의원은 권판식일 무척 따랐고 권 씨도 월남전에서 아들을 잃고 둘 사이가 가까웠지. 올봄에 한 번은 이 의원이 날더러 여의도 의원실로 부르더라구. 그것도 야간에 말이지. 그래서 내 처음으로 국회로 들어가 봤지. 근데 내 머리카락을 하나 뽑아달라는 거야. 유전자 검사를 해본다나 어쩐다나. 그만큼 이 의원은 자기를 낳아준 아버질 찾고 싶어 하는 거지, 아암! 나하고 큰 사모님하고 젊은 시절 절친했었구만."

그렇게 말하며 한주엽은 능글맞게 웃었다. 지민은 그의 웃음기를 대하며 어떤 생각이 뇌리에 스쳤다.

"그럼, 권판식 어르신은 언제 돌아가셨어요?"

"글쎄. 그것까지는 난 모르겠네. 나야 오랫동안 아르헨티나에 나가 있다 들어왔으니……."

지민은 한주엽이 하는 말을 액면 그대로 받아들이지는 않았다. 추리의 단서로 일부만 인정했다. 라이프아파트 1401호에 살고 있는 권판식을 만나보려다 헛걸음만 치고 돌아왔지만 언제든 그를 만나볼 필요는 있었다.

"그분은 어떻게 생기셨어요?"

그저 인상착의 정도만 알아두려고 던진 물음에 한주엽은 장지갑에서 사진 한 장을 꺼내서 보여주었다. 한주엽과 어린 동준, 그리고 권판식, 세 사람이 방천시장통에서 찍은 흑백사진이었다. 한주엽이 그 사진을 품고 다니는 이유는 사람들이 쉬이 구할 수 없는 유년 시절 이동준 의원의 사진이며 그만큼 그와 대통령 실세의 관계가 오래되었다는 걸 과시하고 싶어서였다.

권판식의 얼굴을 익혀두느라 한참 동안 사진을 들여다보고 있던 지민은 전율을 느꼈다. 어디선가 본 듯한, 낯익은 얼굴이었다. 그는 바로 이동준 의원과 닮아 있었다. '혹시 이동준과 권판식은, 부자간이 아닐까? 그 때문에 이 의원이 1401호에 살도록 해준 게 아닐까? 사람들한테는 숨기고 비밀리에 살게 한 게 아닐까?'

지민 스스로 생각해도 시나지게 엉뚱한 발상이었다. 그런 지민에게 '한마음대회' 행사장에 앉아 있던 노부인의 모습이 떠올랐다.

한주엽은 지민의 손에서 사진을 거둬들이고 다른 사람에게로 발걸음을 옮겼다. 최 여사에게 말을 걸기 시작하더니 나무젓가락으로 훈제오리고기를 한 점 집어 입안으로 밀어 넣었다.

'한주엽이 방금 번복한 대로, 최 여사가 했던 말대로 권판식이 실종되었거나 이 세상에 없다면……. 1401호 아파트에 권판식의 모습이 드러나지 않는 건 권판식이 없기 때문이다!'

산매리 저수지에 수장된 피살자가 이동준 의원에게 희생된 자라면 이동준 대리는 희생자의 돈으로 출마했을 것이다. 당시에 방천시장은 외국계 유통회사가 부지를 매입하는 재개발 바람에 휩쓸려 있었다. 재개발 소용돌이에서 보상금과 관련이 있는 한빛은행의 방천지점 이동준 대리는 자기 지점에 드나드는 부자고객을 노렸을 것이다.

'누가, 언제, 어디서, 무엇을, 왜, 어떻게'는 '이동준이 1991년 8월 17일 돈을 노리고 방천시장의 고객을 교살했다'는 것으로 대입해볼 수 있었다. 최 여사는 권판식이 방천시장에 많은 땅을 소유한 부자의 심부름꾼이었다고 말한 적이 있다. 이동준은 그와 가까운 권판식을 이용해서 부자한테 접근하고 살해했을지도 모른다. 아니면 당시 땅부자의 보상금이 권판식의 수중에 들어 있었다면 권판식이 가난했더라도 희생될 수 있었다. 이런저런 추리를 할수록 지민은 그저 스쳐가는 바람이라기엔 너무 거대한 느낌이 들었다. 풀리지 않는 의혹들을 그대로 두고서라도 지금 오로지 지민이 할 수 있는 일이 있었다. 사체의 신원을 밝혀낼 유일한 방법이었다.

사무실 안은 사람들이 나누는 얘기와 웃음소리로 여전히 활기가 넘쳤다. 아파트 여성 동책들은 부지런히 음식을 날라 와서 빈 접시를 채웠다. 15년 동안 매형과 함께 당 행사를 거들어온 지영 누나는 이날만은 일손을 놓고 주인공으로 서 있었다. 지민은 팥 시루떡 한 조각을 집어 먹고 사람들 눈에 띄지 않게 슬그머니 위원장실로 들어갔다. 의원님의 책상과 의자를 훑어보며 무언가를 찾았다. 노란 장미 한 송이가 그려진 머그컵이 지민의 눈에 띄었다. 의원님 전용 컵이었다. 마시다 남은 생수가 반쯤 남아 있었다.

지민이 의뢰한 유전자 감식 결과지가 고시원으로 배달되었다. 산매리 저수지에 수장된 시신의 머리카락과 이동준 의원의 물컵에 묻은 타액에서 검출한 DNA로 진실은 밝혀질 것이다. 두 건의 유전자가 99.98%로 일치한다면 16년 전, 은행원 이동준 대리가 저수지에 유기한 마대 속에는 '희생자'가 들어 있었고 이동준 의원은 친아버지를 노끈으로 목 졸라 살해한 살인자라는 것이 입증된다.

봉투를 개봉했다! '아!' 지민에게 이동준이 아버지의 목에 베개를 베어주듯이 한 손으로 권관식의 머리를 받쳐 들고 다른 한 손으로 노끈을 목 밑으로 밀어 넣는 장면이 그려졌다. 산매리 저수지에서 이동준 의원이 수사관에게 끌려 다니며 현장 검증을 받는 장면까지도. 대통령 취임식장에서 정치 신사로 앉아 있던 모습과 대비시켜 텔레비전에 동시 화면으로 흐르며 나라 전체가 들썩인다. 그러나 15년의 공소시효는 이미 소멸되었다! 이동준 의원은 법적인 처벌을 받지 않는다. 지민은 무언가에 가슴이 찍어 눌리는 듯 답답했다.

지민은 유전자 감식 결과지와 함께 시신의 머리카락 일부를 담은 상자를 서류봉투에 집어넣었다. 그리고 산매리 야산 피살자의 유골이 암매장되어 있는 지점을 표시한 약도를 동봉했다. 매직펜으로 수취인의 주소를 썼다.

'서울시 종로구 세종로 1번지 청와대 국정상황실 이정현 앞'

지금으로선 이동준을 벌할 수 있는 판사는 그의 아들밖에 없다. 가족에게 던진 폭로는 완전하고 견고한 그의 삶에 엄청난 파열을 몰고 올 것이다. 범죄사건의 피해자 가족들은 끔찍한 고통을 겪게 된다. 마찬가지로 살인범의 가족 또한 그에 못지않은 고통을 당하며 살아가게 될 것이다. 적어도 양심이 있는 사람이라면!

지민은 우체국으로 걸어갔다. 도중에 빛이 환한 서울은행의 간판이 나타났다. 이동준 의원이 지민에게 매달 1백50만 원을 보내오는 계좌가 개설되어 있는 은행이었다. 이동준 의원은 지민에게 기회를 주었다. 산매리의 아버지가 해줄 수 없는 능력이었다. 지민은 고시생들로 붐비는 학원가로 다시 편승했다는 사실만으로도 성공의 영역에 들어선 것 같은 감회를 느꼈다. 지금까지 학업에서 선두를 달려온 지민은 이제 사법고시에만 합격한다면 다시 사회에서도 선두를 달릴 수 있는 인증서를 따게 되는 것이다. 산매리 부모님이 기뻐할 모습과 당 사무실 파티에서 본 지영 누나의 생기 넘치는 얼굴이 떠올랐다.

'안 돼! 이 기회를 놓칠 순 없어! 난 일 년 후에 2차 시험을 봐야 해. 험난한 길을 가는 소시민의 삶을 살 수는 없어!'

지민은 서울은행 앞에서 발걸음을 돌렸다. 사법고시에 합격해서 검사가 된 이후에나 한 번쯤 이 사건의 실체를 밝혀 정의를 세우자고 마음을 돌려먹었다.

지민이 산매리 저수지 제방 위로 올라갔다. 수면은 고요했다. 회색빛 잔물결로 뒤덮인 저수지는 창백하고 음울했다. 주위를 둘러보았다. 시선이 닿는 곳마다 황량한 시골 풍경이 펼쳐져 있었다. 어디선가 흘러온 노끈 하나가 바람을 타고 저수지 수면 위를 물뱀처럼 떠다녔다. 드디어 인적이 끊긴 야산 길로 접어들었다. 배낭을 멘 지민이 한 손에는 손전등을, 다른 한 손에는 삽을 들고 있었다. 오래전에 해둔 표식을 떠올렸다. 상수리나무 숲이 시작되는 입구에서 오백 보쯤 걸어간 지점의 나무 밑이었다. 이동준 의원의 친아버지가 되는 사람의 유골이 묻혀 있는 곳이었다. 배낭에 담아온 익사체의 머리카락을 마대 속의 원주인인 피살자에게로 되돌려주기로 했다. 이동준의 아들, 정현이 근무하는 청와대로 우편물을 발송하려다 그만두었던 지민은 대신 그것을 장래의 자신에게 보내기로 했다.

'서울시 서초구 검찰청 최지민 검사 앞'

이 제의식은 망자에 대한 위로이자 지민이 마지막으로 지킬 수 있는 양심이었다. 다시 죽은 자의 유골을 봐야 한다는 생각에 지민은 한기를 느꼈다. 달빛 아래 허옇게 폭로될 백골! 세 번째이긴 하지만 사체를 마주한다는 건 베테랑 형사라도 면역이 생기지는 않을 것이다. 그러나 어차피 검사가 하게 되는 업무 중에는 살인현장에 나가서 흉측하게 살해된 피살자들의 시신을 수습하는 과정을 지켜보는 일도 있었다.

상수리나무에 새겨둔 표식을 찾느라 손전등을 비추었다. 전등빛은 기분 나쁘게 번쩍거리며 어둠을 베는 은 칼날처럼 흙바닥과 나무숲을 이리저리 비췄다. 지민이 삽으로 상수리나무 밑을 파헤쳤다. 일 미터쯤 파 내려가다 삽을 내려놓고 면장갑을 낀 손으로 조심스레 흙구덩이를 파기 시작했다. 지민의 손놀림에 따라 생흙이 생피처럼 벌겋게 드러나는 야산에 휴대폰이 진동했다. 한밤중 어두컴컴한 야산에 울려 퍼지는 휴대폰 신호음은 음울하고 을씨년스러웠다. 매형이었다. 그는 지민이 지금 어디서 무슨 일을 하고 있는지 동선을 꿰뚫고 있는 듯이 목소리를 낮춰서 은밀하게 말했다.

"처남, 내가 커피숍에서 나올 때 그 여자 여동생이 나한테 살짝 이런 말을 해줬어. 언니가 마지막 메시지를 보내기 한 시간 전쯤에 통화를 했는데 '희주야. 나, 지금 1401호 냉!' 그러다가 통화가 끊어졌대……. 정말 자살한 걸까? 내가 그 시간에 의원님하고 통화를 했단 말이야. 맘만 먹는다면야 의원님이 계신 위치가 추적되겠지."

잠깐 동안 재식은 아무런 말이 없었다. 침묵이 흘렀다. 지민은 생각했다.

'하찮은 인생을 살다간 여자의 죽음 따위는 의로운 청년들의 죽음하고는 등급이 달라.'

잠시 후에 재식은 의미심장한 말을 남기고 전화를 끊었다.

"너, 의원님에 대해 알고 있는 거 있지? 조심하자."

지민은 패닉 상태에 사로잡혔다. 매형이 '이동준 의원이 살해한 그 백골은 바로 네 거야'라고 지목한 것처럼 온몸이 부르르 떨렸다. 삽질을 하려고 해도 더 이상 몸이 움직여지지 않았다. 지민은 백골이 암매장된 근처에다 서둘러 머리카락을 파묻고 누군가에게 쫓기는 사람처럼 허겁지겁 야산 길을 내려왔다. 산매리 마을회관 앞에 다다라서야 가까스로 마음을 진정시킨 지민은 마음속으로 혼잣말을 했다.

'이동준 의원의 친부가 권판식이 확실하다면, 이 의원은 왜 그가 살해한 권판식의 주소를 여의도 라이프아파트 1401호에 다시 옮겨 두었을까? 루시퍼 같은 인간, 이동준…….'

의원실에서 동준은 오 보좌관이 올린 사진 자료를 들춰보았다. 자신의 자서전을 출간하는 데 실을 사진들이었다. 어머니와 형과 함께 찍은 가족사진, 교복을 입고 찍은 흑백사진, 서울대 법대 재학시절, 의원이 되어 세련된 신사의 이미지로 변해가는 일대기가 스냅사진에 담겨 있었다. 그 자신도 잊고 있던 뜻밖의 사진까지 수집되어 있었다. 초등학생이던 정현이 자신과 단둘이 찍었던 사진은 새삼스러웠다. 동준은 자신의 어린 시절 모습과 비교해보려고 방천시장에서 권판식 아저씨와 함께 찍은 어린 시절 사진을 지갑에서 꺼냈다. 어린 정현은 어린 동준과 많이 닮아 있어서 가슴이 뭉클했다.

그러다 문득 무슨 생각이 들었는지 책상 서랍을 열고 깊숙이 보관해 둔 권판식의 주민등록증을 꺼냈다. 사십 대의 권판식 아저씨가 동준을 보고 웃고 있었다. 그 모습은 의원증에 부착된 동준 자신의 이미지를 떠올리게 했다. 60대의 권판식 아저씨와 50대의 동준, 그리고 40대의 아저씨의 모습을 담은 세 장의 사진을 책상 위에 나란히 펼쳐놓았다. 젊은 시절의 권판식 아저씨는 60대의 주민등록증 사진보다 50대 동준의 사진과 오히려 닮아 있었다. 흑백판의 남자는 시장통에 살았고 컬러판의 남자는 국회의원 신분이라는 차이가 있을 뿐. 동일 인물이 찍힌 사진들보다 다른 두 인물이 더 닮아 보이는 아이러니가 동준에게 무언가를 말해주었다. 방천시장의 정형철 씨가 했던 말을 반추해 보았다.

"……시래기를 줍고는 시장 입구 쪽으로 리어카를 끌고 가더군요. 2시쯤 되었을까? 8월 17일……. 궂은일을 해도 항상 여자 손처럼 깨끗하던 권 씨 손을 본 건 그게 마지막이었지요."

그날 동준이 권판식 아저씨의 비옷을 입고 모자를 눌러썼다는 것만으로 동준을 권판식으로 오인했다는 건 말이 안 된다. 그 정도로 동준이 권판식을 닮았기 때문이었다! 일전에 송영기 원장이 던진 말이 뇌리를 쳤다.

"총장님께서 권판식 어르신을 찾아보시길 바랍니다."

그 말은 어머니가 했던 말이기도 했다.

어머니의 음성이 휴대폰으로 넘어왔다.

"권 씨가 방천시장을 떠나버린 후에야 사실을 말하지 않았던 걸 후회했어. 그 양반이 온다간다 말 한마디 없이 그렇게 떠나가 버릴 줄 누가 알았겠니. 그렇지만 너는 나한테는 이현 씨의 아들일 뿐이야. 시장길을 지나가다가 권 씨가 떠나버린 그 빈집을 쳐다보면 왜 그렇게 무섭고 떨리던지."

"!……"

동준의 안색은 힘든 수술을 받은 사람처럼 창백했다.

1991년 8월 17일 토요일 오후 1시, 방천시장 뒷골목에 있는 집 안방에선 권판식의 얼굴이 시뻘겋게 달아올랐고 목줄기에선 시퍼런 핏줄이 툭툭 불거졌다. 지금 동준의 몸 아래에서 퍼덕거리며 숨이 끊어져 가는 권 씨 아저씨가 18억을 가진 장본인이라는 생각이 스치자 나일론 줄을 당겨 조이는 동준의 손아귀에 힘이 더해졌다.

동준이 권 노인의 숨통을 끊고 있던 그 시간에 친구 성운이는 호텔 릴리 룸에서 부친의 생신 잔치를 열었고 원재는 골프선수로 키우려는 아들을 데리고 로스엔젤레스로 날아가는 중이었다. 부교수로 임용된 정교는 출판기념회를 개최했고 홍식은 압구정동의 평수 넓은 아파트로 이사하는 날이었으며 준석은 스위스에서 가족들과 함께 융프라우 산악기차여행을 하고 있었다. 동준의 눈앞에 딴 세상 이야기 같은 친구들의 화려하고 풍요로운 삶의 모습들이 펼쳐졌다. 아저씨는 그런 동준에게 혼신을 다해 마지막 말을 남겼다.

"도, 동준아, 이러지 마라! 돈은, 종이, 불과한……. 동준, 이, 이 불쌍한 놈!"

겨우 알아들을 수 있는 소리가 토막토막 끊어져 나왔다. 그 말을 끝으로 권판식의 입언저리에선 거품이 흘러나왔고 그의 아랫도리는 그가 지린 오줌과 묽은 변으로 축축하게 젖어 들었다. 그러고는 영혼이 빠져나간 빈 몸뚱이만 동준 앞에 뉘어 있었다.

이번 일만 마무리되면 동준은 용호의 대단한 처가 배경이 부럽지 않을 것이다. 장인상을 치른 용호의 아내가 물려받은 유산은 10억이 넘지 않았다. 주식으로 한몫 잡았다던 동창 녀석도 기껏해야 몇 천만 원이었고, 부동산으로 시세차액을 남겼다는 동창 놈도 그 정도를 넘지 않았다. 방천지점 금고실 안에 있는 시재금(時在金)도 고작 2억 원 남짓이었다. 이번 주말에 가장 많은 돈을 거머쥔 사람은 동준이 될 것이다. 동준과 가까웠던 권판식 아저씨의 임종과 장례는 동준이 거두어야 할 일이었다.

'어차피 아저씨의 여생은 길지 않아. 이건 자연사일 뿐이야. 언젠가 닥칠 장례를 미리 치러주는 거지. 자기가 호사를 누리겠다고 쓰는 돈도 아니고 월남전에 갔다 왔다는 그자들이 아저씨와 무슨 상관이 있어! 약 한 봉지라도 지어줘 봤어? 카네이션 한 송이라도 달아준 적 있냐구? 그자들보다야 나하고 더 인연이 깊지.'

동준이 그때 했던 혼잣말이었다.

저수지 제방이 무너지듯 오랫동안 봉인되어 있던 감정들이 허물어져 내렸다. 동준은 고개를 떨어뜨리고 흐느껴 울었다. 울음소리가 부속실 밖으로 새나가지 않게 세면실 수도꼭지를 최대한 틀어놓고 양손으로 제 입을 꽈악 틀어막았다.

동준은 산매리 저수지에 가보고 싶었다. 그러나 아버지 권판식은 거기에 없다. 저수지 제방이 무너져 내리며 아버지의 유해는 수로를 따라 어디론가 떠내려 가버렸다. 동준은 새로운 사실을 깨닫고 전율했다. 1991년 8월 17일 이후 이제까지 동준이 죄의식을 느끼시 않았던 이유가 혹시 피살자가 가해자를 보호해주는, 두 사람 사이에 흐르는 불가사의한 유대 때문이 아닐까. 권판식 아저씨는 사후에도 아버지로서 아들이 지은 죗값을 대신 치러준 것이 아닐까. 동준의 마음에 그렇다는 확신이 들었다. 하늘은 이번에도 동준의 편이었다.

'내가 그의 아들이 아니었을 때도 아저씨는 나를 돌봐주신 분이야. 아들인 나는 내 아버지의 재산을 상속받을 권리가 있어. 그리고 지금까지 나는 용서를 비는 마음으로 많은 사람들에게 베풀면서 살아왔어. 부도덕하지 않았고 간음하지도 않았고 열심히 일했어.'

눈물 자국이 마르면서 눈가의 살갗이 땅기는 느낌이 들었다. 동준은 얼굴을 씻고 거울을 한 번 보고는 본회의장을 향해 발걸음을 옮겼다.

4선 의원으로 집권당의 사무총장인 이동준 의원은 여전히 높은 지위와 축적한 부를 누리며 의사당에 앉아 있었다.

에필로그

 절대적인 힘을 상징하는 의사당의 둥근 돔이 뒤집히며 저수지로 변했다. 동준은 노끈으로 목이 졸리는 섬뜩한 공포를 느꼈다. 발가벗겨진 동준의 몸은 마대 속에 봉해졌다. 마대는 검은 저수지 밑바닥으로 가라앉았다.

 두 눈이 동굴처럼 검게 파인 두개골과 동준의 유골은 시간의 힘에 해체되어 퍼즐 조각처럼 자루 안에 봉해져 있다!

 하늘에서 내려다보는 의사당의 돔 형상은 저수지였다. 영원한 죽음.

작가의 말

처음으로 문민정부가 들어서던 날, 나는 임신 5개월의 부른 배를 외투로 감싸고 대통령 취임식장의 단상 가까이 앉아 있었다.

여성정책이 주 업무인 내게 당 소속 '21세기 여성합창단' 일이 부수적으로 떠맡겨졌다. 정당에서 일하는 사람들은 '예술이 어쩌구저쩌구' 하는 따위에는 별 관심이 없었다. 내게는 예술적인 재능이 있다고 간파한 걸까? 그 덕에 나는 대통령 취임식이라는 국가적인 행사장에서 사무총장보다 더 요지에 앉는 특권을 누렸다.

취임식이 끝나고 단상에서 내려오는 한 정치거물과 시선이 마주쳤다. 그의 낯빛은 어두웠다. 온 국민이 기뻐하는 취임식에서 유독 그의 얼굴에 드리운 냉소와 불안감에 나는 의아했다. 이후 그는 전 정권에서 권력 전횡을 휘두른 대가로 문민정부의 심판

대상이 되었고 정치 운을 다하는 길로 들어섰다. 그날, 그 장면이 『산매리 저수지』의 집필 동기에 영향을 미쳤고 아직까지 내게 인상 깊이 남아 있다.

 이 작품은 이미 2000년에 '천사가 돈을 주었다'라는 제목을 지어 놓았었다. 그리고 '누미노제', '코리아 테라피', '산매리 저수지'로 제목을 바꾸어가며 문학상이란 상에는 거의 다 응모했다. 늘 리얼리티가 새롭게 구현된 작품이라는 찬사와 주목은 받았지만 수상작에 오르지는 못했다. 하지만 그러는 동안에 작품의 깊이를 더하고 경지를 끌어올리는 시간을 가질 수 있었다. 스릴러 범죄물은 자극적이고 끔찍하며 잔인하게만 그리면 된다던 생각이 바뀌었다. 장르소설에도 메시지와 의미를 담아내어 문학성과 예술성을 부여할 수 있다는 가능성도 찾았다.

『산매리 저수지』가 세상에 나오게 되기까지 나는 건강을 잃었고, 사회적인 지위와 경제적인 기반이 밑바닥까지 추락하는 삶을 경험했다. 그럼에도 부끄럽다거나 두렵지 않았고 삶의 의미를 찾는 일을 멈추지 않았다. 내가 찾은 그 의미는 곧 '그리스도'이다.

마침내 주님은 J(Jesus) 방정식으로 계산을 끝내시고 내가 살아오면서 다른 사람에게 베푼 소액과 빼앗긴 금액보다 더 많은 것들을 내게 되돌려주셨다. 그리고 『산매리 저수지』가 출간되었다.

2019년 9월 11일 말씀에 따라 살며 세상에서 승리하고 하늘로 돌아가신 김주호 형제님의 일생을 기린다. 또한 김주호 형제님과 함께 말씀으로 교제했던 서울도시가스 김영민 회장님께도 감사의 마음을 전하고 싶다.

'내가 그리스도와 함께 십자가에 못 박혔나니 그런즉 이제는 내가 사는 것이 아니요. 오직 내 안에 그리스도께서 사시는 것이라. 이제 내가 육체 가운데 사는 것은 나를 사랑하사 나를 위하여 자기 자신을 버리신 하나님의 아들을 믿는 믿음 안에서 사는 것이라.' — 갈라디아서 2장 20절

나는 지금 그리스도의 참된 사랑, 십자가의 고난, 그분의 남은 고난의 체험, 부활하신 생명을 누리며 살고 있다.

이 책의 인세로 '김주호빛 문학상'을 만들어 청소년들에게 그리스도의 메시지를 문학으로 녹여내는 글을 쓸 수 있도록 하는 장을 만들어주고 싶다.

산매리 저수지

2020년 4월 1일 초판 1쇄 인쇄
2020년 4월 7일 초판 1쇄 발행

글 | 김주앙

펴낸이 | 정영구
펴낸곳 | 비티비북스
주소 | 서울시 동작구 성대로 14길 49, 102호 (상도동)
전화번호 | (02)811-0914
등록 | 제 25100-2017-000010호

편집 | 일 더하기 일, 박영희
디자인 | 달오
일러스트 | 김미옥
인쇄 제작 | 글로리디 컨엔컴

정가 | 16,000원
ISBN | 979-11-966136-4-8 (03800)

이 도서의 국립중앙도서관 출판예정도서목록(CIP)은 서지정보유통지원시스템 홈페이지(http://seoji.nl.go.kr)와 국가자료종합목록시스템(http://www.nl.go.kr/kolisnet)에서 이용하실 수 있습니다. (CIP제어번호 : CIP2020013507)

b+b 경계를 넘어 비티비북스   비티비북스는 beyond the boundary라는 의미를 담은 누림과이룸의 문학·인문브랜드입니다